I0694264

SUSAN MALLERY

ANTES de la BODA

Editado por Harlequin Ibérica.
Una división de HarperCollins Ibérica, S.A.
Núñez de Balboa, 56
28001 Madrid

I.S.B.N.: 978-84-687-8430-4
Depósito legal: M-13625-2016

La dedicatoria de este libro está escrita por una de mis lectoras favoritas:

Para todas las lectoras de Mallery, que disfrutáis de sus historias tanto como yo, una entusiasta lectora de novelas de amor,
Jan W.

Capítulo 1

Nadie se despertaba una buena mañana y pensaba: «hoy voy a perderme en el bosque». Pero, incluso sin haberlo planeado, era algo habitual.

Quizá fuera simplemente la innata necesidad de explorar de los humanos. O quizá fuera cuestión de mala suerte. O, quizá, que la gente era idiota. A la abuela Nell siempre le había gustado decir: «la belleza es algo superficial, pero la estupidez cala hasta los huesos». No era que Destiny Mills fuera una persona dada a juzgar a los demás en ningún caso. La gente se perdía y su trabajo consistía en asegurarse de encontrarla. Era algo así como ser un superhéroe. Solo que, en vez de tener visión láser o el poder de la invisibilidad, tenía un potente software y un perfeccionado equipo de búsqueda y rescate.

Bueno, técnicamente, el equipo no era suyo. Pertenecía a cualquier ciudad o condado que hubiera contratado a su empresa. La empresa para la que trabajaba había creado el software y ella era una de las tres preparadoras que ayudaban a aquellos que querían utilizarlos. Explicaba la manera de usarlo, entrenaba al grupo de búsqueda y rescate y continuaba después con el siguiente encargo.

Si era lunes, debía de estar en Fool's Gold, pensó divertida mientras entraba en su pequeña oficina temporal. Fool's

Gold, California. Población, ciento veinticinco mil cuatrocientos ochenta y dos habitantes, por lo que decía la señal que había visto de camino hacia allí. Situada en las laderas de las montañas de Sierra Nevada, la ciudad atraía a miles de turistas. Llegaban a esquiar en invierno, en verano a hacer excursiones y a acampar y, a lo largo del año, asistían a las numerosas fiestas que habían conseguido poner a la ciudad en el mapa.

Nada de aquello la incumbía. Lo que realmente le interesaba eran los cientos de miles de hectáreas que había justo en los límites de la ciudad. Era un territorio inexplorado y salvaje con montones de laderas, barrancos, arroyos y cuevas. Lugares en los que la gente se perdía. Y cuando alguien se perdía, ¿a quién llamaba?

Destiny rio mientras resonaba en su cabeza el tema musical de *Cazafantasmas*. No sabía si para todos los demás, pero para ella la vida era una banda sonora. La música estaba por todas partes. Las notas conformaban una melodía y las melodías se convertían en recuerdos para ser rememorados. Oías una canción de cuando estabas en el instituto y te trasladabas a los brazos de tu novio de entonces.

Se sentó en una silla y enchufó el ordenador portátil en la estación de conexión. Solo disponía de una semana para prepararse antes de que comenzara el verdadero trabajo. Durante los tres meses siguientes, iba a tener que cartografiar el terreno, introducir la información en aquel software tan increíblemente inteligente que utilizaba su compañía y entrenar después al equipo local de búsqueda y rescate. Ella era el punto de contacto, la conexión humana. Al cabo de tres meses, se trasladaría a cualquier otro lugar del país y comenzaría de nuevo.

Le gustaba moverse. Le gustaba estar siempre en algún lugar nuevo. Hacía amigos fácilmente y los dejaba tras ella con la misma facilidad cuando llegaba el momento de marchar. Ya encontraría nuevos amigos en el próximo lugar. Por supuesto, había una carencia de continuidad, pero la ventaja era que se ahorraba los dramas emocionales que acompañaban a las amistades largas. Tanto si ella intimaba con los demás como si los demás intimaban con ella, las relaciones podían ser agotadoras.

Había crecido en una familia que hacía que cualquier *reality* sobre la vida doméstica resultara tan interesante como leer la guía telefónica. La realidad de la televisión no tenía nada que ver con sus padres. Como adulta, Destiny había tenido que decidir si quería o no aquel dramatismo y había decidido que no. De modo que había escogido deliberadamente un trabajo y un estilo de vida que le permitieran estar continuamente en movimiento.

Pero durante los meses siguientes, disfrutaría de las peculiaridades de Fool's Gold. Ya se había informado sobre aquel lugar y estaba deseando probar las diferentes muestras del sabor local.

Justo en aquel momento, se abrió la puerta de su oficina. Destiny reconoció al joven alto, rubio y atractivo que apareció en el marco de la puerta. No porque se hubieran conocido antes, puesto que la había contratado la alcaldesa, y no él, pero le había visto en muchas portadas de revistas, en entrevistas en televisión y en artículos de Internet.

Se levantó y le sonrió.

–¡Hola! Soy Destiny Mills.

–Kipling Gilmore.

Tenía los ojos de un azul más oscuro del que esperaba y una elegancia de movimientos que, probablemente, debía a toda una vida dedicada al deporte. Porque aquel hombre no era solamente Kipling Gilmore. Era el mismísimo Kipling Gilmore. El famoso atleta. La superestrella del esquí. El medallista de oro olímpico. La prensa le llamaba la G-Force, la fuerza de la gravedad, porque, por lo menos sobre los esquíes, buscaba la velocidad sin que parecieran importarle las leyes de la física. Era capaz de cosas que nadie había hecho. Por lo menos, hasta que había sufrido el accidente.

Se estrecharon la mano. Él le tendió una caja rosa procedente de la panadería.

—Para ayudarte a instalarte.

Destiny levantó la tapa y vio media docena de donuts. El olor del azúcar glaseado y la canela flotó hasta ella. Un olor embriagador que la hizo desear inmediatamente quince minutos de soledad para deleitarse con aquella dosis de azúcar.

—Gracias —le dijo—. Es mucho mejor que unas flores.

—Me alegro de que te lo parezca. ¿Cuándo has llegado?

—Ayer. Llegué la noche anterior a Sacramento y por la mañana hice el viaje hasta aquí.

—¿Y te estás instalando a gusto?

—Sí y estoy deseando ponerme a trabajar.

—En ese caso, adelante.

Se sentaron los dos. Destiny giró el portátil hacia él y presionó algunas teclas.

—Para que el programa de búsqueda y rescate resulte operativo, hay dos partes principales —comenzó a decir—. Cartografiar la geografía física de la zona y, posteriormente, enseñaros a ti y a tu equipo la manera de utilizarlo.

—Parece fácil.

—Sí, siempre lo parece, hasta que se impone la realidad.

Kipling arqueó una ceja.

—¿Eso es un desafío?

—No. Sencillamente, estoy diciendo que el proceso lleva tiempo. El software STORMS puede adaptarse prácticamente a cualquier situación. El éxito o el fracaso de una búsqueda normalmente residen en una combinación de suerte e información. Mi objetivo es eliminar el factor suerte de la ecuación.

STORMS, Search Team Rescue Management Software, funcionaba con equipos de rescate. Los datos se introducían en el sistema y el programa indicaba las áreas más probables para iniciar la búsqueda. Cuanta más información se tuviera sobre la persona perdida, el terreno, la época del año y las condiciones del tiempo, más rápida era la búsqueda. Cada rastreador disponía de un GPS que iba acumulando información sobre su trabajo. La información se transmitía al programa de manera que la búsqueda estuviera continuamente actualizada a tiempo real.

Cuantas más áreas se eliminaran, más iba estrechándose la búsqueda hasta dar con la persona buscada.

—Comenzaré cartografiando la zona durante los próximos dos días —continuó explicando.

—¿Y eso cómo lo haces?

—Primero, por aire. Utilizamos un helicóptero y diferentes clases de equipamiento para incrementar los datos de los que ya disponemos por vía satélite. Las zonas boscosas más tupidas y los rincones más recónditos de las montañas tendremos que cartografiarlos a pie.

—¿Y tú haces eso?

Aunque la pregunta fue suficientemente educada, el tono sugería que no se lo creía. «Estúpido», pensó ella con una sonrisa.

—Sí, Kipling. Soy capaz de caminar cuando hace falta. Y si son zonas muy remotas, consulto con guías locales.

—Pensaba que eras una urbanita. ¿No me dijo alguien que vivías en Austin?

—Ahí es donde tengo mi casa, sí. Pero crecí cerca de las Smoky Mountains. Sé arreglármelas sola en el campo.

Lo que no mencionó fue que, cuando era más joven, había pasado varios años viviendo en aquellas mismas montañas con su abuela materna. Además de saber moverse por un terreno abrupto, sabía pescar y conocía tres maneras diferentes de cocinar las ardillas. Pero no iba a compartir aquella información. Si contabas que eras capaz de hacer un triste filete a la brasa te aplaudían. Si hablabas de ardillas guisadas con raíces de diferentes plantas te miraban como si fueras caníbal. La gente era muy extraña, pero eso era algo que Destiny sabía desde hacía mucho tiempo.

–En ese caso, confiaré en que te encargues tú del negocio –le dijo Kipling–. ¿Cuándo llega el helicóptero?

Destiny revisó el calendario.

–A finales de semana. Voy a tener un verano muy ocupado. En cuanto hayamos introducido todos los datos geográficos en la base de datos, comenzaremos a comprobar el sistema. Eso significa que tendremos que localizar a personas que, en realidad, no se han perdido.

El humor asomó a las comisuras de los labios de Kipling.

–Sí, ya he leído el material.

–Me alegro de saberlo. ¿Eso significa que también has abierto los manuales de instrucciones?

Kipling vaciló durante el tiempo suficiente como para que Destiny se echara a reír.

–No creo –le dijo–. ¿Qué problema tenéis los hombres con los manuales de instrucciones y con preguntar direcciones?

–No nos gusta admitir que no sabemos algo.

–Eso es ridículo. Nadie lo sabe todo.

–Pero podemos intentarlo.

No era una respuesta sorprendente, pensó Destiny. La fanfarronería parecía ir de la mano de los hombres. Otro motivo por el que le costaba encontrar al hombre adecuado para ella. Quería una ausencia total de fanfarronería y un ego minúsculo. Cuando los sentimientos se desbordaban, el sexo opuesto era capaz de hacer cualquier locura. Y en la vida de Destiny, no había lugar para la locura.

–¿Crees que te va a suponer algún problema recibir instrucciones mías? –le preguntó–. Porque, si es así, tendremos que solucionarlo en este mismo instante. Si es necesario, hasta puedo retorcerte el brazo para que te sometas.

Kipling se echó a reír.

–Lo dudo.

–Ten cuidado con tus presunciones. Mi abuela me enseñó muchos trucos sucios. Conozco lugares en los que me basta presionar con un nudillo para hacer que un hombre grite como una niñita. Y no de felicidad, precisamente.

–¿Hay formas de gritar de felicidad como una niñita?

Destiny arrugó la nariz.

–He tenido que utilizar esa amenaza en otras ocasiones y algunos hombres piensan que estoy hablando de sexo. Pero no es así.

Kipling fijó la mirada en su rostro.

–Interesante.

–Entonces, ¿voy a tener problemas contigo?

–No.

–En ese caso, disfrutaremos de un buen verano. Nunca había trabajado en California. Estoy deseando conocer la zona.

–Esta ciudad es un poco extraña.

–¿En qué sentido?

Kipling permaneció tranquilamente sentado en la silla. No hubo movimiento alguno, ninguna sensación de que quisiera estar en cualquier otra parte. Era un hombre paciente, pensó Destiny. Tendría que serlo. Esperar a que llegara el mal tiempo. Esperar la llegada de las estaciones. Esperar a que las condiciones fueran las adecuadas.

Kipling Gilmore había cosechado grandes éxitos en los Juegos Olímpicos de Sochi, el desastre le había golpeado varios meses después. Destiny no era seguidora de ningún deporte, de modo que no conocía los detalles. Evidentemente, Kipling se había recuperado lo suficiente como para aceptar el trabajo de dirigir el equipo de búsqueda y rescate de Fool's Gold. Se preguntó si habría tenido problemas para adaptarse a una vida normal.

Sabía que para aquellos acostumbrados a la fama, podía ser difícil intentar vivir como simples mortales.

–Aquí todo el mundo lo sabe todo de todo el mundo.

Exacto. Le había preguntado por la ciudad.

–Eso es algo habitual en una ciudad pequeña.

–Sí, pero aquí es diferente. Aquí todo el mundo está más involucrado en todo. Hablaremos dentro de dos semanas, a ver lo que piensas para entonces. Se organizan fiestas muy interesantes y no tienes que cerrar la puerta con llave por las noches. Si vives cerca del centro, apenas utilizas el coche.

–Parece agradable.

A pesar de que tenía su casa base en Austin, Destiny no era una persona a la que le gustaran las ciudades grandes. Prefería las peculiaridades de una ciudad pequeña.

–¿Ya has conocido a Marsha, la alcaldesa? –preguntó Kipling.

Destiny sacudió la cabeza.

–No. Me contrató ella, pero todo se hizo a través de mi jefe. Hoy tengo una reunión con ella.

La diversión volvió a los ojos de Kipling.

–Yo también iré a esa reunión. Creo que Marsha te va a gustar. Es la alcaldesa que más tiempo lleva en su cargo en California. Parece una dulce anciana, pero, en realidad, es una mujer fuerte capaz de ejercer un firme control sobre su ciudad. Consigue que se hagan las cosas. A veces, soy incapaz de entender cómo lo consigue.

Cualidades que ella podía respaldar completamente.

–Ya me cae bien.

–Me lo imaginaba –Kipling se levantó–. Bienvenida a Fool's Gold, Destiny.

Destiny también se levantó.

–Gracias.

Mientras Kipling salía de la oficina, Destiny dejó que su mirada vagara por su cuerpo. Estaba en buena forma, pensó, admitiendo que le parecía un hombre suficientemente atractivo como para hacerle preguntarse si tendría algún potencial.

Sacudió la cabeza, porque ya conocía la respuesta. Era no. De ningún modo, de ninguna manera. Ella quería algo normal. Algo ordinario. La clase de hombre que entendía que la vida era mejor vivirla tranquilamente. Kipling, alias G-Force, era capaz de descender montaña abajo a quién sabía qué velocidad. Era un hombre que buscaba emociones fuertes y eso significaba que no estaba hecho para ella.

Sencillamente, seguiría buscando. Porque aquel hombre tan tranquilo como ella, aquel hombre de sus sueños racionales, estaba ahí fuera, y algún día le encontraría.

Kipling cruzó la calle. Mientras esperaba a que uno de los pocos semáforos de Fool's Gold se pusiera en verde, alzó la mirada hacia las montañas. Estaban ya al final de la primavera, de modo que podía mirarlas y no sentir nada. El único recuerdo de la nieve estaba demasiado alto como para que fuera posible esquiar. Así que no había ninguna sensación de pérdida, nada que pudiera recordarle que podría luchar contra las montañas y ganar. Había perdido para siempre la sensación de volar sobre la nieve.

Él sabía lo que le dirían sus amigos, lo que le dirían los médicos. Que había sido condenadamente afortunado al poder recuperarse como lo había hecho. Que el mero hecho de que pudiera andar era un milagro. Todo lo demás sobraba.

Kipling había oído aquellas palabras. En los días buenos, incluso se lo había creído. Pero durante el resto del tiempo, evitaba pensar en lo que había perdido. Cuando se sentía mal, sencillamente, dejaba de mirar hacia las montañas.

Cambió la luz, y cruzó la calle. Cuando caminaba, consideraba el hecho de que podría haber sido más fácil limitarse a encontrar un trabajo en cualquier otro lugar que no estuviera cerca de las montañas. Había zonas más llanas. Quizá en el Medio Oeste o en Florida. Pero no podía imaginarse lo que sería algo así. Alzar la mirada y no ver nada, salvo el cielo. Era posible que tuviera una relación incómoda con las montañas, las amaba y las odiaba a un tiempo, pero le resultaba imposible alejarse de ellas. Formaban parte de él. Le resultaría más fácil cortarse un brazo que vivir sin ellas.

—¡Eh, Kipling!

Saludó con un gesto a una mujer que iba empujando un cochecito y acababa de saludarle. Fool's Gold era esa clase de lugar amable. Donde los vecinos se conocían el uno al otro y los turistas eran bienvenidos tanto por su presencia como por el dinero que aportaban.

Estaba acostumbrado a que personas a las que no conocía supieran quién era. Aquello formaba parte de su antigua fama. Pero ser conocido en Fool's Gold era diferente. Más intenso, quizá. Aquella ciudad no era solo un lugar. Era una forma de vida, una esencia.

Sacudió la cabeza, preguntándose de dónde había salido todo aquello. Él normalmente no daba tantas vueltas a las cosas. Era un hombre de acción, prefería moverse a permanecer quieto. Pero eso ya había quedado atrás. Excepto por las cicatrices, la cojera y el dolor sordo que siempre le acompañaría, estaba curado. Y podía caminar.

Se dirigió hacia una de sus oficinas, situada en la esquina de Eight Street y Frank Line, justo al lado del parque de bomberos y la comisaría. Una comisaría en la que nunca entraba nadie. El único conflicto posible en aquel barrio era el de alguna fiesta demasiado ruidosa.

Mientras abría la puerta para entrar, se recordó a sí mismo que años atrás le habría fastidiado estar tan cerca de las autoridades. Pensaba entonces que el ser capaz de bajar volando una montaña le daba derecho a disfrutar al máximo sin pensar en las consecuencias. Siempre y cuando fuera capaz de ganar, aunque fuera por una milésima de segundo, era un dios. Por lo menos, hasta la siguiente carrera.

Pero el tiempo ayudaba a madurar. Había entrado arrastrado y en contra de su voluntad en el mundo adulto y allí estaba, dirigiendo el equipo de búsqueda y rescate de la ciudad. ¿Quién se lo iba a imaginar?

Y aunque el joven que Kipling había sido se habría burlado de la autoridad, incluso de niño había respetado las montañas y a aquellos que salvaban a los desafortunados, o estúpidos, que terminaban perdiéndose en ellas. Él se había encontrado en medio de una avalancha en cierta ocasión. Y una patrulla de esquiadores le había salvado el trasero.

Siempre había sido un tipo con suerte, pensó. Hasta el verano anterior, cuando había sufrido el accidente. Siempre había sabido que algún día se acabaría su suerte y lo había aceptado. Estaba comenzando un nuevo capítulo de su vida. Tenía un problema y lo había solucionado. Eso era lo que le gustaba hacer. Y, en aquel trabajo, iba a tener muchas cosas que arreglar. O encontrar.

Caminó hasta su mesa y encendió el ordenador. La oficina era tan nueva que todavía olía a pintura y las plantas que le habían enviado a modo de bienvenida continuaban vivas. Kipling se consideraba a sí mismo una persona a la que se le daba mejor la gente que las plantas. Con el tiempo tendría un equipo y podría pedirle a alguno de sus empleados que se encargara de regarlas y abonarlas.

Se volvió en la silla para poder estudiar el enorme mapa que dominaba la pared principal de la oficina. En él aparecían unos aproximadamente ochenta kilómetros cuadrados alrededor de Fool's Gold. Al oeste había viñedos y estaba también la carretera de Sacramento, de modo que las principales áreas de preocupación eran el este y el norte. Las escarpadas montañas de Sierra Nevada se elevaban bruscamente. Había miles de maneras de perderse en ellas y se temía que turistas y vecinos por igual encontrarían todas ellas.

Se levantó y se acercó al mapa. El terreno comenzaba

a hacerse más abrupto a solo unos kilómetros de la ciudad. Había docenas de rutas excursionistas y lugares de acampada. Justo el año anterior había habido una riada en uno de los campamentos. El torrente de agua había puesto en peligro a unas chicas y a sus monitores. Kipling quería asegurarse de que no volviera a ocurrir algo así. Y de que si alguien se perdía, sería encontrado rápidamente y a salvo.

Con aquel nuevo programa de ordenador, la búsqueda sería más fácil. Sabía que sería complicado el aprendizaje, pero, al final, el esfuerzo merecería la pena.

En cuanto la alcaldesa le había hablado de aquel software, había comenzado a informarse sobre él. Los resultados eran impresionantes y estaba deseando aprenderlo todo sobre aquel sistema.

Y, a lo mejor, también sobre Destiny Mills, pensó con una sonrisa. Era preciosa. Había algo en la combinación de su pelo rojo y su piel pálida que le había llamado la atención. Y si tenía pecas, mejor. Un hombre podía dedicarse a buscar pecas sin volver a la superficie durante días.

Y, en otros sentidos, también era su tipo. Era soltera, por lo que había oído, y pensaba estar en la ciudad durante un tiempo limitado. Él era un hombre que disfrutaba de la monogamia consecutiva. Saber que una relación tenía fecha de caducidad era su idea de perfección. Si la dama en cuestión estaba interesada, él estaba más que dispuesto. Por lo menos, durante un breve espacio de tiempo.

De vez en cuando, se preguntaba si no debería aspirar a algo más. A aquel «para siempre» que otros parecían buscar. Él había visto el amor. Había creído en él. Pero nunca lo había sentido. No de una forma romántica. El deseo, por supuesto. El cariño, absolutamente. Él quería a su hermana y a su país. Haría cualquier cosa por cualquier amigo. ¿Pero enamorarse tan locamente como para casarse? Eso no le había ocurrido jamás.

Y, a aquellas alturas, imaginaba que era algo que nunca iba a ocurrirle. Pero podía vivir con ello.

La alcaldesa era una mujer de más de sesenta años con el pelo blanco recogido en un moño suelto y penetrantes ojos azules. Llevaba un traje entallado, un collar de perlas resplandecientes y tenía una sonrisa tan amable que Destiny se sintió inmediatamente como en casa.

—Bienvenida a Fool's Gold —le dijo con cariño—. Me alegro de poder conocerte por fin.

—Lo mismo digo —respondió Destiny.

Le estrechó la mano como le había enseñado a hacerlo la abuela Nell, con firmeza y mirando a la otra persona a los ojos. «Eres una persona, no un pez, y debes comportarte como tal». Porque la abuela Nell tenía consejos para todas las situaciones. No todos ellos eran apropiados, ni siquiera útiles, pero siempre eran memorables.

—Me alegro de estar aquí —le dijo Destiny a la alcaldesa—. Vamos a disfrutar de un verano muy agradable poniendo STORMS en funcionamiento.

—Tu jefe, David, me dijo que disfrutaría trabajando contigo y veo que tenía razón. Me gusta tu actitud —respondió la alcaldesa. Miró por encima del hombro de Destiny y asintió—. Aquí viene el que faltaba en nuestra reunión.

Destiny se volvió y vio a Kipling entrando en el despacho de la alcaldesa como si estuviera paseando. No había otra manera de describir la elegancia con la que se movía. Un truco depurado, pensó al fijarse en la ligera cojera que, sin lugar a dudas, era producto del terrible accidente que había sufrido el año anterior. ¿Cómo sería Kipling antes de aquel accidente?

Si ella fuera cualquier otra mujer, una mujer que estuviera buscando algo diferente, Kipling sería una tentación, pensó. Pero ni ella era diferente ni lo era él. Kipling no era hombre para ella. Y, en cualquier caso, sabía que era preferible no adentrarse por un camino equivocado. Había visto demasiados desastres emocionales en su vida como para correr riesgos. «A veces, eres tú el que descubre al oso y otras es el oso el que te descubre a ti. Si te ocurre lo último, lo mejor que puedes hacer es salir corriendo a toda pastilla».

Destiny reprimió una risa. Sí, la abuela Nell siempre había sido una persona muy pragmática. Le habría echado un vistazo a Kipling, y le habría pedido a ella que se marchara, buscando un poco de intimidad. Después, se habría acercado de nuevo a Kipling y le habría obligado a marcharse. Porque las relaciones dramáticas que habían rodeado a Destiny mientras crecía no habían comenzado con sus padres, aunque hubieran sido ellos los peores. No, los matrimonios fracasados y los corazones rotos se remontaban a generaciones anteriores en ambos lados de la familia.

Kipling abrazó a la alcaldesa y le dio un beso en la mejilla antes de saludar a Destiny con una inclinación de cabeza.

—Me alegro de volver a verte —le dijo.

—Lo mismo digo.

La alcaldesa les condujo hacia los sofás que tenía en una de las esquinas del despacho. Una vez se sentaron los tres, comenzó la reunión.

—Destiny, estamos encantados de tenerte aquí, ayudándonos a lanzar nuestro programa HERO.

Destiny asintió y alzó la mirada hacia Kipling. Le vio hacer una mueca y no pudo resistir la tentación de fingir no saber de qué estaba hablando la alcaldesa.

—¿Programa HERO?

—Help Emergency Rescue Operations —le explicó la alcaldesa—. Es así como llamamos a la organización de búsqueda y rescate de Fool's Gold. Hicimos un concurso y la gente envió nombres. El consejo municipal los redujo a diez y después votamos. HERO fue el ganador.

—Continúa siendo un nombre estúpido –gruñó Kipling.

Destiny disimuló una sonrisa.

—¿No te gusta ser un héroe?

—Digamos que estoy teniendo que soportar muchas estupideces a cuenta de ese nombre.

—Los desafíos imprimen carácter –musitó ella, pensando que, probablemente, le gustaba mucho más que le llamaran G-Force.

—Otra de las cosas que no me faltan.

Le guiñó un ojo mientras lo decía y a Destiny le entraron ganas de echarse a reír. Pero se suponía que aquel era un encuentro profesional, de modo que optó por desviar la atención hacia la alcaldesa.

—STORMS encajará perfectamente con lo que tenéis en mente.

—Cuento con ello –contestó la alcaldesa–. Tuvimos mucha suerte al conseguir el dinero que necesitábamos. Entre el fondo federal, las subvenciones del estado y una considerable cantidad de donantes anónimos, tenemos dinero para los próximos cinco años. Incluida tu parte.

Impresionante, pensó Destiny. STORMS no era un proyecto barato. Solo con el programa, el equipo que se necesitaba, los gastos por levantar el mapa y el entrenamiento del equipo, el presupuesto ascendía a más de un millón de dólares. Y eso sin incluir el precio de las operaciones de búsqueda y rescate.

—Hemos tenido un gran éxito con nuestro software –les dijo–. Este terreno es perfectamente adecuado para lo que mejor sabemos hacer.

—Excelente. ¿Kipling y tú ya tenéis un plan?

Kipling volvió a relajarse.

—Vamos a organizarlo juntos. Destiny tiene que cartografiar la zona e introducir la información en el software. Después pondremos el programa a prueba. Nos hemos puesto agosto como fecha límite.

–Estupendo –la alcaldesa asintió y miró de nuevo a Destiny–. ¿Crees que podremos tenerlo para entonces?

–Estamos planificándolo de tal manera que el programa esté funcionando para mediados de julio. Las dos semanas restantes nos proporcionan un margen que espero no necesitemos.

A Destiny no le gustaban los problemas inesperados. Parte de su trabajo consistía en anticipar los problemas antes de que ocurrieran. Se enorgullecía de conseguir que su labor transcurriera sin incidentes.

–¿Y qué tal se está adaptando Starr a la vida en Fool's Gold?

Aquel repentino cambio de tema por parte de la alcaldesa pilló a Destiny desprevenida. Peor aún, tardó varios segundos en recordar quién era Starr y por qué, por primera vez desde hacía una década, de repente tenía otra persona, además de sí misma, de la que preocuparse.

–Starr está... eh... adaptándose bien, supongo. En realidad, llegamos ayer a la ciudad.

La alcaldesa asintió, como si la comprendiera.

–Sí, tiene que ser muy difícil para las dos. Es tu medio hermana, ¿verdad? Tenéis el mismo padre, pero diferentes madres.

Destiny notó que comenzaba a abrírsele la boca por la sorpresa. Mantuvo los labios deliberadamente juntos mientra asentía.

–Sí, exacto –contestó con recelo.

No se sentía cómoda hablando de su familia. Porque era preferible que la gente no supiera nada de ella.

Miró a Kipling, que no mostraba excesivo interés en la conversación. ¿Sabría quién era ella? En ningún momento había insinuado que lo supiera.

–Los quince años son una edad difícil –Marsha sacudió la cabeza–. A esa edad fue justo cuando comencé a tener problemas con mi hija. Era muy terca. Pero ya ha pasado mucho tiempo desde entonces. En cuanto a Starr y a ti, espero que Fool's Gold sea un hogar para vosotras mientras estéis aquí. Si necesitas algo, házmelo saber. ¡Ah! Y tengo algo para ti.

Regresó a su escritorio para ir a buscar una carpeta. Regresó al sofá y se la tendió a Destiny.

—Tenemos un campamento de verano en la ciudad. End Zone for Kids se llama. Está en lo alto de las montañas. Hay una gran cantidad de programas interesantes para adolescentes. Creo que Starr podría disfrutar con las clases de teatro, y también con las de música, por supuesto. Tú vas a estar muy ocupada y una adolescente de quince años no debería estar sola en casa todo el día.

—Yo... eh... gracias.

Destiny no sabía qué más podía decir. ¿Cómo habría averiguado la alcaldesa la edad de Starr? ¿Cómo sabía que estaba sola en casa? Aunque, a lo mejor, lo último no era tan difícil de averiguar. Al fin y al cabo, Destiny no estaba en casa con ella y llevaban menos de dos días en la ciudad.

Se sintió culpable al darse cuenta. Porque Starr estaba sola. Con quince años no tenía por qué suponer ningún problema. Pero no era esa la cuestión.

—A lo largo de todo el verano, se organizan fiestas muy divertidas —continuó la alcaldesa—. Espero que las disfrutéis mientras estéis aquí. Fool's Gold es un lugar maravilloso para vivir.

De alguna manera, Destiny se descubrió a sí misma fuera del despacho. No se recordaba saliendo, ni despidiéndose. Fue una sensación extraña.

Kipling estaba a su lado. Le dirigió una sonrisa radiante.

—¿Estás preguntándote qué es lo que ha pasado?

—Sí.

—Ya te acostumbrarás. Es una buena idea lo del campamento para tu hermana.

Destiny asintió. No tenía manera de explicar que, hasta

diez días atrás, ni siquiera conocía a Starr. Que entre el nacimiento de una y otra, sus padres se habían casado doce o catorce veces y había docenas de hermanastros o lo que fueran y unos cuantos medio hermanos salpicados por todo el país. Era imposible estar al tanto de tantos cambios y hacía años que Destiny había dejado de intentarlo.

Se aferró a la carpeta con fuerza.

—Hablando de mi hermana, debería ir a casa para ver cómo está.

—De acuerdo. Te llamaré más tarde.

Exacto. Por motivos de trabajo. Se obligó a concentrarse.

—Tenemos que hablar del horario de preparación.

—Dame tu teléfono.

Destiny le tendió su teléfono móvil. Él tecleó su número y se lo devolvió.

—Ahora podrás estar en contacto conmigo siempre que quieras.

Kipling se despidió de ella con la mano y se dirigió hacia las escaleras. Destiny se le quedó mirando fijamente durante un segundo. Kipling era una buena distracción. Pero, en cuanto desapareció de su vista, Destiny aterrizó en la realidad de un nuevo trabajo, una ciudad nueva y una hermana a la que apenas conocía.

Los problemas, de uno en uno, se dijo a sí misma. Y, en aquel momento, pretendía ocuparse de su familia.

Capítulo 2

Destiny viajaba constantemente por motivos de trabajo. Cuando le asignaban un encargo, trabajaba las veinticuatro horas del día hasta terminar su labor y después le quedaban varias semanas libres hasta que tenía que dirigirse a su próximo destino. Excepto durante un hermoso verano en el norte de Canadá, solo había tenido clientes en los Estados Unidos.

Estaba acostumbrada a no saber cuáles eran los mejores lugares para comer o dónde podía encontrar un buen médico en el caso de que lo necesitara. Había aprendido a hacer preguntas y a comprar en las tiendas locales. Prefería las casas a los hoteles.

En su tiempo libre se retiraba al piso que tenía en Austin, donde se ponía al día de cualquier cosa que se hubiera perdido estando fuera. Para ella, estar sola era algo natural. Le gustaba. Por supuesto, su madre la visitaba cada tres o cuatro meses y recibía llamadas telefónicas de amigos o de los pocos hermanos con los que había tenido algún contacto, pero, durante la mayor parte del tiempo, Destiny cuidaba únicamente de sí misma. No tenía que preocuparse por las preferencias de nadie.

Cuando la gente le preguntaba que si siempre iba a estar sola, se limitaba a sonreír y a sacudir la cabeza. La abuela

Nell le había enseñado el placer de la soledad. Cómo, con una guitarra o un buen libro, nunca estaría sola. Los libros y la música eran sus constantes compañeros. Y mejores acompañantes que la gente, ellos nunca discutían ni exigían nada. Y siempre le resultaban conocidos. A diferencia de la chica de quince años que estaba esperándola en casa.

Destiny permaneció delante de la casita que había alquilado para el verano. Era una vivienda antigua, acogedora y con encanto, con dos dormitorios y dos cuartos de baño. Tenía un garaje anexo y un patio vallado. La casa era cómoda. Grande, para los estándares habituales en aquel tipo de alquileres. Jamás la hubiera alquilado para ella sola, pensó mientras subía los escalones de la entrada. Pero aquel verano era diferente. Aquel verano tenía a su hermana con ella.

Abrió la puerta principal y entró. Starr estaba acurrucada en una esquina del sofá, leyendo algo en su tableta. Alzó la mirada hacia Destiny. Tenía unos ojos verdes idénticos a los que Destiny veía en el espejo todas las mañanas, aunque el recelo de los de Starr no le era familiar. Las dos habían heredado los ojos verdes y el pelo rojo de su padre. Pero todo lo demás era diferente.

Destiny era alta. Siempre había tenido la sensación de ser todo brazos y piernas. Starr era más baja y más delicada. Destiny era diestra. Starr, zurda. Destiny era una persona a la que le gustaba madrugar y Starr parecía ser un animal nocturno. Pero eran hermanas y Destiny sabía que eso bastaba para superar cualquier diferencia.

Dos semanas atrás, Destiny estaba preparándose para el viaje a Fool's Gold cuando había recibido una llamada del abogado de su padre. Aquel hombre llevaba contratado durante más tiempo del que Destiny podía recordar y era el encargado de recoger los pedacitos que quedaban después de cada uno de los percances de Don. El padre de Destiny era toda una leyenda y limpiar los desperfectos que iba dejando tras él era un trabajo a tiempo completo.

El abogado le había dicho a Destiny que una de las hijas de Jimmy Don iba a salir del internado para pasar el verano y no tenía a dónde ir. Jimmy Don estaba fuera del país y la madre de la chica había muerto de una sobredosis el verano anterior. Starr Mills no tenía dónde pasar aquel verano.

Aunque para estar al día de las relaciones sentimentales de su padre hacía falta más tiempo del que Destiny estaba dispuesta a emplear, recordaba aquella tórrida aventura y la hija ilegítima que había resultado de ella. Por lo que había oído, Starr estaba completamente sola en el mundo. Negarse a aquella petición no había sido en ningún momento una opción.

Pero, aunque Starr y ella compartían el mismo padre, la verdad era que no se habían conocido hasta diez días atrás, cuando Destiny había ido a buscar a la adolescente al aeropuerto de Austin. Hasta ese momento sus conversaciones no habían pasado nunca de un superficial «hola, ¿cómo estás?». Starr era mucho más callada de lo que Destiny había esperado. No había habido montones de llamadas telefónicas ni frenéticas sesiones de intercambios de mensajes.

—¡Hola! —dijo, mientras cerraba la puerta tras ella—. ¿Qué tal te ha ido?

—Bien —Starr bajó el iPad—. He estado leyendo.

—¿Has salido a la calle?

Starr negó con la cabeza.

Destiny podría no tener hijos, pero sabía que no era bueno que una chica de quince años estuviera encerrada en una casa desconocida durante días. No sería bueno ni siquiera en el caso de que la casa no fuera desconocida. Los niños necesitaban salir y entrar. Hacer amigos.

Destiny dejó la mochila en el suelo, se sentó en la otra esquina del sofá y le tendió a su hermana la carpeta que le había dado la alcaldesa.

—He tenido una reunión muy interesante esta tarde —comentó, decidida a no mencionar que la alcaldesa había demostrado saber mucho más de lo que debería sobre su vida personal y su inexistente relación con su hermana–. Resulta que hay un campamento de verano en la ciudad. O, a lo mejor, es en la montaña. Todavía no he leído toda la información. Pero está cerca y he pensado que podría gustarte.

El recelo no abandonó la mirada de Starr.

–¿Por qué?

–Porque podrás encontrarte con gente de tu edad. Y hay clases de muchas cosas: música, canto, teatro. Podrías salir fuera. Eso es mejor que quedarse aquí encerrada.

Si podía elegir, Destiny siempre prefería estar al aire libre. No estaba segura de si era así antes de haber ido a vivir con la abuela Nell, pero, desde luego, lo era después. El cielo parecía llamarla. Los árboles eran amigos de gran altura que le proporcionaban protección y sombra durante los días calurosos y soleados. Había miles de cosas por descubrir, además de la magia de la música que la Madre Naturaleza creaba con las hojas susurrantes de los árboles y el canto de los pájaros.

Starr agarró el folleto que le ofrecía y lo abrió.

–Me gustaría estudiar arte dramático –admitió–. Y música –alzó la mirada–. Mejorar con la guitarra.

No había ninguna acusación en aquella frase. Era un hecho. Pero eso no evitó que Destiny se removiera incómoda. El día que había ido a buscar a su hermana al aeropuerto, Starr le había pedido a Destiny que la ayudara a mejorar con la guitarra. Había admitido ser autodidacta y estar un poco frustrada por la falta de instrucción. Destiny había mentido y le había dicho que ella apenas tocaba y que no podía ayudarla.

Dos semanas después, continuaba cargando con aquella mentira sobre los hombros. La música había sido para ella algo tan natural como crecer o respirar. Teniendo en cuenta quiénes eran sus padres, había sido inevitable, suponía. Había empezado a jugar con una guitarra de un tamaño adecuado para ella antes de empezar a leer y a los seis años había comenzado a tocar también el piano.

Cerca de doce años atrás, había tomado la decisión de dejar detrás aquella parte de su vida. De concentrarse en lo que ella consideraba el mundo normal. Rara vez tocaba ya y hacía todo lo posible por ignorar las letras que burbujeaban en su cabeza. A veces renunciaba a reprimirse y pasaba toda una tarde tocando y escribiendo. Normalmente, aquello era suficiente para sacárselas de la cabeza hasta la siguiente vez en la que aquella sensación se imponía.

Se dijo a sí misma que tenía derecho a tomar aquella decisión. Que no le debía a Starr aquella parte de sí misma. Pero, aunque podía ser cierto, sabía que no debería mentir al respecto.

—He estado mirando y hay clases de guitarra. Y también de piano, si te interesa —dijo Destiny con una sonrisa.

—¿Tú tocas el piano?

—Solía tocar.

—Pero no tienes un piano en tu casa.

No, tenía un teclado portátil y unos cascos. Los guardaba debajo de la cama.

—Viajo demasiado como para tener un piano —respondió, encogiéndose de hombros—. Me resultaría difícil llevar el piano en un avión como equipaje de mano.

Starr curvó ligeramente los labios. No fue una sonrisa completa, pero se acercó más de lo que había conseguido hasta entonces, pensó Destiny.

—Creo que el campamento podría gustarte. Sé que es difícil estar lejos de tus amigos del colegio. Seguro que habrá un par de chavales geniales en la ciudad.

—No me gusta salir con gente genial —replicó Starr—. Pero me gustaría hacer amigos.

—Magnífico. En ese caso, echa un vistazo al folleto y dime lo que te parece.

Starr asintió. No preguntó por el precio. El abogado de

Jimmy le había explicado a Destiny que la madre de Starr tenía un seguro de vida y ese dinero se había ingresado en un fondo para la niña. Su padre también había aportado dinero. Sin lugar a dudas, la adolescente pensaba que sería de allí de donde se pagarían sus gastos.

Aunque Destiny sabía que podría sacar legalmente dinero de ese fondo, no quería hacerlo. Quería ser ella la que pagara el campamento, de la misma forma que pensaba pagar todos los gastos de Starr. Eran familia. O algo así. Por lo menos, estaban emparentadas, y eso era lo único que importaba.

—Vamos —dijo mientras se levantaba—. Puedes leer los folletos mientras preparo la cena.

Se dirigieron a la cocina. Starr se sentó a la mesa mientras Destiny sacaba los ingredientes para preparar el pollo frito. Al abrir el refrigerador, se encontró dentro varias cazuelas tapadas.

—¿Sabes cocinar? —preguntó.

—No. Han venido un par de mujeres a traerla. Las dos traen instrucciones sobre cómo calentarlas. Tienen buena pinta.

Destiny miró las etiquetas. Una decía simplemente *lasaña*, y sugería que la calentaran en el horno o en el microondas. La otra etiqueta decía *Pastel de tamal con muchas capas hecho por Denise*. Destiny estaba absolutamente convencida de que no conocía a nadie que se llamara Denise, pero no importaba. En las ciudades pequeñas los vecinos se cuidaban los unos a los otros. Cualquier noticia digna de tener en cuenta despertaba a la brigada de las cocineras.

—Podríamos dejarlos para comer mañana —dijo—. Si te parece bien.

—Claro.

Echó harina, sal y pimienta en una bolsa de plástico grande. Después de lavar el pollo, lo ablandó, lo secó y lo empapó en suero de leche durante unos segundos antes de meter las piezas en la harina. Un par de sacudidas más y el pollo estaba rebozado. Dejó después las piezas en una fuente. El truco para hacer un pollo frito realmente bueno estaba en calentar bien el aceite y dejar que la harina quedara pegajosa.

Mientras esperaba, le dirigió a Starr una mirada fugaz. La adolescente leía la información sobre el campamento intensamente.

Era una niña muy silenciosa. O a lo mejor era solo tristeza. La corta vida de Starr no había sido fácil. Rara vez veía a su padre; su madre había estado saliendo y entrando en centros de rehabilitación y había terminado muriendo de una sobredosis. En aquel momento, Starr estaba viviendo en un internado. No tenía abuelos y todos sus hermanos eran medio hermanos o hermanastros, además de completos desconocidos.

Destiny volvió a sentirse culpable, pero aquella vez por una razón diferente. Necesitaba tiempo para Starr, pensó. Iban a pasar juntas aquel verano. Podían llegar a conocerse.

Suponía que, en muchas familias, los hermanos por parte de padre o de madre eran amigos. Pero no en la suya y eso era porque su padre era incapaz de resistirse a una mujer atractiva, pensó Destiny sombría. Jimmy Don amaba a las mujeres, y ellas también le amaban. Una y otra vez. Se había casado joven y, desde entonces, no había parado de divorciarse y volver a casarse una y otra vez. La madre de Destiny no era diferente. Lacey Mills iba ya por su séptimo marido. O quizá fuera el octavo. No era fácil llevar la cuenta.

Destiny era la primera hija de Jimmy Don y Lacey. Había sido testigo de los primeros años de su relación. Había crecido entre gritos, lanzamientos de platos y todo tipo de tragedias. Había aprendido muy pronto a quitarse de en medio cuando estallaban las peleas y que los buenos momentos siempre eran pasajeros. Se había prometido ser diferente. Quería un matrimonio tranquilo, sereno, pragmático. Los grandes altibajos no eran para ella. Estaba buscando un hombre al que pudiera respetar y con el que pudiera tener hijos. No uno que hiciera latir su corazón a toda velocidad.

Aquella decisión era la razón por la que evitaba a todos los Kipling Gilmore del mundo. Por supuesto, era un hombre endiabladamente atractivo y con una sonrisa encantadora. Estaba segura de que sabía cosas que podrían hacerla suplicar. Pero ella no quería suplicar. No quería ansiar nada, ni desear, ni soñar, ni siquiera anhelar. Quería la certidumbre de un amor estable, fiable y confortable.

El sexo era el origen de todos los males. Aquello también era algo que había aprendido muy pronto. Ella nunca se había permitido enamorarse, algo de lo que estaba muy orgullosa. Ninguna hormona era más poderosa que su determinación y aquello era algo que nunca iba a cambiar.

Hacía años, The Man Cave había sido una ferretería. Cuando a Kipling se le había ocurrido la idea de abrir un bar en el que los hombres pudieran sentirse cómodos, inmediatamente había pensado en la tienda que estaba en venta en Katie Lane Street. Como el vendedor había terminado convirtiéndose en uno de los primeros socios del bar, había conseguido un buen precio.

Las reformas se habían hecho rápidamente. Había ayudado el hecho de que algunos de sus nuevos socios conocieran bien los comercios locales. Habían terminado las obras y ya solo faltaban unas semanas para la inauguración.

Kipling permaneció junto a las puertas dobles de la entrada y miró a su alrededor. Había una barra muy larga en la pared este con una nevera llena de cervezas para que la gente pudiera servirse directamente. Las mesas llenaban la parte delantera. Había también mesas de billar y dianas, una sala para jugar al póker en la parte de atrás y varias pantallas de televisión, incluyendo un par en los cuartos de baño para que nadie se perdiera un solo partido.

El segundo piso daba a la parte principal del bar y había mucho sitio para sentarse. Las paredes estaban cubiertas de recuerdos del mundo del deporte. No solamente las típicas portadas de mujeres en bañador de *Sports Illustrated*, sino también trofeos auténticos y otros objetos. Josh Golden, socio y propietario de aquel edificio, había lucido el maillot amarillo del Tour de Francia. Había balones de fútbol y cascos donados por antiguos jugadores de fútbol americano de Score, una agencia de relaciones públicas local, docenas de trofeos ganados por ellos y el antiguo quarterback Raúl Moreno. La contribución de Kipling era una de las medallas de oro que había conseguido en los Juegos Olímpicos de Vancouver 2010.

Pero lo que más le gustaba era el enorme escenario y la máquina de karaoke de última generación que había encargado. Por supuesto, también podrían tener grupos y diferentes tipos de actuaciones, pero, para Kipling, el karaoke era el verdadero atractivo.

Cuando todavía se dedicaba a competir y viajaba durante todo el año, el karaoke siempre era la herramienta que unía a un equipo. Estuvieran donde estuvieran, buscaban un karaoke y pasaban toda una noche riéndose y haciendo el ridículo. Kipling apenas era capaz de seguir una melodía. Pero lo importante no era cantar bien. Lo importante era divertirse.

La idea de montar un bar había estado persiguiéndole durante algún tiempo. Cuando había llegado a Fool's Gold, se había dado cuenta de que era allí donde quería hacerla realidad. El Bar de Jo era un buen negocio, pero estaba dirigido principalmente a mujeres. Los colores pastel y los canales de televisión dedicados a la moda y las tiendas le espantaban. ¿Adónde podía ir un hombre en aquella ciudad?

Unas cuantas conversaciones después, había encontrado varios socios y un alquiler a largo plazo por parte de Josh.

Encendió las luces y supervisó el bar. Todavía estaban esperando varias mesas y sillas. Les habían concedido la licencia para vender alcohol la semana anterior y tenían ya a los proveedores haciendo cola.

Se abrió la puerta y entraron Nick y Aidan Mitchell.

Los dos eran hombres de allí, nacidos y criados en Fool's Gold. Por lo que Kipling había oído, eran una familia de cinco hermanos. Los más pequeños eran gemelos. Los gemelos y el hermano mayor, Del, estaban fuera.

A sugerencia de sus socios, Kipling había contratado a Nick para dirigir el bar. Aidan, que tenía un año o dos más que él, dirigía el negocio familiar Mitchell Adventure Tours. La empresa estaba dedicada a satisfacer las necesidades de los turistas y ofrecía todo tipo de actividades, desde excursiones tranquilas a descenso de rápidos por aguas bravas.

—Tiene buen aspecto —dijo Aidan mientras se acercaba a él—. Podrás abrir pronto.

—Dentro de tres semanas como máximo —aseguró Nick con tranquilidad—. Ya estoy contratando a los camareros.

Los dos eran hombres altos de pelo y ojos oscuros. Aidan fulminó a su hermano con la mirada.

—¿En serio? Contratar camareros.

Nick tensó su expresión relajada.

—No empieces a meterte conmigo.

—Ni siquiera merece la pena tomarse tantas molestias.

Había frustración y afecto en el tono de Aidan. Por lo que Kipling había sido capaz de apreciar, la familia Mitchell estaba muy unida, pero no exenta de problemas. El padre era Ceallach Mitchell, el famoso artista del vidrio. Era tan conocido por su talento como por su mal genio. Aparentemente, Nick había heredado su habilidad, pero no su interés. Por lo que Kipling sabía, Nick llevaba años trabajando en bares, en vez de dedicarse al vidrio.

Aidan presionaba mucho a su hermano, se quejaba de que podría hacer mucho más que limitarse a dirigir un bar. Como el propio Kipling tenía una relación complicada con su hermana, hacía todo lo posible para mantenerse al margen de aquella dinámica familiar.

—¿Has dedicado algún momento a pensar en lo que hablamos? —le preguntó Kipling.

El mayor de los hermanos se encogió de hombros.

—Sabes que no tengo tiempo.

Kipling sabía cuándo debía guardar silencio. Era un truco que había aprendido de su preparador: deja que hablen y casi siempre terminarán convenciéndose de lo que tú quieres».

—Sí —continuó Aidan—, ya sé que es un trabajo voluntario, pero en verano estamos muy ocupados.

—Tú estás ocupado durante todo el año —respondió Nick alegremente—. ¿Y qué ocurrirá si es uno de tus clientes el que se pierde?

Aidan soltó una maldición.

—A ti nadie te ha pedido opinión.

—Soy un hombre generoso. No necesito que me la pidan.

Kipling reprimió una risa.

Aidan le fulminó con la mirada.

—No me presiones.

—Jamás se me ocurriría —respondió Kipling—. ¿Te he comentado que fue la alcaldesa la que me sugirió que te lo preguntara?

Aidan volvió a soltar una maldición.

—Muy bien —gruño—. Seré uno de tus voluntarios.

—Me alegro de saberlo. Dame un día para conseguirte toda la documentación.

—¿Hay documentación? —Aidan sacudió la cabeza—. Mala señal.

Nick le dio una palmada en la espalda.

—Y que lo digas.

–¿Y no crees que tú lo harías bien a mi lado? –le preguntó Aidan.

–Jamás se me habría ocurrido lo contrario.

«Dos por el precio de uno», pensó Kipling satisfecho. El equipo de búsqueda y rescate, en el que se negaba a pensar como HERO, estaría compuesto, principalmente, por voluntarios. Él estaría a cargo de todo y contrataría a un segundo de a bordo, además de a otro par de trabajadores. Pero el resto del trabajo descansaría en la labor de los voluntarios. Aquella era la manera más fácil de mantener costes bajos.

Teniendo en cuenta la buena disposición de la comunidad para participar en diferentes propuestas, Kipling pensaba que no tendría problemas para conseguir un equipo de gente preparada. Ya había hablado con el jefe de la policía y el de bomberos y ambos le habían asegurado que se presentarían como voluntarios muchos de sus miembros.

Pero el que realmente le interesaba era Aidan. Gracias a su negocio, conocía la zona mejor que casi nadie. Cuando alguien se perdía, Kipling quería a Aidan sobre el terreno, buscando.

–¿Cuándo empezaremos a prepararnos? –preguntó Nick.

–No empezaremos hasta dentro de un mes. La preparadora de STORMS ha llegado hace un par de días. Tiene que cartografiar el terreno y poner el software en funcionamiento.

Aidan asintió.

–¿Te refieres a esa pelirroja alta? Sí, la he visto por la ciudad. ¿Cómo se llama?

–Destiny Mills.

Kipling quería decir mucho más. Como que tenía unos ojos verdes que le recordaban a las hojas de la primavera recortadas contra la nieve. Pero él no era un tipo que hablara de aquella manera. Nadie hablaba así, de hecho. Por lo menos, nadie que él conociera.

–No te vendría mal una mujer –dijo Nick, y le dio un codazo a su hermano.

–No es mi tipo.

–¿Cómo lo sabes? Ni siquiera la conoces.

Aidan tensó el gesto.

–No lo es. Déjalo ya –se volvió y se marchó.

Nick esperó a que su hermano estuviera fuera para sacudir la cabeza.

–No es capaz de salir con nadie durante más de quince minutos. Algún día, esa forma de vida se volverá contra él. ¿Y qué me dices de ti? ¿Qué piensas tú de la señorita Destiny Mills?

Kipling no estaba dispuesto a compartir con nadie, y menos con ellos, lo que pensaba sobre la mujer en cuestión.

–Voy a trabajar con ella, no a salir con ella. ¿A qué viene tanto interés?

–Soy el barman. Necesito saber ese tipo de cosas.

Por un instante, Kipling pensó en advertirle que se mantuviera al margen. Él tenía sus propios planes para Destiny. Pero se dio cuenta de que no tenía sentido. Si Destiny tenía algún interés en lo mismo que él, pronto lo sabría. Y si no, le daría la bienvenida a Nick. Kipling nunca se había tomado demasiadas molestias para conquistar o retener a una mujer. Precisamente, su problema era que jamás había querido nada más que relaciones temporales. Pero, hasta que llegara el momento de separarse, estaba muy interesado en acompañar a Destiny hasta donde ella quisiera llegar.

Destiny se despertó antes de lo habitual. Cuando terminó de ducharse y vestirse, todavía no eran las seis. Agarró la cartera, la metió en el bolsillo delantero de los vaqueros, se dirigió sin hacer ruido hacia la puerta de la calle y salió.

Todavía hacía frío, aunque el hombre del tiempo había

prometido un día cálido y agradable. El cielo estaba despejado y el vecindario tranquilo. Destiny se subió la cremallera de la sudadera y se dirigió hacia el centro.

Una de las ventajas de estar cambiando constantemente de lugar era descubrir los negocios de cada localidad. Hasta el momento, sus hallazgos en Fool's Gold habían sido una furgoneta en la que servían unos sándwiches increíbles situada al lado de Pyrite Park y Ambrosia Bakery. La primera le resolvía el problema del almuerzo y la panadería iba a obligarla a añadir algo más de ejercicio a su rutina.

Cruzó las calles vacías. Al acercarse a la panadería, vio un grupo de gente y un par de coches. Un corredor la saludó con la cabeza al pasar delante de ella.

A Destiny le gustaba descubrir el ritmo de cada ciudad en la que trabajaba. Todas se parecían, aunque en cada una de ellas había suficientes diferencias como para hacerlas interesantes. En cierto modo era como el ritmo de una canción. Las estrofas contaban una historia y el estribillo era la exploración de un tema. El ritmo era la columna vertebral que sostenía el conjunto.

Torció en Second Street y vio la panadería a la izquierda, más adelante. Las puertas estaban abiertas, lo que significaba que eran más de las seis. Entró e inhaló la dulce combinación del azúcar, la canela y el pan recién hecho. Aquello era la gloria.

Detrás del mostrador había una mujer pequeña rubia. Tenía los ojos azules y un bonito rostro. Había algo en ella que le resultaba familiar, pero Destiny sabía que no la conocía. En su tarjeta decía que se llamaba Shelby.

—Buenos días —la saludó Shelby con una sonrisa—. Has madrugado.

—No tanto como tú —Destiny señaló las vitrinas llenas de dulces—. A no ser que hornearas todo esto ayer por la noche.

Shelby se echó a reír.

—No tengo tanta suerte. He entrado a trabajar a las tres.

Destiny esbozó una mueca.

–Me gusta levantarme pronto, pero eso supondría todo un desafío incluso para mí.

–Lo sé. Cuando tengo un día libre, duermo hasta muy tarde. Eso quiere decir las cuatro y media. Desde luego, es un horario bastante raro. ¿Qué puedo ofrecerte?

Destiny pidió media docena de bizcochos con pasas. Dejaría la mayor parte para Starr, y a lo mejor se llevaba uno al trabajo.

Shelby los colocó en una caja de rayas blancas y plateadas.

–¿Eres nueva en la ciudad o estás de visita?

–Soy nueva. Estaré aquí durante el verano para instalar un software para el equipo de búsqueda y rescate.

Shelby asintió.

–HERO –se echó a reír otra vez–. Soy hermana de Kipling Gilmore. No sé si le has conocido ya. Es el director del programa. Y odia profundamente el nombre que le han puesto, por cierto. Si te apetece torturarle o algo parecido, bastará con que lo repitas en voz alta.

–Ya le he conocido y te agradezco el consejo.

Destiny estudió a Shelby, comprendiendo en aquel momento por qué le había resultado familiar.

Shelby le tendió la caja.

–¿Sabes? No hace falta que vengas a comprar dulces. No es que no te agradezca la compañía, pero la mayor parte de la gente quiere también un café y aquí no tenemos. También puedes conseguir nuestros dulces en Brew-haha.

–No soy muy de café. Me gusta más el azúcar –Destiny pensó en la conversación que había mantenido con Kipling y en lo que había dicho la alcaldesa sobre el programa–. ¿Llevas mucho tiempo viviendo en la ciudad? Tuve la impresión de que Kipling era una adquisición relativamente nueva.

–Casi un año –la sonrisa de Shelby desapareció–. Nos

mudamos el verano pasado. Mi madre murió y, bueno, es complicado. Kipling estuvo en rehabilitación hasta enero. Física, no de otro tipo. Bueno, supongo que ya sabes quién es. Sabes lo del esquí y todo eso.

Destiny asintió.

—Me lo imaginé. El accidente fue terrible. Me alegro de que ahora esté bien —vaciló un instante, sin estar muy segura de qué decir acerca de su madre—. Siento lo de tu madre.

—Gracias. Es algo que nunca se supera, pero estoy enfrentándome a ello. Tener a Kipling cerca me ayuda. En realidad, es absolutamente irritante, pero le quiero. Es el único familiar que me queda. Sin él, estaría perdida.

—Es bonito tener a la familia cerca —musitó Destiny, pensando en Starr.

Solo tenía quince años y estaba muy sola en el mundo. Era una suerte que pudieran contar con aquel verano para conocerse.

Entraron un par de hombres en la panadería. Los dos eran altos, de hombros anchos, y llevaban pantalones cortos y camisetas. También le resultaron familiares, pero no fue capaz de identificarlos. ¿Estaría emparentado todo el mundo en aquella ciudad?

—Quien pierde paga —dijo el tipo de pelo oscuro—. Eso significa que pagas tú.

—Muy bien Sam. Pero pienso darte una buena paliza cuando estemos en el campo

—Hasta mañana —le dijo Destiny a Shelby, y se dirigió hacia la puerta.

Pasó por delante de los dos hombres. Ambos llevaban alianza de casados. No era que le hubiera gustado ninguno de ellos. Ella era una mujer fuerte y jamás cedía a algo tan transitorio como el sexo. Tenía objetivos, normas y un plan. Y si el plan fracasaba, tenía los dulces.

Comenzó a caminar hacia la casa. Ya había más gente en la calle y el sol comenzaba a elevarse en el cielo. Sonrió y saludó a aquellos que la saludaban. Le gustaba la cordialidad que reinaba en aquella ciudad.

Cuando llegó a la esquina, miró antes de cruzar. Y al desviar la mirada hacia la izquierda, vio a un hombre que corría, alejándose de ella. Tenía la zancada ligeramente irregular y su ritmo era más lento que el de la mayoría. En cuanto su cerebro registró aquella información, reconoció a Kipling.

Tenía cicatrices en las piernas y una ligera cojera al correr. Pensó en todo lo que tenía que haber superado tras el accidente y se preguntó por el valor que se necesitaba para recuperarse de algo así.

No, no para recuperarse. Para superarlo. Eso hablaba muy bien de él.

Cruzó la calle y se dirigió a su casa. Una vez dentro, dejó los dulces en la mesa y corrió al dormitorio. Tras cerrar la puerta, sacó la guitarra del armario y se sentó en el borde de la cama.

Las palabras se atropellaban alrededor de una melodía a medio conformar. Consciente de que Starr estaba durmiendo al otro lado del pasillo, tocaba quedamente, deteniéndose de vez en cuando para apuntar las notas y la letra.

Demasiados caminos y demasiados días. Probando, sufriendo. Te veo solo. Demasiadas noches deseando que todo salga bien y verme caminando...

Presionó las manos contra las cuerdas de la guitarra mientras se esforzaba por terminar aquel verso.

La canción la llamaba. La necesidad de perderse en la búsqueda de las notas y las sílabas adecuadas crecía. De buscarle sentido, de encontrar versos. Miró de reojo el reloj que tenía en la mesilla. Tenía que ir al trabajo y no quería que Starr la oyera. Sería mejor comenzar la jornada.

Tomó aire y se puso un plazo a sí misma, programando

el despertador para que sonara al cabo de cuarenta y cinco minutos. Cuando comenzó a sonar, se obligó a dejar la guitarra y a guardar su vieja libreta en la mesilla.

Tenía un trabajo de verdad, se dijo. Una vida normal. El resto, las canciones, la música... eran solo un entretenimiento. Ella había tomado aquella decisión por algún motivo. Tener el control de la situación era lo que la mantenía a salvo. La vigilancia, se recordó a sí misma. La determinación. Ella era más fuerte que su biología. Siempre lo sería.

Capítulo 3

Kipling instaló los ordenadores nuevos en los escritorios que les habían enviado la semana anterior. Dividió los envoltorios en dos montones, el del reciclado y el de la basura, y salió para tirarlos. Cuando regresó, Destiny estaba entrando en la oficina.

—Justo a tiempo —le dijo, fijándose en los vaqueros, las botas y la camiseta corta que llevaba. Se había recogido el pelo en una coleta.

Por lo que él podía decir, no llevaba maquillaje. Como bolso, llevaba una mochila y, desde luego, no parecía haberse vestido como para impresionar a nadie. No era la clase de mujer que hacía esperar a un hombre «solo cinco minutos» mientras se arreglaba. Otro punto a su favor.

—He visto que han llegado los ordenadores —dijo a modo de saludo—. Se lo diré a mis informáticos, en un par de días estarán aquí para cargar y probar el software. Hasta que lo hagan, me dedicaré a cartografiar el terreno. Después, empezaremos a enseñaros a los voluntarios y a ti el funcionamiento de STORMS.

—Buenos días —le saludó Kipling—. ¿Qué tal has pasado la noche?

Destiny arqueó las cejas.

—Jamás habría dicho que fueras un hombre que diera importancia a esos detalles. Pero, por supuesto, yo también puedo hacerlo. Buenos días, Kipling, ¿has disfrutado la carrera de hoy?

—¿Cómo sabes que he salido a correr?

Destiny cambió el peso de pie a pie.

—He salido a comprar algo para desayunar y te he visto. Ibas en otro sentido. Podría haberte llamado, pero estabas demasiado lejos. No creas que te estaba espiando ni nada parecido.

—Jamás he pensado una cosa así.

Destiny se le quedó mirando fijamente. Un año atrás, Kipling lo habría interpretado como una buena señal. Como una muestra de interés. Aquel día, ya no estaba tan seguro. A lo mejor las cicatrices la habían desalentado. Aunque no le parecía una persona a la que le importaran ese tipo de cosas.

—Es una ciudad pequeña —continuó diciendo ella—. Es imposible escapar de nadie. Y no quiero decir que fuera eso lo que estuvieras haciendo. Ni de nada.

Destiny dejó la mochila en la mesa y se cruzó de brazos.

—¿Te resulta incómodo? —le preguntó él.

—Mucho.

—¿Quieres que cambiemos de tema?

—Más de lo que te imaginas.

Kipling sonrió de oreja a oreja.

—En ese caso, pongámonos a trabajar.

A diferencia del despacho de la alcaldesa, aquel no contaba con unos cómodos sillones. En el centro de mando las conversaciones tenían lugar alrededor de una mesa metálica con sillas plegables. Destiny se sentó en una de las sillas que había en una esquina. Sacó el portátil de la mochila y lo encendió. Mientras lo hacía, le tendió a Kipling un par de hojas de papel.

—Este es el calendario preliminar —le explicó—. Cartografiar el terreno y probar el programa nos llevará cerca de un mes. Después tendremos múltiples prácticas de rescate que saldrán fatal. Para ese momento, queremos un grupo participante tan pequeño como sea posible. De esa forma, nadie se desanima.

–Estás dando por sentado lo peor.

–He hecho esto otras veces –le explicó–. Los hombres y las máquinas necesitan entrenar para poder trabajar juntos. En cuanto hayamos superado los obstáculos, ampliaremos las zonas de prácticas e incorporaremos a más gente.

Estaba suficientemente cerca de Kipling como para que ambos pudieran ver la pantalla del ordenador, lo cual significaba que este podía oler la esencia de su champú. Una fragancia floral, pensó. Algo ligeramente sorprendente, teniendo en cuenta el poco interés que mostraba por parecer femenina con la ropa y los accesorios.

Matices inesperados. Todo el mundo los tenía. Y eran una de las cosas que más le gustaba descubrir. ¿Qué otros misterios escondería? ¿Habría una mujer apasionada tras aquella fachada de profesionalidad? ¿Sería una mujer silenciosa en la cama o le gustaría gritar? Él estaba abierto a las dos cosas.

Destiny se volvió para sacar algo de la mochila. Al moverse, la cola de caballo se meció contra él. Destiny tenía el pelo rojo oscuro y ligeramente rizado por las puntas. Un pelo que parecía estar suplicando que lo acariciaran. Kipling sabía que serían unos mechones muy suaves. Por un segundo, se permitió imaginarse a Destiny quitándose la goma que sujetaba su pelo y sacudiendo la cabeza. Como en uno de esos anuncios cursis de perfume. A lo mejor incluso le llamaría con un dedo.

No era muy probable, pensó, disimulando una sonrisa ante aquella imagen. Destiny no le parecía una mujer muy voluptuosa. La imaginaba más práctica que seductora. Y, desde luego, para él eso tampoco representaba ningún problema.

Destiny dejó varios documentos en el escritorio y leyó atentamente el primero.

–¿Vas a contratar a una segunda persona para dirigir el equipo?

Kipling se obligó a concentrarse de nuevo en el trabajo.

–Sí. Tengo previstas varias entrevistas durante las próximas semanas. También habrá un par de empleados contratados –Destiny tomó un par de notas mientras Kipling hablaba–. La fuerza de los voluntarios es impresionante. La mayoría son policías y bomberos, además de algunos vecinos que...

Destiny se volvió hacia él.

–Sam Ridge.

–¿Le conoces?

–No. Le he visto hoy en la panadería. Ha llegado con otro hombre cuando yo me iba. Uno de ellos ha dicho que se llamaba Sam. He estado intentando averiguar quién era –se inclinó hacia él–. Es un antiguo futbolista de la Liga de Fútbol Profesional. Hay muchos atletas profesionales en esta ciudad. Tú, el futbolista, y algún ciclista también. Hay un artículo sobre él en la web de Fool's Gold. Estás muy acompañado. ¿Por eso viniste a vivir aquí?

–No exactamente.

Destiny curvó los labios en una sonrisa.

–Déjame adivinarlo. Tiene algo que ver con la alcaldesa.

–Pues la verdad es que sí. Vino a Nueva Zelanda después del accidente y me ofreció el trabajo.

En aquel entonces, a él no le importaba nada el trabajo, pensó sombrío, recordando lo indefenso que se había sentido atrapado en la cama del hospital, sin estar seguro de si volvería a caminar otra vez. Lo único que le importaba era su hermana y todo por lo que estaba pasando. La gente decía que el amor era lo más importante. Él nunca lo había pensado. El amor no servía para hacer lo que había que hacer. Mientras Shelby había estado intentando esquivar los puñetazos de su padre, el amor de Kipling no había sido capaz de hacer ni una maldita cosa para salvarla.

Entonces había aparecido la alcaldesa Marsha y le había ofrecido un milagro. Kipling no sabía cómo se había enterado aquella mujer de lo que estaba pasando, pero lo sabía. Y, tal y como había prometido, había protegido a Shelby. A cambio, él se había mudado a Fool's Gold.

Kipling sabía que él había sido el más beneficiado con aquel trato. Shelby estaba a salvo y él tenía un lugar en el que empezar desde cero. Un lugar en el que era, simplemente, Kipling Gilmore. No el famoso G-Force. Algo que, probablemente, debía parecerle suficiente a la mayor parte de la gente. Se había recuperado y se había reincorporado a la vida. Pocos se daban cuenta de que, después de haber pasado años siendo un dios, era difícil conformarse con menos.

—Un viaje muy largo para contratar a alguien.

—Yo lo valgo.

Destiny se echó a reír.

—Muy bien. Fingiré que estoy de acuerdo contigo. ¿La alcaldesa fue a verte durante sus vacaciones?

—No lo sé —admitió Kipling—. La verdad es que no he pensado mucho en ello. Estaba bastante magullado y tenía muchas cosas a las que enfrentarme.

Aun así, recordaba a la alcaldesa al lado de su cama, diciéndole que ella se haría cargo de su hermana. Kipling no la había creído entonces, pero ella había cumplido su palabra. Habían metido a su padre en la cárcel, Shelby estaba a salvo y, cuando se había recuperado, Kipling había ido a hacerse cargo del trabajo que le habían ofrecido.

—¿Y? —le urgió Destiny.

—Me hizo una oferta irresistible —contestó. No quería contarle la verdad a nadie. Por proteger a Shelby, más que a sí mismo—. Y aquí estoy.

—No hay nadie tan cualificado como tú para este trabajo. Te sabes mover perfectamente en la montaña.

—Menos a pie que sobre los esquís.

—¿Y eso te molesta?

Kipling pensó en lo que era bajar deslizándose por la nieve. Ir más rápido que nadie. Pensó en la sensación del viento en los oídos, en el hecho de que, durante aquellos segundos, estaban solo él y la probabilidad casi imposible de ganar.

—A veces —admitió.

—¿Por haber tenido que renunciar a un sueño? —le preguntó.

Kipling asintió.

—A la larga, era algo que tenía que suceder, pero pretendía poder hacerlo a mi manera.

—Pero te dedicabas a algo peligroso. Podrías haberte hecho mucho daño.

Kipling la miró a los ojos.

—Y me lo hice.

—Lo que quiero decir es que podría haber sido mucho peor. ¿Mereció la pena?

Kipling ni siquiera tuvo que pensar la respuesta. Sabía lo que era desafiar a la gravedad. Y había sido el mejor.

—Absolutamente.

—Eso es algo que jamás he comprendido. ¿Por qué asumir deliberadamente esa clase de riesgo?

—Por la recompensa.

Destiny arrugó la nariz.

—¿Un trofeo y una mujer florero?

—La emoción de ganar. De hacer algo que no se ha hecho antes.

—Bates un récord, pero después otro bate el tuyo. La gloria es efímera.

—Las montañas son eternas y, cuando esquiaba, yo formaba parte de ellas.

Mientras hablaba, Kipling parecía estar mirando tras Destiny hacia un lugar que ella no podía ver. Ella no podía comprender de qué estaba hablando. No llegaba a entender el significado que encerraban aquellas palabras. ¿Por qué iba a querer alguien ponerse voluntariamente en peligro? Por supuesto, Destiny les había preguntado muchas veces a sus padres por qué estaban dispuestos a arriesgar un matrimonio y una familia por unas cuantas noches de pasión, y tampoco ellos habían sido capaces de explicárselo.

Suponía que su incapacidad para comprenderlo tenía más que ver con ella misma que con ellos. Ella no buscaba la emoción bajo ningún concepto y parecía que todos los demás la buscaban a cualquier precio. Pero, aunque normalmente rechazaba las decisiones que sus padres tomaban con un simple encogimiento de hombros, se descubrió a sí misma deseando saber más sobre la elección de Kipling. Para entender lo que le había llevado a correr aquel riesgo.

—¿Entonces eras parte de la montaña? —le preguntó—. ¿Algo más grande que tú mismo?

Kipling le dirigió una de sus encantadoras sonrisas.

—Algo así.

—Eso lo entiendo —contestó ella—. Cuando estoy sola en la naturaleza, siento paz. Una conexión especial. Pero es algo que uno puede sentir sin necesidad de correr.

—Tú puedes sentirlo estando quieta —la corrigió—. Yo lo siento a través de la velocidad.

Destiny le miró a los ojos. En ese instante, el mundo pareció inclinarse ligeramente sobre su eje. O quizá fuera más preciso decir que pareció salirse de su eje. Podía oír los latidos de su corazón y notar que estaba respirando, pero todo aquello le parecía algo separado del acto de contemplar aquellos ojos azules.

Estaban sentados más cerca de lo que ella había sido consciente. Suficientemente cerca como para sentirse incómoda y un poco nerviosa. Inclinarse hacia delante le parecía lo más lógico pese a que, aunque le hubiera ido en ello la vida, no habría sabido decir por qué. ¿Inclinarse hacia él y después qué?

En vez de ceder a aquel impulso, se reclinó ligeramente hacia atrás y buscó un tema de conversación más neutral.

—He conocido a tu hermana esta mañana.

—¿Así que hoy has decidido disfrutar de un desayuno saludable? —preguntó Kipling con ironía.

—He ido a comprar bizcochos para mi hermana.

Kipling arqueó una ceja.

—De acuerdo. Los he comprado para mí, pero le he dejado la mayoría a mi hermana —removió los papeles que tenía delante—. Es una suerte que también Shelby haya podido venir a vivir a Fool's Gold. ¿Siempre habéis estado muy unidos?

—Casi siempre. He viajado mucho y eso lo hacía más difícil, pero siempre hemos estado en contacto. Ya sabes cómo son esas cosas.

—En realidad, no —respondió antes de poder contenerse—. Mis padres me tuvieron a los nueve meses de casarse. Se separaron cuando yo tenía cinco. Cuando se separaron, mi padre conoció a otra mujer y tuvieron un hijo. Mi madre se quedó embarazada de otro hombre y después mis padres volvieron a estar juntos. Todo era muy confuso.

Había mucho más que contar. Otros matrimonios, separaciones y divorcios. Lacey y Jimmy Don creían que había que disfrutar plenamente de la vida. Destiny había pasado muchas épocas con amigos y parientes. Y también en la carretera con sus padres. Al final, la abuela Nell había decidido intervenir y alejarla de aquella locura. Desde el momento en el que había puesto un pie en la casita que Nell tenía en la montaña, Destiny había sabido que aquel era su lugar en el mundo.

—En realidad, no conozco a Starr —admitió—. Tenemos el mismo padre, pero hasta hace dos semanas no nos conocíamos.

–Qué difícil. ¿Y cómo están yendo las cosas?

–Bien, supongo. Por lo menos, eso espero. No habla mucho y esta es la primera vez que me hago cargo de una adolescente. Parece entusiasmada ante la posibilidad de pasar el verano en el campamento del que me habló la alcaldesa. Creo que le vendrá bien salir y hacer amigos –titubeó–. No sé lo que quiere. Ni de mí ni de la vida. Cuando yo tenía su edad... Bueno, digamos que era diferente.

–¿Diferente en qué sentido?

Antes de que hubiera podido pensar una respuesta, se oyó el familiar sonido de un motor. Se fue haciendo cada vez más fuerte y al final se acalló.

–No me lo puedo creer –dijo con una sonrisa–. ¿Qué os pasa a los hombres? ¿No podéis limitaros a entrar tranquilamente en una habitación? ¿Siempre tenéis que hacer una gran aparición?

Destiny miró hacia el cielo.

–¿Sabes qué es eso que acabas de oír? Es Miles cruzando la ciudad de camino al aeropuerto. Porque le parece algo genial. El piloto de mi helicóptero es uno de los mejores, pero tiene la madurez emocional de un niño de dos años. Vamos, seguro que le apetecerá conocerte, y tengo que advertirle que no cause problemas mientras esté aquí.

–¿Los causa normalmente?

Destiny pensó en la cantidad de corazones destrozados y sueños rotos que había ido dejando Miles en su camino. Pero no eran como las miguitas de pan de los cuentos. Porque cuando Miles se marchaba, no volvía a mirar atrás.

–Siempre. Eso forma parte de su encanto.

–¿Y a ti qué te parece? –preguntó Kipling.

–Que necesita un buen coscorrón en la cabeza.

Fueron en el jeep de Kipling hasta el pequeño aeropuerto. Por supuesto, ya estaba el helicóptero en la pista. Cuando Kipling llegó a un stop, salió un hombre del helicóptero y les saludó con la mano. Destiny bajó del jeep y corrió hacia él.

Kipling vio que el otro hombre, Miles, era aproximadamente de su misma altura. Tenía el pelo negro y llevaba una gorra de béisbol de los Stallions de Los Ángeles. Destiny se abalanzó hacia él y Miles la estrechó entre sus brazos.

Por un segundo, Kipling se preguntó si iba a tener un competidor para su corta aventura con aquella pelirroja tan sexy. O si se había confundido al deducir que era soltera. Pero, bajo su atenta mirada, el abrazo continuaba siendo amistoso, nunca fue más allá del afecto. No había ningún rastro de tensión sexual entre ellos. Ni ninguna química.

Miles la soltó y ella retrocedió un paso. Comenzaron a hablar animadamente. El hombre sacudió la cabeza con un gesto de cabezonería y Destiny le dio un puñetazo en el brazo.

Muy bien, pensó Kipling con una sonrisa. Era una relación de hermanos más que de amantes. Excelente noticia. Estaba deseando seducir a Destiny, pero no lo haría si ella tenía otra relación.

—Kipling Gilmore, te presento a Miles Thomas. Es un gran piloto y un auténtico sinvergüenza en lo que se refiere a las mujeres. Por favor, dile que aquí intente tomarse las cosas con tranquilidad.

Los dos hombres se estrecharon la mano.

—Esta es una ciudad familiar con muchas mujeres en el poder —le advirtió Kipling—. Nuestra jefa de policía tiene hijos en el instituto y en la universidad. No es fácil razonar con ella.

Miles le guiñó el ojo a Destiny.

—En ese caso, no le pediré salir. Queridísima Destiny, estás consiguiendo que este hombre tan amable piense que soy un auténtico canalla.

—Sí, lo sé. Como ya he dicho, brillante en el cielo y un

canalla en su vida amorosa. No sé a cuántos llantos telefónicos he tenido que enfrentarme durante el último par de años.

–Yo jamás he llamado llorando por teléfono –replicó Miles.

–Muy gracioso. No me hagas darte otro puñetazo.

Miles se frotó el brazo.

–No se te da mal. Supongo que eso también fue trabajo de la abuela Nell.

–Sí, y si te hubiera conocido, te habría castrado, como hacía con los cerdos.

El buen humor de Miles se desvaneció. Dio un paso hacia atrás.

–Gracias por avisar. Está muerta, ¿verdad?

–Estás hablando de mi abuela favorita –le advirtió Destiny–, así que un poco de respeto.

–Sí, señora.

Kipling se apoyó en el jeep y se decidió a participar en la conversación.

–¿Cuánto tiempo piensas quedarte en la ciudad? –le preguntó a Miles.

–El que dure el trabajo –alzó la mirada hacia las montañas–. Seis semanas más o menos, quizá –suspiró pesadamente–. Pero el trabajo de Destiny tampoco me lleva todo el día. ¿Conoces a alguien a quien le pueda interesar contratar a un piloto de helicóptero?

–No, pero preguntaré por la zona. Hay una empresa en la ciudad que ofrece diferentes rutas por lugares inexplorados. Te daré el número del director. Es posible que a Aidan le apetezca ofrecer rutas en helicóptero. Y quizá haya otros también. Déjame pensar en ello.

–Claro. Sería genial –Miles sacó una tarjeta del bolsillo de la camisa y se la tendió–. Agradecería cualquier cosa que me permitiera romper con el aburrimiento de tener que sobrevolar el terreno centímetro a centímetro.

–Te pagamos muy bien –se defendió Destiny.

–Es cierto, mi amor, pero el dinero no hace que el trabajo sea más interesante.

–Es una diva –le explicó Destiny a Kipling–. Eres tú el que debería mostrar esa actitud, y no lo haces. Miles no tiene ninguna razón para creerse una estrella, pero se comporta como si lo fuera.

–Te estoy oyendo –le advirtió Miles.

Destiny comenzó a caminar hacia el jeep.

–Podemos llevarle a la ciudad para que alquile un coche. Espero que no te parezca mal.

Miles sacudió la cabeza.

–Siempre está igual. Se comporta como si yo fuera...

–¿Su irritante hermano pequeño? –preguntó Kipling.

–Exacto. ¿Por qué será?

–No tengo ni idea.

Lo único que sabía era que Miles no iba a interponerse en su camino. Lo que significaba que tenía tiempo para trazar un plan.

–No lo entiendo –admitió Starr mientras bajaban de la acera de camino a la fiesta que se estaba celebrando en la ciudad–. ¿Quién es Rosie la Remachadora?

–Trabajó en una fábrica durante la Segunda Guerra Mundial –le explicó Destiny–. Simboliza a todas las mujeres que colaboraron durante la guerra. Antes de esa fecha, no eran muchas las que se habían incorporado al trabajo en las fábricas, pero cuando faltaron los hombres, fueron ellas las que ocuparon su lugar.

Starr abrió los ojos como platos.

–¿Cómo sabes eso?

–Lo he leído en un folleto. Alguien me ha dejado una carpeta llena de folletos que explican todas las fiestas de la ciudad. Algunas parecen divertidas –y, lo más importante para ella, había por lo menos un par de fiestas al mes, lo que les proporcionaba diferentes actividades con las que llenar los fines de semana.

Aquel día comenzaba la fiesta de Rosie la Remachadora, una fiesta con la que se recordaba a todas las mujeres de Fool's Gold que se habían trasladado a San Francisco durante la Segunda Guerra Mundial para trabajar en las fábricas.

Aunque los colegios de Fool's Gold todavía continuarían las clases durante varias semanas, el internado de Starr ya había dado por terminado el curso. Evidentemente, la adolescente tenía edad para quedarse sola, pero Destiny no creía que pasar sola día tras día pudiera ser bueno para su hermana.

—Podríamos ir a la biblioteca a buscar algún libro sobre Rosie la Remachadora.

Starr elevó los ojos al cielo.

—No, gracias. Si quisiera leer algo sobre ella, lo consultaría en Internet.

—Claro.

Cruzaron la calle y se dirigieron hacia el parque. Hacía un día cálido y soleado, las aceras estaban llenas de gente. Habían colocado diferentes puestos en los que se vendía desde aceite de oliva a joyas y había carteles prometiendo música durante toda la tarde y la noche.

Destiny se detuvo frente a uno de aquellos carteles. Por lo menos había algo que Starr y ella tenían en común. Algo de lo que podían hablar.

—Podemos quedarnos a escuchar a algún grupo —propuso—. ¿Cuáles te interesan a ti?

—¡Hola, chicas!

Destiny se volvió y vio tras ella a una mujer de pelo gris vestida con un chándal que caminaba en su dirección.

—No me lo digas —dijo la mujer—. A ver si lo adivino —se interrumpió y las señaló—. Destiny y Starr. ¿He acertado?

Destiny asintió.

—Sí, hola.

—Yo soy Eddie Carberry. Sé que acabáis de llegar a la ciudad. Nos gusta que venga gente nueva, siempre y cuando no cause problemas —su expresión se tornó firme mientras alzaba la mano y señalaba a Destiny con el dedo—. Nada de conducir utilizando el móvil, jovencita. ¿Me has oído? Es peligroso.

—Sí, señora.

—Yo todavía no sé conducir —añadió Starr rápidamente, se hizo a un lado para quedar así medio escondida detrás de Destiny—. Y jamás haría algo así.

—Procura no hacerlo —Eddie relajó la expresión y sonrió—. Que os divirtáis en la fiesta.

—Si, señora —contestaron las dos al unísono.

Eddie se marchó.

—¿Cómo sabe quiénes somos? —preguntó Starr—. Y, en cualquier caso, ¿a ella qué más le da?

—Buenas preguntas las dos —contestó Destiny—. Son cosas de las ciudades pequeñas.

—La ciudad más pequeña en la que he vivido es Nashville. De allí nos mudamos a Atlanta y después fuimos a Miami —Starr se detuvo un segundo—. Papá me llevó de gira una vez. Yo tenía ocho años. Entonces estuvimos en algunas ciudades pequeñas, pero eso era algo diferente. No sé si esta va a gustarme.

—Tienes que darle tiempo a la ciudad. Es posible que sea un poco más agobiante vivir en un lugar pequeño, pero también más fácil conocer gente, porque la ves una y otra vez.

—Y eso está bien, a no ser que no te lleves bien con la gente.

Destiny se echó a reír.

—No eres muy optimista, ¿verdad?

—Supongo que no —a Starr le brillaron los ojos—. ¿No crees que la tristeza es una prueba de talento?

–Creo que, sobre todo, es algo propio de una adolescente.

–¿Tú también tenías momentos de tristeza?

–La abuela Nell no creía en los cambios de humor. Siempre decía que a los pollos no les importaba cómo me hacía sentirme el tener que darles de comer siempre y cuando lo hiciera.

–Suena... eh, genial.

Destiny sonrió de oreja a oreja.

–Y lo era, pero no era una mujer fácil. Aun así, a mí me encantaba estar con ella –se volvió hacia el cartel–. Vamos, elijamos los grupos que nos gustan. Tú primero.

Miraron las propuestas y tuvieron una acalorada conversación sobre rock versus folk. Diez minutos después, tenían ya el horario organizado, por lo menos musicalmente. Era demasiado pronto para comer y como todavía faltaban un par de horas para que empezara la música, la tarde se aventuraba muy larga.

Destiny no estaba segura de si deberían hablar del colegio. ¿Sería un terreno seguro?

–¿Sigues en contacto con tus amigas del colegio? –preguntó.

–Con algunas.

–Si quieres invitar a alguien a pasar unos días aquí, por mí, estupendo. Sería preferible un fin de semana, porque así yo no tendría que trabajar –añadió.

–Gracias, pero no. Todas tienen planes con sus familias. Becky va ir a Europa y Chelsea va a ir a una escuela de idiomas –Starr exhaló un hondo suspiro–. Su padre trabaja para el gobierno o algo así y ella tiene que aprender muchos idiomas.

–Tiene que ser difícil.

–Sí, ¿verdad? Pero se le dan muy bien. A Becky se le dan muy bien las matemáticas. A mí no se me da bien nada, pensaba que a lo mejor la música, pero... –se le quebró la voz y se encogió de hombros.

Durante un segundo, Destiny sintió una punzada de culpa. Solo había oído cantar a su hermana un par de veces, pero pensaba que tenía una bonita voz. Sabía que podía enseñarle a tocar mejor la guitarra. Y quizá pudiera enseñarle a tocar el teclado. Pero Destiny no quería explorar aquel terreno. No quería ni meterse ni meter a nadie en aquel mundo. Era seductor y peligroso. Desde fuera, el mundo de la música era todo glamur, pero por dentro era cualquier cosa menos eso.

Una mujer alta con una mochila al pecho en la que llevaba un bebé se acercó a ellas. Les dirigió una sonrisa radiante.

—Hola, vosotras debéis de ser Destiny y Starr Mills. Me alegro de conoceros. Soy Felicia Boylan. Soy la responsable de las fiestas de la ciudad —se interrumpió un instante—. Es curioso que todas seamos pelirrojas. Solo hay un dos por ciento de la población que tenga el pelo rojo. Es un gen recesivo. Creo que el color procede de una mutación del MC1R. Es un gen que...

Felicia se interrumpió y se encogió de hombros.

—Lo siento. Imaginad que nunca he dicho nada de eso. La mayor parte de la gente piensa que estos ataques de conocimiento no son particularmente interesantes, pero puedo aseguraros de que son inofensivos.

—¿Eso es verdad? —le preguntó Starr—. Me refiero a lo que has dicho de la mutación.

—Sí. Pero no es como si te concediera superpoderes, como en las películas de X-Men. Aunque, curiosamente, el pelo rojo no encanece. Sencillamente, va perdiendo color con el paso del tiempo —Felicia volvió a sonreír—. No es que ahora eso tenga mucha importancia, pero dentro de cuarenta años, será reconfortante.

Starr pareció más confundida que tranquila.

—Qué niña tan mona —dijo Destiny—. ¿Cuánto tiempo tiene?

–Ocho meses –Felicia sonrió radiante–. Es mi hija, Gabrielle-Emilie. Le puse el nombre por Gabrielle-Emilie Le Tonnelier De Breteuil, una cortesana francesa que colaboró con Voltaire, su amante, en muchas investigaciones de física. Sin embargo, si llegas a conocer a Gabriel, mi cuñado, no le digas que la niña no se llama así por él. Llegó a una conclusión equivocada y decidimos no desilusionarle.

Starr parecía cada vez más confundida, pero asintió y le tocó la manita al bebé.

–Hola, Gabrielle.

–La llamamos Ellie para abreviar. Los humanos crean vínculos a través de los apodos y mi hijo, Carter, pidió este en honor de su madre.

Destiny comenzaba a tener problemas para seguirla.

–¿Tú no eres la madre de Carter?

–No, es complicado –Felicia se volvió hacia Starr–. La alcaldesa me dijo que estabas pensando en ir al campamento de verano. Quería pasarme a verte para decirte que, según mi hijo, son geniales y que disfrutarás. Él también tiene quince años.

Destiny estaba dispuesta a aceptar que sus convecinos supieran sus nombres y quizá incluso que estuvieran al tanto de los motivos por los que estaban allí. Pero que supieran su edad y su interés por el campamento le resultó un poco extraño.

–Gracias por la información –dijo Starr tímidamente.

–De nada. Una de las cosas que hacen en el campamento es asignarte un compañero. Es alguien que ya ha estado allí. Él te enseñará el campamento y te presentará a la gente. Puede resultar difícil cuando eres nueva. O rara. Yo era muy rara de adolescente. Ahora soy más normal. Mi marido dice que me suavicé al enamorarme, pero yo creo que la verdad es que nuestra intensa interacción personal me ha permitido desarrollar mis habilidades sociales.

Felicia le tocó el hombro a Starr.

—En tanto que adolescente, tienes una tendencia natural a sentirte alineada. Es parte del proceso de separación mientras maduras hacia la edad de adulta. Aunque es algo que puede ayudarte a convertirte en un miembro útil para la sociedad, es fácil que te sientas muchas veces sola y fuera de lugar. Y eso puede resultar incómodo. Creo que el campamento te ayudará a alimentar sentimientos de conexión con tus iguales.

—Si tú lo dices —respondió Starr lentamente.

—Estupendo. Le diré a Carter que esté pendiente de ti —Felicia le sonrió a Destiny—. Algunas de las mujeres de la ciudad vamos a comer hoy en el Bar de Jo. Estáis invitadas. Yo no podré ir porque estaré trabajando, pero os animo a asistir. Hacer amigos ayuda a sentirse como en casa en cualquier lugar.

—Gracias —dijo Destiny—. Eres muy amable.

—Gracias. Puedes buscar a Shelby Gilmore. Dice que te conoce. Ella estará allí. Ahora, si me perdonáis, he oído que hay algún problema con los asientos del escenario pequeño. Alguien no prestó atención a mi plan y ahora tengo que ir a explicarle en qué se ha equivocado.

—Buena suerte —musitó Destiny.

Felicia se despidió con un gesto de mano y se alejó.

Starr se la quedó mirando fijamente.

—Me da miedo.

—A mí también. Pero, al mismo tiempo, me gustaría parecerme a ella. Es una mujer muy inteligente.

—Tú también eres inteligente. Mira el trabajo que tienes.

—Sí, no puedo decir que no sea inteligente —dijo Destiny con una risa—. Pero no soy nada comparada con Felicia —le pasó el brazo por los hombros a su hermana—. Lo bueno de todo esto es que, aparentemente, no tenemos que preocuparnos por las canas.

—La verdad es que yo no estaba muy preocupada —Starr

se estrechó un instante contra ella y después se apartó–, lo que estoy es hambrienta.

–Yo también. Y parece que tenemos planes para el almuerzo, pero todavía queda mucho tiempo hasta entonces. ¿Quieres que vayamos a la panadería a comprar un donuts?

–Claro.

Rodearon el parque y avanzaron por la Second Street esquivando a familias con cochecitos. ¿Serían turistas o vecinos de la ciudad?, se preguntó Destiny, pensando en su proyecto de hacer una boda sensata y disfrutar después de un matrimonio tranquilo y sereno.

Cuando estaba en la universidad y había concebido aquel plan, pensaba que, a aquellas alturas, ya estaría casada. Pero había descubierto que los hombres tranquilos y sensatos eran más difíciles de encontrar de lo que había imaginado.

Salieron dos hombres de la panadería. Reconoció a Miles y a Kipling, cada uno de ellos sosteniendo sendas cajas de rayas blancas y plateadas.

Se detuvo bruscamente al sentir una repentina presión en el pecho. ¿Qué demonios era...?

Todo pareció detenerse. Se concentró en su respiración y después fue desplazando la atención hacia el resto de su cuerpo. Sentía la anteriormente mencionada presión, además de un extraño temblor en el estómago y algo que se parecía casi a un cosquilleo entre los muslos. Si un segundo antes no hubiera estado perfectamente bien, habría pensado que tenía la gripe. Pero si no era eso, ¿qué podía ser?

Miró a Miles. Este la vio y sonrió. Parecía satisfecho consigo mismo, lo que significaba que había tenido éxito en alguno de sus flirteos. Mientras le observaba, Destiny no pudo menos que compadecer a la mujer que había sido merecedora de su atención. Aunque a la mayoría de ellas no parecía importarles. Muchas de sus conquistas lamentaban haber perdido a Miles, pero eran pocas las que se arrepentían de la fugaz pasión de la que habían disfrutado al haber estado con él.

Algo que ella nunca había tenido la tentación de experimentar, de modo que Miles no podía ser el causante de aquella reacción.

Se volvió hacia Kipling e inmediatamente se perdió en sus ojos azules. Parecía menos contento que su nuevo amigo. De hecho, se adivinaba irritación en la comisura de sus labios. Cuando fulminó a Miles con la mirada, Destiny tuvo una visión completa de su cincelado perfil.

«Tus palabras fueron como un faro. Yo estaba buscando un hogar».

Destiny tomó aire. No, se dijo con firmeza. No podía crear una canción pensando en Kipling. Sabía hacia dónde podía conducirla aquello, hacia un lugar oscuro y dañino. La arrastraba hacia la atracción, el sexo, los celos y las peleas a última hora de la noche. No podía sentirse, bajo ninguna circunstancia, atraída por Kipling Gilmore. Los dioses del esquí no tenían relaciones sensatas.

–¿Qué parte de «mi hermana» no entiendes? –estaba preguntando Kipling cuando Miles y él la alcanzaron–. Hola, Destiny.

–Hola, ¿qué pasa?

Miles se encogió de hombros.

–No sé. He visto a una mujer guapa y le he hecho un cumplido. Y este ha estado a punto de arrancarme la cabeza.

Destiny esbozó una mueca.

–No, Shelby no. Me cae bien. Mantente alejado de ella.

–Gracias –dijo Kipling. Le sonrió después a Starr–. Hola, soy Kipling.

–Yo soy Starr.

–La hermana. Veo que la belleza corre por las venas de la familia.

Starr se sonrojó e inclinó la cabeza.

–Hola –dijo Miles–. Estábamos hablando de mí. Shelby es una mujer adulta. Puede salir con quien quiera.

Kipling dio un paso hacia él.

–No, no puede. Como le hagas daño, te romperé hasta el último hueso, ¿está claro?

Miles abrió la caja que llevaba y sacó una galleta. Mordió un bocado.

–La actitud, Kipling –dijo mientras masticaba–. Tienes que trabajarte la actitud –advirtió la expresión implacable de Kipling y suspiró–. De acuerdo, está fuera de mi alcance –le ofreció una galleta a Starr–. ¿Entonces cómo voy a divertirme en esta ciudad? Con Shelby no puedo salir –le guiñó el ojo a Starr–. Tú eres demasiado joven –miró a Destiny–. Y tú no tienes ningún interés en mí.

–Tienes razón, ninguno.

Miles gimió.

–No hace falta que seas tan brusca. Podrías fingir que estoy bueno –se volvió hacia Kipling–. Hemos tenido este problema desde el principio. Es el problema que tiene ser una princesa.

Destiny se había divertido con la conversación hasta ese preciso instante. Tomó aire, esperando estar equivocada. Esperando que Miles no siguiera por ahí.

Siempre ocurría lo mismo, pensó frenética, buscando la manera de desviar el rumbo de la conversación. Alguien lo averiguaba, después se extendía la noticia y todo cambiaba.

–¿Princesa? –preguntó Starr–. ¿Destiny?

–Y tú también, alteza.

–¿Qué? –Starr miró la galleta–. Yo no soy nadie especial.

Kipling se volvió hacia Starr.

–Claro que lo eres.

Un gesto de amabilidad, teniendo en cuenta que él no tenía la menor idea de a qué se refería Miles.

Miles movió las cejas.

–No lo sabe, ¿verdad?

—No, y no tiene por qué saberlo.

—Claro que sí —Miles sonrió a Kipling—. Destiny es la hija mayor de Jimmy Don y Lacey Mills. Sabes quiénes son, ¿verdad?

Kipling miró a Destiny. La confusión oscureció por un instante su mirada, pero, después, desapareció.

—Imposible.

—Completamente posible —le aseguró Miles—. He visto a Lacey en un par de ocasiones. Normalmente, va a visitar a Destiny a los lugares en los que trabaja. Sigue siendo guapísima. ¡Y qué voz! La oí una vez en directo. Es la reina de la música *country*. Todos esos éxitos, toda esa pasión.

«Y todos aquellos dramas», pensó Destiny sombría. Las fotografías en la prensa, las detenciones, los divorcios, las promesas rotas. Sí, todo aquello había sido increíblemente maravilloso. ¿Quién no iba a querer ser como ella?

Miró significativamente el reloj.

—¡Mira qué hora es! Tenemos que irnos.

Se volvió, esperando que Starr la siguiera, y la adolescente comenzó a caminar tras ella.

—¿Por qué no querías que Kipling supiera quiénes son nuestros padres? —preguntó Starr cuando ya no podían oírlas.

—Las cosas cambian. La gente empieza a comportarse de forma diferente cuando se entera.

—¿Te respetan más?

«Ojalá», pensó Destiny.

—No exactamente. Creen que me conocen porque les conocen a ellos. Y no es cierto.

—¿Y eso es malo?

—A veces.

Capítulo 4

Destiny y Starr llegaron a el Bar de Jo a la hora del almuerzo. Destiny no estaba segura de qué esperar. Como norma general evitaba los bares. Apenas bebía y, desde luego, no pretendía ligar con ningún hombre. Pero la invitación de Felicia le ofrecía la oportunidad de conocer a algunas de las mujeres de la ciudad y de llenar parte del día hasta que los grupos empezaran a tocar. Dos por el precio de uno en el apartado de beneficios.

Se sorprendió al descubrir que aquel lugar era la antítesis de un bar tradicional. Tenía luz a raudales, un techo alto y las paredes estaban pintadas de colores pastel. Estaba limpio, la televisión estaba sintonizada con un canal de compras y la música de fondo era apenas audible.

Había algunas mesas ocupadas, la mayor parte de ellas por grupos de mujeres. Destiny vio a Shelby sentada junto a otras mujeres y se acercó hacia ella. Shelby alzó la mirada y la saludó moviendo la mano con vigor.

—Has venido —dijo Shelby cuando Destiny y Starr se acercaron a la mesa—. Genial, ven, quiero presentarte a todo el mundo —señaló a una mujer rubia que estaba sentada al final de una mesa rectangular—. Esta es Madeline. Trabaja en Luna de Papel.

—Estoy en la sección de vestidos de novia —le aclaró Madeline con una sonrisa–. Así que, si estás pensando en casarte, ven a verme.

–Gracias –musitó Destiny, pensando que, aunque la perspectiva del matrimonio le resultaba atractiva, encontrar al hombre adecuado era particularmente difícil, al menos para ella.

–Esta es Bailey, probablemente la habrás conocido en la oficina de la alcaldesa –continuó Shelby.

–No, no nos conocimos –respondió una mujer pelirroja–. Ese día no fui a trabajar. Chloe estaba nostálgica –Bailey sonrió–. Es mi hija. Ahora se está dando cuenta de lo que es estar fuera. Pero eso siempre es así, ¿verdad?

Destiny asintió e intentó prestar atención al resto de los nombres. Había una Larissa, una Consuelo y, quizá, una Patience, pero no estaba segura.

–Yo soy Destiny –dijo una vez se hubo presentado todo el mundo–. Esta es Starr, mi medio hermana. Acabamos de llegar, pero probablemente eso ya lo sabéis todas.

Bailey sacó la silla que tenía a su lado.

–Starr, cariño, siéntate a mi lado. Creo que tenemos el pelo del mismo color y eso es algo que no me pasa casi nunca.

Starr vaciló un instante antes de aceptar el asiento que le ofrecían. Destiny se sentó enfrente de ella, al lado de Madeline.

–¿Cuánto tiempo lleváis en la ciudad? –preguntó Madeline.

–Una semana.

–No puedo imaginarme lo que debe de ser eso –admitió Madeline–. Llevo toda mi vida aquí. Y Patience también.

Patience asintió.

–Nacida y crecida aquí. Nunca he salido de esta ciudad. Madeline, ¿tú no pasaste un año en San Francisco?

–Sí. Probé muchos trabajos diferentes antes de encontrar uno que realmente me gustara.

Shelby se inclinó hacia delante.

–Patience es la propietaria del Brew-haha.

–La cafetería –recordó Starr, encogiéndose de hombros–. He estado leyendo información sobre la ciudad. Es un lugar muy interesante.

–Tenemos toda una trayectoria de mujeres poderosas.

La última que había hablado era Consuelo, pensó Destiny. Era una mujer pequeña, pero de aspecto fuerte. Con el pelo y los ojos oscuros, era la más llamativa del grupo. Por un instante, Destiny deseó parecer más exótica. O, a lo mejor, pensó, sencillamente, en no parecerse tanto a sus padres. Hasta ese momento nadie había dicho nada. A lo mejor Kipling no se había puesto a contar a todo el mundo que era hija de Jimmy Don y Lacey Mills. ¿Y eso no sería un gesto de amabilidad?

Se suponía que no debería pasar demasiado tiempo ocultando quién era, pero, sencillamente, no tenía ganas de contestar todo tipo de preguntas. ¿Qué se sentía al crecer con unos padres famosos? ¿Sabía cantar? ¿Lacey era tan sexy en persona como parecía? Aquella era una de las peores preguntas. A ningún niño le gustaba oír lo sexy que encontraba la gente a sus padres. Destiny había tenido a admiradoras dándole sus números de teléfono y sus direcciones de correo electrónico. Una mujer madura de Dallas había llegado a ofrecerle una fotografía en la que aparecía desnuda para Jimmy Don. Destiny se había negado a aceptarla, y, más todavía, a enviar la fotografía.

–Hace siglos, un grupo de mujeres Mayan emigró al norte de esta parte del país –explicó Patience con una sonrisa–. Formaron una sociedad matriarcal. No estoy hablando de algo místico ni nada parecido, pero creo que su poder, o como quieras llamarlo, permanece.

–Estoy convencida –dijo Larissa–. ¿No os ha pasado nunca que os basta entrar en un sitio para notar las vibraciones de felicidad? ¿O de maldad?

Algunas de ellas asintieron. La camarera se acercó a la mesa con una libreta en la mano.

–¡Hola a todo el mundo! –saludó. Miró después a Destiny y a Starr–. Vosotras sois nuevas. ¿Sois hermanas?

–De padre –contestó Destiny, se presentó y presentó después a Starr.

–Yo me llamo Jo. Bienvenidas. A la primera bebida invito yo. ¿Qué queréis tomar?

Consuelo suspiró.

–Ha sido una semana muy larga. Yo voto por margaritas –miró a Starr–. Prepara una de esas vírgenes.

Todo el mundo asintió con entusiasmo.

–La única cita que tenía para hoy la he tenido esta mañana –dijo Madeline–. Yo me apunto.

–Yo tampoco trabajo –se sumó Patience–. Trae la jarra, Jo.

Destiny estaba sorprendida y divertida a la vez. A la abuela Nell le habría encantado aquel grupo, pensó al tiempo que se preguntaba por la sensatez de beber a aquella hora del día. Aun así, era sábado, y no tenía que conducir.

–Perfecto –contestó Jo–. ¿Nachos para acompañar?

–Por supuesto –dijo Larissa.

Jo asintió y se volvió. Cuando se alejó, Patience se inclinó y bajó la voz.

–¿Ya ha visto alguien The Man Cave por dentro?

–Vas a tener que dejar eso ya –le advirtió Consuelo–. Todo el mundo tiene derecho a abrir un negocio.

–Pero este es diferente.

Madeline asintió.

–Este va a causar problemas.

–¿De qué estáis hablando? –preguntó Destiny.

Madeline miró por encima del hombro y volvió a prestar atención al grupo.

–Van a abrir un bar nuevo en la ciudad.

Destiny esperó a que completaran la información, pero no parecía haber nada más.

—Muy bien —dijo lentamente—. ¿Y se puede saber por qué eso es malo?

—Porque el Bar de Jo es el bar de la ciudad. Y ahora habrá dos. Las cosas no funcionan así aquí.

—Pero eso no es cierto. He visto que hay más de un restaurante. Y más de una tintorería.

—Claro —contestó Bailey—. Y muchos de los hoteles tienen bar. Pero esta es una competición más directa. No sé lo que va a pasar. La alcaldesa no ha dicho nada todavía, pero estoy segura de que lo hará.

Patience señaló a Madeline.

—¿No te has enterado? Nick será el encargado.

Madeline sacudió la cabeza y se reclinó en la silla.

—No sigas, te lo suplico.

—Nick, ¿eh? —bromeó Larissa—. ¿Te gusta?

Consuelo elevó los ojos al cielo.

—¿Sabes siquiera quién es?

—Sé que es el encargado de The Man Cave.

Consuelo gimió.

—¿Le has visto alguna vez?

Larissa se echó a reír.

—No, ¿pero eso qué más da? ¿Y si está pasando algo romántico entre ellos? ¿No quieres enterarte de la historia? ¿No quieres saber cómo se conocieron y cómo se enamoraron?

Destiny esperaba una respuesta cortante. Pero Consuelo la sorprendió al suspirar.

—¿Sabes? Me encantaría oírlo. Y me parece terrible. Yo antes era una mujer muy dura.

—A mí sigues dándome miedo —la tranquilizó Bailey.

—¿De verdad? Es imposible que acabes de decir eso.

—Te lo prometo.

—¿Podemos volver a Madeline y a Nick, por favor? —preguntó Patience—. ¿Cuánto tiempo lleváis saliendo?

Madeline estiró los brazos sobre la mesa y apoyó la cabeza en ellos.

—Me rindo –farfulló–. Que alguien me dispare. O que le dispare a ella. No me importa.

—Claro que te importa –replicó Larissa–. Entonces, ¿qué pasa con Nick?

Todo el mundo se echó a reír. Madeline se irguió.

—Nick es uno de los hermanos Mitchell –explicó–. Su padre es un artista del vidrio.

—Ceallach Mitchell –aclaró Bailey a todas las demás–. Es un artista mundialmente famoso. Sus piezas se exhiben en todas partes –se volvió hacia Starr–. Yo trabajo para la alcaldía. Por eso tengo que saber ese tipo de cosas.

—¿Vive aquí? –preguntó la adolescente.

—Sí, con su esposa. Y dos de sus hijos también siguen viviendo aquí –Baile frunció el ceño–. Es así, ¿verdad?

—Sí –contestó Patience con firmeza–. Del se marchó hace años. Conoció a una chica cuando estaba en la universidad, Maya. Estaba completamente enamorado de ella y entonces ella se fue y él también se marchó, pero no juntos. Yo, por edad, estoy entre los dos, así que todo fue muy emocionante. Ella no era de por aquí. Después está Aidan. Sigue en Fool's Gold y dirige el negocio de rutas turísticas de la familia. Nick está en medio de los dos. Tiene el talento de su padre, pero ya no quiere trabajar con el vidrio. No tengo ni idea de por qué. Y después vienen los gemelos.

A Destiny ya le estaba dando vueltas la cabeza, y eso que todavía no había probado la margarita.

—¿Cómo consigues no confundirte?

—Vivo aquí, no es difícil –Patience sonrió a Madeline–. ¿Eres tú la razón por la que Nick ha perdido la creatividad? ¿Le has hecho sufrir?

—Solo estuvimos juntos un verano –protestó Madeline–. Hace años. Estábamos en el último año de instituto. Fue una relación intensa y ardiente y al final terminó. Nick estaba creando una enorme figura de cristal y yo estaba aterrorizada porque tenía miedo de que fuera a ser sobre nosotros, sobre sexo o sobre la pérdida de mi virginidad. Pero no fue así. Fueron árboles. Así que me quedé tranquila.

Madeline apretó los labios y se aclaró la garganta. Se volvió hacia Starr.

—Lo siento. Probablemente no debería estar hablando de estas cosas delante de ti. Estábamos enamorados, pero no casados. Ha estado muy mal por mi parte.

Starr sonrió.

—Sé que mucha gente tiene relaciones sexuales y que se supone que eso tiene que ser romántico. Pero a mí todavía me parece algo repugnante.

—Y lo es —dijo Madeline rápidamente—. Asqueroso. No es algo que tengas que querer hacer.

Jo apareció en aquel momento con las margaritas. Mientras se las iban pasando, Destiny pensó que aquel grupo de mujeres era muy acogedor. Estaban un poco chifladas, pero, en lo que se refería a la amistad, eran estupendas.

Agradeció que Starr no pareciera tener prisa por enamorarse. O por mantener relaciones sexuales. Aquella era una complicación que ninguna de ellas necesitaba.

Sinceramente, nunca había comprendido el atractivo de volcarse en otra persona hasta perder completamente la cabeza. ¿Qué sentido tenía? Pensó en Kipling. Obviamente, era un hombre agradable y atractivo. Aunque ella no terminara de entender qué podía tener de estimulante el esquiar a la velocidad del sonido, respetaba que hubiera tenido un sueño y hubiera trabajado para conseguirlo. Ella entendía el trabajo duro.

¿Pero arrojarse a sus brazos y suplicarle que la hiciera suya? ¿Por qué? Sí, le gustaba pensar en él, y también estar a su lado. Y no se le ocurriría ir tan lejos como para que pensar que tocarle podía resultar repugnante. Pero pensar en besarle no era lo mismo que pensar en el sexo. Eso lo tenía muy claro. Podía disfrutar de la compañía de Kipling y admirar su cuerpo y no acostarse con él. Ella no era un animal salvaje.

—Así que me estás diciendo que no saltan las chispas con Nick —dijo Larissa.

—Ya no.

Shelby le sonrió a Destiny.

—Estoy completamente perdida, ¿y tú?

—Bastante, pero en el buen sentido. Parece que la vida en esta ciudad es interesante.

—Lo es —le aseguró Shelby—. Yo la estoy disfrutando.

—Tienes un hermano muy guapo —afirmó Patience—. No es que tenga el menor interés en él. Estoy casada con el mejor hombre del mundo y es fabuloso. Simplemente, reconozco, desde un punto de vista intelectual que King es muy atractivo. Tengo derecho a mirar.

Consuelo gimió.

—Ni siquiera tú puedes haberte emborrachado tan rápidamente. Solo has bebido dos tragos.

—Lo sé, pero todavía no he comido.

—Te emborrachas con nada —gruñó Consuelo, pero lo dijo en un tono cariñoso.

Destiny estaba más interesada en hablar con Shelby. Si Kipling le había contado a alguien quién era, tenía que haber sido a su hermana. Pero Shelby no dio la menor muestra de estar intrigada por sus famosos padres.

—Kipling puede ser muy atractivo —dijo Shelby—, pero a veces resulta irritante con esa necesidad imperiosa de arreglarlo todo. No todo se tiene que solucionar. Pero, aparte de eso, es, básicamente, un buen tipo —sonrió radiante—. Y está soltero, ¿alguien quiere salir con él?

Todo el mundo miró a Destiny y a Madeline, lo que hizo que Destiny fuera consciente de que eran las dos únicas adultas solteras sentadas a la mesa.

Madeline alzó las manos.

–Yo no tengo ningún interés. Nos hemos conocido y no hay química entre nosotros.

Destiny pensó en sus propios planes y supo que no quería hablarle de ellos a nadie. Había descubierto que la mayoría de la gente, sencillamente, no entendía su razonamiento. Por supuesto, la mayoría de la gente no había crecido con sus padres.

–Yo solo voy a estar un par de meses en la ciudad.

Patience arqueó las cejas.

–¿Os habéis fijado? Destiny no ha dicho nada de la falta de química.

Shelby soltó una carcajada.

–Puedes reconocer que está muy bueno. No pasa nada. No voy a interpretarlo de ninguna manera.

–Gracias. Está muy bueno.

Patience dio un sorbo a su margarita.

–Hay muchos hombres atractivos en esta ciudad. Es interesante. Y agradable para nosotras.

–Mi marido es un auténtico sueño –dijo Larissa con un suspiro–. ¡Qué cuerpo! –se interrumpió cuando todo el mundo la miró–. ¿Estoy dando demasiada información?

Patience señaló a Starr y arqueó las cejas.

Larissa asintió.

–Dinos, Starr, ¿quién está bueno en tu mundo? ¿Cuántos años tienes? ¿Diecisiete?

Starr se sonrojó.

–Quince.

–¿De verdad? Pareces tan sofisticada. Es el pelo –Larissa suspiró–. Todo el mundo cree que es genial ser rubia. Pero hay demasiadas rubias. Las pelirrojas son especiales.

Starr sonrió tímidamente.

–Destiny y yo acabamos de enterarnos de que no vamos a tener canas. De que las pelirrojas no tienen canas.

–Ahora sí que has terminado de amargarme –dijo Patience alegremente–. ¿Quién ten gusta entonces? No me digas que Justin Bieber, por favor. Es un chico que me preocupa.

–¿One Direction? –preguntó Bailey–. Me gusta su música. Y no puedo evitarlo, adoro a Taylor Swift.

–No me sorprende –dijo Consuelo.

–Me gusta Cody Simpson como cantante pop –contestó Starr–. Pero a mí me gusta más la música *country*.

Destiny, que estaba tragando saliva, se quedó petrificada. ¿Pensaría delatarlas su hermana? Pero Starr no dijo nada más.

Destiny esperó a ver si alguna de ellas reparaba en la alusión a la música *country*, pero lo único que Shelby dijo fue:

–Sé que es mayor, pero a mí me gusta Matt Damon. Es tan sexy, y tan simpático.

Madeline se echó a reír.

–Y está casado. Yo prefiero enamorarme de tipos solteros. ¿Quieres que hablemos de verdad de tíos buenos? ¿Qué me dices de Jonny Blaze? ¡Oh, Dios mío! Es increíble. Ese cuerpo, esos ojos verdes. ¡Esa manera de moverse! –se abanicó con la mano.

Starr se echó a reír.

–Está bastante bien.

–Me encantan todas sus películas –dijo Larissa–. Es una estrella del cine de acción con cerebro. Y esos músculos no le sientan nada mal.

Consuelo levantó el pulgar.

–Y sabe cómo mover los puños y participar en combates cuerpo a cuerpo. En la mayor parte de las películas ni lo intentan, pero él está en todos los detalles.

Madeline se inclinó hacia Destiny y bajó la voz.

–Consuelo estuvo en las Fuerzas Especiales o algo parecido. Les da unas clases increíbles a los escoltas. Comenzó con clases de autodefensa, pero ahora está dando unas clases de gimnasia matadoras. He estado yendo desde principio de curso y ahora tengo músculos en lugares en los que ni siquiera sabía que se podían tener músculos. Pero, de vez en cuando, sigue dándome miedo. Te lo juro, esta mujer podría matar a alguien con una toalla de papel.

—Estoy impresionada, e intimidada —admitió Destiny.

—Dímelo a mí. Si te apetece venir a clase conmigo, avísame. Es duro, pero divertido.

—Gracias, lo haré.

Jo llegó entonces con dos fuentes de nachos. Starr se echó a reír por algo que dijo Clarissa. Las conversaciones en las otras mesas fluían tan libremente como en la suya.

Destiny tenía que admitir que estaba más que un poco sorprendida con Fool's Gold. Normalmente, disfrutaba de sus encargos, pero aquel en particular la había tenido preocupada, principalmente por Starr. Pero, por todo lo que había visto hasta aquel momento, Fool's Gold era un lugar acogedor en el que resultaba muy fácil vivir. Se sentía como si llevara meses allí y apenas llevaba una semana. Tenía una sensación de conexión a la que no estaba acostumbrada. De pertenencia. Le gustaban las mujeres que había conocido y agradecía que estuvieran siendo tan amables con Starr y con ella. No era que estuviera deseando que aquellas relaciones fueran algo permanente, pero sabía que iban a ser agradables mientras duraran.

Family Man Air Charters estaba ubicada en uno de los hangares del aeropuerto. Finn Andersson, un hombre alto de unos treinta y tantos años, se reclinó en la silla mientras Kipling le hablaba de Miles y del helicóptero. Aidan Mitchell estaba sentado en la silla de al lado, escuchando.

—El precio de la hora de helicóptero no es barato —explicó Kipling—. Pero ofrece una perspectiva única.

Aidan y Finn se miraron el uno al otro.

—Curioso —dijo Aidan—. Finn y yo hemos estado contemplando la idea de conseguir algo así para nuestra empresa de rutas de montaña. Un helicóptero nos ofrecería muchas ventajas.

Finn asintió.

–Exacto. Podríamos subir a los excursionistas a las cumbres de las montañas y ellos podrían bajar desde allí. O llevarlos a zonas remotas, imposibles de alcanzar de otra manera. ¿Cuánto tiempo piensa quedarse Miles por aquí?

–Dos meses –contestó Kipling–. La zona debería estar completamente cartografiada para finales de julio.

–Tiempo suficiente para ver si puede resultar interesante –reflexionó Aidan–. Porque si decidimos seguir adelante con lo del helicóptero, habría que hacer una gran inversión.

–Yo podría conseguir el permiso para pilotar helicópteros –Finn parecía emocionado ante aquella posibilidad–. Lo haríamos por mejorar el negocio, pero la verdad es que sería divertido.

Aidan se echó a reír.

–Y sería una buena excusa para volar –su expresión se tornó pensativa–. ¿Sabes? Podríamos hablar con la alcaldesa para que colaborara en el asunto del helicóptero. Tú y yo podríamos comprarlo y después el Ayuntamiento podría contratarnos cuando surgiera alguna emergencia.

–Yo puedo hablar con Destiny sobre cómo encajar un helicóptero en el proyecto STORMS –se ofreció Kipling.

–Estaría bien –dijo Aidan.

–Estoy de acuerdo –añadió Finn–. Debería habérsenos ocurrido a nosotros mismos. Estaremos en contacto con Miles y veremos si quiere hacer algún trabajo extra mientras esté en la ciudad.

–Estaré encantado de ayudaros –les dijo Kipling–. Espero que esto funcione –porque le encantaba buscar solución a los problemas que se encontraba.

Cuando terminó la reunión, caminó hacia el jeep. Las montañas parecían estar más cerca aquel día, lo cual era imposible. Pero aun así, las sentía más próximas. Acechando. Insistentes. Tentadoras.

Le dolía. Los lugares en los se habían hecho los huesos añicos eran los peores. La mayor parte de sus articulaciones adivinaba que iba a llover dos días antes que el hombre del tiempo. Se recordó a sí mismo que había sobrevivido. Que estaba andando cuando tenía muchas probabilidades de haberse quedado en una silla de ruedas. Debería estar agradecido.

Cuando llegó al jeep, alzó la mirada hacia las montañas y las imaginó cubiertas de nieve. Si hubiera nieve, podría dominarlas, pensó sombrío. O, por lo menos, había sido capaz de hacerlo. En otro tiempo. Ya no lo era.

—Están muy concentrados —dijo Kipling.

Destiny observó a los dos informáticos que estaban trabajando con los ordenadores. Llevaban auriculares y tecleaban intensamente. Destiny imaginaba que ni siquiera eran conscientes de que había otras personas en la habitación.

—Son los mejores —aseguró—. Pondrán todo en funcionamiento, solucionarán los problemas que puedan surgir y desaparecerán. Cuando estemos cerca del final del entretenimiento, volverán y se encargarán de hacer todas las adaptaciones teniendo en cuenta las peculiaridades que sea necesario incorporar a tu programa. Después lo probaremos y podrás comenzar a utilizarlo.

Salieron. Hacía un día cálido y soleado. Al lado de la oficina había un pequeño jardín con unas cuantas mesas y unos cuantos bancos. Era un buen lugar para que se reunieran los voluntarios, pensó Destiny. Y quizá también pudieran reunirse en el parque de bomberos, que estaba muy cerca. Pero no era ella la que tenía que ocuparse de aquel problema, se recordó a sí misma. Cuando terminara aquel encargo, tendría que marcharse. Por mucho que le gustara un lugar en particular, nunca volvía.

Se sentaron en una de las mesas, el uno frente al otro.

—He hablado con Miles esta mañana —dijo Destiny—. Me ha dicho que le has encontrado un trabajo a media jornada.

Kipling se encogió de hombros.

—Me había contado que se aburría. Sabía que había un par de tipos que podrían querer expandir su negocio utilizando un helicóptero. Parece que todo el mundo ha salido ganando.

—Shelby me dijo que te gustaba solucionar problemas. Ahora entiendo lo que quería decir.

—¿Y eso es malo?

—No. Es solo un rasgo interesante. ¿Hay alguna razón psicológica o es algo con lo que naciste?

Kipling se echó a reír.

—¿Tú qué crees?

—No lo sé. Creo que el ambiente en el que crecemos tiene un gran impacto en nuestra vida.

Destiny había aprendido muchas lecciones observando a sus padres. Por supuesto, la mayoría de ellas habría preferido evitarlas. Pero también había aprendido cosas positivas.

—En eso estoy de acuerdo contigo —le dijo Kipling, Vaciló un instante—. No te gustó que Miles dijera quiénes eran tus padres...

Destiny resistió la necesidad de bajar la cabeza y salir corriendo.

—No. No me gusta decírselo a mucha gente. Empiezan a hacer preguntas que prefiero no contestar.

—O a asumir cosas que no son ciertas.

—¿Cómo lo sabes?

—Digamos que no soy un cantante famoso de *country*, pero yo también he estado bajo los focos. No toda la atención que uno recibe es positiva.

–Por supuesto. Tú has sido un importante y atractivo esquiador.

Kipling arqueó una ceja.

–¿Te parezco atractivo?

Las mejillas le ardieron al instante. Se aclaró la garganta.

–Me refería a lo que pensaba todo el mundo, no hablaba de manera particular.

–Entonces no crees que sea atractivo.

Estaba provocándola. Flirteando quizá. Nunca había llegado hasta aquel punto con ningún hombre, así que no estaba segura de qué hacer. Destiny se dio cuenta de pronto de que su plan de encontrar a un hombre sensato e ignorar hasta entonces a todos los demás había sido un error flagrante. Tenía veintiocho años y no sabía tratar con un hombre fuera de su lugar de trabajo.

Con Miles le resultaba fácil. Pensaba en él como en un hermano. Los técnicos informáticos y su jefe eran colegas. Con los hombres a los que conocía en las diferentes ciudades guardaba una prudente distancia. Nadie conseguía acercarse a ella y eso la mantenía a salvo. ¿Pero qué pasaría cuando encontrara al hombre de su vida? ¿Cómo se suponía que iba a intimar con él?

–No tendría por qué ser una pregunta difícil –señaló Kipling con los ojos brillando de diversión.

–Sabes que eres atractivo. No necesitas mis cumplidos.

–Lo que quiere decir que tienes alguno. Pero hasta ahora me has desilusionado en ese apartado. Yo esperaba algo más.

–Un hombre atractivo solo es un hombre atractivo.

Kipling frunció el ceño.

–¿Qué significa eso?

–No lo sé. Es algo que solía decir mi abuela Nell. Pero parece sensato.

–Y confuso. ¿Es el reverso de «la verdadera belleza está en el interior»?

–No tengo ni idea.

–¿Y quién era tu abuela Nell?

Destiny se relajó al recordar a aquella mujer.

–Era mi abuela materna. Vivió en las Smoky Mountains durante toda su vida. Era maravillosa. Cariñosa, inteligente y una roca emocional para mí, aunque un poco coqueta con los hombres. Pasara lo que pasara, sabía que podía contar con ella.

Destiny sonrió mientras fluían los recuerdos.

–Mis padres eran muy jóvenes cuando me tuvieron. Mi madre solo tenía dieciocho años y mi padre unos meses más. Al parecer, a las cuatro semanas de que yo naciera, salieron de gira y me dejaron con ella. Pasé los dos años primeros de mi vida con ella. La verdad es que no lo recuerdo. Después estuve durante un tiempo con mis padres y con otros miembros de mi familia. Mis primeros años de vida no fueron precisamente estables.

–¿Eso te resultó difícil?

–A veces. Cuando salía de gira tenía una niñera. Y los tipos del grupo me cuidaban.

Kipling la miró con atención.

–¿No tuviste un gran éxito cuanto tenías unos siete u ocho años? Juraría que recuerdo algo así.

Destiny se ruborizó por segunda vez.

–Sí –respondió con un gemido–. *Under the Willow Tree*. Tenía ocho años y la canción fue muy bien.

La habían nominado para un Grammy, lo cual podría haber sido una experiencia magnífica si su padre no le hubiera dicho aquella misma mañana que su madre y él iban a divorciarse por segunda vez. Destiny estaba desolada y había tenido que hacer el mayor esfuerzo del mundo para no llorar mientras caminaba por la alfombra roja.

Los periodistas querían hablar con ella. Preguntarle lo que se sentía al tener tanto talento siendo tan pequeña. Ella habría querido explicarles que habría renunciado a todo a cambio de que sus padres continuaran juntos.

–Justo después, mis padres se separaron. Batallaron ferozmente por mi custodia. No estoy segura de que ninguno me quisiera tanto como decía. En realidad, creo que lo único que pretendían era hacerse daño el uno al otro –se encogió de hombros–. Estuve repartiéndome entre uno y otro durante un par de años. Los dos continuaron casándose y divorciándose una y otra vez. Cuando tenía diez años, apareció la abuela Nell y dijo que iba a vivir con ella.

–¿Y fue mejor?

–Mucho mejor. Tenía una casita con agua corriente y poca cosa más. La electricidad iba y venía. Teníamos una estufa de leña y cultivábamos la mayor parte de nuestra comida. A veces me sentía sola, pero normalmente me sentía muy agradecida al poder estar con ella.

Mientras hablaban, era consciente de que Kipling la observaba intensamente. No tenía la menor idea de qué estaba pensando, pero no la hacía sentirse mal. Por lo que ella podía decir, era un hombre bueno. Le gustaba solucionar problemas, lo cual era un rasgo admirable. Si sus padres hubieran mostrado más interés en mantener a la familia unida... Pero no había sido así. Y eso la había dejado una hermana a la que no conocía y a Starr con nadie más que pudiera cuidar de ella.

–Cuéntame más cosas de tu abuela Nell –le pidió Kipling.

Destiny sonrió.

–Sabía mucho de plantas y sabía preparar conservas y coser. Era una gran lectora. Íbamos a la ciudad todos los miércoles por la tarde para ir al cine, pasábamos por la biblioteca y nos llevábamos montones de libros. Estudié en casa hasta los dieciséis años. Mi abuela solicitaba las programaciones por correo y me hacía seguir un calendario.

–¿Y qué pasó cuando cumpliste dieciséis años?

–Me dijo que tenía que volver al mundo real. Que no

podía pasarme el resto de mi vida escondida. Yo no quería irme, pero ella tenía razón, como siempre. Estuve con mi padre mientras preparaba los exámenes y solicité la entrada en diferentes universidades.

Recordó el miedo que tenía a no saber lo suficiente. Debería haber confiado en la abuela Nell.

—Me aceptaron en todas las universidades que solicité. Había sacado unas notas muy altas y pude librarme de la mitad de los cursos de cultura general.

Nada de lo cual había compensado lo mucho que echaba de menos a aquella mujer que la había cuidado y querido como una madre.

—Venía a verme a la universidad cada semestre y todo el mundo la adoraba —continuó.

—Me gustaría conocerla —dijo Kipling.

—Ha muerto —la sonrisa de Destiny desapareció—. Hace tres años vino a quedarse conmigo un par de semanas. Antes de marcharse, me dijo que le había llegado la hora. Yo no lo entendí. Murió tres días después.

—Lo siento.

—Gracias. Yo también. La echo de menos cada día. Y más ahora que tengo a Starr. La abuela Nell habría sabido qué hacer con ella.

—Tu también.

—No estoy tan segura —sacudió la cabeza—. Lo siento. No sé a qué ha venido todo esto. Normalmente, soy mucho más reservada.

—He sido yo el que ha preguntado.

—Aun así —se levantó—. Debería ir a ver cómo van los informáticos. De vez en cuando se acuerdan de que tienen que comer. Puedo ir a buscarles algo de comer.

Kipling se levantó y rodeó la mesa. La miró a los ojos.

—Parece que tu abuela te quería de verdad.

—Sí, me quería mucho.

—Eso es algo que tendrás para siempre.

Se dirigieron hacia la puerta del edificio.

–The Man Cave abrirá pronto. Es un bar del que soy propietario junto a otros socios –le explicó.

–Sí, he oído habar de él –reconoció–. Supongo que estarás emocionado.

–Lo estoy. Ven conmigo a la inauguración. Vamos a organizar un karaoke genial. Podrías cantar.

–Yo no canto –respondió con firmeza.

–¿Nunca?

–En público, jamás.

–Pero si tienes que llevarlo en la sangre.

–Llevo muchas cosas en la sangre y reniego de la mayor parte de ellas. Es una forma de facilitarme la vida.

–¿Y quién ha dicho que el camino fácil es el mejor? –preguntó Kipling–. Me gustaría oírte cantar.

–Eso es algo que no va a ocurrir –le miró con los ojos entrecerrados–. Yo no necesito ningún arreglo.

–Yo no he dicho que lo necesitaras.

–Shelby me advirtió y tenía razón. Déjame que te lo repita: no necesito ningún arreglo. Estoy perfectamente. Lo tengo todo bajo control y prefiero una vida sin sorpresas.

Kipling la estudió durante un segundo y después se inclinó hacia ella. Destiny no tenía la menor idea de lo que iba a hacer, de modo que no estaba en absoluto preparada para sentir su boca rozando la suya.

Fue un contacto breve, delicado, y la conmovió hasta lo más hondo. Sintió calor, y después frío. Notó una opresión en el pecho y una parte muy profunda de sí misma, un lugar oscuro y solitario que rara vez reconocía, aumentó su temperatura en al menos tres grados.

–¿Por qué has hecho eso? –exigió saber cuando Kipling se apartó.

Kipling curvó una de las comisuras de sus labios.

–Por dos razones, la primera, porque me apetecía. Y la

segunda, porque todo el mundo necesita una sorpresa de vez en cuando.

Destiny intentaba decir algo, pero no tenía palabras. Se limitó a mirarle de hito en hito mientras él le guiñaba el ojo antes de dar media vuelta y alejarse caminando.

Capítulo 5

Destiny rasgueó delicadamente la guitarra. La música se mostraba escurridiza aquella noche. La perseguía con melodías vinculadas a medias frases. Pero cuando intentaba capturar las notas o incluso las palabras, se desvanecía.

«Tú podrías ser mi mayor error. Yo podría ser la paz para tu alma».

Tocó unas notas más, dejó la guitarra y se tumbó en la cama. Inmediatamente se sentó y comenzó a tocar la música montañesa que su abuela adoraba. A ella no le gustaban la mayor parte de aquellas canciones, pero sentía una conexión. Muchas noches de invierno, Nell y ella tocaban y cantaban a la luz del fuego mientras nevaba fuera de su casa. Había un viejo piano en el cuarto de estar. Todas las primaveras llegaba un hombre a afinarlo. Durante el resto del año, lo hacían ellas.

Estuvo cantando sobre las montañas, Dios y la vida, hasta que comenzó a relajarse. Desgraciadamente, en el instante en el que lo consiguió, recordó el beso de Kipling y volvió a tensarse.

¡Qué hombre más estúpido!, pensó mientras dejaba la guitarra. Qué hombre tan estúpido y qué beso tan estúpido. ¿Por qué habría hecho eso? Y después se había largado. ¿A quién se le ocurría hacer una cosa así?

Se dijo a sí misma que no importaba. La había besado él, no había sido ella la que le había pedido que lo hiciera. Y aunque sentía una ligera emoción cada vez que pensaba en su boca sobre sus labios, tampoco estaba permitiendo que se desbocaran sus hormonas. Continuaba teniendo un completo control sobre la situación, como siempre.

De hecho, probablemente, incluso era bueno que Kipling la hubiera besado. Tal y como recientemente había comprendido, si quería encontrar al hombre de sus sueños, iba a necesitar algo más de experiencia. Aunque dudaba de que Kipling fuera un hombre que quisiera ser seducido, ella al menos debería ser capaz de controlarse. De modo que recibir más besos podría ser algo bueno. Siempre y cuando ella no se dejara llevar.

Todo era ridículo, pensó mientras se tumbaba en la cama. Toda aquella historia del sexo, los chicos y las chicas. ¿Por qué la gente cedía tan fácilmente? ¿Por qué se permitían perder la cabeza? La gente dejaba que fuera su cuerpo el que se hiciera cargo de sus vidas y tomaban las peores decisiones. Lo cual no tendría importancia si aquellas decisiones no tuvieran consecuencias para los demás. Pero normalmente las tenían. Como cuando los padres se separaban y se olvidaban de sus hijos. Como Jimmy Don con Starr.

Destiny miró el reloj de la mesilla de noche. Eran casi las diez. Se levantó, salió al pasillo y llamó a la habitación de Starr.

—Hola. Solo quería desearte buenas noches.

Se oyó un sonido extraño al otro lado y después Starr dijo:

—Puedes pasar.

Destiny abrió la puerta. Su hermana estaba sentada en el pequeño escritorio que había en su habitación. Tenía la tableta en la mano.

—¿Estás enviando mensajes a tus amigas? —preguntó Destiny.

–Estoy viendo una película –Starr se medio volvió hacia ella. La larga melena le ocultaba la cara–. Te he oído tocar.

Destiny la miró avergonzada. Estaba tan alterada que se había olvidado de meterse en el garaje. O de esperar a que Starr estuviera dormida.

Se acercó a la cama y se sentó.

–Sí, es cierto.

–Así que sabes tocar, pero me mentiste.

–Lo sé, y te pido perdón.

–¿Pero por qué lo hiciste?

–No me gusta tocar. A veces, no puedo evitarlo, pero la mayor parte del tiempo intento ignorarlo. La música no es lo mío.

–¿Y si es lo mío? –Starr se apartó el pelo de la cara y la fulminó con la mirada.

Destiny vio algo parecido a las lágrimas en las mejillas de su hermana.

–¿Estás bien?

Starr se frotó la cara.

–Estoy bien. No has contestado a mi pregunta.

Destiny pensó en cómo había sido la vida con sus padres. No había un solo momento que no estuviera dominado por la música. Siempre sonaba una música de fondo. Había *jam sessions* en el salón. Incluso el lanzamiento de platos se había convertido en una extravagancia musical, con la vajilla como instrumento de percusión y los vasos llenos de agua aportando la melodía. Pensó en las risas y en las lágrimas. En la sensación de ser abandonada una y otra vez. De no ser nada.

–Es complicado –comenzó a decir.

–No, no es complicado. Yo quiero tocar mejor y tú no quieres enseñarme. Somos hermanas. Se supone que tienes que cuidar de mí.

–Y lo hago.

–No, no lo haces. La música es una parte muy importante de mi vida y tú la estás alejando de mí.

–Lo siento. Siento haberte mentido y lamento que te sientas herida.

Se interrumpió. Era consciente de lo que tenía que decir y no quería decirlo. No. No era de las palabras de lo que se arrepentiría, sino de las acciones que conllevarían.

–Puedo enseñarte a tocar –se ofreció suavemente–. La guitarra y el piano. Tengo un teclado en mi habitación.

Starr se volvió.

–No importa. No quiero aprender nada de ti.

Destiny se encogió como si la hubiera golpeado. Lo había fastidiado todo.

–Por favor, Starr. No me castigues castigándote a ti. Eso nunca sale bien. Dedicaremos algún tiempo a tocar este fin de semana. Puedo enseñarte unas cuantas cosas que...

–He dicho que no –Starr se volvió hacia la tableta–. Es tarde. Estoy cansada.

En otras palabras, pensó Destiny, «sal de mi habitación».

De modo que salió y cerró la puerta.

Se dijo a sí misma que lo haría mejor la próxima vez. No habían cerrado aquel tema. Le daría a Starr un par de días y volvería a sacarlo otra vez. No le haría ningún daño enseñarle algunos acordes. Quizá incluso así tuvieran algo de lo que hablar. Y sería una forma de conocerse mejor.

Porque, aunque Destiny podía no saber todo lo que haría la abuela Nell en su lugar, estaba segura de que su abuela le habría hecho sentirse a Starr querida y bienvenida. Era una lección que Destiny tenía que aprender.

El restaurante de cocina italiana Angelo's estaba enfrente del parque. Era un edificio blanco con un enorme patio con un comedor al aire libre. Kipling probó el vino tinto que acababan de llevarles a la mesa.

–Muy rico –aprobó.

El camarero asintió y le llenó la copa. Cuando se alejó, Shelby se inclinó hacia él.

–¿Alguna vez has devuelto el vino sin ningún motivo?

–No, no es mi estilo.

–Lo sé. Era solo por meterme contigo. Estoy segura de que ya has tenido suficientes maneras de llamar la atención a lo largo de tu vida.

No últimamente, se dijo Kipling, pensando que había pasado mucho tiempo desde la última vez que había habido una mujer en su vida. Entre el proceso de recuperación del accidente y el traslado a Fool's Gold, había evitado todo tipo de enredos sentimentales. Pero si todo iba tal y como lo tenía planeado, iba a estar enredado muy pronto. Aunque aquel era un tema del que no quería hablar con su hermana.

–¿Qué tal el trabajo? –le preguntó.

Habían quedado para cenar a las cinco de la tarde. Era una hora ridícula, pero el trabajo de Shelby en la panadería la obligaba a comenzar muy temprano.

–Bien. Estoy aprendiendo mucho. Amber me está haciendo asumir cada vez más responsabilidades. Y con el comienzo de la temporada turística, estamos teniendo mucho trabajo. Es increíble la cantidad de gente que vuelve año tras año. Recuerdan perfectamente lo que compraron la última vez que estuvieron y nosotras tenemos que asegurarnos de tenerlo.

Kipling asintió para demostrarle que estaba escuchando. Admiraba el entusiasmo de Shelby. Un año atrás, estaba enfrentándose a la muerte de su madre por culpa de un cáncer y a un padre que no pensaba en otra cosa que en pegar a su hija.

–Le sugerí que pusiéramos un carrito con comida en la última fiesta. Amber no estaba segura de que fuera a funcionar, pero lo vendimos todo antes del medio día. Ganamos mucho dinero.

–Te felicito por haber sido capaz de impresionar a tu jefa.

–Gracias. Se me han ocurrido muchas ideas –Shelby bajó la mirada hacia la mesa y después la levantó–. Amber y yo hemos estado hablando.

Kipling reconoció el tono y la estrategia. Se preparó para algo que sabía no quería oír.

–¿Y?

–Cuando su padre se jubile, ella va a hacerse cargo de la librería. Es imposible que lleve dos negocios al mismo tiempo, así que está buscando una socia para la panadería. Y yo estoy pensando en compartirla con ella.

Kipling tomó aire, dándose tiempo para pensar antes de hablar.

–Es una gran oportunidad –dijo lentamente–. ¿Estás segura de que estás preparada?

–Sé lo que estoy haciendo. Me encanta este trabajo y quiero quedarme en Fool's Gold para siempre.

–Eres más que capaz de tomar una decisión tú sola. Solo te pido que te lo pienses bien. No llevas mucho tiempo aquí. Acabas de salir de una pérdida emocional muy difícil. Comprar un negocio exige una gran responsabilidad. ¿Y si Amber y tú esperáis cosas diferentes del negocio? Ya no solo será un trabajo. No podrás renunciar y marcharte.

–No quiero marcharme –le espetó–. No quiero irme. Quiero estar donde estoy.

Kipling se dijo a sí mismo que no debía tomarse aquella respuesta como algo personal. Shelby no estaba hablando de su marcha. Porque él se había marchado. En cuanto le habían dado la oportunidad de trabajar con su entrenador de esquí, la había aceptado. Tenía ya catorce años cumplidos y su hermana era seis años menor que él. Se había dicho a sí mismo que su hermana estaría a salvo. Principalmente, porque su padre todavía no había empezado a golpearla.

–Estoy preocupado porque te estás dejando llevar por el corazón –le explicó con delicadeza–. Estoy preocupado porque quiero que estés segura de lo que estás haciendo y no quiero que lo hagas solamente para ayudar a Amber. Ayudar a una amiga es algo bueno, pero, en este caso, podría atarte a su negocio de forma permanente.

Shelby se reclinó en su asiento, como si para ella ya hubiera terminado aquella discusión.

—Sé que me quieres. Y yo también te quiero. Pero, Kipling, tienes que dejar de cuidarme. Yo no soy uno de tus proyectos. No necesito que me arregles la vida.

—Es cierto. Y no lo intentaré. Además, no tiene ningún sentido intentar arreglar algo que no está roto.

Shelby le palmeó la mano.

—Gracias. Eres un buen hermano.

—Uno de los mejores.

Shelby se echó a reír.

—Ahora estás intentando enfadarme a propósito. ¿No te parece arriesgado?

—Confío en ti, hermanita.

—Me has conocido durante toda mi vida.

—Y durante la mayor parte de la mía. No puedo recordar un solo momento en el que no estuvieras tú por allí.

Shelby se inclinó hacia él.

—Hace un par de días comí con Destiny y con su hermana. Se sumaron a nuestro grupo. Es un encanto, pero tengo la impresión de que su hermana y ella no están muy unidas.

Kipling tomó la copa de vino, intentando ganar tiempo. No estaba seguro de qué decir. Podía decirse a sí mismo que no le debía nada a Destiny. Pero eso no era del todo cierto. Destiny le gustaba y la había besado. Esperaba mucho más en el apartado físico. Pero, por encima de eso, imaginaba que era ella la que debía contar o no su secreto.

—No sé exactamente el motivo por el que Starr y ella han terminado juntas —dijo sin darle mucha importancia—. Pero me comentó algo sobre que no se conocían mucho la una a la otra. Son hermanas de padre. La madre de Starr murió hace algún tiempo.

Shelby pestañeó.

—¿En serio? Así que son como nosotros. Hermanas de padre, y yo perdí a mi madre el año pasado.

—Pero nosotros nos criamos juntos.

—Sí, eso cambia mucho las cosas. No puedo imaginarme teniendo una hermana a la que no conociera.

Él tampoco. Aunque comprendía el distanciamiento familiar. Su padre estaba en prisión en aquel momento por haber cometido varios delitos, además del de golpear a su hija. Iba a pasar mucho tiempo en prisión y Kipling no pensaba ir a verle.

Cuando era adolescente, le preocupaba lo que podía llevar dentro de sí de su padre. ¿Cargaría con la brutalidad de su padre como si fuera un monstruo que estuviera hibernando y pudiera despertar sin advertencia previa? Porque no había otra forma de describir a un hombre que pegaba a su hija.

Había tenido miedo de despertarse un buen día y sentir aquella oscura violencia creciendo dentro de él. Al final, había terminado hablando con su entrenador de lo que había visto en casa y de sus temores.

Como siempre, el consejo de su entrenador había sido honesto y práctico.

—¿Alguna vez has deseado pegar a una mujer?

Kipling recordaba lo humillado y lo impactado que se había quedado al oír aquella pregunta.

—Diablos, no.

—Si alguna vez te pasa, pide ayuda. Inmediatamente. Busca un psiquiatra y toma medicación. Haz lo que sea necesario. Tú no puedes elegir la familia de la que vienes, pero sí puedes decidir cómo vas a enfrentarte a ello.

Kipling se había prometido a sí mismo que no se convertiría nunca en su padre, le costara lo que le costara. Y le había resultado fácil cumplir aquella promesa. Se había enfadado hasta sentir rabia y no había sentido ni una sola vez la necesidad de levantar la mano a nadie. Si la violencia tenía un componente genético, él había conseguido esquivar aquella bala. Si era el resultado del entorno, imaginaba que el esquí le había salvado. Pero, fuera de una u otra forma, estaba agradecido.

Pensó que, quizá, parte de la razón fuera su conexión con las montañas. Volar sobre la nieve exigía disciplina y le había obligado a controlarse. Cada acción tenía unas consecuencias inmediatas y cuando uno se equivocaba, los resultados, o los desastres, eran imperdonables.

Se preguntó qué habría tenido que soportar Destiny al crecer como lo había hecho. A qué demonios había escapado y cuántos continuaba llevando consigo.

Tiempo después, cuando Shelby y él ya habían terminado de cenar, regresó caminando a la casa que tenía alquilada. Todavía había luz y montones de gente disfrutando de la tarde. Saludó con la cabeza y respondió a saludos, pero continuó caminando. En aquel momento, no estaba de humor para hablar con nadie.

Le empujaba la inquietud. La reconocía y sabía su causa. Antes del accidente, la solución habría sido fácil. Montar en un avión y buscar una montaña. Llegar a la cumbre y descender esquiando. Eso era todo. El sencillo acto de deslizarse sobre la nieve resolvería sus problemas.

Bajó de la acera y sintió un tirón en la espalda y a lo largo de la pierna. Eran las secuelas de lo ocurrido. Del accidente.

Todo había pasado muy rápido, como siempre ocurría. No recordaba mucho. Solo que se había despertado en un mundo de dolor. Podría haberse quedado paralítico. Podría haber muerto. Lo único que le había pasado era que no podía esquiar. No era para tanto.

Pero, algunos días, lo era. Algunos días pensaba que había perdido la mejor parte de sí mismo y que jamás volvería a encontrarla.

Adelantó a una familia que estaba dando un paseo; una niña pequeña flanqueada por sus padres. El padre empujaba un cochecito.

Había muchas familias en la ciudad. Parejas. Gente enamorada. Él siempre había pensado que llegaría a estarlo algún día, pero nunca había sido capaz de sobreponerse a la verdad. Decirle a alguien que le amabas no significaba nada. No, cuando el amor no podía cambiar nada. Sanar nada. Arreglar nada.

Su padre decía querer a Shelby. Y la pegaba. El amor de Shelby por su madre muerta la había expuesto a los puñetazos de su padre. ¿De qué les había servido el amor a ellos?

No era que no creyera en el amor. Creía en aquel sentimiento. Sabía que existía. Quería a su hermana. Daría la vida por Shelby. Pero si su hermana tenía algún problema, movería el trasero e intentaría hacer algo al respecto. No se limitaría a sentarse y a quererla. O a declarar que la quería, como había hecho su padre.

Vio a otras parejas a su alrededor. Gente feliz que hacía que todo pareciera fácil. Que no parecía tener que esforzarse. Pero él nunca había sido capaz de limitarse a creer. De saber que estaba acertando. De que una mujer en particular era la única. No era capaz de averiguar por qué él era diferente. Así que se limitaba a continuar con lo que le había funcionado.

Le gustaba la monogamia sucesiva. A lo mejor debería seguir con ella. Y, por lo menos durante la mayor parte del tiempo, era feliz. Pero, de vez en cuando, se preguntaba si quizá, solo quizá, había algo más.

Si el sexo era la raíz de todos los males, entonces, los hombres eran los que sostenían la regadera y hacían que la raíz fuera cada vez más profunda.

Destiny gimió. Aquello no tenía ningún sentido para ella, lo que, de alguna manera, demostraba que tenía razón. Bastaba con verla a ella. Una mujer sensata, con un trabajo comprometido, llevaba veinticinco minutos preguntándose qué ponerse para ir a una reunión. Eso sí que era perder el tiempo. Sabía lo que tenía que ponerse. Se pondría la ropa de trabajo, es decir, unos pantalones cargo o unos vaqueros y una camiseta. Tampoco tenía mucho donde elegir. No iba a aparecer en una reunión de trabajo con un vestido de volantes y tacones.

Todo aquello era culpa de Kipling. La había besado. Y, aunque la habían besado antes, había pasado algo en aquella ocasión. Una parte de su cerebro se había desprendido, o había tenido un flujo inusualmente potente de hormonas. O necesitaba un medicamento anti-Kipling, pero dudaba de que lo hubieran inventado.

Cerró los ojos y tomó aire para tranquilizarse. O para intentarlo. Porque, cuando los abrió, continuaba queriendo arreglarse para la reunión.

No, se dijo a sí misma. No para la reunión, sino para un hombre en particular.

Si al menos tuviera a alguien con quien hablar, pensó mientras sacaba los vaqueros estrechos y se los enfundaba. Una persona sensata podría decirle cómo deshacerse de aquellos asquerosos vestigios de atracción sexual. Pero no había ninguna. No se mantenía en contacto con la gente a la que había conocido en trabajos anteriores. Pedirle consejo a su madre era como llamar a un pirómano para evitar un fuego. Y, por una vez, recordar las sabias palabras de la abuela Nell no le sirvió de nada. Porque las ideas de su abuela al respecto estaban increíblemente claras.

«Si está soltero y te hace tilín, entonces intenta conseguir una buena sortija».

—Yo no quiero saber nada de tilines —musitó mientras elegía una camiseta y se la ponía.

Ya se había lavado el pelo y, maldita fuera, había utilizado el secador y un cepillo redondo para ganar volumen y dejarlo ligeramente ondulado. Y, peor aún, se había puesto mascarilla. Era patética. Kipling no era para ella. Aunque tenía muchas cualidades excelentes, no era un hombre sensato. Y, al parecer, tampoco ella lo era mucho en lo que a él se refería.

El hecho de que un solo beso la hubiera dejado tan fuera de combate demostraba que tenía razón. Nada de sexo. Por lo menos hasta que estuviera dispuesta a tener hijos. Sabía que el sexo era una carretera resbaladiza e inclinada que terminaba en problemas.

Agarró la mochila, se aseguró de llevar las notas que necesitaba para la reunión y salió del dormitorio. Encontró a Starr en el cuarto de estar. La adolescente levantó la mirada del libro que estaba leyendo.

–Tengo que salir –le dijo Destiny–. ¿Estarás bien?

–Estoy bien.

Era la respuesta adecuada, pero había algo en los ojos de Starr. Tristeza, quizá. O, a lo mejor, todavía estaba enfadada porque le había mentido. Destiny no estaba segura. Una vez comenzara el campamento, estaría más contenta, pero todavía faltaban unos cuantos días para entonces.

–Podemos hablar cuando llegue a casa –se ofreció–. Podría enseñarte algunos acordes.

Starr se encogió de hombros y volvió a prestar atención al libro.

Destiny deseó que le hubieran entregado a su hermana con instrucciones. Ni siquiera pedía un manual. Un simple panfleto habría bastado. Pero no tenía nada.

–No llegaré tarde –le dijo.

Starr no contestó y Destiny se marchó. Se prometió averiguar lo que iba a hacer con Starr cuando volviera. Pero hasta entonces, tenía una reunión que superar.

Eran más de las seis de la tarde, pero el día continuaba

siendo cálido y soleado. Caminó rápidamente en dirección al ayuntamiento. Al parecer, allí había un pequeño auditorio que utilizarían para la reunión con los voluntarios.

Aunque el programa HERO contaría con una plantilla permanente, la mayor parte del equipo de búsqueda estaría compuesto por voluntarios. Un porcentaje de los mismos tendría que recibir preparación para utilizar el equipo. El objetivo de la reunión de aquella noche era hablar del programa con la comunidad y, eso sería lo ideal, conseguir que la gente se apuntara. O, al menos, que mostrara algún interés.

Dado el carácter de aquella ciudad, por lo que Destiny había visto, no sería un problema que la gente se apuntara. El plan era que la mayoría de voluntarios procedieran de la policía local y los bomberos, que ya estaban suficientemente entrenados. Destiny tenía curiosidad por saber cuánta gente podría estar interesada en inscribirse en el programa HERO.

Llegó al ayuntamiento y subió las escaleras que conducían a la puerta principal. Había señales en la entrada que la condujeron hasta el auditorio. Entró y descubrió que ella era la primera en llegar... después de Kipling.

Este se encontraba en el escenario, estudiando sus notas. Las luces del techo parecían arrancar una especie de resplandor dorado de su cuerpo. Destiny conocía todos los trucos de la iluminación y se dijo a sí misma que no debería dejarse impresionar. Y no lo hizo. El único problema era que parecía incapaz de respirar.

«¡Maldito sea!», pensó, y estuvo a punto de tropezar. Y maldito fuera el beso. Y las hormonas. Y su cuerpo por traicionarla. Ella conocía todo aquello. Lo había visto, lo había vivido. Había sentido el dolor de ver a sus padres dejándose arrastrar repetidas veces por «un verdadero amor». Había sido abandonada, ignorada y olvidada. Incluso años después tenía que enfrentarse a las consecuencias de una aventura de su padre ocurrida dieciséis años atrás en la forma de una hija adolescente de cuya existencia parecía haberse olvidado. Ella no iba a ceder. Iba a permanecer firme.

Cuadró los hombros, tomó aire y subió a grandes zancadas al escenario.

—Déjame aclararte algo —dijo a modo de recibimiento—. No pienso convertirme en tu juguete.

Kipling alzó la mirada y sonrió.

—¿Por qué no? Yo estaría encantado de ser el tuyo.

Destiny sintió que se le abría la boca. No podía haber dicho eso. ¿Quién era capaz de hablar de esa forma? Pero antes de que hubiera podido comenzar a expresar su opinión al volumen necesario para conseguir su atención, entraron dos mujeres en el auditorio. Reconoció a una de ellas, era Eddie Carberry.

Destiny bajó la voz.

—Esto no ha terminado —le prometió.

La sonrisa de Kipling no vaciló.

—Estaba deseando que dijeras eso.

—Me refiero a la conversación. No a todo lo... —apretó los dientes—. No importa. Ya me ocuparé de ti más tarde.

—Estoy deseándolo.

¡Qué hombre!, pensó Destiny mientras se alejaba. Era tan irritante. Pero no se lo había parecido hasta entonces.

Se dijo a sí misma que debía ignorarlos, tanto a él como a la extraña sensación que atravesaba su cuerpo. Aquello era un negocio. Estaba allí por motivos profesionales y Kipling era, simplemente, un obstáculo que tenía que superar. O atravesar. O algo.

Fue llegando más gente y ocupando los asientos. Apareció Miles y Destiny fue a sentarse a su lado. Por guapo que fuera, no tenía que preocuparse por sentirse atraída por él.

—¿Qué mosca te ha picado? —le preguntó Miles cuando se sentó a su lado.

—No tengo ni idea de a qué te refieres.

—Estás enfadada. Lo encuentro muy sexy.

Destiny elevó los ojos al cielo.

—Tú encontrarías sexy hasta una pared de yeso.

—Solo si fuera una pared femenina —señaló hacia el estrado—. ¿No deberías estar ahí arriba?

Se acercaba la hora del comienzo de la reunión. Vio que Kipling caminaba hacia las escaleras y supo que tenía que reunirse con él. Al fin y al cabo, iba a tener que hablar a todo el grupo.

La sala estaba prácticamente llena, pensó mientras se incorporaba con desgana y le seguía hasta el pequeño podio que había en el estrado. Habían colocado un par de sillas tras él. Kipling se volvió con una sonrisa curvando sus labios. Destiny sentía que todo el mundo les estaba observando.

—Ni se te ocurra —dijo en voz baja.

Kipling se echó a reír.

—Iba a preguntarte si querías hablar tú primero o preferías que lo hiciera yo.

Como si pudiera creérselo. Aquel hombre era un auténtico problema. A la abuela Nell le habría encantado.

—Tú habla del programa —propuso Destiny—. Yo me ocuparé de las cuestiones técnicas y después contestaremos juntos las preguntas.

Kipling asintió y se acercó al podio. Encendió el micrófono.

—Gracias a todo el mundo por venir. Agradezco la muestra de apoyo de la comunidad. Para aquellos que no me conocen, soy Kipling Gilmore y estoy a cargo del programa de búsqueda y rescate de la ciudad.

—¡Quieres decir que eres el jefe de HERO! —gritó Eddie desde su asiento.

La mujer que estaba sentada a su lado aplaudió.

Kipling asintió.

—Sí, ese soy yo. Help Emergency Rescue Operations va a salvar vidas. Pero somos una organización pequeña, apenas estamos empezando, y necesitaremos ayuda, voluntarios. La reunión de esta noche está destinada a explicar cómo funciona el programa y cómo podéis participar en él.

Destiny medio escuchó a Kipling mientras este iba analizando los detalles del programa. Conocía aquella información mejor que la mayoría. Cuando le tocara a ella, tendría que explicar de qué manera el software haría que resultara más fácil encontrar a aquellos que se perdieran.

Le gustaba su trabajo. Le gustaba saber que cuando se marchara, encontraría las cosas mejor que cuando había llegado. Le gustaba la gente que conocía y la sensación de arraigo, aunque fuera temporal. Había conocido a mucha gente agradable y a más de un hombre atractivo. Pero ninguno la había alterado como Kipling. Iba a tener que averiguar por qué tenía aquel efecto en ella y, después, la manera de contenerlo.

Cuando Kipling terminó, Destiny se puso tras el podio y estuvo hablando del software de STORMS y de qué manera podía ayudar al programa HERO. Después, estuvieron contestando los dos las preguntas. Ella intentaba no fijarse en lo cerca que estaban el uno del otro cada vez que se movían para utilizar el micrófono.

Eddie Carberry alzó la mano.

—Gladys y yo queremos ofrecernos como voluntarias. ¿Vais a decirnos que somos demasiado viejas?

Destiny sonrió a Kipling.

—Dejaré que respondas tú.

Algunos miembros del público rieron.

—Gracias —dijo Kipling. Se inclinó hacia delante y se aclaró la garganta—. Apreciamos el trabajo de todo el mundo. Habrá oportunidades para todos los niveles de preparación física.

Eddie arrugó la cara.

—Vas a dejarnos en la oficina, ¿verdad? Pero nosotras queremos estar en el campo.

Kipling la miró con expresión incómoda.

—Podremos hablar sobre ello si quieren…

—Entonces nos dirás que no —se levantó y Gladys la imitó—. Nosotras queremos poder disfrutar de una aventura este verano, antes de que seamos demasiado viejas. Si no estás dispuesto a permitírnoslo, buscaremos a alguien que lo haga. Eso te demostrará de lo que somos capaces.

Las dos mujeres abandonaron la reunión. Cuando salieron, se levantó una mujer del público. Era alta, llevaba una camiseta azul con las iniciales FGFD en la parte delantera.

—No dejéis que os desanimen —les dijo—. Les encanta causar problemas. Soy Charlie Stryker, por cierto, del Departamento de Bomberos de Fool's Gold. Estoy interesada en ofrecerme como voluntaria. La mayor parte de nuestro departamento lo está. Vamos a firmar una autorización para que el departamento de recursos humanos pueda vincular la información sobre nuestros turnos de trabajo con vuestra base de datos. Así sabréis quién está disponible en cualquier momento. La gente tiende a desaparecer cuando menos conviene.

Un par de policías hicieron la misma oferta. Kipling apuntó los nombres del contacto en sendos departamentos de recursos humanos y prometió mantenerse en contacto. Para el final de la reunión, tenían docenas de voluntarios.

—No vas a tener problemas para cubrir los puestos —comentó Destiny mientras Kipling y ella bajaban del escenario.

—Es bueno saberlo —le hizo un gesto con la cabeza—. Voy a hablar con Charlie antes de que se vaya. Ya nos veremos.

—Claro.

Al cerebro de Destiny le complacía aquella actitud profesional. Ella había dejado claros sus sentimientos y apreciaba que Kipling la hubiera escuchado. El resto de ella estaba ligeramente malhumorado por el hecho de que pareciera haberlo superado tan fácilmente. Y de que no fuera a haber más besos. Lo cual demostraba que tenía razón en lo que se refería al desastroso efecto de la atracción sexual en el cerebro, puesto que era capaz de dejar a una mujer perfectamente racional balanceándose al borde de la locura.

Capítulo 6

–Intenta poner los dedos aquí –aconsejó Destiny, cambiando la colocación de los dedos de Starr sobre el diapasón–. Aprieta con fuerza suficiente como para sostener las cuerdas, pero no tanta como para cansarte. No tiene que ser muy fuerte.

–¿Así?

–Exacto. ¿Cómo tienes los dedos?

Habían estado tocando durante casi una hora. Starr había ignorado su ofrecimiento de enseñarle a tocar la guitarra durante toda la semana. Pero, a las seis y media de aquella mañana, se había acercado a ella. A Destiny la había sorprendido, y también complacido.

–Me escuecen –admitió Starr.

–Y se te pondrán peor antes de que empiecen a mejorar –miró el reloj–. Vamos a salir ya o llegarás tarde al campamento. Practicaremos más esta noche. Con el tiempo, te saldrán callos, pero hasta entonces puedes utilizar hielo o meterlos en vinagre de manzana.

Starr se echó a reír.

–Empezaré con el hielo. No quiero que me huelan las manos.

–Me parece bien. ¿Estás preparada?

Starr dejó la guitarra y asintió. Estaba ya vestida, con

los vaqueros y una cazadora. Más tarde haría calor, pero a primera hora de la mañana hacía fresco, y lo haría todavía más en la montaña.

–¿Tienes el protector solar y el repelente para los insectos? –preguntó Destiny–. El almuerzo te lo darán allí.

–Lo tengo todo. Y si me falta algo, te enviaré un mensaje.

–Estupendo. Tendré el móvil a mano durante todo el día.

Destiny agarró su mochila y se dirigieron juntas al coche.

A lo largo de la semana un autobús se encargaría de llevar a los chicos al campamento, pero durante el primer par de días se esperaba que les acompañaran sus padres. Destiny tenía la dirección, pero imaginaba que sería más fácil seguir la fila de coches que se dirigían hacia End Zone for Kids.

–¿Estás nerviosa? –le preguntó mientras se incorporaban a la autopista.

–Un poco. Durante el primer día me asignarán una compañera para que me enseñe todas las instalaciones.

–Además, el primer día todo el mundo es nuevo.

–¿Tú has ido alguna vez de campamento?

–Un par de veces –contestó Destiny–. Eran campamentos en los que te alojabas en una cabaña.

–Como una especie de internado.

–Exacto. Entre las giras, los matrimonios y los divorcios, mis padres no podían ocuparse de mí durante los veranos.

–¿Fue entonces cuando te fuiste a vivir con tu abuela Nell?

–Ajá. Entonces tenía diez años. Me daba miedo ir a vivir a la montaña, pero me alegraba poder estar con ella. Pasara lo que pasara, siempre podía contar con mi abuela.

–¿Te gustaba vivir con ella?

Destiny pensó en la belleza de las Smoky Mountains. Era cierto que habían estado muy aisladas, pero aquello no había supuesto ningún problema.

—Mucho. En la montaña sientes el ritmo de las estaciones. Siempre hay cosas que hacer. Recoger frutas y verduras en verano y prepararse para el invierno en otoño. Y las primeras nevadas siempre son preciosas.

Giró hacia Mountain Pass y, tal como esperaba, se encontró tras una larga fila de coches que subían hacia la montaña.

—¿Te resultó difícil dejarla para ir a la universidad? —preguntó Starr.

—Mucho. Tenía miedo de no ser tan lista ni estar tan preparada como todos los demás. Y nerviosa ante la perspectiva de volver al mundo normal. Llevaba mucho tiempo sin tener contacto con él. ¿Y si no sabía hablar correctamente? ¿Y si no era capaz de vestir de forma adecuada? —pensó en el primer par de días en la universidad—. Y echaba mucho de menos a mi abuela.

—¿Dónde estudiaste?

—Estuve dos años en Vanderbilt y después me trasladé a la Universidad de Texas.

—¿Por qué?

—Me resultaba muy difícil vivir en Nashville. Había demasiada industria alrededor.

Sabía que no tenía que especificar qué tipo de industria. En su familia, solo había una.

—¿Te graduaste en Música? —preguntó Starr.

—En Ciencias de la Informática.

—¿Qué? —Starr se la quedó mirando de hito en hito—. ¿Por qué? Eso es como las matemáticas, solo que más difícil.

—Los ordenadores gobiernan el mundo, jovencita. Tenemos que respetarlos.

—Por supuesto, pero no tenemos por qué estudiarlos. ¡Oh! —Starr asintió lentamente—. Querías alejarte de tus padres y de su forma de vida. Querías ser diferente.

O sentirse segura, aunque Destiny no lo confesó.

—Me pareció un buen plan. Una vez averigüe la carrera

que quería estudiar, trasladarme me pareció lo más sensato. Terminé haciendo las prácticas en la empresa en la que trabajo ahora, así que todo salió bien.

—¿Y qué pensaba tu abuela de tu elección?

Una pregunta interesante. De hecho, su abuela le había recordado a Destiny que escapar corriendo de algo no era lo mismo que correr hacia algo.

—Ella siempre me apoyó —contestó Destiny, falseando la verdad—. Podía contar con ella hiciera lo que hiciera.

—Qué bonito. Me gustaría poder tener a alguien así en mi familia. ¿Dónde está ahora?

—Murió hace unos años.

—Lo siento.

—Gracias. Yo también.

Destiny dejó de lado la inevitable tristeza y señaló la señal que tenía delante.

—Ya estamos —siguió a los otros coches hacia un enorme aparcamiento.

La inscripción fue rápida. A Starr le entregaron una pulsera de colores y a Destiny le llegó el momento de marcharse.

Starr tomó aire.

—Bueno, te veré más tarde. Acuérdate de que me va a llevar a casa esa señora, Felicia, ¿de acuerdo?

—Sí, claro —Destiny le acarició el brazo a su hermana—. Lo vas a pasar muy bien.

—Eso espero. Es horrible ser la nueva. Estoy acostumbrada, pero nunca me ha gustado. No puedo imaginarme haciendo lo que haces tú. No me refiero solamente a lo de trabajar con ordenadores y todo eso, sino al estar yendo continuamente de un lugar a otro. ¿No quieres establecerte en ninguna parte?

—Dentro de algún tiempo, seguro.

Starr la miró como si fuera a decir algo más, pero cambió de opinión. Se cambió la mochila de hombro.

–Hasta luego.

–Que te diviertas.

Destiny pensó en darle un abrazo, pero antes de que hubiera alargado los brazos hacia ella, Starr ya había dado media vuelta y estaba alejándose.

Dejó que se marchara y regresó al coche. Habían hecho algún progreso, pensó. Lo que tenía que hacer era disfrutarlo y seguir avanzando paso a paso.

Condujo de vuelta a la ciudad y dejó el coche en casa antes de ir andando a Brew-haha. Iba a quedar con Kipling para ponerse al día de sus respectivos trabajos antes de ir al helicóptero para continuar sobrevolando el terreno. Miles estaba progresando a buen ritmo. En realidad, no la necesitaba, pero ella prefería incorporarse a algunos vuelos para asegurarse de que todo iba bien.

Cruzó la calle y se dirigió hacia el Brew-haha. Cuando se dio cuenta de que estaba caminando cada vez más rápido, aminoró intencionadamente el paso. No estaba nerviosa ante la perspectiva de volver a ver a Kipling. No estaba de ninguna manera. Iba a tener una reunión con un colega. Nada más.

Mientras se obligaba a sí misma a aminorar el paso, pensó en todas las mujeres que se rendían fácilmente al sexo. Suponía que, en cierto modo, su método era mejor que el suyo. Si una reaccionaba a la atracción, quizá, con el tiempo, esta dejaba de tener poder. A lo mejor era como un picor, que una vez se rascaba, no volvía a picar.

Pero aquella no había sido la experiencia de sus padres. Ellos iban de comezón en comezón, creando estragos en sus respectivas vidas. A lo mejor su problema era que no se había esforzado lo suficiente en encontrar un hombre en el que pudiera confiar. Allí mismo, en la ciudad, había muchos hombres solteros. ¿Por qué no fijarse en ellos?

Estaban los hermanos Mitchell. Tanto Aidan como Nick eran atractivos. Aunque, por lo que había oído, en el fondo,

Nick era un artista. Si de verdad estaba negando aquel don, había un desastre al acecho y aquello era algo que Destiny no quería. Aidan dirigía una empresa de aventuras. No era exactamente una tarea para su estable y tranquilo compañero ideal.

En la reunión con los voluntarios habían hablado de un ranchero llamado Zane. Parecía tener la edad adecuada. Un hombre que se ganaba la vida con la tierra comprendería la necesidad de ser responsable y paciente. Tenía que encontrar la manera de conocerlo.

Pero todos los planes de un encuentro casual con el ranchero se esfumaron en el instante en el que entró en el Brew-haha y vio que Kipling estaba ya en una de las mesas. Había pedido dos cafés con leche y tenía un plato de pastas delante de él.

Vaciló un instante. Su cuerpo pareció entrar en una especie de feliz danza a nivel celular. Se le agitó la respiración, el corazón se le aceleró y, en un lugar profundo de su vientre, sintió una inconfundible especie de tirón. Probablemente estaba empezando a notar los síntomas de un virus estomacal, se dijo incómoda.

Negándose a mostrar ningún signo de debilidad, caminó hacia Kipling.

—¡Hola! —la saludó Kipling cuando se sentó enfrente de él—. Te he pedido un café con leche. Espero que te parezca bien.

—Sí, gracias —agarró la taza de café con las dos manos.

—¿Has dejado bien a Starr? Empezaba hoy el campamento de verano, ¿verdad?

—Ajá. Espero que le guste.

—Sí, nunca es fácil ser la nueva.

—Eso es lo que ha dicho ella. ¿Tuviste que cambiar mucho de ciudad cuando eras niño a causa del esquí?

—Sí, pero siempre tenía a mi entrenador y a mi equipo. No estaba tan solo como ella. Pero hará amigos y eso la ayudará. Es una pena que tengáis que iros cuando acabe el verano. Si os quedarais, ya habría hecho amigos para cuando comenzara el colegio.

—Starr estudia en un internado. Tendrá que volver allí.

Kipling frunció el ceño.

—¿No va a vivir siempre contigo?

—No, solo va a pasar conmigo este verano. Yo soy su tutora legal, pero ha sido más por una cuestión de logística.

—¡Ah! ¿Y ella está de acuerdo con la situación? ¿No le importa no tener un verdadero hogar?

A Destiny no le gustó aquella pregunta.

—Tiene un hogar.

—¿Dónde?

Para eso no tenía respuesta. Starr solo había pasado unos días en el piso que Destiny tenía en Austin antes de salir para Fool's Gold. El apartamento no era suficientemente grande para las dos.

—Supongo que no he pensado lo suficiente en ello —contestó lentamente.

—Deberías hablar con ella y averiguar qué piensa que va a pasar en otoño. Es posible que la idea de volver al internado no le haga tanta gracia como piensas.

—¿Por qué dices eso? No la conoces.

—Pero sé cómo son los niños. Yo acepté inmediatamente la oportunidad de unirme al equipo de esquí y disfruté cada segundo, pero había niños que preferían estar en su casa. A nadie le gusta que le manden lejos.

Ella también había sido niña, pensó Destiny con cierta irritación. En su caso, que la mandaran lejos había sido lo mejor que le podía haber pasado. Pero ella se había ido a vivir con una abuela que la adoraba mientras que Starr iba a volver al colegio. Eran dos destinos muy diferentes.

—Tiene amigas en el colegio —respondió, consciente de que parecía estar poniéndose a la defensiva.

En parte porque, en el caso de que Starr no regresara al

colegio, Destiny no sabía lo que eso podría significar. Adoraba viajar para hacer su trabajo, pero, con una adolescente de quince años, ir de cuidad en ciudad cada tres meses no era posible.

Sacudió la cabeza.

—Ya estás intentando solucionar un problema otra vez. Tienes que intentar abandonar esa costumbre.

—No puedo evitarlo —dijo con una sonrisa—. Es parte de mi encanto.

—Si tú lo dices...

Kipling soltó una carcajada.

—¿No he conseguido impresionarte? Podría pedir referencias, si eso te ayuda.

—No puedo ni empezar a imaginar lo que dirían.

—Siempre cosas buenas —le aseguró—. Soy muy divertido en las citas. Y, hablando del tema, ¿por qué no vienes conmigo a la inauguración de The Man Cave? Va a ser una fiesta memorable.

—No me gustan mucho los bares.

—Este no es un bar normal. Venga, es la inauguración de mi negocio. ¿Cómo no vas a querer estar allí y ver toda la magia?

Destiny intentó averiguar por qué aquel hombre le resultaba tan atractivo. Había conocido otros hombres guapos. Incluso más que él. Era inteligente, pero no brillante. Tenía características que consideraba incluso algo irritantes, pero no parecían mermar su atracción.

Una cita. No podía recordar la última vez que había tenido una. ¿Se acordaría siquiera de cómo debería comportarse?

—No me acostaré contigo —le advirtió.

Kipling no se molestó en reaccionar ante tan brusca declaración.

—No recuerdo habértelo pedido, pero gracias por la aclaración. ¿Te refieres a esa noche o quieres decir nunca?

Nunca. Debería decir nunca. Porque Kipling no era lo que estaba buscando. Ella era una persona con objetivos claros. Claros y decididos.

—Nunca —respondió con firmeza.

Kipling se reclinó hacia atrás en la silla. La diversión brillaba en sus ojos azules.

—Estás mintiendo. Me deseas. Admítelo.

Destiny se dijo a sí misma que Kipling estaba de broma. Que lo único que tenía que hacer ella era echarse a reír y todo saldría bien. Pero no podía. Realmente, no podía. Porque se sentía atraída hacia él. Más de lo que le gustaría.

Abrió la boca, y la cerró después. Se sintió sonrojarse y deseó ser transportada milagrosamente a cualquier otro lugar. Preferiblemente, a otro hemisferio. Pero como aquello no ocurrió, agarró la mochila, se levantó y farfulló:

—Tengo que irme.

Kipling se levantó

—Destiny, no. Estaba bromeando.

Destiny sacudió la cabeza y salió de allí.

Por la razón que fuera, Kipling no la siguió. La gratitud y el miedo la empujaron hasta la oficina. Un lugar ridículo para tratar de esconderse, pensó, mientras cerraba la puerta y se apoyaba en ella. Como si Kipling no supiera dónde trabajaba.

Pero no tenía ningún otro lugar al que ir. Lo único que esperaba era poder contar con unos minutos de soledad. Una hora más o menos para averiguar qué demonios le pasaba y cómo iba a solucionarlo. Rápido.

Para las cinco de la tarde, Destiny ya había conseguido sacarse a Kipling de la cabeza. Probablemente era un descanso temporal, pero estaba más que dispuesta a conformarse con eso. Sobre todo porque se sentía culpable. Se sentía culpable por Starr.

Aunque quería olvidarse de Kipling, no parecía ser capaz de ignorar lo que había dicho sobre su hermana. Que Starr, técnicamente, no tenía un hogar en el que refugiarse. Que no tenía un lugar que pudiera considerar propio.

Destiny no sabía cómo arreglar aquel problema, pero sabía cómo distraerse. Honrando una tradición transmitida en su familia durante generaciones, cocinó.

Primero un pastel. La abuela Nell le había enseñado los secretos de una buena masa. Había utilizado los primeros arándanos de la temporada y el pastel estaba enfriándose en una bandeja encima de la mesa de la cocina.

Había comprado pollo para hacerlo frito y los ingredientes para una ensalada. Porque no había ningún problema que no pudiera solucionarse con un buen pollo frito para cenar.

—¡He vuelto! —anunció Starr.

Destiny se dirigió al cuarto de estar. La adolescente parecía contenta mientras dejaba la mochila en el sofá y se derrumbaba a su lado. Destiny se sentó enfrente de ella.

—¿Qué tal te ha ido? —le preguntó mientras cruzaba mentalmente los dedos, pidiendo, por favor, que el informe fuera bueno.

Starr sonrió.

—Genial. Estoy agotada, pero en el buen sentido, ¿sabes? El campamento es enorme. Hay un montón de aulas y diferentes zonas. Yo me he apuntado a teatro y a música. Hay clases de informática y se practican montones de deportes. Todo está abarrotado, hay un montón de bullicio y es muy divertido. Almorzamos por turnos y es una suerte porque, con tantos niños, de otra forma sería completamente imposible.

Se interrumpió para respirar.

—Algunos niños vienen para pasar un par de semanas y se quedan allí. Vienen de lugares como Los Ángeles. De una zona marginal, ha dicho uno de los monitores. He estado hablando con una niña que nunca había estado en el campo. ¡No había visto nunca un bosque! Decía que un parquecito que había al lado de su casa había visto ocho árboles. ¡Los había contado!

Starr sacudió la cabeza.

—Nunca había conocido a nadie así. Es muy divertida y tiene una voz increíble. Pero para ella todo es diferente. Su familia no tiene dinero. Yo no sabía que había personas en esa situación.

—Me alegro de que pueda ir al campamento.

—Yo también. He conocido a muchos niños que viven en la cuidad. Algunos son de mi edad —inclinó ligeramente la cabeza—. El hijo de Felicia es muy majo. Carter. Tiene muchos amigos y quiere presentármelos. Me ha dicho que podríamos salir.

Destiny había estado asintiendo mientras Starr hablaba, pero en aquel momento, se quedó paralizada.

—¿Un chico? —inquirió, preguntándose si su voz habría mostrado su miedo y su enfado.

Starr se la quedó mirando fijamente.

—Pues claro, la mayor parte son chicos. Somos amigos. Es genial. Y Carter es muy simpático. Me gusta.

—¿Te gusta en qué sentido?

Starr elevó los ojos al cielo.

—¿Qué es lo que te preocupa? Tengo quince años. Es normal que salga con chicos. Eso es lo que hacen las adolescentes.

Destiny se dijo que tenía que serenarse. Aquello era algo que podía controlar.

—Lo entiendo —dijo lentamente—. Pero tienes que tener cuidado. Las dos tenemos que tener cuidado.

—¿Cuidado? ¿De qué estás hablando?

—De nuestros genes. Es como lo de ser pelirrojas. O nuestro interés por la música. Eso lo has heredado de papá, ¿verdad?

–Claro –respondió Starr con recelo–. ¿Pero eso qué tiene que ver con Carter?

–Es otro rasgo que podríamos haber heredado. Cosas como enamorarse y desenamorarse constantemente. Ya sabes lo que les pasó a tus padres. ¿Quieres eso para ti? Esas son decisiones en las que tienes que pensar. Porque si no piensas en ello, es posible que actúes sin reflexionar. Y el sexo es algo peligroso.

Starr comenzó a alejarse de su hermana.

–No me hables de eso. Yo no quiero hablar de esas cosas. ¡Tengo quince años! Conozco a chicas que hacen eso, pero... yo no. ¿Quién te crees que soy?

–Creo que eres la hija de Jimmy Don. Créeme, yo he tenido que batallar contra eso mismo. Tienes que tener cuidado con los chicos.

–¿Por eso no te has casado? ¿Porque intentas tener cuidado?

–Sé lo que estoy buscando, pero, sencillamente, todavía no lo he encontrado.

Starr frunció el ceño.

–¿Quieres decir que has hecho una lista de cualidades o algo parecido?

–Sí. Quiero tomar una decisión sensata sobre el hombre con el que voy a pasar el resto de mi vida.

–El amor no es algo sensato –replicó Starr–. Todo el mundo lo sabe.

–Tienes razón. El amor está formado de palabras y química. Tiene poco valor. Es preferible tomar una decisión basándose en criterios lógicos y racionales. Eso es lo realmente estable.

No estaba segura de si Starr comprendía su punto de vista o la consideraba una idiota.

Lo que no esperaba era ver los ojos de la adolescente llenos de lágrimas.

–¿De verdad es eso lo que piensas? –preguntó Starr,

levantándose bruscamente–. ¿Que no existe el verdadero amor? ¿Que mi madre no me quería?

Destiny deseó abofetearse a sí misma.

–¡No, claro que te quería! No estoy hablando del amor entre padres e hijos. Estoy hablando del amor romántico. Tu madre te adoraba.

–¡Tú no tienes ni idea! –gritó Starr–. A mi madre lo único que le importaba eran mi padre y las drogas. No me quería. Me abandonó una y otra vez y, al final, murió. Sé que mi padre no me quiere. Es evidente. Apenas me conoce y estoy segura de que no le importo. Solo estoy aquí porque te has visto obligada a quedarte conmigo. Es así, ¿verdad? Ya lo he comprendido.

Elevó la voz al pronunciar la última frase.

–Sé que no tengo ningún lugar al que ir. Sé que nadie me quiere. ¡Lo entiendo perfectamente!

Salió corriendo, escapó al interior del dormitorio y cerró la puerta de un portazo. El brusco sonido reverberó en toda la casa.

Destiny se hundió en la silla y se tapó la cara con las manos. La distancia entre lo que pretendía decir y lo que había salido de su boca era tan grande que resultaba inconmensurable. Ella solo estaba intentando proteger a Starr. Y, en cambio, había terminado haciéndole daño.

Se levantó y se acercó a la puerta cerrada del dormitorio. Llamó y dijo:

–Starr, cariño. Lo siento.

–¡Vete!

–Tenemos que hablar.

–No, no tenemos que hablar. Si no crees en el amor, no te importará saber que te odio. Te odio, Destiny. ¡Déjame en paz!

El seco clic del cerrojo fue seguido por unos segundos de silencio. Después, los sollozos atravesaron la puerta y se clavaron en el corazón de Destiny. Se sentó en el suelo, ante la puerta del dormitorio, e intentó respirar. Siendo honesta consigo misma, reconoció que no tenía la menor idea de qué hacer.

Antes de mudarse a Fool's Gold, Kipling jamás había tenido relación con un Ayuntamiento ni con ninguna otra institución. Había dado por sentado que el día a día de una población cualquiera era algo que, sencillamente, ocurría. Al igual que la mayoría de la gente, protestaba por la existencia de leyes que consideraba una interferencia innecesaria en su vida. No era consciente de la cantidad y la complejidad de los pasos que derivaban en una constante fuente de servicios que afectaban a la vida de las personas.

Pero desde que se había mudado asistía una vez al mes a las sesiones del Ayuntamiento. Al principio, tenía miedo de aburrirse, pero a aquellas alturas estaba deseando conocer todos los detalles que se ocultaban tras la escena. La alcaldesa Marshal dirigía muy bien la ciudad y tenía montones de cosas de las que ocuparse. Debido al constante flujo de turistas, al crecimiento de la ciudad, a la universidad y a docenas de negocios con éxito, todos con diferentes intereses y necesidades, siempre surgía alguna crisis, algún problema o algo increíblemente inesperado.

En la reunión de aquel día, el momento de relajo llegó de la mano de Eddie y Gladys, que querían presentar un programa en la televisión local. Eran las mismas señoras que habían querido ofrecerse como voluntarias en la reunión de HERO. La alcaldesa estaba haciendo todo lo posible para disuadirlas y, aunque normalmente Kipling apostaba siempre por la alcaldesa, aquel día no parecía estar teniendo mucho éxito contra unas muy decididas Eddie y Gladys. El desarrollo de la conversación le estaba haciendo añorar unas palomitas. Estaba demostrando ser una auténtica diversión.

—No puedes impedírnoslo —protestó Eddie, inclinándose

mientras hablaba–. Este es un país libre. Conozco mis derechos. El canal comunitario es precisamente para eso: para la comunidad. Gladys y yo incluiremos a todo el mundo en nuestro programa.

–Especialmente a hombres –Gladys se echó a reír a carcajadas.

–Eso es precisamente lo que me preocupa –la alcaldesa las miró a las dos con atención–. Las leyes sobre la desnudez son muy estrictas.

Eddie arqueó las cejas casi hasta la línea de su cuero cabelludo.

–¿Estás insinuando que aparecería gente desnuda en el programa?

–Ojalá tuviéramos esa suerte –musitó Gladys.

–Sí –respondió la alcaldesa con firmeza–. O fotografías. He estado en contacto con mis amigos de la Comisión Federal de Comunicaciones y os van a vigilar de cerca.

Patience Garrett, la propietaria de Brew-haha estaba sentada al lado de Kipling. Se inclinó hacia él.

–Cuando la alcaldesa comienza a hablar de sus amigos, siempre es peligroso. Si yo fuera Eddie o Gladys, ahora mismo estaría temblando.

–No pretenderían sacar a hombres desnudos en televisión, ¿verdad?

–Por supuesto que sí. Hace un par de años, se hizo un calendario para recaudar fondos. Vino un grupo de modelos y se hicieron las fotografías. Eddy y Gladys estuvieron allí en todo momento, contemplando el espectáculo.

–Parecen tan inocentes...

Patience sonrió.

–No confundas la vejez con la inocencia. Podrían aprovecharse de ti.

–¿Esas dos?

–Por supuesto. Eres un buen hombre. No te resistirías.

–Entendido.

Volvió a prestar atención a la conversación y después se permitió mirar hacia la izquierda. Destiny estaba sentada unos bancos por delante de él. Había llegado tarde y se había sentado en uno de los asientos que quedaban libres en uno de los laterales.

Al principio, Kipling se había preguntado si le estaría evitando. Aunque a él le había resultado intrigante su última conversación, pensaba que quizá ella se sintiera avergonzada. A lo mejor no quería que supiera que se sentía atraída por él. Estaba un poco tensa. Pero mientras la observaba, Kipling se preguntó si no habría también algo más. Parecía tensa por algo que no tenía nada que ver con él. Apenas había mirado en su dirección.

Si tuviera que adivinarlo, diría que estaba alterada por algo. Y no estaba relacionado con el trabajo. Aquella misma mañana había recibido un correo electrónico en el que le decía que todo iba por buen camino. Así que tenía que tratarse de otra cosa. ¿La familia, quizá?

Miró de nuevo a la alcaldesa y se esforzó en prestar atención a lo que estaba diciendo sin dejar de estar pendiente de Destiny. Quería hablar con ella antes de que se fuera. Si tenía algún problema, a lo mejor podía ayudarla.

La reunión duró cerca de una hora más. Kipling pensaba que Destiny se marcharía a toda velocidad, pero se quedó para hablar con la gente. Fue acercándose a ella. Todos los demás fueron abandonando la reunión y, para cuando estuvo frente a Destiny, se habían quedado solos.

—¿Qué tal va todo? —le preguntó.

Destiny sacudió la cabeza.

—Fatal. Starr y yo tuvimos una discusión terrible ayer por la noche. La culpa fue mía. Lo he estropeado todo. Me habló de un chico que le gustaba y yo reaccioné de forma exagerada.

—¿Está saliendo con alguien? —¿no era demasiado joven para eso?

–Espero que no. Le dije que el amor solo consistía en química y palabras y me malinterpretó. Yo estaba hablando del amor romántico y pensó que estaba diciendo que nadie la quería –se volvió–. Me gustaría decirle que se equivoca, pero no lo sé. Su padre hace meses que no la ve. Su madre murió. Yo soy su tutora temporalmente y apenas la conozco. Está perdida y yo soy la persona menos indicada para saber lo que hay que hacer.

Kipling le pasó el brazo por los hombros y la atrajo hacia él.

–Las dos somos hijas del mismo padre. Y cuando te digo que no procedemos de un entorno familiar estable, te aseguro que puedes creerme.

–Tú tuviste a tu abuela. Ella sí era una mujer estable. Te quiso y te hizo sentirte segura. Tú puedes hacer lo mismo por Starr.

Le gustaba sentirla contra él. Cálida y femenina. Kipling deseaba interponerse entre ella y cualquier cosa que le estuviera ocurriendo para poder solucionar sus problemas.

Destiny se relajó contra él durante un segundo antes de apartarse.

–Tienes razón. Necesito pensar en lo que haría la abuela Nell. Esta mañana, Starr ni siquiera quería hablarme. Es demasiado joven como para enfrentarse a todo esto. Tendré que encontrar la manera de ayudarla.

–¿Y vuestro padre?

Destiny suspiró.

–Hablé con él después de que su abogado me hablara de Starr. Este verano Jimmy Don está de gira por Europa. No piensa regresar hasta octubre. En cuanto a Starr, él está convencido de que está perfectamente.

Kipling sintió el enfado removiéndose en su interior. No solo se podía maltratar a alguien a puñetazos.

–En otras palabras, le importa un comino.

–Yo no lo habría dicho exactamente así, pero es cierto. La gente famosa no tiene que encargarse de limpiar sus desperdicios. Siempre hay alguien que lo hace por ellos. No estoy diciendo que mi hermana sea un desperdicio. Ya sabes lo quiero decir.

—Sí, lo sé. ¿Y qué vas a decirle a Starr?

Destiny alzó la mirada, con los ojos abiertos de par en par por la emoción.

—No tengo ni idea. Supongo que le diré la verdad. Que estaba equivocada. Que la quiero y quiero que ella lo sepa.

—Starr necesita saber que siempre tendrá un lugar a tu lado.

Destiny asintió lentamente.

—Lo sé. Pero todavía no he averiguado cómo voy a organizar mi vida. Mi trabajo me obliga a cambiar constantemente de ciudad. Puedo asegurarme de tener encargos que cubran la mayor parte de los meses de verano, pero después, siempre tendré que irme.

—Con lo cual, el internado resulta muy práctico. ¿A ella le gusta?

—La verdad es que no me lo ha dicho. Tienes razón. Tenemos que hablar más para que ella pueda sentirse a salvo. Toda esa conversación sobre Carter me desconcertó.

—Estoy segura de que solo son amigos.

—Eso es lo que ella me dijo. Hace seis semanas, ni siquiera la conocía. Y ahora esto. Es demasiado.

Kipling la estrechó instintivamente contra él. Ella se dejó arrastrar y se aferró a él.

Encajaban muy bien juntos. Kipling respiró la fragancia de su pelo y disfrutó del calor de su cuerpo. Cuando ella retrocedió, le permitió alejarse.

Sabía que no debía interpretar su buena disposición. Estaba herida y él le ofrecía un hombro en el que llorar. Pero descubrió que le gustaba que Destiny llorara en su hombro, por lo menos, de momento. Porque, al igual que ella, él siempre estaba moviéndose. Sentimentalmente, si no físicamente.

–Tener amigos de su edad es lo mejor que puede pasarle en este momento –la tranquilizó–. Así puede experimentar un sentimiento de pertenencia.

Destiny asintió.

–Ayer, al volver del campamento, parecía estar realmente contenta.

–Uno de mis socios tiene una hija de su edad. ¿Por qué no llamamos a Ethan para ver si podemos hacer algo con Starr y con Abby la noche de la inauguración de The Man Cave? Podrían ir a ver una película y salir juntas. Tú puedes venir conmigo. De esa forma, las dos os divertiréis y el poder alejaros de la situación que tenéis en casa puede ayudaros a ver las cosas con cierta perspectiva.

Destiny le sonrió.

–Siempre arreglándolo todo.

–¿Pero reconoces que es una buena idea?

Destiny permaneció durante un segundo en silencio y después asintió.

–Me parece una idea muy buena.

Capítulo 7

Destiny se sentó en el cuarto de estar y esperó a que Starr llegara del campamento. Había estado pensando mucho en todo lo que había ido mal entre ellas. Hablar con Kipling la había ayudado realmente. Apreciaba lo amable que había sido con ella en aquella cuestión. Intentó recordar la última vez que había contado con alguien en quien apoyarse, aunque fuera fugazmente, y no fue capaz de recordar cuándo había ocurrido. Porque no tenía amigos, recordó. Sus amistades eran fugaces, temporales.

Y, probablemente, por muchas razones. Siempre estaba viajando de un lugar a otro, de modo que no tenía mucho sentido involucrarse en exceso. Y, aunque en teoría fuera una buena idea, en la práctica significaba que siempre estaba empezando desde cero y no tenía una verdadera continuidad en su vida. Al menos, emocionalmente. Y aquello no solo no era algo particularmente saludable, sino que también la condenaba a la soledad. Algo que no había notado hasta la aparición de Starr.

No tenía a nadie a quien llamar. Nadie a quien hablar de la situación. Podía llamar a su madre, pero no estaba segura de que Lacey fuera la persona más indicada para darle consejo en aquellas circunstancias. Lacey adoraba a su hija y mantenía contacto con ella, pero Destiny no creía que le hiciera gracia entrometerse en una situación que involucraba a su exmarido y a la hija que había tenido con una de sus amantes. En cuanto al resto de hermanastros y medio hermanos... apenas conocía a algunos y a otros no los había visto en su vida.

Kipling había sido una roca inesperada en la que apoyarse.

Se abrió la puerta y entró Starr. A diferencia del día anterior, no parecía ni entusiasmada ni feliz. Miró a Destiny y desvió después la mirada. Pero, en vez de dirigirse directamente a su habitación, se sentó en el sofá y clavó la mirada en sus propias manos.

—¿Qué tal ha ido el día? —le preguntó Destiny.

—Bien.

—¿Sigue gustándote el campamento?

Starr asintió.

Destiny deseó tener más recursos, pero no los tenía. Y, a pesar del gran consejo de Kipling, no podía imaginar qué habría dicho la abuela Nell. Principalmente, porque Nell era demasiado inteligente como para haberse visto envuelta en una situación como aquella.

—Siento lo de ayer —se disculpó Destiny—. Siento lo que dije. Reaccioné de una forma totalmente desproporcionada cuando me hablaste de Carter. Yo tengo mis miedos, mis propias preocupaciones, pero no debería proyectarlos sobre ti.

Starr alzó la cabeza.

—¿Tienes miedo de los hombres?

—No. Solo de cometer un error. O de perder la cabeza. Pero ahora eso no importa. Ahora quiero que hablemos de ti. De nosotras. Starr, tú eres mi hermana.

—Tú medio hermana. Así es como me presentas siempre.

Destiny abrió los ojos como platos. Le habría gustado protestar, pero tenía la impresión de que era cierto.

—Lo siento —le dijo—. No volveré a hacerlo nunca. Porque

somos hermanas. No hermanas a medias, ni a tercios. Simplemente, hermanas.

Starr se la quedó mirando en silencio durante largo rato.

—De acuerdo.

—Esta es una situación difícil por muchas razones, pero, sobre todo, porque no nos conocemos la una a la otra. Quiero que eso cambie. Quiero que seas feliz aquí. Conmigo, quiero decir. Porque cuando termine este trabajo, tendremos que dejar Fool's Gold.

—¿Y adónde iremos?

—No lo sé.

—¿Cambias de ciudad cada dos meses?

Destiny asintió.

—Puedo intentar pasar todo el verano en el mismo lugar, pero, aparte de eso, mi trabajo me exige trasladarme constantemente a lugares nuevos.

—Eso significa que tendré que volver al internado —Starr bajó de nuevo la mirada hacia sus manos—. Supongo que es eso lo que va a pasar.

Lo cual no sonaba como si estuviera dando su apoyo rotundo a aquella posibilidad, pensó Destiny preocupada. ¿Pero cuál era la alternativa?

—Podremos pasar juntas las fiestas y el verano —propuso—. Si tú quieres.

—Porque estás obligada a cargar conmigo —Starr parecía más asustada que desafiante.

—No te considero una carga —le aseguró Destiny—. En realidad, me parece una situación agradable. Tienes razón. Yo siempre he sido la chica nueva y eso implica mucha soledad. Tener a alguien de mi familia cerca me ayuda. No lamento que estés aquí, Starr, si es eso lo que estás pensando.

Starr la miró.

—¿De verdad?

—Te lo prometo —sonrió—. Tengo todos los ingredientes para preparar un pollo frito. Pensaba hacerlo ayer por la noche, pero, con todo lo que ocurrió, no tuve oportunidad. Ya lo comimos una vez y ahora me gustaría enseñarte la receta. ¿Te apetece?

Starr sonrió.

—Claro. Déjame llevarme mis cosas.

Destiny la observó alejarse al dormitorio. Aquella noche, después de cenar, podían tocar juntas la guitarra. Podría enseñarle a Starr más acordes y un par de canciones de su padre. Si las dos eran capaces de perseverar, a lo mejor terminaban siendo una familia de verdad y no solo de nombre.

La estatua del hombre de las cavernas que había en la puerta resultó ser más grande de lo que Kipling esperaba. Prácticamente, todo el que entraba se detenía para hacerle una fotografía o para que le hicieran una fotografía con la mascota. Hubo algunos *selfies* hilarantes.

En honor a la inauguración, las fotografías se enviaban al bar y desde ahí las descargaban en la televisión. Las imágenes resultantes tenían a todo el mundo aplaudiendo y vitoreando.

Kipling circulaba entre la multitud. No había contado cuánta gente había, pero tenía la sensación de que estaban al límite de su capacidad. No sabía cómo se tomaría el departamento de bomberos ese tipo de cosas. Pero, desde luego, no le parecía mal tener una cola delante del edificio.

Él se dedicó a recibir a los invitados, vigilar a los camareros y estar pendiente de la llegada de Destiny. Teniendo en cuenta lo pronto que tenía que llegar él al bar, habían quedado en encontrarse allí. Y quería estar seguro de verla en el instante en el que apareciera.

Era un sentimiento de anticipación, pensó con una sonrisa. Un sentimiento que encajaba perfectamente en aquel día. Destiny era una mujer compleja, pero eso le gustaba.

Las mujeres fáciles eran para los cobardes. Tener que trabajar duro para conseguir lo que uno quería hacía más dulce la recompensa. Y él quería su recompensa. Destiny podía ser una mujer rígida, pero él sabía que se relajaría con el tiempo. Lo único que necesitaba era sentirse segura.

Se acercó a la barra, deteniéndose en el camino para hablar con algunos de los invitados. Llevaba menos de seis meses en la ciudad y ya conocía a todos cuantos veía.

Nick le hizo un gesto con la mano. Kipling pidió disculpas a la persona con la que estaba hablando y se acercó al encargado.

—¿Qué pasa? —le preguntó.

Nick sonrió de oreja a oreja.

—Ya es oficial. Jo cerrará todas las noches del fin de semana.

—¿Te refieres a Jo, a la dueña del Bar de Jo?

—La misma.

—¿Y por qué estás tan contento?

Nick le miró con expresión condescendiente.

—Todavía no lo has comprendido. Las mujeres en esta ciudad son poderosas, amigo mío. El Bar de Jo es su bar. Si recortamos sus beneficios, Jo no estará contenta, y tampoco ellas.

Kipling desdeñó aquella información.

—Servimos a una clientela muy diferente. La mayor parte de nuestros clientes no han ido nunca al Bar de Jo. No se los estamos quitando a ella. Además, la mitad de nuestros clientes serán turistas.

Lo sabía. Había estado en todas y cada una de las reuniones en las que sus socios y él habían hablado de sus planes para el negocio. Todos ellos imaginaban que la temporada de verano sería más exitosa gracias a los turistas. Los tipos con ganas de ver deportes les ayudarían a mantenerse durante el invierno. Jo podía quedarse con la clientela femenina.

—Estamos cubriendo una necesidad —le dijo Kipling a

Nick–. Cuando me mudé aquí, oía a hombres quejándose constantemente del bar de Jo. De que se sentían encerrados en la sala de atrás y de que la televisión no era suficientemente grande.

–Esa es una manera de verlo.

–Te estás preocupando por nada.

Kipling había visto un problema y había reunido a un grupo de inversores para arreglarlo. Por eso aquel era un buen día para él.

Nick se encogió de hombros.

–Solo quería comentártelo –después señaló–: Tienes compañía.

Kipling se volvió y vio a Destiny al lado de la puerta. De pronto, el ruido del bar se desvaneció y las luces parecieron girar para iluminarla solamente a ella. Estaba convencido de que estaba viendo las cosas como cierta parte de su anatomía pretendía, en vez de como eran en realidad, pero estaba dispuesto a aceptarlo. Sobre todo si aquello le permitía contemplar a una mujer hermosa.

Destiny se había ondulado el pelo y se había maquillado. Kipling no recordaba haberla visto nunca así y el resultado era impresionante. Sus ojos verdes parecían enormes, tenía el pelo rizado en ondas y su boca era un glorioso y deseable puchero de color rosa brillante.

Caminó hacia ella sin molestarse en hablar con nadie. Destiny era lo único que importaba. Lo único que necesitaba. Cuando estuvo cerca, vio que se había puesto una chaqueta encima de una camisa ajustada de encaje blanco. Llevaba unos vaqueros estrechos y botas. La combinación perfecta para estar cómoda y sexy al mismo tiempo, pensó mientras se aproximaba. Era algo de lo que solo las mujeres eran capaces y, hablando en nombre de todo el género masculino, apreciaba el esfuerzo.

–¡Hola! –saludó cuando estuvo a su lado.

Destiny alzó la mirada y sonrió.

—¡Hola! Y felicidades. Hay una multitud arremolinada ahí fuera y el resto de la ciudad está prácticamente vacío. Habéis tenido un gran éxito.

—Por lo menos esta noche.

Le tomó la mano y la acercó a él. Inhaló la dulce fragancia de su champú y creyó percibir también un perfume ligero. Después, le dio un beso en la mejilla.

—Gracias por venir.

—Va a ser divertido.

Kipling la miró a los ojos un instante.

—Más te vale. Te has reconciliado con Starr.

—¿Cómo lo sabes?

—Pareces más relajada.

—No me gusta que me interpretes tan bien. A la mayoría de la gente le cuesta adivinar lo que pienso.

—Considéralo un don.

—No estoy segura de que esté dispuesta a reconocer que lo es.

—En ese caso, vamos a hacerte beber un poco y veremos cómo terminamos.

Destiny se echó a reír.

—Por lo menos eres honesto sobre tus intenciones.

Kipling se acercó a él.

—Mis intenciones son malas.

Destiny desvió la mirada.

—Me lo imagino. Y por eso me temo que esta noche va a ser un poco decepcionante para ti.

Kipling dejó caer la mano y le rodeó el hombro con el brazo.

—No, si vas a decirme que no. Porque me interesa esforzarme para conseguirlo. Así que no te preocupes.

—¿Porque te gusta la conquista?

—Adoro todo en ella.

Se dirigieron a la barra. Había gente esperando en tercera y cuarta fila, pero Kipling fue hasta el final, donde sabía que podían ser vistos. Una de las ventajas de ser socio, pensó. No tenía que esperar para que le atendieran.

—¿Qué quieres tomar? —le preguntó a Destiny.

Destiny alzó la mirada hacia él.

—No te rías, pero me gustaría tomar un *old fashion*.

—Eres una sureña de corazón. No esperaba menos —pidió el cóctel y una cerveza para él.

Como todo el mundo se apelotonaba en el mismo espacio, apenas había sitio, lo que la obligaba a presionarse contra él. Algo de lo que Kipling no tenía ninguna queja.

Cuando consiguieron las bebidas, la condujo hacia la sala de atrás. Allí podían estar más tranquilos. Además, habían abierto la puerta de atrás para que entrara el aire.

Kipling iba saludando a la gente mientras avanzaban. Vio a los hermanos Hendrix sentados en una mesa y se acercó para saludarles.

—Destiny, te presento a Ethan, Kent y Ford Hendrix —le dijo—. Esta es Destiny Mills. Estamos preparando juntos el software para el programa de búsqueda y rescate.

Ethan alzó su cerveza.

—Encantado de conocerte —se interrumpió y sonrió—. Eres la hermana de Starr, ¿verdad? Creo que ya has conocido a Liz, mi esposa.

—Sí —Destiny se volvió hacia Kipling—. Seguí tu consejo. Esta noche Starr va a salir con Abby y sus amigos.

—Me alegro.

Kipling se preguntó si aquella salida incluiría dormir fuera de casa. A él le convendría. Aunque dudaba de que Destiny se mostrara dispuesta a acostarse con él en la primera cita. Tratándose de ella, estaba encantado de esperar.

Ethan le hizo un gesto a Kipling con la cabeza.

—Buen trabajo. Este bar es magnífico.

—Gracias. ¿Dónde están vuestras mujeres?

—Han dicho que esto no era cosa suya —contestó Ford—. Se han quedado con nuestra madre, horneando.

Kipling asintió.

—¿Cómo van las apuestas?

Ford y Kent se miraron el uno al otro.

—Bien —contestó Kent—. Voy ganando.

Ford le dio un empujón a su hermano.

—Todavía no lo sabes.

Kent le devolvió el empujón.

—Tengo toda la fe del mundo en mi esposa.

Ethan, que estaba sentado al otro lado de la mesa, sacudió la cabeza.

—Sois idiotas. Lo sabéis, ¿verdad?

Kipling miró a Destiny con una sonrisa.

—Al parecer, los hermanos Hendrix han apostado a ver cuál de sus esposas se queda antes embarazada.

—¿Habéis hecho una apuesta sobre eso?

Kent se encogió de hombros.

—Sí, pero no es nada serio.

—Y esa es precisamente la razón por la que voy a ganar —fanfarroneó Ford, presuntuoso—. Espera y verás.

—¿Y qué dicen vuestras esposas de la apuesta? —preguntó Destiny.

—En realidad, no lo saben —musitó Kent—. Y te agradeceríamos que no dijeras nada.

—Porque si Isabel se entera, lo peor que puede pasar es que se enfade —señaló Ford—. Pero si lo averigua tu esposa, es capaz de matarte.

—Es cierto —musitó Kent—. Pero no se va a enterar nunca.

—Eso te gustaría a ti.

Ethan bebió un sorbo de cerveza.

—Mis hermanos son idiotas. No me enorgullezco de ello, pero no puedo evitar la verdad. Total y absolutamente idiotas.

Kipling soltó una carcajada.

—Estoy deseando conocer el resultado.

Volvió a rodear a Destiny con el brazo y la condujo al

patio desde la puerta de atrás. Había poca gente allí y podían respirar el aire fresco de la noche. Con un poco de suerte, Destiny podría tener frío y querer acercarse más a él.

Destiny se sentó en una de las mesas. Kipling se sentó en frente de ella. Destiny sacudió la cabeza.

—No sé si apostar sobre quién se va a quedar antes embarazada es una buena idea.

—Son hermanos —señaló Kipling—. No pueden evitar competir entre ellos. Me alegro de que hayan mejorado las cosas con Starr.

—Yo también —dio un sorbo a su bebida sin mirarle a los ojos—. Kipling, ¿qué quieres de mí? —preguntó de pronto.

—¿Esta noche o en general?

—Las dos cosas.

—Esta noche, me gustaría pasármelo bien contigo. Más allá de eso, me gustaría saber hasta dónde puede llevarnos esto.

Podría haber sido más específico, pero algo le decía que Destiny no iba a tomárselo muy bien. Para ser alguien que tenía tanta seguridad en sí misma en el trabajo, era sorprendentemente reservada en lo relativo a su vida sentimental. Por lo menos así era como él la veía.

—Sabes que terminaré yéndome —le advirtió.

—Sí, lo sé. No busco una relación permanente. Soy un monógamo en serie.

—¿No tienes interés en nada más profundo?

Claro que tenía interés. Pero no parecía capaz de enamorarse. Principalmente, porque no era capaz de comprender por qué se le daba tanta importancia al amor. Hacer las cosas bien era mucho más productivo que pensar en hacerlas.

—Claro. Me gustaría casarme y formar una familia —dijo, consciente de que era más un sueño que una realidad—. Algún día. ¿Y qué me dices de ti?

—Igual. Algún día.

—¡Estás aquí! —Shelby se acercó a la mesa, se sentó a su

lado y abrazó a su hermano–. Lo has conseguido, grandullón. Este lugar es un éxito. Felicidades.

La llegada de Shelby le proporcionó a Destiny la oportunidad perfecta para alejarse con la excusa de que quería ir a saludar a unos amigos. Aunque todavía no había visto a ningún conocido, necesitaba un momento para recuperar la respiración. El bourbon de su cóctel y el mirar a Kipling a los ojos estaban desestabilizando su equilibrio. O a lo mejor había sido la conversación sobre el matrimonio y los niños.

No podía decir que Kipling le hubiera estado ofreciendo matrimonio, por supuesto que no. Además, no era un hombre suficientemente sensato para ella. Pero una mujer tenía derecho a soñar y, en el caso de que lo hiciera, desde luego, él era un hombre con el que merecía la pena soñar.

Regresó a la zona del bar e inmediatamente la golpeó el volumen del ruido. Aunque pareciera imposible, había incluso más gente que antes.

Las lámparas del techo proporcionaban mucha luz y la música estaba a un volumen adecuado. No hacía falta gritar para tener una conversación. El alcohol fluía libremente y las fotografías que habían hecho en la puerta se reproducían en las diferentes televisiones. Había invitados jugando al billar. Aunque la sala de póker estaba siendo utilizada en aquel momento para sentarse, había carteles indicando cuándo comenzarían las partidas, además de unas hojas para inscribirse.

Si cerraba los ojos, Destiny volvía a los cinco años. O a los ocho, o a cualquiera de las épocas durante las que viajaba con sus padres. Aunque ya eran importantes celebridades y no tocaban en bares, les gustaba frecuentarlos después de las actuaciones y la llevaban con ellos. Siempre había alguna habitación en la parte de atrás en la que podían improvisarle una cama hecha a base de abrigos.

Recordaba los olores y los sonidos. Los estallidos de risas, el olor del tabaco y los fritos. No era, precisamente, un entorno propicio para una niña, pero era lo que ella había conocido.

Hasta después de su separación, sus padres no habían tenido más hijos. Medio hermanos que Destiny podía o no conocer. ¿La situación habría sido diferente si Lacey y Jimmy Don hubieran tenido más hijos juntos? ¿El hecho de tener más hijos en común les habría obligado a comportarse como verdaderos padres o aquello solo era una ilusión por su parte?

—Toma —le dijo un camarero. Le tendió a Destiny una bebida nueva y le retiró la anterior—. Nick me ha pedido que te diga que él prepara un *old fashion* magnífico y que no mucha gente lo pide últimamente.

—Gracias.

Alzó el vaso en dirección hacia la barra y Nick saludó en respuesta. Justo en el momento en el que estaba bebiendo un trago, Madeline corrió hacia ella.

—¡Oh, Dios mío! ¿Es verdad? ¿Eres la hija de Lacey y Jimmy Don Mills? ¿Perteneces a la familia Mills? Eres como un miembro de la realeza de la música *country*.

Madeline parecía más intrigada por la información que enfadada por el hecho de que Destiny hubiera intentado mantenerla en secreto, cosa de la que esta última se alegraba. Pero, aun así, se mostró recelosa mientras preguntaba:

—¿Cómo te has enterado?

—Me lo ha dicho Miles. Ayer por la noche salimos a tomar una copa. Tú no nos habías dicho nada.

Muy propio de Miles, pensó Destiny. Meterse donde no debía. Iba a tener que hablar seriamente con él muy pronto.

—No hablo mucho de ello.

—Evidentemente.

Madeline tenía una copa de champán en la mano. Agarró

a Destiny del brazo y la condujo hacia una mesita situada en una esquina.

—Y supongo que entiendo por qué. Nadie hablaría de lo famosos que son sus padres, ¿verdad? Pero vaya, estoy impresionada.

Se sentaron la una enfrente de la otra. Madeline llevaba un bonito vestido azul, del mismo color que sus ojos. La melena rubia se la había recogido en una trenza.

—¿Y tú también sabes cantar? Seguro que sí. Pero entonces, ¿por qué has elegido este trabajo? ¿No te gusta el mundo de la música?

Destiny dio un largo sorbo a su bebida mientras se preguntaba por dónde empezar.

—Nunca he querido llevar la vida de mis padres. Sé que desde fuera parece todo muy glamuroso, pero, desde dentro, es una vida muy dura. Demasiados viajes, demasiadas locuras. No es una vida para mí.

—Así que tú eres una persona normal —Madeline se echó a reír—. Eso hace que me caigas todavía mejor.

—Gracias. ¿Sabes si Miles se lo ha contado a alguien más?

—No tengo ni idea —se inclinó hacia ella—. Mira, es evidente que es un tema que te molesta. No se lo contaré a nadie. Te lo prometo. Pero si Miles me lo ha dicho a mí, es posible que se lo cuente también a alguien más.

—Lo sé. Le he pedido que deje de hablar de mi familia en otras ocasiones, pero nunca me hace caso. En lo que se refiere a hablar de las vidas de los demás, es demasiado locuaz —Destiny apretó los labios—. Espera, ¿estás saliendo con él? No quiero decir nada que no deba.

Madeline sacudió la cabeza.

—No. Fuimos a tomar una copa, pero no es mi tipo.

—Es un hombre guapo y seductor.

—¿De verdad? En ese caso, debería volverme loca por él. Pero no, no hay ninguna química. Y ahora que me he enterado de que le has pedido en más de una ocasión que se mantenga en silencio y no lo ha hecho, sé que jamás podría confiar en él. Quiero una persona íntegra. Alguien que se preocupe de su familia –Madeline bebió un sorbo de champán–. Es curioso. Me paso los días ayudando a las novias a encontrar el vestido de sus sueños y yo no soy capaz de encontrar el verdadero amor.

–¿Lo estás buscando?

–Buena pregunta. La verdad es que llevo tiempo sin hacerlo. Me crié aquí, así que conozco a la mayor parte de los hombres de mi edad. Y, o bien he salido con ellos alguna vez, o ha salido alguna de mis amigas. Mis padres llevan toda la vida casados. Yo fui la niña que les cambió la vida. Estuvieron intentando tener un hijo durante años y cuando ya habían renunciado aparecí yo. Son una pareja encantadora y continúan enamorados después de cuarenta y cinco años.

–Qué bonito.

Destiny se esforzó en no parecer demasiado nostálgica. Sabía que el amor romántico podía funcionar en algunos casos, pero no lo había visto por sí misma. Nunca lo había tenido cerca.

–Eso me ha puesto el listón muy alto –admitió Madeline–. No quiero cometer un error. Mi madre siempre me ha dicho que con mi padre supo desde el primer momento que había acertado. Que fue como si la atravesara un rayo. Él sintió lo mismo con ella. Y yo todavía sigo esperando. Te juro que cuando me atraviese ese rayo, pienso lanzarme detrás de ese tipo sea quien sea –se interrumpió–. A no ser que esté casado, claro. Si ese es el caso, me meteré a monja o algo parecido.

–¿Eres católica?

Madeline sonrió.

–No, pero creo que ese es un problema que podré solventar, ¿no te parece?

Rieron las dos juntas. Shelby se acercó a ellas y las invitó a almorzar al día siguiente. A Destiny le gustó que la incluyera en la invitación. Aquella relación era distinta a las que hacía normalmente en el trabajo. Era mucho mejor.

Además, estaba encantada de que Madeline no quisiera comentarle a nadie lo de Lacey y Jimmy Don. Les sirvieron más copas. Destiny sentía que iba remitiendo la tensión y también que estaba sintiendo el falso coraje inducido por el bourbon, pero, como rara vez se lo permitía, no le pareció mal.

En algún lugar alrededor de las diez, alguien conectó la máquina de karaoke y la gente comenzó a cantar. Kipling volvió a buscarla. Se sentaron juntos en una de las mesas y le pasó el brazo por los hombros.

A Destiny le gustaba sentirse cerca de él. Unas cuantas parejas comenzaron a bailar al ritmo de la música. Destiny se preguntó entonces cómo sería Kipling antes del accidente. No físicamente, era evidente que en el pasado se movía con más facilidad, sino emocionalmente. ¿Tener que enfrentarse primero a la muerte y después al hecho de que quizá no volviera a caminar nunca más le habría cambiado? ¿O siempre habría sido una buena persona?

Oyó el familiar inicio de *Friends in Low Places* de Garth Brook y se volvió hacia el escenario. Por supuesto, allí estaba Miles preparándose para cantar la única canción que siempre cantaba. Y no era que le importara oír su versión, lo que no le gustaba era lo que iba suceder cuando terminara.

—Tengo que irme —dijo, deslizándose desde detrás de la mesa mientras hablaba.

Kipling la siguió y le agarró la mano antes de que pudiera escapar.

—No tan rápido. Todavía es pronto. Quédate.

La culpa no era de él, pensó frenética. Estaba disfrutando con Kipling. Le resultaba fácil estar con él. Ni siquiera le resultaba incómodo que le hiciera preguntas personales.

–No eres tú –dijo, consciente de que la canción continuaba avanzando y se le acababa el tiempo–. Es por otra cosa. De verdad, tengo que irme.

–Pero todavía no hemos bailado. Destiny, no puedes dejarme plantado.

–No te estoy dejando plantado. Hay cosas que...

Terminó la canción y comenzaron los aplausos. Miles agarró el micrófono. A Destiny no le hizo falta verle para saber que estaba sonriendo de anticipación.

–Lo sé –se oyó decir a Miles por encima de la multitud–. Condenadamente bueno, ¿verdad? Pero si pensáis que esto ha sido impresionante, esperad a oír a la próxima cantante. Destiny, cariño, ¿dónde estás?

Destiny se quedó helada. Kipling la miró confundido.

–¿Cantas en público? –le preguntó–. Pensaba que no te gustaba que la gente lo supiera.

–Y no me gusta –susurró mientras los focos giraban por el bar hasta encontrarla–. Miles ya me ha hecho esto otras veces.

–¡Estás ahí! –exclamó Miles–. Sube, Destiny, cántanos una canción.

Destiny negó con la cabeza.

–¡Oh, es muy vergonzosa! ¡Vamos a animarla todos!

Destiny sintió que la gente se separaba de ella, haciendo espacio para que pudiera subir a escena. Kipling permaneció donde estaba, pero ella se sentía incapaz de acercarse a él. Era como si una fuerza más grande que ella la arrastrara y para cuando quiso darse cuenta estaba encima del escenario. No recordaba haber caminado hacia allí, pero la prueba era irrefutable. Una vez más, había cedido y tendría que cantar.

Su madre le diría que llevaba en la sangre la necesidad de actuar. Que podía resistirse, pero que, a la larga, terminaría descubriendo exactamente cuál era su lugar.

Miles le tendió el micrófono.

En el instante en el que lo agarró, todo el mundo comenzó a soltar vítores. Miles se acercó a la máquina y comenzó a buscar entre las canciones. Se detuvo en una de ellas y Destiny asintió. Iba a tener que ir a por ello, pensó mientras comenzaban a sonar las conocidas notas.

La multitud se quedó en silencio. Las palabras iban deslizándose en la pantalla, pero no las necesitaba. Todavía se recordaba a sí misma sentada en silencio mientras su madre escribía aquella canción que, con el tiempo, se había convertido en su mayor éxito.

Con *Accidentally Yours* Lacey había ganado un Grammy, además de un premio de la Country Music Association a Cantante del Año. También había sido premiada como Vocalista Femenina del Año.

La música envolvió a Destiny mientras la inundaban los recuerdos. Sus padres juntos. Sus padres peleándose. Las lágrimas y lo asustada que estaba ella.

La letra de la canción fluía sin necesidad de pensar mientras ella se perdía en la melodía. Cantó con el corazón, que era la única manera en la que sabía cantar. Como si estuviera sola. Así que cuando terminó y la gente comenzó a aplaudir, la intensidad del sonido la hizo regresar bruscamente a la realidad.

Se quedó mirando a la multitud, momentáneamente perdida. Le tendió el micrófono a Miles y comenzó a buscar las escaleras para bajar.

—¡Otra! —gritó alguien—. ¡Canta otra canción!

Ella siguió moviéndose. Cuando llegó al suelo, buscó la salida más cercana que, en aquel caso, resultó ser la puerta de atrás.

—¿Sabías que cantaba así?

—¿Pero quién es?

—... Lacey Mills y después se divorciaron.

—A mi madre le encantaba Jimmy Don. Me pregunto si querrá darme un autógrafo.

Destiny lo ignoró todo. Ya podía saborear la salida. Faltaban solo unos centímetros más.

Para cuando empujó la puerta de la sala de atrás, ya estaba temblando. La puerta cedió fácilmente y ella salió trastabillando a la oscura noche. La música continuaba sonando, pero llegaba amortiguada hasta ella. La cabeza le daba vueltas, probablemente por el alcohol y el canto.

No debería haberlo hecho, se dijo a sí misma. No debería haber cedido. Pero, aunque normalmente era capaz de ignorar aquella parte de sí misma, había ocasiones en las que era incapaz de resistirse. Su madre le habría dicho que no podía escapar a la biología. Y que si cedía a lo inevitable, su vida sería mucho más fácil.

La puerta se abrió y Kipling se reunió con ella.

—¿Estás bien? —le preguntó.

Destiny asintió en silencio. Todavía le costaba respirar y hablar era, sencillamente, imposible.

Kipling la miró.

—Has sorprendido a mucha gente esta noche.

—Esa es una manera de decirlo —tomó aire, alegrándose de haber recuperado el habla—. No pretendía hacerlo. Me refiero a cantar. Debería haber dicho que no.

—Tienes una voz muy bonita.

—Gracias.

—De nada. Demasiado bonita como para mantenerla en secreto.

Destiny sintió que se le curvaban los labios. Y después, se descubrió sonriendo. Se le escapó una risa.

—Al final se sabrá todo.

—¿Quieres volver y cantar otra canción?

—No.

—Creo que no es verdad.

Dio un paso hacia ella. Su mirada era intensa y Destiny sintió que la atraía con la misma intensidad con la que otra fuerza la había arrastrado hasta el escenario. Pero aquella vez, la fuerza le ordenaba que permaneciera donde estaba, que no se moviera.

Cuando Kipling la rodeó con el brazo, se alegró de haberle hecho caso. Cuando la estrechó contra él, cedió voluntariamente.

Quizá fuera la canción, o la noche, pero, por algún motivo, necesitaba estar entre sus brazos. Necesitaba saber lo que se sentía al absorber su calor y su fuerza.

–Destiny.

Solo dijo su nombre. Una sola vez. Suavemente. Después, presionó su boca contra la suya con un beso tan consolador como desafiante.

Destiny se derritió contra él, dejó que Kipling soportara su peso mientras movía los labios sobre su boca. Normalmente, ella se mostraba bastante pasiva cuando la besaban, pero aquella noche no fue así. Aquella noche quería saber lo que se sentía al besarle. Quería explorar a aquel hombre, la inesperada tensión y el calor que crecían dentro de ella.

Posó las manos en sus hombros y sintió la presión de los senos aplastándose contra su pecho. Aspiró su fragancia y cuando Kipling le acarició el labio inferior con la lengua, entreabrió los labios inmediatamente.

Kipling hundió la lengua en el interior de su boca, haciéndose con el control. La descarga eléctrica que siguió a aquella maniobra hizo que el cambio mereciera la pena. Vibraron a través de todo su cuerpo unas cosquillas deliciosas. Le anhelaba, se retorcía contra él, le necesitaba. Cuando Kipling acarició su lengua con la suya, ella le devolvió la caricia. Cuando él retrocedió, ella le siguió.

Se besaron una y otra vez. Kipling bajó las manos hasta sus caderas y las posó después en su trasero. Apretó sus curvas y ella se arqueó instintivamente contra él.

Destiny sentía una fuerte pesadez en la parte inferior del cuerpo. Los senos le dolían. Un anhelo profundo la hacía desear que Kipling posara las manos en ellos. Porque, de alguna manera, sabía que si la acariciara, todo sería mejor.

Aquel pensamiento debería haberla impactado, pero en lo único en lo que podía pensar era en cuánto deseaba que la besara y en lo maravilloso que sería sentir sus dedos sobre sus tensos pezones.

La puerta trasera se abrió de golpe. Destiny fue consciente de una risa y de un rápido «lo siento, tío» antes de que volvieran a cerrar la puerta bruscamente.

Kipling retrocedió y se aclaró la garganta.

—Debería... eh... llevarte a casa.

Destiny tomó aire. Tenía la cabeza ligeramente más despejada y sabía que aquella noche había hecho algo más que cantar una de las canciones de su madre. Había flirteado con el mismo estilo de vida de sus padres, y sabía que eso era algo que no le convenía.

—No te preocupes —dijo, alegrándose de ser capaz de hablar, a pesar del estado en el que se encontraba—. Es la noche de la inauguración. Debes quedarte. Estamos en Fool's Gold y no me pasará nada.

Él vaciló un instante, pero Destiny le empujó hacia la puerta.

—No me pasará nada, te lo prometo. Te enviaré un mensaje en cuanto llegue a casa.

—Si no sé nada de ti dentro de veinte minutos, iré a buscarte.

Una razón tentadora para no enviarle mensaje alguno, pensó Destiny mientras se despedía con un gesto y comenzaba a dirigirse hacia la acera.

Diecisiete minutos después estaba escribiendo el mensaje que le permitiría a Kipling olvidarse de ella durante el resto de la noche.

Era tarde y Starr ya estaba dormida, pero Destiny no conseguía relajarse. Su cuerpo continuaba anhelando a aquel hombre que la había besado y en su mente giraban todo tipo de palabras e imágenes. Al no saber qué otra cosa hacer, sacó la guitarra y la libreta que tenía llena de canciones a medio escribir. Hojeó hasta encontrar una a la que encontrara algún sentido y comenzó a tocar.

—Me hablaste con delicadeza. Tus palabras fueron como un faro. Estaba buscando un hogar.

Escribió algunas notas más y comenzó a tocar la canción desde el principio. Mientras tocaba, revivió los besos de Kipling una y otra vez hasta que quedaron grabados para siempre en su cerebro.

Capítulo 8

Destiny permaneció vacilante en la puerta del Bar de Jo. Y no era la resaca lo que la retenía. Aunque se había despertado con dolor de cabeza y la necesidad de beber cinco litros de agua, la resaca ya había remitido. No, lo que la mantenía en la puerta era la vergüenza.

Recordaba perfectamente lo que había pasado la noche anterior. Todo. Y, aunque la cita con Kipling había ido mucho mejor de lo que esperaba y el beso que habían compartido había sido impresionante, no podía quitarse de la cabeza todo lo demás. Cómo había subido a escena y había cantado la canción de su madre.

Sabía de antemano lo que iba a suceder en cuanto abriera la boca. La conexión era evidente. No era posible ocultar de dónde procedía.

Las comparaciones eran inevitables, y las aceptaba. En cuanto la gente sabía quién era su familia, reconocía el parecido en el aspecto y las similitudes en la voz. Lo que no conseguía superar era lo que había hecho ella misma. Podía decir que se había visto obligada a subir impulsada por una fuerza que no comprendía, pero la verdad era que había subido al escenario por su propio pie. Había abierto la boca y había decidido cantar aquella canción. Aunque pensaba hablar seriamente con Miles más tarde, en realidad, la decisión la había tomado ella. Lo que no sabía era por qué lo había hecho.

Por supuesto, había cantado en público en otras ocasiones cuando era pequeña. Pero, de adulta, siempre evitaba los focos. Miles sabía que cantaba porque la había oído en una ocasión en un hotel. Ella se había dejado la ventana abierta y él estaba en la habitación de al lado. Había estado interrogándola hasta que, al final, Destiny había admitido quién era. Desde entonces, se había negado a transmitir aquella información. A él le encantaba sacarla en los peores momentos imaginables. Y siempre la animaba a actuar.

Hasta la noche anterior, siempre se había negado. Entonces, ¿qué había cambiado en aquella ocasión?

No tenía manera de contestar a aquella pregunta. De modo que tomó aire para darse valor y entró en el Bar de Jo.

Algunas de sus amigas ya estaban esperando en la mesa. Estaban Madeline y Bailey. Reconoció también a Isabel, la socia de Madeline, y a Taryn, una mujer morena que dirigía una agencia de relaciones públicas, Score. Shelby la saludó desde el otro extremo de la mesa.

—Hola a todo el mundo —dijo Destiny mientras se sentaba en una silla vacía entre Madeline y Dellina.

Todas la saludaron con naturalidad y ninguna mencionó la noche anterior. Algunas ni siquiera habían estado allí, de modo que Destiny se preguntó si quizá no habría corrido la voz, pero no creía que tuviera tanta suerte.

Bailey, que trabajaba en la alcaldía, se inclinó hacia delante.

—Dellina, tienes que ayudarme a organizar mi boda. Sinceramente, soy incapaz de decidir lo que quiero hacer y Kenny está comenzando a impacientarse.

—¿Cuál es el problema? —preguntó Dellina.

Madeline se inclinó hacia Destiny.

—Dellina es la organizadora de fiestas de la ciudad. Si

necesitas organizar unan boda esta es tu chica. Es capaz de hacer cualquier cosa en nada de tiempo.

Dellina soltó una carcajada.

—Te he oído y, por favor, no me sobrevalores. No hago milagros —se volvió de nuevo hacia Bailey—. La primera pregunta es: ¿qué clase de boda quieres? ¿Grande o pequeña? ¿Formal o informal?

—No lo sé —admitió Bailey.

—Ese fue mi problema también —dijo Taryn—. En realidad, me apetecía organizar una gran boda, pero como ya me había casado antes, no estaba segura.

—Y yo no quería ninguna complicación —intervino Dellina alegremente—. Así que nos fugamos. Hay muchas opciones.

Aquella era una ciudad para matrimonios y familias, pensó Destiny al ser consciente de que casi todas las mujeres que estaban sentadas a la mesa estaban casadas o comprometidas. De hecho, Shelby y Madeline eran las únicas solteras, aparte de ella. Taryn estaba embarazada, Isabel, lo supiera o no, era parte de una apuesta sobre un primer embarazo y las demás tenían hijos.

Era todo tan normal, pensó con añoranza, pensando que, cuando era una niña, lo normal le parecía la gloria. Mientras otras personas soñaban con la fama o la fortuna, ella se imaginaba viviendo en una calle normal, en la que el ritmo de la vida estuviera dictado por el cambio de las estaciones y el calendario escolar y no por la salida de un disco o una gira.

—Supongo que Kenny y yo tendremos que hablar —dijo Bailey—. Chloe quiere ser la dama de honor, por supuesto, así que lo de fugarnos no es una opción.

Patience Garret entró en aquel momento en el Bar de Jo y corrió hacia la mesa. Se sentó en la última silla que quedaba vacía.

—Lo siento —dijo—. Estaba hablando con Zane Nicholson.

Isabel y Madeline suspiraron y las demás mostraron su confusión. Bueno, excepto Bailey, que sacudió la cabeza.

–Estás completamente loca –le dijo–. Lo sabes, ¿verdad?

–Eso es lo de menos –intervino Isabel con aire soñador–. Zane es increíble.

–Solo es un hombre –la corrigió Bailey–. Se pone los pantalones como todos los demás.

–Y eso significa que a veces también se los quita –bromeó Patience, y se echó a reír.

Bailey elevó los ojos al cielo.

–No les hagáis caso –pidió al resto del grupo–. Se comportan como niñas de cinco años.

–Nos estamos comportando como adolescentes de dieciséis –la corrigió Isabel–. Hay una gran diferencia. Y ya sabemos que es una tontería. Zane Nicholson se crió en Fool's Gold. Tiene un rancho a unos treinta kilómetros de aquí. Es un hombre guapísimo. Y es muy serio y viril –se abanicó la cara con la mano–. ¿Hace calor aquí o soy yo?

–Estás casada –le recordó Destiny sin poder contenerse.

Sabía que la conversación sobre aquel misterioso Zane era solo una broma, pero, aun así, le resultaba extraño.

–Lo sé –contestó Isabel sin mostrarse en absoluto arrepentida–. Quiero a Ford con cada fibra de mi ser, pero cuando estaba en el instituto, estuve loca por Zane. Me divierte recordar lo que sentí entonces.

–No es Jonny Blaze –dijo Shelby con una sonrisa.

Madeline se echó a reír.

–Tienes razón. Mi eterno amor por Zane fue superado por mi adoración por el actor Jonny Blaze. Creo que eso me convierte en una fresca.

Jo apareció para tomar nota. A nadie se le ocurrió pedir margaritas aquel día y Destiny lo agradeció. Pensaba evitar el alcohol durante mucho tiempo.

Cuando Jo se marchó, Taryn apoyó los codos en la mesa y sonrió a Destiny.

–Todavía no hemos tenido tiempo de conocernos. ¿De dónde eres y cómo es que has terminado aquí?

Todo el mundo se quedó helado alrededor de la mesa. Destiny se dijo a sí misma que tenía que mantener la calma. La pregunta de Taryn era una pregunta normal. No estaba buscando información sobre la familia Mills. Pero durante el instante previo a que se le ocurriera una respuesta, tuvo que admitir que se sentía más que un poco atrapada.

Taryn se irguió.

–¿Qué pasa? –exigió saber–. ¿Qué he dicho? No he preguntado nada raro –dio una palmada a la mesa–. Anoche pasó algo, ¿verdad? ¡Lo sabía! Le dije a Angel que teníamos que ir a la inauguración, pero él quería que nos quedáramos en casa porque yo estaba cansada. Quedarse embarazada significa perderse todo tipo de diversión.

Bailey le pasó el brazo por los hombros.

–Yo tampoco fui –le dijo a su amiga–. Y no pasó nada.

–Seguro que pasó algo –insistió Taryn–. Contádmelo.

–Yo canté –respondió Destiny con voz queda.

Taryn frunció el ceño.

–¿Y eso es todo? ¿Cantaste? Muy bien. No lo entiendo. O eres increíblemente buena, o eres increíblemente mala.

–Es buena –musitó Madeline.

Destiny sabía que no tenía sentido continuar evitando el tema. Todo el mundo estaba al tanto y, quizá, si hablaba de ello, podrían pasar a algo más interesante.

–Mis padres son cantantes de *country* –le explicó a Taryn–. Lacey y Jimmy Don Mills.

Taryn se animó al instante.

–He oído hablar de ellos. ¿Eres su hija?

–Se casaron a los dieciocho años y yo nací nueve meses después.

–Pero tú trabajas con ese programa de ordenador que sirve para rastrear gente.

–STORMS –le informó Destiny.

–Exacto. Que sirve para encontrar gente. ¿Por qué haces eso si sabes cantar?

–No me gusta ese mundo. No quiero pasarme la vida de gira y exponiendo mi intimidad al público –Destiny tuvo que hacer un esfuerzo para evitar ponerse a la defensiva.

–Eso lo entiendo –dijo Shelby con una compasiva sonrisa–. No tiene que ser fácil.

–Desde luego, no si se parece a lo que he visto con el negocio de mis padres –Taryn asintió mientras hablaba–. Sé por todo lo que han pasado. Qué interesante. Bueno, siento haberme perdido tu actuación.

–Yo también –dijo Jo, que apareció en aquel momento con las bebidas–. He oído decir que The Man Cave estaba a rebosar. Me alegro de haber cerrado anoche. Si no lo hubiera hecho, habría terminado sintiéndome muy sola.

–Podrías haberme llamado –dijo Taryn–. Yo también tengo ganas de diversión.

–Así que tienes ganas de diversión, ¿eh? –bromeó Jo–. Ahora mismo traigo la comida.

Salió. Destiny esperaba que cambiaran de tema, pero Taryn se volvió de nuevo hacia ella.

–La próxima vez que cantes, quiero verte.

–Dudo que vuelva a cantar.

–Pero si tienes una voz maravillosa –intervino Madeline, y se llevó la mano a la boca–. Lo siento, eres tú la que tiene que tomar esa decisión. No pretendo presionarte.

Destiny sonrió.

–Gracias.

–¿Y Starr? –preguntó Shelby–. ¿A ella le gustaría dedicarse a la música?

–Más de lo que me gustaría –Destiny bebió un sorbo de té helado–. Ella no creció viendo lo duro que es ese trabajo ni soportando los largos días en la carretera. Cree que es un trabajo con glamur.

–Es más joven que tú, ¿verdad? –preguntó Bailey.

—Quince años. Vemos las cosas de manera muy diferente.

Shelby sonrió.

—A Kipling y a mí nos pasa lo mismo. Y también tenemos madres diferentes.

Destiny no creía que quisiera saberlo. Jamás habría imaginado que eran medio hermanos. Aunque suponía que aquello solo marcaba su relación a nivel biológico. Sentimentalmente, eran una familia. Algo que Starr y ella necesitaban trabajar.

—¿Y dónde está la madre de Starr? —preguntó Taryn.

—Murió hace un año. Starr está en un internado. Cuando llegó el verano, no había nadie que pudiera quedarse con ella. Jimmy Don está de gira por Europa y Starr no tiene ningún familiar por parte de madre. Ninguno de sus medio hermanos tiene edad suficiente para quedarse con ella o, al menos, eso fue lo que me dijo cuando vino para quedarse conmigo.

Madeline abrió los ojos como platos.

—Qué historia más triste. No me refiero al hecho de que vayas a quedarte con ella, por supuesto. Eso es genial. Me refería a lo otro. Yo tengo una familia muy pequeña, pero siempre he sabido que mis padres me adoraban. No puedo ni imaginarme lo que tiene que ser tener su edad y no tener un lugar que puedas considerar tu casa. Me alegro de que ahora esté contigo.

Aquellas palabras tan amables hicieron que Destiny se sintiera culpable. Porque la verdad era que no le había hecho ilusión precisamente que Starr apareciera en su vida.

Esperaba que alguien criticara a su padre. El cielo sabía que aquel hombre merecía que censuraran su actitud, pero la habrían puesto en una situación incómoda si se hubiera visto obligada a defenderle. Sorprendentemente, nadie dijo nada y la conversación giro hacia la próxima fiesta dedicada al esquí acuático extremo.

Destiny dejó que la envolvieran las palabras. Se sentía como si hubiera estado corriendo kilómetros. Pero el agotamiento era más emocional que físico. Era difícil permanecer en un lugar. Mantenerse al margen, no involucrarse en nada, era mucho más fácil. Pero lamentaba no tener amigos. Las relaciones, por breves que fueran, la hacían sentirse bien. Real. O, quizá, algo más importante: normal.

Kipling había estado deseando aquel encuentro con Destiny. No la había visto desde el día de la inauguración de The Man Cave, que había tenido lugar un par de días atrás. Y, aunque había pensado en ir a buscarla, su intuición le decía que Destiny necesitaba tiempo.

No por el beso, aunque esperaba que estuviera tan intrigada como él por la química que había surgido entre ellos. Lo que necesitaba era averiguar cómo se sentía una vez había sido descubierto su secreto. Encontraba gente hablando sobre la actuación en cualquier lugar al que iba. Sobre quién era en realidad y sobre el hecho de que no estuviera grabando discos y ganando millones de dólares en vez de dedicarse a enseñar el funcionamiento de un software en Fool's Gold. O de por qué no vivía de lo que seguramente eran unos ahorros espectaculares.

Kipling no sabía qué parte de aquellas conversaciones le estaba llegando a ella. Aunque quizá la gente estuviera intentando ser discreta. Pero, a la larga, Destiny terminaría dándose cuenta de que todo el mundo lo sabía, y él tenía la sensación de que aquello le molestaría.

Destiny llegó justo a la hora y con un aspecto tan maravilloso como siempre. Había desaparecido el maquillaje de la noche de la inauguración y había vuelto a ponerse los pantalones cargo y una camiseta. Con los que, por cierto, estaba igualmente sexy y atractiva. Le gustaba aquel rostro lavado y su forma de vestir. Así todo sería más sencillo para él y ella estaría preparada para cualquier cosa. Aunque para lo que él tenía en mente, la verdad era que no se necesitaba un guardarropa especial. Ninguno, en realidad.

–¿Cómo estás? –le preguntó cuando entró en la oficina.

–Bien –miró por encima de él y se quedó boquiabierta–. No.

–Sí.

Kipling se acercó al enorme mapa que había en la pared. Era un mapa muy preciso en relieve con más detalles de los que hasta entonces tenían.

–Ha sido cosa de la alcaldesa.

–Tengo que acordarme de no dudar nunca de ella –dijo Destiny mientras trazaba el recorrido de un río cercano con el dedo–. Estos mapas son fantásticos. Y caros. No se pueden comprar a cualquier vendedor por Internet, sino que son mapas personalizados.

–Me dijo que había conseguido dinero en alguna parte y lo había invertido en nuestro trabajo –le mostró un *thumb drive*–. Aquí tienes el mismo mapa digitalizado. Este es para ti.

Destiny se echó a reír mientras lo tomaba.

–Gracias. Una gratificación inesperada.

Sacó el portátil de la mochila y lo dejó en una de las mesas. Una vez iniciado, conectó el *thumb drive* y comenzó a descargar la información.

–Haré que el software compare este mapa con la información obtenida en los vuelos de Miles. En cuanto combinemos la información, podremos averiguar qué zonas es necesario cartografiar a pie. Cuantos más detalles tengamos, mejor, y con un presupuesto tan abultado como el vuestro, podemos permitirnos el lujo de dedicarle tiempo.

Pulsó varias teclas y se levantó.

–Muy bien, ya está trabajando. Esto llevará tiempo, así que podemos pasar a otros temas mientras esperamos.

Hablaron del calendario y de la prueba que harían cuando llegara el verano.

El equipo de rastreo ya lo habían recibido. Destiny parecía relajada mientras hablaba, algo que gustó a Kipling. Eso significaba que no le importaba que se hubieran besado.

Se preguntó fugazmente por lo que iba a pasar a partir de entonces. Él quería volver a besarla. Le había gustado sentir su boca en la suya. Sabía que a algunos tipos les interesaba que las cosas avanzaran rápido, pero él prefería tomarse su tiempo. Obviamente, el destino era magnífico, pero llegar hasta allí también podría ser divertido.

Disfrutó durante un par de segundos de aquella fantasía hasta que se recordó a sí mismo que estaban trabajando. Aquel no era ni el momento ni el lugar.

—No sabía que Shelby y tú erais medio hermanos —dijo ella de pronto—. Lo comentó ayer durante el almuerzo.

—Tenemos el mismo padre, pero diferentes madres.

—Pero os criasteis juntos.

—Casi siempre estuvimos juntos. Ella es varios años más pequeña que yo, pero siempre hemos estado muy unidos. Cuando me fui para trabajar con mi entrenador, me aseguré de no perder el contacto con ella. Volvía a casa siempre que podía y también ella iba a verme.

No hizo ningún comentario sobre su padre. Aquel era el secreto de Shelby y, a diferencia de Miles, él sabía mantener la boca cerrada.

—Las familias son complicadas —Destiny se sentó en una de las mesas vacías—. Ayer estuve comiendo en el Bar de Jo con un grupo de mujeres, Shelby incluida. ¿Sabes que más de la mitad de esas mujeres estaban casadas y la mayoría tenían hijos?

—No —respondió lentamente—. Y no termino de entenderte. ¿Te parece extraño?

—Supongo que no. En una ciudad como esta, tiene sentido que haya muchas familias. La mayor parte de la gente tiene la necesidad social o biológica de procrear.

Kipling se sentó enfrente de ella y sonrió.

—Ahora sí que me estás asustando. ¿La necesidad de procrear?

—No sé de qué otra manera llamarlo. Se espera que todo el mundo crezca, se case y tenga hijos. Casi todo el mundo lo hace —inclinó la cabeza—. ¿Por qué no lo has hecho tú?

—¿Crecer?

Destiny se echó a reír.

—Ya sabes a lo que me refiero. ¿Es porque hay demasiadas mujeres y te cuesta elegir una? —abandonó el tono de humor—. Te lo estoy preguntando de verdad, no solo por hablar de algo.

—¿Que por qué no estoy casado? —se encogió de hombros—. Por montones de razones. Tienes razón, durante algún tiempo, estuve jugando a «cuantas más, mejor». Pero terminé aburriéndome.

—Así que optaste por la monogamia seriada.

—Algo así.

—¿Y te funciona?

—Casi siempre. Creo que quiero algo más, pero estoy intentando averiguar cómo tratar con la parte relativa al amor. El amor es solamente un sentimiento. No sirve para hacer las cosas bien.

¿Cómo podía confiar en el amor cuando, en el nombre de aquel sentimiento, se habían hecho las cosas más terribles? Si le preguntabas a su padre, él juraba amar a Shelby. Pero aquello no le había impedido estamparle el puño en la cara.

Estar enamorado no protegía a nadie, ni garantizaba que las cosas salieran bien. El amor eran solo palabras. Era mera palabrería. Era difícil entusiasmarse por algo así.

Destiny suspiró.

—Amor. Todo el mundo quiere estar enamorado.

—¿Tú no?

–No estoy segura. El amor romántico me parece algo incompleto. La gente se enamora una y otra vez. Creo que es mejor cuando la gente se compromete a permanecer junta durante mucho tiempo. Cuando no se trata solo de una cuestión hormonal, sino de verdaderos sentimientos. Como cuando los padres normales quieren a sus hijos. O cuando se mantiene una amistad que dura sesenta años. Eso es lo que yo quiero.

Había una gran carga de información en aquellas palabras, pensó Kipling. Había definido una categoría de padres a los que calificaba de normales. ¿Porque los suyos no lo eran, quizá?

Él estaba de acuerdo en su preocupación por el amor romántico. Había descubierto que a las mujeres les gustaban ese tipo de palabras. Palabras que él se negaba a pronunciar, porque hablar siempre era fácil. Lo que de verdad importaba eran los hechos.

–¿Alguna vez te han roto el corazón? –preguntó delicadamente.

Sabía que eran muchas las personas que creían en aquellas palabras y sufrían cuando las cosas no salían como esperaban.

–No de la forma que piensas. Pero vi sufrir mucho a mis padres. Ellos decían amarse el uno al otro, pero el amor terminó explotándoles en pleno rostro. Volvían a estar juntos y se juraban que aquella vez sería para siempre, hasta que uno de ellos se marchaba, o engañaba al otro, o hacía las dos cosas.

–Los hechos no respaldaban sus palabras.

–Exactamente –contestó–. Dejaban que las hormonas controlaran sus vidas. Es ridículo.

–Las hormonas son muy poderosas.

Destiny curvó los labios.

–Creo que eso es una excusa. Todos podemos actuar de forma racional. Sencillamente, a veces decidimos no hacerlo. Es como el sexo. La gente dice perder la cabeza. ¿Pero eso es cierto? ¿Pretenden decir que no son capaces de controlarse o que, sencillamente, no quieren? ¡Oh, por favor! Todos sabemos lo que pasa. Si quieres saber mi opinión, el sexo es la raíz de todos los males. Si la gente dejara de tener relaciones sexuales, las cosas funcionarían mejor.

—¿Para quién? —preguntó Kipling con incredulidad.

—Ya sabes lo que quiero decir.

—Me temo que no.

Destiny alzó los hombros y los bajó después. Tenía la mirada firme, como si hubiera pensado mucho en todo aquello y tuviera todas las respuestas.

—Como te he dicho, vi todo aquello por lo que pasaron mis padres. Y también a otra gente del grupo, hombres y mujeres, comportarse como idiotas por culpa del sexo y el supuesto amor. Creo que hay otra forma mejor de hacerlo.

A Kipling casi le daba miedo preguntarlo.

—¿Y cuál es?

—Hay que planificarlo todo de manera sensata. Encontrar a alguien que sea consciente de que todo eso es un juego y se niegue a jugarlo. Nos casaremos y cuidaremos el uno del otro sin tanto teatro. Seremos solamente dos personas que se comprometen y quieren disfrutar de la misma estabilidad emocional durante toda su vida.

Como si aquello fuera a suceder, pensó Kipling, sin estar muy seguro de si debería soltar una carcajada o salir corriendo.

—¿Y habría sexo en ese matrimonio tan razonable?

—Solo para procrear. No hay ninguna necesidad de que sea de otra forma.

Kipling se la quedó mirando fijamente.

—Si de verdad crees eso, entonces es que has estado haciéndolo mal.

Destiny hizo un movimiento con la mano.

—Sí, ya sé que lo cambia todo y que no hay nada igual.

—No pareces muy convencida.

—No lo estoy. Creo que mi método es mejor.

—Un matrimonio sensato sin sexo entre dos personas que piensan lo mismo. Por el bien de todos.

Destiny pareció animada.

—Exactamente.

—Te deseo buena suerte.

Destiny desvió la mirada.

—Sabía que no estarías interesado.

Kipling maldijo en silencio.

—¿Me considerabas un posible candidato?

—No estaba segura. Tenía la sensación de que podías tener muchas cualidades. Pero ya imaginaba que lo del sexo podría ser un problema.

Kipling no sabía qué hacer acerca de lo que le había dicho. Ni qué pensar. Suponía que había un cumplido enterrado en alguna parte.

—¿No tienes ningún interés en el sexo?

Porque, cuando se habían besado, había tenido la sensación de que tenía mucho interés.

Destiny bajó la mirada hacia sus botas.

—Creo que mantener el control es importante y, a la larga, más saludable. Me niego a ceder el control de mi vida a mis sentimientos. Mis hormonas no pueden ser más fuertes que mi voluntad.

Kipling estuvo dándole vueltas a aquella información hasta que lo vio todo claro. Muy bien, lo había entendido. Algún idiota, o quizá dos, se habían acostado con ella y no habían sido capaces de hacerla disfrutar. Si Destiny nunca había tenido un orgasmo, no sabía lo que se estaba perdiendo. Le parecía un poco raro que no se hubiera ocupado de aquella cuestión por sí misma, pero con todas aquellas ideas sobre las relaciones sensatas y su voluntad de resistirse a sus necesidades, quizá fuera lo que cabía esperar. Kipling podía no confiar en sus sentimientos, pero confiaba plenamente en un buen plan.

Y aquel, comprendió, era un problema que necesitaba solucionar.

—Tu estrategia tiene algunos defectos.

—Lo sé, y todavía estoy perfeccionando los detalles.

—Como el de encontrar una pareja.

Destiny sonrió.

—Sí, ese es uno de los detalles más importantes.

—Y la cuestión del sexo.

Destiny gimió.

—¿Qué os pasa a los hombres con el sexo?

—Nos gusta.

—Sí, eso he oído. Repetidas veces —se le quedó mirando fijamente y entrecerró los ojos—. No vas a hacerme cambiar de opinión en nada de esto. No quiero que lo intentes.

—¿Yo? ¿Hacerte cambiar de opinión? ¿Por qué se me iba a ocurrir hacer algo así?

—No tengo ningún problema. No necesito que me cures, ni que me arregles ni nada parecido.

—¡Ajá! Lo que me resulta interesante es que creas saber de qué estás hablando cuando, en realidad, no lo sabes. Vas a caer sobre tu trasero cuando realmente lo descubras.

Destiny desvió la mirada.

—Si te salieras con la tuya, no caería precisamente sobre mi trasero, ¿no te parece?

Kipling soltó una carcajada.

—Y el primer punto es para la señorita Mills.

Destiny se levantó y se acercó al ordenador.

—Conseguiré suficientes puntos como para ganar. Tú espera y verás.

Kipling sabía que estaba equivocada, pero iba a ser divertido que lo averiguara por sí misma. Porque él había pasado de ser un hombre interesado en ella a convertirse en un hombre con una misión.

Por un instante, consideró el hecho de que, en la cuestión amorosa, ambos estaban en el mismo lugar. Habían visto a personas que decían amarse y hacían cosas terribles y, por lo tanto, habían decidido no confiar en aquel sentimiento. Ambos preferían una respuesta racional antes que una posibilidad intangible. Con una gran excepción. Él era un firme defensor del poder de la pasión, mientras que ella estaba convencida de que la pasión era el problema. En eso se equivocaba. Lo que quería decir que él iba a tener que demostrarle exactamente lo que se estaba perdiendo.

Destiny corrió hacia Ambrosia Bakery. Había pensado hacer un pastel para postre, pero no había tenido tiempo. Y aunque ni ella ni Starr necesitaban un pastel en sus vidas, había pensado que sería agradable tenerlo. Habría tenido tiempo de hacerlo ella misma si no hubiera pasado tanto rato hablando con Kipling. Y aquello explicaba la visita a la panadería. Aquel era el pastel de la culpa.

Había sido divertido hablar con él. Y salir con él. Y besarle. Y le había parecido interesante que le hubiera contado lo que esperaba de la vida y él no hubiera dicho que no. Tampoco se había mostrado entusiasmado, pero había seguido la conversación. Lo que le hacía preguntarse si pensaría que tenía algún interés en él. Porque cuanto más tiempo pasaba con Kipling, más tiempo quería pasar con él.

Aquello tenía que ser una señal o algo así. Porque, aunque todavía era demasiado pronto como para saber lo suficiente sobre el carácter de Kipling o sobre sus propios sentimientos, por primera vez en su vida estaba experimentando la sensación de... quizá, solo quizá, haber encontrado lo que estaba buscando. Un buen hombre que quería formar una familia y no iba a irle con historias raras sobre la cuestión del sexo. Porque, en realidad, Kipling ya lo había disfrutado en cantidad. Eso lo había admitido. Así que, a lo mejor, ya había tenido suficiente y no era algo que continuara necesitando.

Se detuvo en la puerta de la panadería cuando un vídeo musical comenzó a conjurarse en su cabeza. La canción era una que ella misma había escrito y las imágenes eran todas de Kipling y ella. Hablando, paseando por el bosque con las manos entrelazadas. Al final, se imaginó a sí misma besándole. Porque el beso había sido muy agradable. Quizá no estuviera interesada en hacer el amor con él, pero no le importaría besarle a diario. Y abrazarle. Un matrimonio debería abrazarse. Era una manera de establecer un vínculo.

Dejó de soñar despierta y entró en la panadería. Shelby sonrió.

—¡Hola! No esperaba verte tan tarde por aquí. Tú eres una de mis clientas de la mañana.

—Quería comprar un pastel para llevárselo a Starr —Destiny se acercó al mostrador—. Estás trabajando hasta muy tarde. ¿No tienes que entrar otra vez a las cuatro de la mañana?

Shelby se echó a reír.

—Sí, ha sido un día muy largo. Amber tenía un par de citas, así que me he ofrecido a hacer los dos turnos. Ha contratado a una persona para trabajar a tiempo parcial durante el verano, pero todavía no ha venido —se cubrió la boca para bostezar—. Esta noche me acostaré muy pronto.

—Deberías hacerlo.

—Hasta entonces, ocupémonos del pastel. ¿Lo quieres frío o caliente? Han quedado algunos de crema y otros de frutas y doble corteza.

—De crema —dijo Destiny, pensando que ya había hecho uno de fruta, de modo que un pastel de crema supondría un cambio agradable.

Shelby le propuso varias opciones y Destiny se decidió por un pastel de *mousse* de doble chocolate que incluía sendas capas de chocolate con leche y chocolate negro además de abundante nata.

Shelby marcó la compra en la caja registradora.

—Sé que no quieres hablar de ello, pero tengo que decirte que tienes una voz maravillosa.

Destiny se obligó a sonreír. Había llamado la atención sobre sí misma y le tocaba soportarlo.

—Gracias.

—¿De verdad no te gusta cantar en público?

—De verdad.

—Pero parecías sentirte muy cómoda. Totalmente tranquila. Imaginaba que cantarías bien, pero no hasta ese punto —le devolvió el cambio y le tendió una bolsa con el pastel por encima del mostrador—. Miles y tú os conocéis desde hace tiempo.

—Llevamos trabajando juntos un par de años —Destiny se cambió la bolsa de mano—. Mi madre viene a verme varias veces al año y, en una ocasión, vino cuando estaba trabajando con Miles. Quedó totalmente prendado de ella, como les pasa a la mayoría de los hombres.

Shelby apretó los labios.

—Miles y tú no salís juntos, ¿verdad?

—No. Somos amigos. Él no... —Destiny recordó su encuentro con Miles y Kipling de un par de semanas atrás—. ¿Estás saliendo con él?

—Hemos salido un par de veces —Shelby parecía complacida, pero, al mismo tiempo, un tanto a la defensiva—. Es muy simpático.

—Está saliendo también con otras mujeres. No es un hombre de relaciones estables. Le gustan las mujeres. Mucho.

Porque no todo el mundo estaba interesado en un plan razonable como el suyo, pensó. La gente quería disfrutar de la pasión y el sexo y terminaba con el corazón roto. Algo que, estaba segura, no le ocurriría a ella. Porque ella pensaba con la cabeza y no con las hormonas.

–¿Crees que está saliendo con alguien de la ciudad?

–Sé que ha salido con Madeline en alguna ocasión. A tomar algo, creo.

La expresión de alegría de Shelby se desvaneció.

–¡Oh, no lo sabía! Madeline es muy guapa, y muy divertida.

–Las dos sois encantadoras. Y ninguna de vosotras es el problema. Mira, me cae bien Miles, no es una mala persona. Pero, en lo que se refiere a las mujeres, no va a darte más que unos buenos momentos. Si eso es lo que quieres, adelante. Si estás buscando algo más, no es el hombre adecuado.

–Gracias por el consejo.

–De nada.

Destiny se despidió de ella con la mano y salió. De camino a casa, se preguntó si Shelby le haría caso o si pensaría que podía cambiar a Miles. Que con ella todo sería diferente.

Destiny lo había visto una y otra vez. Con su padre, sobre todo. Las mujeres conocían su historial, pero siempre pensaban que con ellas las cosas serían diferentes, que su padre cambiaría. Y él nunca lo hacía.

Ella, por otra parte, veía las cosas claras. De una forma completamente racional. Podía echar de menos las alturas, pero si el precio era evitar las caídas estaba dispuesta a pagarlo.

Capítulo 9

–No lo sé –dijo Starr cuando se levantaron de las gradas que había al lado del lago–. Eran buenos y todo eso...

Destiny entrelazó el brazo con el de su hermana.

–Entiendo lo que estás intentando decir. Fue una gran actuación, pero un poco extraña.

Starr se echó a reír.

–Exacto. Porque eran... ya sabes, mayores.

Destiny pensó que para una chica de quince años, un grupo de mujeres de sesenta debía de parecerle un grupo de ancianas.

La Fiesta del Esquí Acuático Extremo había comenzado el día anterior y continuaba hasta el siguiente. Había varias exhibiciones, competiciones e, incluso, un lugar en el lago en el que se podían recibir clases. Starr y ella acababan de ver a un famoso grupo de esquí sincronizado, Don't-Call-Me-Grannies, formado por mujeres de más de sesenta años.

–Están en una magnífica forma –dijo Destiny–. Tendremos suerte si podemos estar tan bien como ellas a su edad.

–Supongo que sí.

Destiny sonrió.

–No puedo imaginarme a esa edad.

–Yo tampoco, pero supongo que llegará.

–La alternativa no es agradable –respondió Destiny.

Starr sonrió.

—Tienes razón. Debe de ser raro el momento en el que uno ya no está deseando que llegue su cumpleaños. Yo ahora quiero tener dieciséis para conseguir el carné.

—Supongo que parte de la razón por la que la gente ya no espera con tantas ganas los cumpleaños cuando se va a haciendo mayor es que ya no representan ningún hito.

—¿No estás emocionada ante la perspectiva de tener veintiocho años y medio? —preguntó Starr con una risa.

—No tanto como podrías pensar.

Llegaron paseando al centro de la ciudad. Había puestos por todas partes. Artesanía, comida y exposiciones, cada uno en su respectiva sección. La fiesta realmente funcionaba, pensó Destiny. Quienquiera que hubiera organizado aquello, había hecho un buen trabajo a la hora de dirigir a una multitud.

—Debería invitar a mi madre a venir en alguna de estas fiestas —comentó.

—¿Va a venir Lacey? —Starr parecía emocionada y nerviosa—. ¿Este verano?

—Normalmente, viene a verme a todos los lugares en los que trabajo. Dice que esos viajes la ayudan a seguir conectada con sus admiradoras, porque ven que es de verdad.

Starr sonrió.

—Tiene sentido. No está en un avión o de gira en una furgoneta. Está viviendo con la gente normal.

Destiny sonrió.

—Sabes que es una tontería, ¿verdad? Mi madre nunca será como sus admiradores. Ella es Lacey Mills, la superestrella.

—¿Y cuando está contigo? ¿Entonces es como una madre normal?

—Sí —admitió Destiny, comprendiendo en aquel momento que nunca había considerado de ese modo el tiempo que pasaba con su madre—. Cuando sale sola, siempre lleva un guardaespaldas. Se viste y se arregla para que la rodeen sus fans. Y, generalmente, no la decepcionan. Pero cuando viene a visitarme, se limita a ser ella. Aunque nunca se la podrá confundir con una madre normal, cuando está conmigo, muestra un perfil más bajo.

–¿Solo tiene un guardaespaldas?

–Sí, y le mantiene a distancia.

–¿Voy a poder conocerla? –preguntó Starr.

–Por supuesto –iba a empezar a decir que la sorprendía que no la hubiera conocido todavía cuando recordó que aquella adolescente no tenía ninguna conexión biológica con su madre–. Es genial. Te encantará. Le encanta hablar de música, así que ya puedes ir preparando las preguntas.

Starr alzó la mirada hacia ella.

–¡Oh, Dios mío! ¿Lo dices en serio?

–Absolutamente. Se pasará la noche hablando de música y de la industria musical. Y tiene energía par dar y tomar, así que aguantará despierta más que tú.

Starr le apretó el brazo.

–Tengo que empezar a practicar más. Tengo que mejorar antes de que llegue. ¿Y si me pide que toque? No quiero hacer el ridículo.

–Respira hondo. No lo harás. Y, para serte sincera, ella siempre prefiere ser la mejor.

–Pero papá también toca.

Destiny suspiró.

–Lo sé. Y esa era otra fuente de problemas entre ellos. Solían tocar para los amigos y les gustaba preguntar después que quién lo había hecho mejor. Eso rara vez terminaba bien –señaló–. Vamos a comprar unas palmeras.

–Vale.

Se dirigieron al puesto y esperaron en la cola.

–Tiene que haber sido genial vivir en una casa con tanta música –imaginó Starr–. Poder escucharles a ellos y a sus amigos.

–Aprendí mucho –admitió Destiny–, pero tampoco era una *jam session* sin fin. Viajaban constantemente. Yo les acompañaba a veces, pero era frecuente que me dejaran en casa. Perdí muchos días de colegio. Y me costaba hacer amigos porque me pasaba el día yendo y viniendo.

Se preguntó si habría sido así como había comenzado, si aquella era la razón por la que no tenía amigos. Regresó a aquella época, cuando era más pequeña que Starr. Recordaba haber tenido una amiga íntima a los siete u ocho años, Mandy, una niña que vivía al final de la calle. Pero ocurrió algo entre sus padres. Nunca había sabido si Jimmy Don se había acostado con su madre o si Lacey había coqueteado con el marido. En cualquier caso, se había producido una discusión terrible y a Mandy y a ella no les habían permitido volver a jugar juntas.

Tras un par de incidentes como aquel, al final había dejado de intentarlo. Era demasiado duro intimar con alguien, confiar en alguien, creer que siempre estaría allí y tener que separarse.

Después, cuando se había ido a vivir con la abuela Nell, no había tenido cerca a chicas de su edad. Para cuando había llegado a la universidad, había olvidado el arte de hacer amigos. Por primera vez desde que podía recordar, estaba saliendo con otras mujeres y disfrutando de su compañía. Las echaría de menos cuando se fuera.

–Señoras.

Se volvió y vio a Kipling caminando hacia ellas. Cuando se acercó, Destiny sintió una extraña opresión en el techo seguida de una ridícula necesidad de tocarse el pelo y reír.

–Hola, Kipling –le saludó Starr–. Vamos a comprarnos una palmera. ¿Quieres tú una?

–Suena fantástico.

No había nadie tras ellas, de modo que se colocó a su lado.

—¿Qué tal va el campamento de verano? —le preguntó a Starr.

—Muy bien. Me gustan mucho las diferentes clases. Un par de chicas y yo estamos pensando en formar un grupo a capella. Solo seremos chicas, pero podría ser divertido.

Destiny se esforzó todo lo que pudo para no patear el suelo mientras escuchaba la facilidad con la que Kipling hablaba con Starr. ¿Cómo lo hacía? Le había bastado formular un par de preguntas para que Starr no parara de hablar. ¿Un grupo a capella? Starr le estaba contando a Kipling montones de cosas que no había compartido con ella.

Aunque estaban progresando en el camino de conocerse mejor, siempre se interponía algo entre ellas y Destiny no tenía la menor idea de lo que era. Por razones que no podía explicar, su hermana se mostraba muy reservada con ella.

—¿Sin instrumentos musicales? —preguntó Kipling—. Es un proyecto ambicioso.

—Es más difícil de lo que parece —admitió Starr—. Cantar sin música no es tan difícil, pero cuando intentas reproducir otros sonidos, como la percusión, a veces tienes que ir muy rápido. Pero vamos a intentarlo.

Un par de familias se colocaron tras ellos. Kipling se acercó un poco más y Destiny se descubrió deseando apoyarse contra él y pedirle que la ayudara con su hermana, porque era evidente que ella no estaba haciendo tan buen trabajo como pensaba.

—¿Has hecho amigos? —preguntó Kipling.

—¡Oh, sí, muchos! Algunos son de Los Ángeles, pero también he conocido gente de la ciudad.

—Eso es estupendo —dijo Kipling—, así podrás salir con ellos los fines de semana.

—¡Claro! —intervino Destiny—. Cuando tú quieras. Y si quieres invitar a alguien a cenar, estaría encantada de cocinar o de encargar unas pizzas.

Starr desvió la mirada de Kipling a ella.

–¿En serio? ¿No te importa que lleve a amigos a casa?

–Por supuesto que no. Quiero que este verano te diviertas.

–Genial. Gracias.

Avanzaron en la cola. Starr se concentró en la carta y Destiny miró a Kipling y le dio las gracias moviendo los labios. Él sonrió y se encogió de hombros como si no tuviera ninguna importancia. Y, probablemente, para él no la tenía. Le resultaba muy fácil relacionarse con la gente. Una cualidad que a ella le gustaría compartir.

Se dijo a sí misma que debería estar agradecida por los progresos en la relación con su hermana y disfrutar de sus pequeñas victorias. Que Starr pudiera disfrutar de aquel verano las haría felices a las dos.

Destiny siguió el rumbo que mostraba la pantalla de la *tablet*, algo más fácil de decir que de hacer, pensó mientras rodeaba otro árbol caído. Aidan Mitchell y ella estaban a unos cuarenta y ocho kilómetros al noreste de Fool's Gold, en una zona agreste situada justo pasado un pequeño valle en el que el viento soplaba constantemente a través del cañón.

Habían dejado todo resto de civilización varios kilómetros atrás y el sonido del viento prácticamente había desaparecido. Solo se oía el zumbido de la naturaleza.

–Estaba pensando en subir hasta ahí –dijo Aidan señalando un lugar.

Destiny alzó la mirada desde la pantalla y estudió el saliente relativamente claro que Aidan había señalado. Aquella zona era suficientemente grande y la localización era buena.

–Me gusta –contestó, y miró hacia el terreno en pendiente que se extendía desde donde estaban hasta el saliente–. ¿Podemos llegar desde aquí?

–Si tú quieres subir, yo estoy dispuesto.

Destiny le tendió la *tablet* y se volvió para que él pudiera guardársela en la mochila. Cuando la mochila estuvo cerrada, levantó los pulgares.

Aidan marcaba un paso enérgico, pero ella fue capaz de seguirle. Aquellos bosques no eran muy distintos de los de las Smoky Mountains. Árboles, monte bajo y animales correteando. Sonrió, pensando que a su abuela la sorprendería que hubiera reducido sus adoradas montañas a aquellas generalidades.

Siguió avanzando hacia el saliente, siguiendo a Aidan. Este cruzó un árbol caído y se volvió para ayudarla a pasar por encima del enorme tronco.

Cuando puso el pie al otro lado, Destiny comenzó a resbalarse por las hojas húmedas. Aidan la agarró inmediatamente por la cintura y en cuanto recobró el equilibrio, la soltó.

En aquel momento de contacto, Destiny se descubrió a sí misma preguntándose si su cuerpo reaccionaría de alguna manera. Un cosquilleo o un deseo de acercarse más. No hubo nada. Ni siquiera el más mínimo interés.

Subieron los últimos sesenta metros que les separaban del saliente. Una vez allí, Aidan sacó dos botellas de agua de la mochila y le tendió una a ella.

–¿Qué te parece? –le preguntó apenas terminaron el ascenso.

Destiny miró a su alrededor, analizando aquella zona tan plana.

–Tendremos que medirlo y necesitaremos una supervisión geológica, pero creo que tenemos un ganador.

Parte del trabajo que hacía para el Ayuntamiento incluía el añadir algunas antenas de telefonía móvil. No eran solo para ayudar a aquellas personas que se perdieran, sino también para ayudar a los voluntarios, dándoles acceso al centro de mando de HERO y permitiéndoles comunicarse entre ellos.

Cada una de las antenas costaba cerca de cincuenta mil dólares y, debido a las dificultades de localización y a las supervisiones extra requeridas, el precio de aquellas ascendía a los doscientos mil. Pero, dejando de lado el dinero, Destiny estaba decidida a conseguir que las torres estuvieran en la mejor ubicación posible.

Se quitó la mochila y sacó una cinta métrica. Aidan la ayudó a averiguar la largura y la anchura del saliente. Ella recogió la información en la *tablet*, sacó montones de fotografías y apuntó su localización exacta. Solo cuando se sentó al lado de Aidan reparó en la vista.

Estaban a una altura de unos ciento cuarenta metros. El aire era más frío a aquella altura, pero, aun así, hacía calor. Podía ver las secuelas de una antigua avalancha que había tenido lugar en aquella cara de la montaña unos doscientos años atrás.

Podía ver los árboles, las montañas y el cielo, pero ningún vestigio de civilización.

—Me siento culpable por tener que colocar una antena de telefonía en medio de esta belleza —se lamentó.

—Es por una buena razón.

—Lo sé, pero sigue sin gustarme.

—No creo que a los ciervos o a los osos les importe.

Aidan se tumbó en el suelo. Colocó las manos debajo de la cabeza y alzó la mirada hacia el cielo.

Era un hombre atractivo, pensó Destiny. Era inteligente, estaba en forma y era un exitoso hombre de negocios. ¿No debería estar considerándole como un candidato para su plan? Pero no podía. Por dos razones. En primer lugar, había algo en él que le recordaba a otros hombres que había conocido cuando viajaba con sus padres. Asistentes y miembros de la banda que estaban allí en parte porque les gustaba la música, pero también para ligar con mujeres. Con montones de mujeres. Y, en segundo lugar, porque no experimentaba ningún entusiasmo que le indicara que Aidan era su hombre. Cuando intentaba pensar en ello, solo veía a Kipling.

Cambió de postura hasta terminar con las piernas cruzadas frente a él.

–¿Hay alguna noticia sobre los candidatos de Kipling como segundos de a bordo? –preguntó Aidan.

–Sé que ha hecho algunas entrevistas, pero todavía no he oído nada en concreto.

–Le pasé algunos nombres. Y no porque Kipling pretenda que nadie le resuelva el problema.

Destiny sonrió.

–¿Ya te has dado cuenta de cómo es?

–¿De que le gusta solucionar cualquier problema? Es difícil no darse cuenta. Y es una buena cualidad en una persona con la que trabajas, siempre y cuando estés de acuerdo en su forma de hacer las cosas.

–¿Quieres decir que tú nunca trabajarías para él?

–Por supuesto que no. A mí me gusta ser el jefe.

–Hablando de jefes –dijo Destiny, bromeando–. ¿El tuyo no se enfadará por qué estés ganduleando por el campo?

–Qué va. Es un tipo tranquilo. ¿Y qué me dices de ti? ¿Nadie se va a preguntar por qué no estás trabajando?

–Necesito a mi guía para volver al coche.

Aidan negó con la cabeza.

–No, no es verdad. No has tenido ningún problema en la excursión de hoy. Es evidente que has pasado mucho tiempo en las montañas.

–En las Smoky Mountains. Son muy distintas a estas, pero también son muy hermosas.

–Estoy de acuerdo. ¿Y por qué las dejaste?

–Me dijeron que ir a la universidad era una buena idea.

–Esa es una de las ventajas de vivir aquí –le explicó Aidan–. Hay un centro de formación profesional y una universidad, así que yo no tuve que ir a ninguna parte.

–¿Te gustaría vivir en algún otro lugar?

Aidan endureció la expresión durante un segundo antes de relajarse.

–Lo hice en una época. Cuando era niño, se daba por sentado que Del se haría cargo del negocio de la familia. Yo estaba de acuerdo y no tenía la menor idea de lo que quería hacer. Pero cuando estaba en el primer curso de la universidad, él se fue. Y todo el mundo pensó que yo podría hacerme cargo. Así que me quedé.

Expectativas familiares, pensó Destiny. Pero Aidan había cumplido las que habían puesto en él. Ella, sin embargo, había decepcionado a sus padres con sus decisiones.

–¿Te arrepientes? –le preguntó.

Aidan cerró los ojos.

–De ningún modo. Disfruto de una vida que me gusta. Paso mucho tiempo al aire libre. Me gano la vida pescando, haciendo excursiones y esquiando. Después, disfruto de tardes como esta, que puedo pasar junto a una mujer atractiva. ¿Cómo no me va a gustar?

Destiny se echó a reír.

Aidan abrió los ojos.

–¿Qué te parece tan gracioso?

–Que el cumplido te ha salido de manera casi automática. Ni siquiera me estabas mirando.

–Ya te he visto. Puedo hacerte un cumplido con los ojos cerrados.

–Aunque probablemente sea cierto, tengo la sensación, Aidan Mitchell, de que eres un poco mujeriego.

Aidan elevó la comisura de los labios.

–Me has ofendido.

–¿Me equivoco?

–No.

Destiny sonrió.

–Me lo imaginaba. Déjame adivinar, hay montones de turistas solteras que están encantadas de poder tener una aventura con un tío bueno.

Aidan esbozó una mueca.

–Quedaría mejor si no me llamaras tío bueno.

–¿Pero el resto es verdad?

–Sí, es cierto. ¿Cómo lo has adivinado?

–Me recuerdas a uno de los técnicos del equipo que iba de gira con mis padres. No perdía una sola oportunidad.

–Yo dejo muy claras las normas –respondió Aidan, poniéndose ligeramente a la defensiva–. Y tengo cuidado.

–No te estoy juzgando –le aseguró ella–. Sencillamente, me parece curioso.

–Mi madre no para de decirme que algún día voy a enamorarme. Que la caída será dura y que ni siquiera la veré llegar.

–¿Y te preocupa?

–De ningún modo. Como ya te he dicho, tengo cuidado.

Destiny deseaba decirle que era imposible que estuviera teniendo suficiente cuidado. Que si dejaba que las hormonas controlaran su vida, podía terminar llevándose una buena sorpresa. Pero ya había intentado decírselo a otros en el pasado. La mayoría de las veces no le prestaban ninguna atención. O pensaban que era una mujer muy rara. Fuera como fuera, no había servido de nada.

Miró a su alrededor, contempló la belleza de la tarde y deseó que Kipling estuviera a su lado, en vez de Aidan. Porque quería hablar con él, se dijo a sí misma con firmeza. El hecho de querer estar con Kipling no tenía nada que ver con la soledad de aquel lugar. Sencillamente, pensaba que disfrutar de una buena conversación con su amigo sería agradable.

Nada más.

Kipling había pensado que encargar una antena de telefonía móvil era un asunto complicado, pero, aparentemente, no era así. Imprimió la factura y se acercó a la larguísima lista de asuntos pendientes que habían pegado en la única pared no cubierta por mapas del área de Fool's Gold. Una vez decidida la ubicación, habían encargado tres antenas y la supervisión comenzaría a principios de la semana siguiente.

Destiny se acercó a él.

—El equipo de rastreo ya está en camino —dijo, señalando otro de los asuntos pendientes de la lista—. Llegará dentro de un par de días. Después podremos empezar los entrenamientos en serio.

Estaba suficientemente cerca como para llamar su atención. Él sabía que no lo hacía a propósito. Su reacción a su cercanía, el fluir de la sangre hacia lugares de lo más predecibles y su falta de interés por cualquier cosa que no fuera tumbarla en un escritorio y hacer el amor con ella, le recordaron que era una suerte estar vivo. Le gustaba la persecución y, en su caso, la recompensa iba a ser incluso más dulce, porque pensaba demostrarle a Destiny lo que se había perdido hasta entonces.

—¿Qué tal van las entrevistas? —le preguntó ella.

Kipling se encogió de hombros.

—No muy bien. No he encontrado a nadie que pueda funcionar.

Destiny alzó la mirada hacia él, con sus ojos verdes cargados de preocupación.

—¿Cuál es el problema?

—Uno de los tipos parecía más interesado en saber cuánto tiempo tendría libre que en enterarse de en qué consistía el trabajo. El otro no tenía experiencia.

—Tú tampoco tienes experiencia —le recordó Destiny con una sonrisa.

—Y esa es la razón por la que necesitamos a alguien que sepa lo que está haciendo. Pero tiene que haber una persona adecuada. Y la encontraré.

Kipling sabía del valor de la paciencia. Aunque el instinto le impulsaba a actuar y a tratar después con las consecuencias, había aprendido, y de la forma más dura, que la imprudencia tenía un precio. Aquella era una lección que le había enseñado la montaña.

Miró automáticamente hacia la ventana. Las vistas del noreste le permitían contemplar las montañas claramente. Era una ventaja, se dijo a sí mismo, aunque volvió a inundarle la habitual inquietud. La necesidad estaba allí, como lo había estado para Destiny. Pero la suya nunca se vería satisfecha.

Jamás volvería a sentir el viento ardiendo sobre su piel. Jamás se mantendría en el aire durante varios segundos antes de aterrizar sobre la nieve y descender por la montaña. Los árboles y la multitud jamás volverían a convertirse en una mancha desdibujada mientras él desafiaba a los elementos. Jamás volvería a ser G-Force.

Le dolía la espalda, le dolía la rodilla y cuando se despertaba por las mañanas, tardaba cinco minutos en poner el cuerpo en funcionamiento. Y se suponía que había tenido suerte. Condenada suerte. Pero había momentos en los que cerraba los ojos e imaginaba que todavía estaba allí. Que todavía lo tenía todo al alcance. Hasta que recordaba que no era así.

—¿Kipling?

Miró a Destiny, que le estaba observando con intensidad. El cerebro de Kipling se había perdido la última parte de la conversación.

—Mi entrenador me preparó en ciertas destrezas —dijo, como si no hubiera estado pensando en otra cosa—. Me enseñó a no precipitarme en la carrera. A permitir que fuera ella la que viniera a mí. Y después, a planificar el vuelo.

—Una extraña metáfora, pero funciona.

—Sí —se apoyó en su escritorio—. ¿Qué tal te va a ti?

—¿A qué te refieres?

–Un nueva ciudad, una nueva hermana, una casa con agua corriente...

Destiny puso los brazos en jarras. La diversión bailaba en las comisuras de su boca.

–¿Te estás burlando del tiempo que viví en las montañas?

–Exactamente.

–Pues tendrás que saber que aprendí muchas cosas, lo cual ya es mucho decir para una vida.

–¿Y lo del agua corriente?

Destiny se sentó en el escritorio, enfrente de Kipling, y soltó una carcajada.

–Tengo que reconocer que me encanta. Sobre todo el agua caliente. Y las toallas esponjosas. Son una brillante invención.

–Estoy de acuerdo –la estudió un instante, dejando que su mirada vagara por su cuerpo–. Me cuesta imaginarte corriendo descalza por el campo cortando flores silvestres.

–Probablemente, porque nunca lo hice. No vivía en uno de esos mundos idealizados por la televisión. Mi abuela vivía de una forma muy sencilla y eso significaba que tenía que hacer la mayor parte de las cosas por sí misma. La fruta y las verduras no crecen solas. Y cuando te quedas encerrado por culpa de la nieve durante unas cuantas semanas, no puedes ir a comprar al supermercado de la esquina.

Sonreía mientras lo contaba, como si fueran buenos recuerdos. Kipling se alegraba de que lo fueran. Teniendo en cuenta lo poco que sabía sobre cómo había sido la vida con sus padres, no tenía que haber sido una época fácil. Los niños necesitaban estabilidad. Él no había sido consciente de ello cuando era pequeño, pero cuando se había ido a vivir con su entrenador y había visto lo que era una familia normal, por fin había sido capaz de relajarse. Sospechaba que Nell le había proporcionado la misma estabilidad a Destiny.

–Me gustaría que siguiera viva –admitió Destiny–. No solo porque la echo de menos, que también, y todos los días. Sino por Starr. Creo que es feliz, pero no estoy segura. Cada vez vamos conectando más. Intento escucharla cuando habla, algo que, en realidad, es más difícil de lo que parece.

–¿Y qué me dices de las cosas que tenéis en común? Ella adora la música y eso es algo que corre también por tus venas.

Destiny se colocó la trenza encima del hombro y la acarició antes de echársela hacia atrás.

–He estado enseñándole a tocar la guitarra y lo próximo que quiero hacer es empezar con el teclado. Tiene talento, y eso ayuda. Y además, es muy rápida. Pero cuando quiere hablar del mundo de la música, yo no soy la persona más adecuada. He hecho todo lo posible para evitar esa vida y eso es algo que ella no puede comprender.

–¿Y cantando tan bien como lo haces nunca has tenido la tentación?

–En absoluto. La vida en la carretera no es tan divertida como todo el mundo cree. Hay una presión constante por ser visible y, al mismo tiempo, producir. Es algo que no va conmigo. Yo necesito paz y tranquilidad cuando compongo.

–¿Escribes canciones?

Destiny esbozó una mueca y se sonrojó.

–Finge que no he dicho nada.

–Imposible. ¿Puedes cantarme una de tus canciones?

–No. Son algo muy íntimo.

Secretos, pensó Kipling, preguntándose por qué se mostraba tan reticente. Él no tenía la menor idea de cómo se componía una canción, pero imaginaba que no era difícil que la letra llegara a ser algo personal. Seguramente, los compositores escribían las canciones a partir de su propia experiencia. O, por lo menos, de lo que habían visto. Eso significaba exponer un pedacito de su alma. Por lo poco que sabía de Destiny, era evidente que ponía siempre una distancia emocional entre ella y el resto del mundo. Y, quizá, aquello fuera parte del problema con Starr.

—¿Escribes las canciones para ti? —le preguntó.

—No. Las escribo porque no me queda otro remedio.

Eran unas palabras sencillas, pero hubo algo especial en su tono. ¿Tristeza, quizá? ¿Resignación?

Sin pensar lo que hacía, Kipling se enderezó, le agarró las manos y la atrajo hacia él. Destiny se levantó lentamente y avanzó hacia sus brazos. Una vez allí, Kipling la abrazó y apoyó la barbilla en su cabeza.

—No te preocupes —le dijo—. Conmigo estarás a salvo.

—No necesito que me protejan.

—Claro que lo necesitas. Todo el mundo lo necesita en algún momento.

—¿Y tú de qué tienes miedo?

—De no poder cuidar de la gente que me importa.

Por culpa de lo que había ocurrido con su padre, con su madrastra y con Shelby, pensó, recordando lo que había sido estar atrapado en la cama de un hospital, a un mundo de distancia de su hermana. La alcaldesa le había prometido mantenerla a salvo y, a cambio, él se había mudado allí y se había hecho cargo del programa HERO.

—Eres un buen tipo —le alabó Destiny, sintiendo cómo iba subiendo la temperatura de su cuerpo al entrar en contacto con el suyo—. ¿Estás seguro de que no te interesa mi plan de una relación sensata?

¿Un matrimonio sin sexo?

—No, hasta que no intentes probar las relaciones a mi modo.

Destiny rio y alzó la mirada hacia él.

—Eso no va a pasar nunca.

—¿No sabes que soy un competidor profesional? ¿Estás segura de que quieres desafiarme?

Destiny sonrió.

—Estoy dispuesta a arriesgarme.

—Entonces, comienza el juego.

Capítulo 10

—Me llamo Charlie Stryker y soy la responsable del entrenamiento.

Kipling reconoció a la mujer que estaba hablando. Era alta, de hombros anchos, con una estructura fuerte. No se movía como una mujer embarazada, probablemente porque entrenaba regularmente. Era bombera y Kipling imaginaba que cualquiera se sentiría mucho mejor al verla aparecer en medio de un desastre. Era una mujer que exudaba confianza en sí misma y eficacia.

Se levantó con los brazos en jarras. Su mirada era firme, como si no estuviera esperando ningún problema en particular, pero estuviera preparada para manejarlo en el caso de que llegara.

—Voy a dividiros en dos grupos. A uno de ellos se le asignará una tarea específica. Y que quede una cosa clara: esto no es una democracia. Os habéis ofrecido como voluntarios para ayudar. Y ayudaréis. Pero bajo mis órdenes.

—Estás muy guapa cuando te pones tan autoritaria —gritó una voz de hombre.

Kipling se pregunto cuánto tardaría Charlie en machacar a aquel tipo, pero en vez de atacarle, se sonrojó.

—Ignorad a mi marido —le pidió al grupo de gente que tenía frente a ella.

Aquella combinación de fuerza y timidez resultaba atractiva, pensó Kipling, pensando que en aquella ciudad había gente de lo más interesante.

Charlie explicó cómo se iba a desarrollar el entrenamiento.

—Como os he dicho, os voy a dividir en dos equipos. A cada uno de ellos se le asignará un parque. Os daré una lista de las cosas que tenéis que hacer allí. No os desviéis de la lista. No hagáis más de lo que se os pide. Y no utilicéis vuestros propios recursos. Hay motivos para todo esto, pero sería una pérdida de tiempo explicarlos, así que, por favor, haced lo que se os ha pedido y todo fluirá sin problemas.

Continuó con la lista de reglas e instrucciones. Kipling la escuchaba a medias mientras miraba a la gente que se había presentado voluntariamente para llevar a cabo aquella labor un sábado a las ocho de la mañana. Había mucha más gente de la que esperaba. Era evidente que muchas de ellas eran pareja, las mujeres se apoyaban contra sus maridos, y casi todos ellos llevaban un vaso de café en la mano.

Vio a Destiny junto a otra mujer. Estaban escuchando a Charlie y parecían más que un poco preocupadas. Lo cual, seguramente, hacía a Charlie muy feliz.

La rubia era una mujer muy atractiva, pero a Kipling solo le interesaba Destiny. Pero antes de que hubiera podido entregarse a su contemplación, apareció Shelby a su lado.

—¡Hola, hermanito! —le dijo, y le abrazó.

—¿Qué estás haciendo aquí? —le preguntó.

—A veces es bueno solucionar cosas —le sonrió—. Charlie me ha prometido que habrá tareas adaptadas a mi nivel.

—¿Qué es?

Shelby sonrió.

—Básico. Muy básico.

—¡Escuchadme! —dijo Charlie mirando fijamente a Kipling y a Shelby—. Los que habéis traído herramientas estaréis en el primer grupo. Iréis a un par de parques diferentes para arreglar el equipamiento. El resto, haced una fila y os dividiré en dos equipos. Si tenéis alguna preferencia, hacédmelo saber. Necesitamos gente con músculo para retirar la superficie vieja. Después, habrá que rastrillar para retirar la basura. Hay que lijar la madera y pintar. ¡Vamos! Estamos desperdiciando la luz del sol.

—¿Estaba antes en el ejército? —preguntó Shelby distraídamente.

—Eso parece.

Los dos hermanos se pusieron a la cola.

Charlie miró a Kipling y le hizo colocarse a su izquierda.

—Tú con los musculosos. Es un trabajo de hombres y debería hacerte feliz.

Charlie le hizo un gesto a Shelby para que se sumara al grupo de mujeres.

—Rastrillar y pintar.

—¿El procedimiento no es un poco sexista? —preguntó Shelby.

—Sí. ¿Algún problema? —contestó Charlie.

Shelby sonrió.

—No, solo era una pregunta.

Kipling fue a unirse a los hombres, saludó a Gideon, uno de los socios de The Man Cave. El hijo de Gideon, Carter, estaba con él.

—Hola, G-Force —le saludó Carter—. Me toca estar con vosotros.

Kipling hizo un esfuerzo para que no se notara su reacción al oír su apodo. Era un nombre que ya no merecía.

—Sí, ya lo veo. Impresionante —le estrechó la mano a Gideon—. ¿Qué tal estás?

—Bien. Demasiado temprano para mí, pero Felicia ha dicho que era importante ayudar.

Kipling imaginaba que para un hombre que trabajaba desde las diez de la noche hasta tempranas horas de la madrugada, empezar a aquella hora debía de ser muy difícil.

–Mamá dice que hay que devolverle a la comunidad lo que nos da –explicó Carter con una sonrisa–. Que vincularse con el grupo es algo biológico, una necesidad de todos los primates. Sabe de todo.

–Eso parece.

Kipling solo había coincidido con Felicia en un par de ocasiones, pero imaginaba que, probablemente, era la persona más inteligente con la que se había relacionado en toda su vida. Se preguntó cómo se habrían enamorado Gideon y ella. Parecían muy diferentes. Pero, por supuesto, habría gente a la que le sorprendería que, de todas las mujeres que había en el pueblo, hubiera sido Destiny la que le había llamado la atención.

La atracción siempre era algo interesante y, a veces, también complicado.

Pensar en Destiny le hizo acordarse de Starr.

–Tú vas al campamento de verano, ¿verdad? –le preguntó a Carter.

El chico asintió.

–Este es el segundo año He hecho de acompañante de los chicos nuevos. Ha sido genial.

–¿Conoces a Starr Mills?

–Claro. Hemos salido juntos algunas veces. Ella se ha apuntado a música y canto, pero hemos compartido algunas clases.

–Me alegro. Es nueva y sé que su hermana está preocupada por cómo encaja en el campamento.

Carter asintió.

–Sí, mi madre también estaba preocupada cuando nos vinimos a vivir aquí. Pero Starr está bien.

–¿Comprobando cómo está la hermanita? –Gideon le miró con expresión de complicidad–. Cueste lo que cueste, tío.

Pero antes de que Kipling hubiera podido responder, les llamaron para que se dirigieran hacia las camionetas que iban a llevarles a los diferentes parques. Gideon fue con él.

–¿Has oído algo del bar?

–¿A qué te refieres? –preguntó Kipling.

–A quejas.

–No. Lo estamos haciendo bien. El negocio parece estable. ¿Por qué?

Gideon se encogió de hombros.

–He oído cosas. El Bar de Jo está muy cerca.

–Sí, pero la clientela es diferente. Su local está dirigido a las mujeres y el nuestro a los hombres. Y hay muchos hombres y mujeres en la ciudad.

–No es tan sencillo –respondió Gideon–. Pero creo que, de momento, vamos bien.

–Te preocupas demasiado.

Gideon asintió.

–Sí. Solía ser lo que me permitía seguir con vida. Pero supongo que tienes razón y todo irá bien.

–Claro que sí, ya lo verás.

Destiny descubrió que pasar la mañana pintando un parque era exactamente lo que necesitaba para despejarse la cabeza. Había invitado a Starr a unirse al grupo, pero su hermana había preferido quedarse durmiendo.

La mañana no tardó en ser calurosa. El sol se elevaba en el cielo azul, perseguido solo por unas cuantas nubes. Aquella era una manera muy agradable de pasar la mañana del sábado. Hasta que no se había mudado a Fool's Gold, no había estado realmente integrada en una comunidad de aquella manera. Ayudar al trabajo comunitario era, realmente, muy divertido.

Shelby estaba sentada en el otro lado del columpio que estaban pintando. Aquel era el segundo parque. Mientras ellas abandonaban el primero, habían llegado un par de camionetas llenas de hombres para sustituir el pavimento del parque.

–¿Cuánto tiempo crees que tardará Charlie en aparecer para supervisar el trabajo? –preguntó Shelby, riendo.

–No estoy segura, pero yo estoy dando los brochazos muy regulares

–Yo también –Shelby tomó aire–. Me encanta esto. Normalmente, paso las mañanas de los sábados en la panadería. Ha sido muy relajante poder dormir hasta las seis y salir después.

–Creo que es una lástima que despertarte a las seis sea dormir hasta tarde para ti y, aun así, a mí me encanta poder ir a la panadería por las mañanas.

–Alguien tiene que hacerlo –dijo Shelby–. Y yo lo hago con ganas.

–Algo que te agradezco.

–A cambio, tú me localizarás si me pierdo en la montaña.

Destiny asintió, aunque sabía que ella no sería una de las personas encargadas de la búsqueda. En realidad, todavía no le habían asignado la siguiente misión, pero sabía que era solo cuestión de tiempo.

Por primera vez en su vida, habría cosas que echaría de menos cuando se fuera. La gente, además de la ciudad. Tenía una rutina que le gustaba. Disfrutaba con las comidas de mujeres y con las fiestas. Incluso le gustaba cada vez más la casa que habían alquilado.

Había hecho amigos, pensó, mirando hacia Madeline, que estaba rastrillando en el otro extremo del parque. Madeline, que había salido a tomar una copa con el mismo hombre que había invitado a salir a Shelby.

Destiny hundió la brocha en el bote de pintura roja.

–¿Qué tal van las cosas con Miles? –le preguntó con cierto recelo.

–He salido un par de veces con él. Es muy divertido –Shelby alzó la mirada y sonrió–. No te preocupes, estoy teniendo en cuenta tu advertencia. No me lo tomaré en serio.

–Siempre y cuando sepas que no es una opción sensata...

–La sensatez está sobrevalorada. Sé que con Miles no tendré nunca una relación permanente. Pero estoy abierta a tener una aventura. Miles y yo ya hemos hablado de ello. Piensa serme fiel mientras esté aquí y, cuando se vaya, pondremos fin a la relación. Normalmente, yo pediría algo más, pero ese hombre tiene algo especial. Me encanta que un hombre sea capaz de hacerme olvidarme de mí misma.

–¿Por que?

Shelby soltó una carcajada.

–Porque enamorarse de alguien tiene que ser algo impredecible y divertido. Yo trabajo mucho a diario. Tengo una rutina muy estable y eso es bueno, pero, a veces, quiero más. Quiero sentir la emoción de la anticipación. Quiero que me sorprendan. Me encantan las sorpresas.

–Solo las buenas –señaló Destiny–. Todo el mundo quiere que le toque la lotería, pero nadie quiere sufrir un accidente de coche. Y las dos son sorpresas.

–Destiny, eres una gran persona, pero, a veces, eres un poco extraña.

–Ya me lo han dicho antes –Destiny escurrió la brocha contra el borde de la lata y se levantó para estirar las piernas–. Pero he visto suficientes dramas sentimentales en mi vida. Ahora busco la tranquilidad.

–¿Te refieres al aburrimiento?

–Soy un fan del aburrimiento. Quiero saber que lo que voy a hacer mañana se parece mucho a lo que he hecho hoy.

Y que la persona a la que más quería iba a continuar allí al día siguiente por la mañana. ¿Cuántas veces se había despertado de niña y había descubierto que sus padres no estaban en casa? ¿Que se habían ido a Nueva York o a Las Vegas? A veces se acordaban de dejar a alguien cuidando de ella. Pero no siempre.

Había tenido que pasar un año con la abuela Nell para

que fuera capaz de despertarse sin un nudo en el estómago. En su mundo, la sorpresa estaba sobrevalorada.

Los equipos de trabajo terminaron alrededor de las dos de la tarde. Destiny fue al Bar de Jo a por nachos y margaritas. Quería llegar a casa para ver a Starr. Se suponía que iban a pasar la tarde juntas. El plan era practicar con la guitarra y hacer la cena entre las dos. No era precisamente un plan rompedor, pero estaba deseando pasar más tiempo con su hermana.

Al cruzar la calle de enfrente de su casa, sus músculos protestaron. Tanto agacharse y permanecer en cuclillas la había dejado dolorida. Necesitaba ponerse a pensar en serio en hacer ejercicio. O, quizá, en dar un paseo largo cada día.

Abrió la puerta y entró en la casa.

—Soy yo —anunció.

Starr estaba en el cuarto de estar, hablando por el móvil. Cuando Destiny entró, su hermana se volvió.

Hubo algo en la inclinación de sus hombros y en su forma de volver la cabeza que dejó a Destiny helada.

—Eh, sí —estaba diciendo Starr—. No hay problema. Adiós.

Pulsó una tecla del móvil y lo tiró al sofá.

—¿Qué pasa? —preguntó Destiny.

—Nada.

Pero su voz sonaba estrangulada y no volvió la cabeza. Destiny se acercó a ella.

—Eh, cuéntamelo, por favor.

Starr se volvió lentamente hacia ella. Tenía los ojos llenos de lágrimas.

—Ha llamado mi padre. Nuestro padre. Quería desearme feliz cumpleaños.

Todo el cuerpo de Destiny se tensó, invadido por el horror.

—¿Es tu cumpleaños? ¡Oh, no, lo siento! No lo sabía.

Deseó abofetearse. ¿Cómo no se le habría ocurrido averiguar cuándo era el cumpleaños de su hermana? ¡Qué falta de consideración!

—No —contestó Starr mientras se secaba las lágrimas—. No es mi cumpleaños. Cuando se lo he dicho, no le ha dado ninguna importancia —comenzaron a rodar las lágrimas por sus mejillas—. Es mi padre y ni siquiera sabe cuándo nací.

Destiny le tendió sus brazos. Starr se resistió durante un segundo y después se derrumbó contra ella.

—Lo siento —susurró Destiny, sabiendo que eran unas palabras estúpidas y que no la ayudaban en absoluto. No se le ocurría qué otra cosa decir—. A veces es así. Sabes que el problema es él, ¿verdad? Tú no tienes la culpa.

—¿Porque él es el único que importa?

—Exactamente.

Starr comenzó entonces a llorar.

—Es mi padre. ¿Por qué no me quiere?

—Te quiere.

—No. He visto cómo se comportan otros padres. Él no se preocupa por mí.

Destiny la abrazó con fuerza.

—Jimmy Don no es como los otros padres. Siento que te haya hecho eso.

Continuó abrazada a Starr hasta que la adolescente por fin se enderezó y se secó las lágrimas.

—Gracias —le dijo con el rostro enrojecido y los ojos también rojos—. Es horrible, ¿verdad?

—Verdad.

—Podemos tocar la guitarra un rato.

—Claro. Y después haremos galletas.

Aquello le valió una leve sonrisa.

—No tengo cinco años. No puedes consolarme con una galleta.

—A lo mejor no, pero puedo intentarlo.

Starr sorbió por la nariz.

—Necesito sonarme. Ahora vuelvo.

Destiny esperó a que hubiera salido para enviarse un correo a sí misma en el que se recordaba que tenía que ponerse en contacto con el abogado de su padre. Necesitaba saber muchas más cosas sobre Starr. Empezando por el día de su cumpleaños. Porque, cuando llegara ese día, quería asegurarse de que lo recordara... de la mejor manera posible.

El domingo a las doce, Starr recibió un mensaje de Abby, invitándola a quedarse a dormir en su casa. Destiny habló con Liz, la madre de Abby, que le aseguró que no habría chicos y que estarían constantemente controladas. Destiny llevó a Starr a su casa a las cuatro. A las seis y media, Destiny ya estaba paseando nerviosa por su habitación.

No sabía qué le pasaba, pero, por alguna razón, no era capaz de serenarse. Limpió los dos baños, puso dos lavadoras y después intentó trabajar en una de las canciones de su libreta. No funcionó nada. Estuvo cambiando de canales, hizo una compra por Internet y para las siete y media ya estaba convencida de que iba a terminar histérica si no encontraba nada que la distrajera.

Metió las llaves de casa, el teléfono móvil y la tarjeta del banco en el bolsillo de los vaqueros, cerró la puerta de la entrada tras ella y comenzó a caminar hacia el centro de la ciudad.

Todavía había mucha gente paseando. El sol no se había puesto y hacía una noche agradablemente cálida. La mayor parte de los restaurantes tenían terrazas compartidas por turistas bronceados y vecinos contentos. Alguna gente la saludaba. Ella asentía y sonreía, pero continuaba andando sin detenerse. Parecía tener un destino, aunque no sabía cuál era. Y no lo supo hasta que llegó allí.

Se detuvo enfrente de The Cave Man. Clavó la mirada en el letrero y en la estatua del hombre de las cavernas que había junto a la puerta abierta antes de ceder a lo inevitable.

Una vez dentro, tuvo la sensación de respirar más fácilmente. Había un par de partidos de béisbol en las pantallas de los televisores de encima de la barra. La mayor parte de las mesas estaban ocupadas. El chasquido de las bolas de billar se fundía con las risas. El olor a palomitas, cerveza, perfume y hamburguesa le dio la bienvenida al hogar.

A lo mejor era porque había crecido en garitos como aquel.

El letrero decía que el karaoke comenzaba a las ocho. Destiny se acercó a la barra.

–Un *long island iced tea* –dijo–. Extra largo.

La camarera, una mujer a la que no conocía, asintió.

–¿Has venido andando?

Aquello solo pasaba en Fool's Gold, pensó Destiny. Un lugar en el que se aseguraban de que no condujeras bebido antes de que hubieras empezado siquiera a beber.

–Vivo a seis manzanas de distancia.

–Me alegro de saberlo.

Destiny se sentó en un taburete vacío. Miró a su alrededor y calculó que conocía al menos a una docena de personas, quizá a más. Amigos, conocidos.

Aidan estaba con Nick, Miles y otro par de tipos. Les saludó con la cabeza, pero ignoró la invitación a unirse a ellos. No estaba de humor para tratar con ninguno de ellos aquella noche. Y menos con Miles, que había estado saliendo con Shelby y con Madeline.

Esperaba que ninguna de sus amigas se enamorara de él. Las dos se merecían lo mejor. Él les destrozaría el corazón y luego se marcharía. Era preferible que Madeline siguiera enamorada de una estrella del cine de acción y Shelby encontrara a alguien mejor que Miles. Aunque no parecía que quisiera escucharla.

Pensó en los hermanos Hendrix y en su increíble apuesta sobre cuál de sus esposas iba a quedarse antes embarazada. Y en su padre, destrozando a su hija con una imprudente llamada telefónica. Y pensó que no sabía qué iba a hacer con su hermana cuando aquel trabajo terminara, y que, por mucho que supiera que ser razonable y sensata era lo correcto, a veces quería olvidarlo.

La inquietud iba creciendo en su interior. La camarera le sirvió la bebida y Destiny le dio un profundo trago. Sabía cuál sería el efecto del alcohol. Perdería el control que ejercía sobre sí misma. Y, por lo tanto, cedería a lo impensable. Porque tenía que hacerlo. Porque solo tenía una forma de sentirse mejor.

Iba pasando el tiempo. Terminó la copa y pidió otra. A las ocho menos cinco, se acercó hacia el karaoke. Kipling estaba allí, conectando el equipo.

Al principio no la vio, lo que significó que pudo observarle sin ser vista. Reparó en una ligera vacilación en algunos de sus movimientos y en su atlética elegancia. Alguien le dijo algo y él respondió con una sonrisa. Destiny sabía que tenía los ojos de un hermoso tono azul, que cuando él la besaba, se olvidaba de que tenía un plan, y sabía también que Kipling quería y cuidaba a su hermana.

Si ella fuera otra persona, si estuviera buscando otra cosa, ya se habría acostado con él. Podría incluso enamorarse de él, lo que sería mucho peor.

Pero había aprendido a protegerse, así que tendría cuidado. Cuidado con aquel hombre, al menos ya que no iba a tenerlo con todo lo demás.

Porque aquella noche iba a cantar.

Kipling alzó la mirada y la vio.

—¡Hola, Destiny! ¿Qué estás...? —su expresión se tornó preocupada—. ¿Qué te pasa?

—Estoy bien.

—No, no estás bien. A ti te pasa algo. ¿Qué es?

No podía explicarlo. No podía explicar aquella inquietud que se revolvía dentro de ella. La sensación de no caber en su propia piel, de necesitar algo más. La impaciencia la agarrotaba. La tensión la hacía temblar. Eran demasiados sentimientos y no tenía dónde colocarlos.

—Tengo que cantar.

Imaginaba que Kipling se echaría a reír, o que se burlaría de ella. ¿Qué sentido podía tener aquella frase? En cambio, le tendió la mano y la ayudó a subir al escenario.

—¿Quieres varias canciones? —le preguntó.

Destiny asintió.

—Si te parece bien.

Kipling sonrió.

—Déjame pensar. Entretenimiento gratis para mis clientes y oírte cantar más de una canción. Sí, me parece bien.

Buscaron juntos las canciones. Ella eligió una de Tumpy Shanks. Era una canción antigua, pero una de sus favoritas. *Under the Willow Tree* sería seguida por un éxito de su padre, *Barstool Blues*. Fue añadiendo canciones hasta llegar a *What Hurts the Most*, un éxito de Rascal Flatts. Cerraría la actuación con *Come Over* de Chesney.

Dejó la copa en la mesa que había al lado de la máquina del karaoke.

—Voy a necesitar otra de esas dentro de quince minutos —dijo.

Kipling le acarició el brazo.

—¿Estás segura de que quieres hacer esto?

—Tengo que hacerlo.

—Podemos ir a otra parte si quieres. Hablar. Dar una vuelta en coche, gritar a los árboles.

Porque él sabía que estaba sufriendo. Sabía que había un problema y quería arreglarlo.

—Esta es la única manera —susurró—. No me pasa muy a menudo. Solo una vez cada par de años. Pero cuando me pasa, esto es lo único que puedo hacer. Por lo menos esta vez no he tenido que ir muy lejos para encontrar un karaoke. Tienes uno muy convenientemente situado.

–Hago lo que puedo –el tono era ligero, pero ella distinguió la preocupación en sus ojos.

Agarró el micrófono. El peso era perfecto. Era sólido, pero no demasiado pesado. La iluminación podía haber sido mejor, pero aquella no era una actuación profesional. Golpeó con las botas el suelo de madera, como si quisiera anclarse.

Kipling dejó el escenario y ella se quedó sola. Poco a poco, a medida que la gente fue dándose cuenta, el bar fue quedándose en silencio. Destiny presionó un botón para comenzar la primera canción, tomó aire y se perdió a sí misma.

–*I left you there, under the willow tree* –cantó–. *Tears falling, you always missing me.*

Las palabras fluían sin necesidad de mirar la pantalla. Probablemente había aprendido aquella canción cuando tenía cuatro o cinco años. Y la había cantado cuando salía de gira con sus padres.

Canción tras canción, fue interpretando toda la lista. Perdió la noción del tiempo, de lo mucho que había bebido, de dónde estaba. Se entregó a la música dejándose llevar de la única manera que sabía hacerlo. De la única manera en la que se sentía segura. Se relajó el nudo que tenía en las entrañas y la inquietud cesó. Se pasaba la vida negando quién era y lo que era. De vez en cuando, no le quedaba más remedio que liberar aquella parte que llevaba dentro, y aquella noche era su noche. Para cuando terminó, estaba agotada y en paz.

Dejó el micrófono y el bar estalló en aplausos. Ella inclinó la cabeza y se acercó al borde del escenario. Kipling estaba allí para ayudarla a bajar.

–Estás temblando –le dijo, pasándole el brazo por los hombros.

–Estoy bien –respondió ella.

En vez de dirigirse hacia la barra, Kipling la condujo por la parte de atrás hasta un pequeño despacho. Destiny se sentó en la silla que había detrás del escritorio y clavó la mirada en sus manos temblorosas.

—¿Has comido algo hoy? —le preguntó Kipling.

—No he comido nada desde la hora del almuerzo.

—Demasiado alcohol en un estómago vacío. Eso nunca es una buena idea. Espérame aquí. Voy a buscarte un sándwich.

Destiny asintió, porque de pronto le resultaba demasiado difícil hablar. Cuando Kipling se levantó, miró el reloj de la pared y se sorprendió al advertir que eran más de las once. ¿De verdad había estado cantando durante tres horas? No era extraño que estuviera agotada.

Kipling volvió con una botella de agua y un cuenco de palomitas.

—Voy a cerrar pronto. El sándwich tardará un par de minutos. Para cuando te lo hayan hecho, el bar estará cerrado y podrás salir.

Destiny bebió agua. Después, tragó saliva.

—¿Cómo sabes que quiero que se vayan?

—Porque no quieres hablar de lo que ha pasado. No tienes ganas de contestar preguntas.

Destiny no entendía cómo lo sabía, pero así era. Kipling había averiguado la verdad. O, a lo mejor, no era tan difícil averiguarla. Fuera como fuera, tenía razón. Necesitaba cantar, pero no quería hablar sobre ello. No tenía ganas de dar explicaciones.

Kipling volvió a salir. Ella terminó la botella de agua y se levantó. La habitación giró ligeramente. Todavía se sentía un poco insegura al levantarse. No era una sorpresa. Había perdido la cuenta de lo que había bebido.

Consiguió acercarse a la puerta y salió al bar.

Parecía más grande que cuando estaba lleno. Todavía quedaban vasos en las mesas. Imaginaba que, normalmente, los recogían antes de cerrar, pero, aquella noche, Kipling habría urgido a todo el mundo a marcharse. Para que no se sintiera incómoda. Porque le gustaba arreglar las cosas que estaban rotas. Como ella.

Kipling salió de la cocina con un plato en la mano.

–Cómete esto. Después, te llevaré a casa.

Todo parecía muy sensato. Y, en cualquier otro momento, Destiny habría seguido su sugerencia. Pero no en aquel momento. No con el bar girando ante sus ojos, el corazón acelerado y el deseo creciendo en su interior.

Se acercó hasta él, le quitó el plato y lo dejó en una mesa cercana. Después, posó las manos en sus hombros, se inclinó hacia él y le besó.

No sabía exactamente lo que estaba haciendo. Sabía que necesitaba sentir la boca de Kipling contra la suya. Que necesitaba dejarse llevar de una forma diferente. De una forma en la que no hicieran falta las palabras. Quería el calor, la tensión, todo lo que había sentido la última vez que le había besado. Aunque, en aquel momento, quería también mucho más.

En el instante en el que Kipling rozó sus labios, ella abrió la boca. Él acarició obediente su lengua con la suya. El deseo se desbocaba en su interior, encendiendo chispas por todas partes. Se estiró para acercarse a él y comprendió que cantar no había sido suficiente. Necesitaba más. Le necesitaba a él.

Deslizó las manos por sus brazos y por su espalda. Kipling era un hombre delgado, pero fuerte. Exploró la anchura de sus hombros, la largura de su columna. Le besó más profundamente, deslizando la lengua sobre la suya. Se inclinó hacia él y permitió que sus cuerpos se fundieran. Que se rozaran sus muslos. Que sus senos anidaran en su pecho.

Lo sentía todo. Su manera de besarle la mandíbula y lamer la delicada piel de debajo de la oreja. El calor de su aliento. El susurro de sus dedos contra la tela de la camisa. No sabía por qué se habían aguzado sus sentidos, pero así era. Quizá fuera cosa del *long island iced tea*. O a lo mejor era él. Fuera como fuera, quería todo lo que él pudiera ofrecerle.

Le agarró por las muñecas y posó las manos sobre sus senos. Kipling le acarició los pezones con los pulgares y ella gimió.

Kipling se dijo a sí mismo que debía detenerse. No podía estar haciendo aquello con Destiny en el bar. Aunque tenía intención de hacer el amor con ella, la primera vez tenía que ser más lenta. Planificada. Romántica. Quería que ella tuviera dos o tres orgasmos antes de satisfacerse él. Tenía un plan.

Pero el mensaje no parecía llegar desde su cerebro hasta su miembro. A lo mejor era por la falta de flujo sanguíneo. O por la forma en la que Destiny le estaba acariciando y ofreciéndose a él. Cada beso parecía arrastrarle más profundamente, y él era un gran partidario de dejarse llevar.

El sonido de sus gemidos estuvo a punto de derrotarle. Sentía el peso de sus curvas, la dureza de sus pezones. Perdió el control. Le quitó la camiseta y la arrojó a la mesa que tenía Destiny tras ella. A la camiseta le siguió el sujetador y entonces pudo ver sus senos henchidos y los pezones tensos, suplicando ser amados.

Bajó la cabeza y la besó delicadamente, muy delicadamente. Ella gimió. Kipling succionó el pezón endurecido y a Destiny le flaquearon las rodillas.

Pero él la sujetó antes de que cayera.

—Otra vez —susurró Destiny sin aliento, aferrándose a él—. ¡Oh, por favor! ¡Haz eso otra vez!

Kipling succionó más profundamente al tiempo que la acariciaba con la lengua. Destiny gimió y se aferró a su cabeza como si quisiera asegurarse de que no iba a separarse nunca. Él se volvió hacia el otro seno y repitió la operación. Destiny aceleró el ritmo de su respiración, comenzó a retorcerse contra él y, al final, echó la cabeza hacia atrás y gimió.

Era el deseo encarnado, pensó Kipling en medio de su confusión. ¿Cómo iba a poder nadie hacer el amor con ella sin complacerla antes? Si se excitaba de aquella manera cuando le acariciaba los senos, ¿qué dificultad podía haber para hacerla llegar al orgasmo?

Los hombres eran idiotas, pensó alegremente al tiempo que se quitaba los zapatos y la camisa. Y eso era una suerte para él.

Echó una mesa al lado y sentó a Destiny en un banco. Ella se quitó las botas y él la ayudó después a quitarse los vaqueros y las medias. En el instante en el que estuvo desnuda, Destiny le hizo llevar las manos de nuevo hasta sus senos, lo que hizo que a Kipling le resultara más difícil quitarse el resto de sus prendas. Pero, al final, sustituyó las manos con la boca y consiguió desnudarse.

Destiny le acarició el pecho y sonrió. Tenía la mirada un poco vidriosa y, por un instante, Kipling se preguntó si estaría muy borracha. Pero, después, ella susurró:

—Bésame.

Y Kipling ya no pudo hacer nada.

Sus lenguas se enredaron. El banco era suficientemente largo como para que él pudiera tumbarse encima de ella. No iba a hacerlo, se dijo. Todavía no. Solo quería ver cómo encajaban juntos.

Destiny recibió con agrado su peso, cambió de postura y le abrazó.

—Sabía que sería así —susurró contra sus labios—. El ADN siempre gana.

—¿El ADN?

—No importa —sonrió—. Lo de los senos funciona.

—¿Te ha gustado?

—Mucho. ¿Quién iba a imaginárselo?

—¿Y lo demás? ¿Qué más te gusta? ¿Qué te gustaría que te hiciera, Destiny? ¿Te gusta que utilice las manos, la boca? ¿Así?

Mientras hablaba, iba empujando con delicadeza. Solo un poco. La punta.

Estaba caliente, húmeda y tensa. Tenía los ojos y los labios entreabiertos. Kipling interpretó aquel gesto como señal de placer y presionó más. Un poco más profundo, un poco más fuerte.

Lo cual demostró ser un error porque habían pasado meses y meses desde la última vez que había estado con una mujer. Y quedó muy claro cuando comenzó a sentir una presión familiar en la base del miembro. El pánico se inflamó mientras su cerebro buscaba una solución para un problema inminente.

Todo había durado menos de dos segundos. ¿En serio? ¿Qué se suponía que tenía que hacer en aquel momento? ¿Salir y correrse encima de sus piernas como un adolescente? ¿O presionar y correrse dentro como un adolescente? Hiciera lo que hiciera, iba a ser humillante.

Soltó una maldición.

—Te juro que normalmente no me pasa esto —le dijo—. La próxima vez tendré más cuidado. Es solo que...

Flexionó de forma involuntaria las caderas. Presionó.

Y ocurrieron tres cosas al mismo tiempo. Destiny posó las manos en sus hombros y dijo:

—Kipling, soy...

Kipling sintió que algo se interponía entre él y la barrera que quería atravesar. Instintivamente, empujó con más fuerza y la barrera cedió. Y alcanzó el orgasmo.

Salió a toda la velocidad que pudo, pero ya era demasiado tarde. La corazonada creció cuando bajó la mirada y vio que tenía el pene manchado de sangre. Las piezas de un muy surrealista rompecabezas comenzaron a encajar. Intentó desdeñar la respuesta que parecía obvia y buscó otra explicación.

No podía ser. Era imposible. Destiny tenía casi treinta años. Era atractiva. Era...

—¿Eres virgen?

Capítulo 11

–Lo era –respondió Destiny automáticamente.

Se dijo a sí misma que, de algún extraño y retorcido modo, las circunstancias eran las adecuadas. ¿Por qué no iba a perder la virginidad en un bar? Al fin y al cabo era hija de sus padres. No podía escapar a su destino.

Rio ante la ridiculez de lo ocurrido y pensó que a lo mejor estaba más borracha de lo que creía.

Kipling se puso torpemente de pie y se la quedó mirando fijamente.

–¿Eres virgen? –repitió–. No. No puedes ser virgen.

Ella se sentó e intentó averiguar cómo se sentía. Un poco escocida y, para ser sincera, desilusionada. Después de todo aquel tiempo, después de todos los planes y la esperanza de no ser como sus padres, lo había hecho. Se había acostado con un tipo en un bar. Y, aunque los besos habían sido divertidos y le había gustado mucho que le acariciara los senos, el final no le había parecido nada interesante.

El sexo, al igual que otras muchas cosas prohibidas, estaba sobrevalorado ¿Sus padres habían roto matrimonios, habían abandonado a sus hijos y habían intentado destrozarse el uno al otro por eso? ¿Por tres segundos de placer y un poco de dolor? Ella prefería comerse un bizcocho de chocolate.

¿Y todas aquellas tonterías de que la tierra temblaba de las que hablaba la gente? ¿Y aquellos momentos tan intensos que podían cambiar toda una vida? Desde luego, aquello sí que era decepcionante.

—Destiny.

La voz de Kipling sonaba aguda. Y quizá un poco asustada.

—Estoy bien.

—¿Eras virgen?

Destiny asintió ligeramente. La habitación solo se movió un poco, lo cual, probablemente, era una suerte. Iba a tener que...

Bajó la mirada y se dio cuenta de que estaba desnuda. Total y completamente desnuda. En un bar. ¿En qué demonios había estado pensando?

—Mi ropa —pidió.

Kipling le tendió su ropa interior, todavía enredada en los vaqueros. Destiny se apartó para ponerse las bragas y después las medias. Mientras ella se ponía los vaqueros, él le buscó la camiseta y el sujetador y, después de tendérselos, comenzó a vestirse.

—Tenemos que hablar de lo que ha pasado —le dijo.

—No, no vamos a hablar. Estoy bien. Soy una mujer adulta. Lo he hecho. Lo hemos hecho —tantos años esperando, pensó—. Me preguntaba cómo era y ahora lo sé.

Kipling se puso la camisa.

—No es tan sencillo.

—Claro que lo es. No te preocupes. Estoy perfectamente.

—No, no estás perfectamente. No puedes estarlo.

Destiny se puso las botas y se aseguró de que llevaba todavía las llaves, el teléfono y la tarjeta de crédito. Su tarjeta de crédito.

—No he pagado la bebida.

—Ya me encargo yo de eso.

—No tienes por qué invitarme.

Kipling la agarró por los brazos.

–Tenemos que hablar de lo que ha pasado.

Destiny sintió entonces el primer latido que presagiaba un dolor de cabeza.

–Mañana –dijo–. Ahora no me encuentro bien.

Kipling titubeó, como si estuviera pensando en presionar. Pero al final, cedió.

–De acuerdo. Mañana.

Destiny no estaba segura de si era una promesa o una amenaza y, en aquel momento, tampoco le importaba.

Kipling se dirigió hacia la puerta del bar y la cerró con llave tras ellos. El camino hasta casa de Destiny lo hicieron en silencio.

Cuando llegaron al porche, Destiny hizo todo lo posible por sonreír y mostrarse animada.

–Estoy perfectamente. Yo soy tan responsable como tú de lo que ha pasado. No tengo ninguna recriminación que hacerte. Ahora, tienes que marcharte.

La expresión de Kipling era insondable.

–Hablaremos mañana.

–Estoy contando las horas.

Entró en la casa y se dirigió directamente a su habitación. Segundos más tarde estaba en pijama y un minuto después profundamente dormida. Su último pensamiento fue: «era virgen. En realidad, no ha sido para tanto».

Destiny se despertó con la peor resaca de su vida. La cabeza parecía haber duplicado su tamaño durante la noche. El cuerpo le dolía y tenía la aguijoneante sensación de que había pasado algo terrible. Algo en lo que no podía pensar claramente.

Por lo menos Starr estaba con su amiga e iban a llevarla al campamento. Su única responsabilidad era sobrevivir durante el siguiente par de horas. Hidratación y aspirinas, pensó mientras se dirigía al cuarto de baño. Después se encontraría mejor.

Recordaba vagamente la noche anterior. Recordaba la sensación de estar muy nerviosa y cómo el cantar la había hecho sentirse mejor. Sabía también que había tomado demasiados *long island iced teas*.

Abrió la ducha y se lavó los dientes mientras se calentaba el agua. Dejó el pijama en el suelo, y estaba a punto de meterse en la ducha cuando la realidad de lo ocurrido irrumpió con fuerza.

El beso. Las caricias. El sexo.

—¡Oh, Dios mío! ¡Me he acostado con Kipling!

Permaneció allí, con una pierna levantada sobre el borde de la bañera. Los recuerdos regresaron a un vívido color y con detalles 3D. El cuerpo de Kipling contra el suyo. Su manera de acariciarla. Lo agradable que había sido, el cómo había terminado y su incapacidad para comprender, aunque le fuera en ello la vida, por qué se le daba tanta importancia al sexo.

Se sentía resignada y avergonzada al mismo tiempo. Se había preguntado muchas veces cómo sería, y en ese momento lo sabía. Suponía que aquella experiencia era como un rito de paso. Para ser sincera, una vez lo había hecho, su plan cobraba incluso más sentido. ¿Por qué iba a querer hacer eso más de una o dos veces en su vida?

Se metió en el agua humeante y dejó que el calor empapara sus músculos. Era lo mejor, se dijo mientras se lavaba el pelo. Así no habría más misterios. Por fin era igual que otras mujeres de su edad. Y, por lo menos, cuando encontrara al hombre que buscaba, no tendría que violentarse hablándole de su virginidad. Porque estaba segura de que Kipling se había llevado una fuerte impresión.

Sonrió al pensar en sus ojos abiertos como platos. Casi le compadecía. Era suficientemente mayor como para que él no esperara aquel tipo de sorpresa. Por un instante, se preguntó si aquello habría hecho que la experiencia fuera diferente para él, pero sabía que no podía hacer nada al respecto.

Todavía no había conseguido comprender por qué la gente hacía las cosas que hacía por el sexo, pensó más tarde mientras se vestía. Sencillamente, no le había parecido nada especial. Pero eran muchas las cosas de la vida que le parecían sorprendentes o desconcertantes. Aquella era únicamente una más.

Se puso la mochila y le escribió un rápido mensaje de texto a Starr dándole los buenos días antes de dirigirse a Brew-haha. No era muy aficionada al café, pero aquel día iba a necesitar el café más grande de la historia del universo seguido de cinco litros de agua. Aquello debería servir para que comenzara a encontrarse un poco mejor. ¡Oh! Y tendría que asegurarse de no volver a beber en semanas y semanas.

Recorrió las pocas manzanas que la separaban de la cafetería. Mientras esperaba a que cambiara el semáforo, vio a un hombre en el parque. No tenía nada de extraño. Lo que era realmente destacable eran las extrañas plumas que llevaba y la pintura de su rostro. Además, parecía estar haciendo una rara versión de Tai Chi.

Llegó a la cafetería y descubrió que todo el mundo estaba mirando al hombre del parque.

—¿Qué pasa?

Patience, la propietaria, sacudió la cabeza.

—Lo poco que he llegado a entender es que Ford está intentando llevar a cabo un antiguo ritual Máa-zib de la fertilidad.

—¡Ah, claro! Para la apuesta del embarazo.

Patience comenzó a caminar hacia la caja registradora.

—¿Tú también sabes lo de la apuesta?

—Sí. Los hombres son de lo más extraño.

Patience soltó una carcajada.

—Desde luego. ¿Por qué no se limitará a dejarla embarazada de la manera habitual? ¿No le basta con el sexo? En fin, el problema no es mío. ¿Qué quieres?

—Un café con leche enorme —contestó Destiny automáticamente, aunque parte de su cerebro estaba comenzando a tambalearse.

¿Quedarse embarazada de la forma habitual? ¿Mediante el sexo? ¿Como había hecho ella la noche anterior? ¿Teniendo relaciones sexuales sin ninguna protección?

Pagó y asintió mientras Patience continuaba hablando, pero no era capaz de hacer nada que no fuera intentar evitar que el mundo continuara dando vueltas. Sentía una opresión en el pecho, el cuerpo frío y un pánico que la devoraba.

¿Embarazada? ¿Embarazada? No y no. No podía estar embarazada. Solo lo habían hecho una vez y ella era virgen. ¿No había una de prueba o algo parecido? Ella nunca había estado particularmente interesada en la biología, pero seguro que había leído algo así.

—¿Destiny?

Parpadeó y vio a Patience tendiéndole un vaso de cartón.

—Lo siento. Ayer bebí demasiado —dijo con una risa nerviosa—. Todavía estoy un poco adormilada.

Patience asintió comprensiva.

—Yo también tuve mi fiesta particular —abrió los ojos como platos—. ¿Estuviste en The Man Cave? ¿Cantaste? Me encantaría oírte cantar otra vez.

—La próxima vez —respondió Destiny, sabiendo que no habría ninguna más.

No volvería a cantar, ni a beber ni a acostarse con nadie. Cuando le entraran ganas de comportarse de forma temeraria, se pondría a correr o a cortar leña. Sabía cortar leña y también que era mucho más seguro que lo que había hecho la noche anterior. Lo peor que podía pasarle si erraba con el hacha era que se cortara un pie.

—Que tengas un buen día —le deseó a Patience mientras corría hacia la puerta.

Necesitaba tomarse el café y conseguir que el corazón comenzara a latirle con normalidad.

¿Embarazada? Era imposible.

Tras haberse tranquilizado, se tomó el café y se dirigió a la oficina. Hacía un día muy bonito y si ignorara los recuerdos que se amontonaban en su cabeza, estaría perfectamente. Mejor que perfectamente. Estaría...

Dobló la esquina y tropezó con Kipling. Cuando comenzó a tambalearse, Kipling la agarró por la parte superior de los brazos para ayudarla a recuperar el equilibrio.

—Venía a verte —le dijo.

Y ella estaba intentando evitarle. Por supuesto, no lo dijo en voz alta. En cambio, consiguió exclamar el que esperaba fuera un amistoso:

—¡Ah!

Se miraron fijamente el uno al otro.

Kipling continuaba agarrándola y ella podía sentir el calor de su piel junto a la presión de cada uno de sus dedos. Tenía unas manos muy bonitas, pensó vagamente. Grandes y eficaces. Aquellas manos habían estado sobre su cuerpo. Kipling la había visto desnuda. ¡Dios mío!, pensó, ¡aquel hombre la había visto desnuda!

Un grito se abría paso dentro de ella, pero se obligó a sofocarlo. «Cálmate», se dijo a sí misma. Ella era una persona tranquila. Más tarde, buscaría técnicas de meditación en Internet y comenzaría a practicarlas. Porque, pasara lo que pasara, no iba a caer en la intensidad emocional de sus padres, no iba a lanzar platos ni a comenzar a gritar. Un encuentro sexual no bastaba para hacer enloquecer a una persona. Ella era más fuerte que su ADN, más fuerte que sus hormonas, más fuerte que cualquier cosa a la que necesitara superar en fortaleza.

Kipling la acercó a un banco. Ella pensó en salir corriendo, pero sabía que la seguiría. Y si le veían persiguiéndola por la ciudad, la gente hablaría, y ella no quería especulaciones. Así que se sentó.

Kipling se sentó también y se volvió hacia ella. La preocupación oscurecía su mirada.

—Estoy bien —le aseguró, esperando poner fin a la conversación tranquilizándole de aquella manera.

—No te creo.

Era muy guapo, pensó ella con aire ausente. Aunque parecía algo cansado, como si no hubiera dormido mucho la noche anterior. Tenía ojeras. Pero, aun así, había algo especial en él. La forma de su boca, quizá. Era agradable y había disfrutado besándola. Y los mordisquitos que le había dado él en el cuello le habían puesto la carne de gallina. Y cuando había posado aquellas manos enormes en sus senos y le había lamido los pezones, ella...

«¡Basta!», se ordenó a sí misma. Ella era una persona sensata y racional. La gente sensata y racional no pensaba en la palabra «pezón» a las ocho y cuarto de la mañana. Jamás.

—No sabía si debía llamarte o ir a verte —admitió él—. Ayer por la noche me llevé una fuerte impresión.

Destiny dio un sorbo a su café. Muy bien, iban a hablar de lo que había pasado. Podía enfrentarse a ello. Hablarían de lo ocurrido e intentaría olvidarlo.

—Ayer por la noche —repitió Destiny.

—Sí, ayer por la noche. Tenemos que hablar sobre ello —insistió Kipling.

Sí, ya se lo había imaginado.

—Por lo del sexo.

Kipling se la quedó mirando fijamente.

—Es más que eso, Destiny. Eras virgen. Deberías haberme dicho algo.

—No sabía qué decir —admitió.

—¿Qué tal un «Kipling, es la primera vez»?

—Pensándolo ahora, tiene sentido —admitió, sin estar muy segura de cuándo podría haber mencionado el hecho. Cualquier frase con la palabra «virgen» les habría puesto en una situación embarazosa–. Había bebido mucho y era incapaz de pensar. Todo ocurrió muy rápido.

Kipling se tensó.

–Acerca de eso... –comenzó a decir, y se interrumpió.

Ella esperó.

–Hacía mucho tiempo que no estaba con una mujer. ¿Sabes? Era la primera vez después del accidente y la recuperación. Estuve meses en rehabilitación y en el hospital. Y después vine aquí.

Destiny bebió un sorbo de café.

–Creo que todo eso ya lo sabía.

Kipling se frotó la cara.

–Estoy hablando de lo que pasó. Normalmente, no es así.

–¿A qué parte te refieres exactamente? –todo había sido verdaderamente rápido pensó. O a lo mejor era que había pasado de manera confusa–. Para serte sincera, todo lo recuerdo como algo borroso. No suelo beber mucho ni nada de eso, salvo cuando canto. Lo único que quería era perderme en la música.

Kipling abrió la boca y la cerró.

–¿Qué? ¿De qué estás hablando?

–No estoy segura. Siento que tuvieras que pasar tanto tiempo en el hospital después del accidente.

Kipling soltó un juramento y se levantó.

–¡No es de eso de lo que quiero hablar!

–Has sido tú el que lo ha sacado a colación.

Destiny no podía estar segura, pero tenía la sensación de que Kipling estaba apretando los dientes. Volvió a soltar un juramento y se sentó de nuevo en el banco.

–Estaba hablando de lo que pasó entre nosotros –comenzó a decir–, yo no sabía que eras virgen. Por tu manera de hablar, pensaba que ya lo habías hecho y no habías tenido buenas experiencias.

–¡Oh, no! No lo había hecho. Porque me estaba ateniendo a mi plan. Estaba esperando hasta el matrimonio.

El semblante de Kipling fue atravesado por todo tipo de emociones. Destiny no era capaz de interpretarlas exactamente, pero sí podía decir que no parecía particularmente contento.

–No, la verdad es que nunca he querido acostarme con nadie –y añadió rápidamente–. Pero no tienes por qué sentirte mal. No ha sido por motivos religiosos. Sencillamente, veía lo que pasaba a mi alrededor. Veía a la gente tomando decisiones erróneas porque estaba acostándose con alguien o porque quería acostarse con cierta persona.

–El sexo es la raíz de todos los males.

–¡Exacto! –sonrió–. Así que pensé que merecía la pena esperar. En cierto modo, ayer me hiciste un favor. Ahora, cuando conozca al hombre que busco, no tendré que tener una conversación embarazosa sobre el tema. Al fin y al cabo, tengo veintiocho años. Ya era hora.

Kipling se la quedó mirando fijamente durante largo rato.

–Estás más tranquila de lo que esperaba.

–Me gusta la calma. Los altibajos nunca terminan bien. Es preferible permanecer emocionalmente estable. Es más fácil.

–¿Entonces no estás enfadada?

–No, aunque admito que la sensación es un poco rara. En cierto modo, me siento avergonzada. Me viste desnuda.

–Estabas muy guapa desnuda.

Aquel cumplido inesperado la hizo sonrojarse y sentirse un poco orgullosa al mismo tiempo.

–Gracias. Eh... tú también.

–Y sobre lo que hicimos anoche...

Destiny levantó la mano para interrumpirle.

–Estoy bien, Kipling. Pero no quiero hablar más sobre ello. Lo que pasó, pasó. Ahora tenemos que continuar.

–¿Porque todavía vas a seguir buscando a un hombre sensato con el que puedas mantener una relación que no sea física y formar una familia?

Cuando lo expresaba de aquella manera, se sentía ridícula, pero asintió de todas formas. Porque había pensado mucho en aquel plan y sabía que tenía razón.

Kipling alargó la mano para tomar la de Destiny.

—Destiny, ayer por la noche las cosas no fueron como había planeado. No quiero que pienses que lo que pasó es todo lo que hay. Sexualmente hablando, quiero decir.

Destiny liberó su mano y se levantó.

—Lo sé, pero está bien. Gracias por preocuparte. No es para tanto, te lo prometo. Ahora seguiremos como si nada hubiera pasado. Ya lo verás. Lo único que tienes que hacer es intentar olvidarlo.

Kipling dejó que Destiny se alejara porque, sinceramente, no sabía qué podía decirle. Parecía estar tranquila. Él imaginaba que cualquier mujer en su situación se habría puesto a gritar, o a llorar, o le habría amenazado con un cuchillo. Ella se estaba comportando como si no tuviera ninguna importancia.

Pero la tenía. Tenía que tenerla. En el siglo veintiuno, pocas mujeres llegaban a su edad sin haber tenido al menos una relación seria. Y aquella clase de relaciones implicaban intimidad. Pero ella no había hecho nada de eso. Veinticuatro horas atrás, era virgen. En aquel momento, no lo era. Y todo por su culpa.

Y eso que él se dedicaba a solucionar problemas. ¿Cómo se suponía que iba a enmendar lo ocurrido?

Cambió de postura para apoyar los codos en los muslos y dejó caer la cabeza entre las manos. Quizá hubiera sido mejor que le amenazara con un cuchillo. Por lo menos, aquella reacción podría comprenderla. Pero aquella aceptación total le había dejado desconcertado.

A menos que fuera todo fachada. Pero ella parecía muy segura. ¿Estaría engañándose a sí misma? Y si él continuaba preocupándose y dándole vueltas de aquella forma, ¿terminaría convirtiéndose en una mujer?

Y casi tan terrible como haberse acostado con ella era que la había dejado insatisfecha. Se había convertido en la clase de canalla al que tan presuntuosamente había despreciado. Y, aunque aquel era un problema que podía arreglarse, no sabía ni por dónde empezar. Ni qué decir.

Se levantó y miró el reloj. Tenía que encontrarse con la alcaldesa Marsha al cabo de unos minutos para entrevistar a otro candidato para el proyecto. Lo primero era el trabajo, de Destiny volvería a ocuparse más tarde, se dijo a sí mismo. Porque, aunque ella hubiera aceptado lo ocurrido, él todavía estaba intentando asimilarlo. Y en cuanto encontrara la manera de hacerlo, iba a arreglarlo. Todo.

Se dirigió al ayuntamiento y subió las escaleras que conducían al despacho de la alcaldesa. Su asistente le indicó con un gesto que entrara en el despacho.

—Justo a tiempo —dijo la alcaldesa, recibiéndole con una cariñosa sonrisa y señalando después la silla que tenía al lado del escritorio. Iba vestida con un traje violeta y llevaba un collar de perlas—. Nuestra candidata está rellenando los formularios mientras hablamos. Me ha dado una buena impresión.

—El currículum es impresionante —dijo Kipling, pensando en la documentación que había estado revisando durante el fin de semana.

Cassidy Modene, treinta y nueve años. Se había criado en Wyoming y había trabajado para los parques nacionales de aquel estado. Había entrenado caballos para misiones de rescate y trabajado con perros especializados en búsqueda y rescate.

—Nos ofrece mucho más de lo que estábamos buscando.

La alcaldesa asintió.

—Estás pensando en los caballos y los perros.

—Sí.

—Parece ser que vamos a contar con algún dinero extra, así que he pensado que podríamos ampliar nuestro programa.

Kipling no estaba seguro de a qué contestar antes. Si a lo de los ingresos o a lo de los perros y los caballos. En una época de recortes en los presupuestos de los gobiernos locales, la alcaldesa Marsha había iniciado un programa nuevo muy costoso. ¿Tendría una reserva oculta de dinero en alguna parte? ¿Tendría mecenas ricos? ¿O era mejor no preguntar?

En cuanto a los perros y los caballos estaba realmente interesado.

—Dispondremos de más recursos —apuntó—. Aunque no estoy seguro de cómo encajarán con el software que tenemos.

—Estoy segura de que puedes hablar con Destiny sobre ello —contestó la alcaldesa en tono confidencial—. Su empresa se enorgullece de ofrecer respuestas personalizadas a sus clientes.

Kipling se echó a reír.

—¿Como poner collares con localizadores a los perros?

—Algo así —su mirada se tornó especulativa—. Supongo que no tendrás problemas en trabajar con una mujer.

Kipling empezó a reír. El día anterior, le habría asegurado a la alcaldesa que se le daba muy bien tratar con mujeres. En aquel momento, no estaba tan seguro. Pero la alcaldesa no quería oírle hablar de sus problemas personales.

—En absoluto —le prometió, pensando que, siempre y cuando mantuviera la relación a un nivel profesional, no tendría problema alguno.

—Me lo imaginaba.

La asistente de la alcaldesa llamó una sola vez y abrió la puerta del despacho.

—Si estáis listos, Cassidy ya está preparada.

La alcaldesa se levantó.

—Dile que entre.

Kipling se levantó y siguió a la alcaldesa para recibir a la última candidata que se presentaba para convertirse en su segunda en el trabajo. Aunque había leído detenidamente su currículum, encontrarse con ella en persona le diría mucho más sobre si encajaba o no en el puesto.

Cassidy Modene era una mujer de alrededor de un metro setenta, con el pelo rubio, corto y en punta y los ojos castaños. Llevaba un traje azul oscuro y zapatos planos. Acostumbrado a analizar a sus contrincantes con solo una mirada, Kipling vio que era una mujer fuerte y atlética. No era extraño, teniendo en cuenta cuál era su trabajo. Y parecía eficaz.

Les estrechó la mano a los dos. Llevaba una alianza de matrimonio en la mano izquierda. Cuando, con el movimiento de la mano, se le corrió el puño de la camisa, vio que tenía una rosa tatuada en la parte interior de la muñeca.

—Señora Modene, gracias por venir a vernos a Fool's Gold —dijo la alcaldesa, dirigiéndose hacia los sofás que había en el rincón del despacho.

—Es un placer. Es una ciudad muy agradable.

Se sentaron los tres. Kipling analizó la manera en la que la alcaldesa había maniobrado. Él estaba sentado a su lado en el sofá y Cassidy sentada al borde de la butaca. ¿Dos contra uno? Él se sentía muy cómodo en aquello en lo que tenía experiencia, pero contratar a alguien no era lo suyo. Había aprendido mucho en las entrevistas en las que había participado y sabía que aquella no sería una excepción.

La alcaldesa conducía las entrevistas partiendo de una charla aparentemente superficial antes de girar sin esfuerzo alguno hacia temas de más enjundia. A menudo, sin previa advertencia. Kipling había sido testigo de cómo conseguía que un candidato aparentemente excelente admitiera que estaba más interesado en los horarios que en hacer bien su trabajo. Kipling se preguntó si Cassidy encerraría algún secreto similar.

—Así que creció en Wyoming —dijo la alcaldesa.

–Sí, estoy acostumbrada a las ciudades pequeñas –Cassidy esbozó una sonrisa radiante–. No estoy segura de si podría vivir en una gran ciudad. Me gusta estar al aire libre.

–Me he fijado en el tatuaje que lleva en la muñeca. ¿Tiene algún significado sentimental?

La mirada de Cassidy se oscureció.

–Es en honor a mi madre.

La alcaldesa no dijo nada. Kipling pensó que Cassidy intentaría hablar para llenar el silencio, pero no dijo nada. Un punto a su favor, pensó.

–¿Su marido está dispuesto a cambiar de trabajo? –preguntó Marsha.

–Jeff cumplirá este año veinte años en la marina. Es su último año. Me dijo que quería encontrar un lugar agradable para comenzar la segunda etapa de su vida. Y pensamos que Fool's Gold podía ser ese lugar.

La alcaldesa asintió.

–En ese caso, háblenos de los perros dedicados a labores de rescate.

Capítulo 12

El conocimiento de Kipling sobre lo que ocurría en la consulta de un ginecólogo cabría en una tarjeta de visita y todavía quedaría espacio para escribir una receta. Pero había pedido una cita. En aquel momento se encontraba en la consulta de Cecilia Galloway, doctora en medicina.

La buena doctora probablemente debía de rondar los setenta años, tenía el pelo corto y gris y llevaba gafas. Era una mujer alta, de huesos largos, y cuando arqueó las cejas como si estuviera preguntándole que por qué estaba allí, Kipling no supo qué decir.

—No es nada sobre mí —le dijo.

—Pues es un alivio. La última vez que examiné a un hombre estaba en la facultad de medicina. Aunque no creo que hayan cambiado mucho sus partes, dudo que fuera capaz de atenderlas —le hizo un gesto para animarle a hablar—. ¿En qué puedo ayudarle, señor Gilmore?

—Kipling. Y, bueno, estoy aquí para hacer una consulta relacionada con una amiga. Ella...

Se preguntó cuánto debería explicar. Porque, aunque él era parte del problema, Destiny no sabía que estaba allí y él tenía la sensación de que no lo aprobaría.

—Dudo que pueda decirme algo que no haya oído ya docenas de veces —le aseguró la doctora Galloway—. Así que tome aire y suéltelo. Normalmente, es la mejor manera de hacerlo.

–Muy bien. Tengo una amiga y nosotros... –no, aquella no era la manera–. La cuestión de la virginidad... –comenzó a decir, y deseó inmediatamente no haberlo hecho–. Después de haber tenido una relación sexual...

Se aclaró la garganta y comenzó de nuevo.

–Si una mujer pierde la virginidad, ¿puede volver a recuperarla?

La ginecóloga que estaba sentada enfrente de él parpadeó.

–¿Perdón?

–¿Puede volver a ser virgen otra vez?

Kipling no pudo menos que admitir el mérito de la doctora. Apenas cambió de expresión, aunque le pareció ver que las comisuras de su boca descendían como si desaprobara aquella conversación.

–¿Cuántos años tiene usted, señor Gilmore? –volvió a llamarle por su apellido.

–Treinta y dos.

–Quizá si saliera con mujeres de una edad más apropiada, eso no representaría ningún problema.

–¿Qué? ¡No, mierda! ¿Es en eso en lo que está pensando? No, no es una mujer joven. Tiene... –comprendió que no debería dar datos tan específicos sobre Destiny–. No es una adolescente. Hace años que no lo es. Yo no salgo con jovencitas.

Se levantó, se acercó a la ventana y se volvió.

–Mire, esto no es lo que piensa. Yo no lo sabía, ¿de acuerdo? Ella me había contado que no estaba interesada en el sexo y yo pensé que había salido con hombres estúpidos que no habían sido capaces de hacerla llegar al orgasmo. Pero resultó que era virgen. Y yo hacía meses que no estaba con nadie. Casi más de un año. Así que todo fue muy rápido. Me encontré de pronto una barrera e intenté detenerme porque imaginé lo que era. Pero ya era demasiado tarde y cuando todo terminó... –tragó saliva–. ¿Es posible solucionarlo?

La doctora Galloway estaba moviendo los labios, pero ya no parecía hacerlo con expresión desaprobadora. Si acaso, parecía estar haciendo esfuerzos para no reír.

–Ya entiendo –dijo lentamente–. Me complace saber que no anda detrás de jovencitas.

–Por supuesto que no. No lo he hecho jamás. Me parece terrible.

–Sí, lo es. Acerca de su amiga... esa barrera que sintió es el himen y, aunque puede reconstruirse, no lo recomiendo. Por lo que usted ha dicho, ella no había evitado las relaciones sexuales por motivos religiosos. ¿Sufrirá algún castigo por parte de su familia?

–No.

–En ese caso, es preferible dejarlo así. ¿Usted la abandonó? ¿La dejó llorando?

Kipling respingó.

–Usted odia a los hombres, ¿verdad?

–En absoluto. Simplemente, estoy intentando descubrir la clase de hombre que es usted. Por lo que he podido ver hasta ahora, es usted un buen hombre. Así que voy a darle un consejo. Hable con ella. Averigüe por qué decidió perder la virginidad con usted, por qué lo hizo aquella noche. En cuanto al orgasmo que no pudo ofrecerle, soluciónelo. Asumo que está capacitado para hacerlo. En caso contrario, tengo algunos folletos.

Kipling alzó las manos.

–Sé cómo hacerlo. No necesito folletos, por favor.

La doctora Galloway sonrió.

–Estoy segura de que todo irá bien. Pero le recomiendo que la próxima vez sepa algo más sobre su pareja antes de acostarse con ella. ¿Usted...?

Sonó su teléfono en aquel momento, capturando su atención.

—Perdón, tengo que atender esta llamada.

—Claro, no se preocupe. Gracias por dedicarme su tiempo.

Se marchó cuando todavía estaba a tiempo y salió de la consulta sin esperar ni un segundo más. Una vez en la acera deseó que fuera mucho más tarde, porque necesitaba una copa. Pero como no era posible, recorrió las pocas manzanas que le separaban de la oficina de Destiny.

La encontró delante del ordenador, tecleando intensamente. Por un instante se permitió a sí mismo el placer de contemplarla. Aquella melena ondulada, de color rojo oscuro, cayendo por sus hombros. Iba vestida con una camiseta, unos vaqueros y botas de montaña. No era un atuendo sexy ni sofisticado, pero le bastó mirarla para pensar en lo que iba a hacer con ella.

No iba a poder hacerlo pronto, se recordó a sí mismo. Antes tenía unas cuantas cosas que aclarar.

Destiny alzó la mirada y le vio.

—Hola.

—Hola. ¿Cómo te encuentras? —preguntó Kipling.

Destiny frunció el ceño, como si no entendiera la pregunta.

—Bien, ¿por qué? ¿Tengo aspecto de estar enferma?

—No. No estaba hablando de eso. La otra noche...

Destiny se reclinó en la silla y gimió.

—Otra vez no, Kipling. Ya estuvimos hablando de ello. Tienes que olvidarlo.

Kipling se sentó en la silla destinada a las visitas y se inclinó hacia ella.

—No, no pienso hacerlo. Destiny, perder la virginidad es algo importante. No sé por qué elegiste ese momento, ni por qué me elegiste a mí, pero eso ya está hecho. Lo que me preocupa ahora es cómo arreglar lo ocurrido.

En los ojos verdes de Destiny se reflejaron todo tipo de sentimientos.

—No puedo solucionarlo y tampoco lo haría. Me gusta haber dejado de ser virgen.

—Sí, ya sé que eso hará que sea menos complicado cuando conozcas a tu sensato don Estirado.

—No tienes por qué decirlo así —gruñó—. Como si pensaras que soy idiota.

—Creo que subestimas el poder de una relación íntima, de una conexión sexual.

Destiny elevó los ojos al cielo.

—De acuerdo, es algo intenso y emocionante por lo que merece la pena vivir —lo decía con un tono de total aburrimiento—. Ya lo he oído antes y no me importa.

—Eso es porque nunca has tenido un orgasmo.

—No me interesa. De verdad, Kipling. Déjalo.

Pero él no pensaba dejarlo, pensó Kipling con firmeza.

—No estaba preparado y fue un desastre —insistió Kipling—. Estoy en deuda contigo. Si volvemos a hacerlo y continúas pensando que el sexo es algo malo y peligroso, no volveré a mencionarlo. Te lo juro.

Destiny exhaló un hondo suspiro.

—¿Por qué es tan importante para ti? No necesito ninguna reparación.

—No, pero necesitas que te enseñen —pensó un instante y después decidió abordar la cuestión desde un ángulo diferente—. Aquella noche estuviste magnífica sobre el escenario. Tu forma de cantar, la fuerza de tu voz. Actúas con verdadera pasión.

En vez de reaccionar con orgullo, Destiny se desplomó en su asiento.

—Lo sé. Fue horrible.

—No, fue algo brillante y poderoso. ¿Cómo es posible que no quieras hacer algo así cada día?

—Es agotador y me hace sentirme muy vulnerable. Uno siempre se expone cuando canta así.

Y no tenía manera de protegerse, pensó Kipling. Basándose en lo poco que sabía sobre su pasado, comprendía que hubiera crecido sintiéndose insegura. Como si su mundo pudiera cambiar o transformarse en cualquier momento.

—Ya no eres una niña —le dijo con delicadeza—. Puedes controlar lo que pasa a tu alrededor.

—No del todo, y es preferible evitar los riesgos.

—Vivir sin vivir plenamente es aburrido. Gris. Tú tienes un don, Destiny. Una oportunidad de hacer realidad un sueño.

Afloraron a sus ojos nuevos sentimientos. En aquella ocasión, Kipling no tuvo problema alguno en distinguir el enfado.

—No me hables de mis sueños. Tú no sabes nada de ellos. Esta es una decisión que tengo que tomar yo. No quiero ser como mis padres. No tienes ni idea de todo lo que pasé. Con mi abuela Nell todo era diferente. La vida tenía sentido. Era tranquila. Vivíamos al ritmo de las estaciones. Vivíamos con la naturaleza. Y eso es lo que quiero.

—La naturaleza no es tranquila —replicó él—. Es hermosa y violenta, pero, sobre todo, es incontrolable. Te estás negando a ser quién eres a muchos niveles. Tienes una naturaleza apasionada, si lo ignoras, estás ignorando quién eres. Y todavía tienes una oportunidad.

—Kipling, yo... —se le quedó mirando fijamente—. ¿Todavía estamos hablando de mí?

—Por supuesto. En esto yo soy el experto. No hay nada mejor que vivir un sueño. Sé de lo que hablo. Y sé también que tú todavía estás en condiciones de hacerlo.

—Y tú no puedes.

Duro, pero cierto, pensó Kipling, ignorando el dolor de la nostalgia por lo que había sido en el pasado. Por la persona que había sido.

—Disfruté de una gran carrera, y lo digo en todos los sentidos de la palabra.

—Lo siento —respondió Destiny suavemente—. Entiendo

lo que estás diciendo. Debería sentirme agradecida. Yo todavía tengo una oportunidad. La cuestión es que no la quiero.

Kipling no creía que estuviera diciendo la verdad. No intencionadamente, sino porque tenía miedo.

—Yo no soy problema tuyo —señaló Destiny—. Déjalo. Ahora solo quiero hablar de trabajo.

Kipling asintió porque no tenía ningún plan. Pero urdiría uno y cuando lo tuviera, daría solución a aquel problema. No solo porque Destiny había perdido la virginidad con él sino porque era lo que tenía que hacer. Y quizá, solo quizá, porque una parte de él deseaba hacerlo. Y mucho.

Destiny hizo todo lo posible por volcarse en su trabajo. Había terminado de cartografiar la zona y toda la información estaba ya en el programa de búsqueda. El próximo paso sería comenzar a practicar las búsquedas.

Tenía mucho que hacer, pero continuaba pensando en Kipling. Evitarle no era una opción, puesto que trabajaban juntos. Hasta el momento, Kipling había mantenido la relación a un nivel puramente profesional. Pero cuando estaban solos en la misma habitación, le descubría observándola. No de una manera extraña o que pudiera asustarla, sino como si estuviera analizando la situación. Y aquello la ponía nerviosa.

Quería decirse a sí misma que eran imaginaciones suyas, pero sabía que no lo eran. Kipling era un hombre al que le gustaba solucionar problemas ajenos y explicarle que ella no tenía ninguno no había bastado para disuadirle. La cuestión del sexo le tenía muy preocupado, aunque Destiny no era capaz de comprender por qué. Lo habían hecho y ella estaba bien. A partir de ahí, había que seguir adelante. Pero no, él quería que tuviera un orgasmo.

Como si eso pudiera cambiar algo, pensó mientras se

dirigía hacia la oficina de Kipling. En serio, ¿de qué iba a servir?

Decidida a comportarse como la profesional que era, dejó sus pensamientos personales a un lado cuando vio a una atractiva mujer de treinta y tantos años con el pelo corto y en punta sentada enfrente del escritorio de Kipling. Se rumoreaba que la persona que había contratado para que fuera su segunda al mando del centro era una mujer. Destiny estaba deseando conocerla.

La mujer alzó la mirada y sonrió.

—¿Destiny Mills? —preguntó mientras se levantaba y le tendía la mano—. Soy Cassidy Modene. He hecho muchas búsquedas con STORMS y estoy emocionada al poder trabajar con ese programa.

—Bienvenida a Fool's Gold —dijo Destiny, estrechándole la mano—. ¿Cuándo has empezado a trabajar?

—Esta mañana —Cassidy sonrió de oreja a oreja—. Soy una persona optimista, así que tenía ya todo el equipaje en la camioneta. Ayuda el no tener demasiadas cosas que llevar. Es algo que me ha enseñado el tener un marido en el ejército. La alcaldesa Marsha y Kipling me ofrecieron el trabajo, yo acepté y aquí estoy. Los caballos vendrán dentro de unas semanas. Mi marido, Jeff, debería estar aquí para finales de año.

—He oído decir que la ampliación incluye caballos y perros de rescate.

—En esta zona el terreno es muy accidentado —dijo Cassidy mientras señalaba los límites de la ciudad—. Mis caballos servirán de gran ayuda. Con ellos se puede ir más rápido y más lejos que a pie. Además, pueden llevar carga.

Destiny asintió y tecleó en la *tablet*.

—Tienes razón. Y con más medios, las búsquedas no están tan limitadas geográficamente. Si pueden llevar material de acampada, los rastreadores pueden quedarse a pasar la noche fuera y comenzar de nuevo descansados a la mañana siguiente. Eso nos proporciona muchas ventajas. Y también es más fácil transportar a los heridos hasta el lugar en el que puede recogerlos el helicóptero.

Cassidy se volvió hacia ella y sonrió.

—Hablando de helicópteros, he conocido a Miles.

—Creía que habías llegado hace un par de días.

—Y es cierto, pero trabaja rápido. Nos conocimos en The Man Cave. Es todo un seductor. El hecho de que esté casada y le lleve unos cuantos años no pareció importarle en absoluto —se echó a reír—. Qué estúpido. Le dejé las cosas bien claras.

—Bien por ti.

Cassidy se volvió de nuevo hacia el mapa.

—No es mi tipo, eso está claro. Me enamoré de mi marido en el instante en el que le conocí. Pero tengo que reconocer la habilidad de Miles para ir a por su objetivo.

—Es todo un mujeriego.

—Como ya te he dicho, no es mi estilo. No soy de tropezar dos veces con la misma piedra y todo eso. Pero, de todas formas, me ha parecido un hombre divertido —añadió Cassidy—. Estoy deseando explorar la zona y comenzar a conocer a la gente de aquí.

—Todo el mundo es muy amable. Y hay un grupo de mujeres realmente encantador —dijo Destiny—. Estaré encantada de presentártelas, si tú quieres. Yo ya he comido con ellas unas cuantas veces. Es una forma divertida de ver a la gente y estar al tanto de todo lo que ocurre.

Cassidy sonrió.

—Me gustan los chismorreos de las ciudades pequeñas. Ya sé que es algo que no está bien, pero una se acostumbra a vivir con ellos.

Antes de que Destiny hubiera podido responder, le sonó el teléfono. Lo sacó de uno de los bolsillos de los pantalones cargo y miró la pantalla. El código era el de la zona, pero era un número desconocido.

—¿Diga?

—¿Destiny?

—Sí, soy yo.

—Hola, soy Dakota Anderson. Soy la directora de End Zone. No estoy segura de que sea nada grave, pero Starr no ha venido esta mañana y no ha llamado nadie para decirnos si está enferma. Quería llamarte y asegurarme de que no había habido ningún problema.

Había demasiada información en aquellas pocas frases. Hablaban de que la directora del campamento se tomaba su trabajo en serio. Quería asegurarse de que los niños estuvieran donde se suponía que tenían que estar. Y de que Starr había desaparecido.

Destiny se quedó helada.

—No está enferma —dijo lentamente—. Al menos, que yo sepa. Hemos hablado esta mañana y me ha dicho que iría al campamento con Abby. Lo ha dejado perfectamente claro. Lo sé porque conozco a Abby y es una chica que me cae muy bien. Conozco también a su madre.

Al otro lado de la línea, Dakota permaneció callada durante unos segundos.

—No está aquí. Lo he comprobado dos veces. Starr no ha venido hoy.

Sintió una punzada de pánico. Una sensación afilada. Jamás había sentido algo así. No de aquella manera, con una combinación de pánico y horror. Podía haber ocurrido cualquier cosa, y era evidente que algo había pasado. ¿Pero qué? ¿Dónde estaba Starr?

—¿Cómo puedo ayudarte? —pregunto Dakota, esperando, evidentemente, que Destiny tomara las riendas. Que fuera ella la que manejara la situación.

En el fondo de su mente, era consciente de que, teniendo en cuenta en qué consistía su trabajo, ella era la persona más adecuada para encontrar a una adolescente perdida. Pero si era sincera consigo misma, tenía que reconocer que no sabía por dónde comenzar. Sentía frío y calor al mismo tiempo y estaba a punto de vomitar.

Se abrió la puerta de la oficina y entró Kipling. Destiny se abalanzó hacia él, le agarró del brazo y le apretó con fuerza.

—Starr ha desaparecido —dijo, con la garganta cerrada y el corazón latiéndole violentamente en el pecho—. Hoy no ha ido al campamento.

Kipling le agarró el teléfono y se identificó. Habló con calma, pero rápidamente. Cuando colgó, le tendió de nuevo el teléfono a Destiny.

—Tienes mi número de móvil —le dijo a Cassidy—. Llámame si tienes alguna noticia.

—Lo haré.

Se volvió hacia Destiny.

—Starr tiene móvil, ¿verdad? Llámala.

Destiny marcó el teléfono con dedos temblorosos.

—Salta directamente el buzón de voz.

Kipling ya estaba empujándola hacia la puerta, hacia su camioneta.

—¿Adónde vamos? —preguntó ella—. No sé por dónde empezar. Starr no lleva mucho tiempo en la zona. Yo creía que estaba bien. ¿Y si le ha ocurrido algo terrible? ¿Y si no conseguimos encontrarla?

—La encontraremos. No puede estar muy lejos. Llama a la madre de Abby y averigua si la ha llevado al campamento. Nosotros iremos a tu casa para asegurarnos de que no está allí, después subiremos al campamento y hablaremos con sus amigos.

Perfecto. Ya tenían por dónde empezar. Destiny se subió a la camioneta y se ató el cinturón de seguridad. Después de revisar su lista de contactos, una tarea complicada por lo mucho que le temblaban las manos, dio al botón de llamada y esperó a que el teléfono conectara con el de Liz, la madre de Abby. Dos minutos después, tenía una respuesta.

–Starr ha mentido.

Las palabras no parecían reales. Por lo menos, Destiny no tenía la sensación de que lo fueran. Era imposible. ¿Cómo podía haber hecho Starr una cosa así? ¿Mentirle diciéndole que iba al campamento y desaparecer después? ¿Cómo podía haberse ido su hermana?

Llegaron a la casa y corrió al interior. Starr no estaba allí. Destiny siguió a Kipling de nuevo al jeep. Tenía los ojos ardiendo y el corazón le latía cada vez más rápido. Apenas podía pensar. Apenas podía respirar.

–No la conozco suficientemente bien –dijo, luchando contra las lágrimas–. Solo llevamos unas semanas juntas. Debería haberme esforzado más. He estado demasiado ocupada con el trabajo y otras tonterías. La he dejado sola demasiado tiempo. No ha podido contar conmigo.

Kipling mantenía la mirada fija en el parabrisas mientras subían hacia la montaña.

–¿Cuánto tiempo hace que conoces a tu hermana?

–Seis semanas.

–No es tiempo suficiente como para haber fastidiado vuestra relación. Destiny, la culpa no es tuya.

–Yo soy responsable de ella. No se puede culpar a nadie más.

–¿Y qué me dices de todo lo que pasó antes de que viniera a vivir contigo?

Destiny pensó entonces en la llamada de teléfono de su padre para felicitar un cumpleaños que no era el de Starr. Y en aquel internado al que no parecía tener ganas de volver. Y en su deseo de aprender música, a pesar de que Destiny se había resistido todo lo que había podido

–Me estás diciendo que hay muchas otras cosas a las que culpar –susurró–. Muy bien. Tendré una conversación al respecto con ella cuando la encuentre. Pero, ahora mismo, lo único que quiero es que vuelva.

Llegaron al campamento en un tiempo récord. Kipling

apenas acababa de frenar cuando Destiny bajó y corrió hacia la oficina principal.

Dakota Anderson la estaba esperando con las dos amigas de Starr. Las chicas parecían asustadas.

—Lo siento —dijo Abby con los ojos llenos de lágrimas—. Nos dijo que quería ir a Nashville. Pensaba ir en autobús. Las dos le dimos dinero

Dakota posó la mano en el hombro de Abby.

—Ya hemos llamado a la oficina del sheriff. Van a enviar a un coche patrulla a la estación de autobuses. Las ciudades pequeñas tienen ciertas ventajas. Solo ha salido un autobús esta mañana. Supongo que la encontrarán esperando allí.

Destiny sintió que la tierra se abría bajo sus pies.

—¿A Nashville?

Starr se estaba escapando de su casa. Aquello demostraba lo mal que estaban las cosas entre ellas. Había aceptado a su hermana, se había mostrado de acuerdo en tutelarla y menos de dos meses después, Starr prefería arriesgarse a vivir en la calle a vivir con Destiny.

¿Cómo era posible que todo hubiera ido tan mal en tan poco tiempo?

Destiny no sabía si debería gritar, llorar o tomarse una copa. Podía haber optado por cualquiera de aquellas tres cosas, entre muchas otras.

La predicción de Dakota fue acertada y encontraron a Starr en un banco de la estación de autobuses. Había perdido el autobús que iba a Los Ángeles y había optado por ir a San Francisco. Desde allí, le había dicho al ayudante del sheriff que la había encontrado, planeaba tomar un avión a Nashville.

Llevaba quinientos dólares en efectivo, una maleta pequeña y una guitarra. Destiny no podía superar el horror de imaginar a una joven inocente de quince años sola en el mundo.

Kipling las había dejado a las dos en casa y se había ido a trabajar. Había prometido pasarse más tarde por allí para ver cómo estaban. A Destiny le habían entrado ganas de suplicarle que se quedara, no sabía qué demonios se suponía que tenía que hacer o decir. Pero le había dejado marchar y, en aquel momento, tenía que enfrentarse ella sola a lo ocurrido.

Starr y ella permanecían sentadas la una frente a la otra en el pequeño cuarto de estar mientras ella intentaba averiguar qué decir. Suponía que la buena noticia era que no había ocurrido nada terrible. A lo mejor las dos habían aprendido una lección. Pero no estaba segura de cuál.

Estudió a su hermana. Starr solo miraba hacia sus manos o hacia el suelo. La melena le caía hacia adelante, ocultándole el rostro. O, quizá, manteniendo el mundo a distancia, pensó Destiny.

La habitación estaba en silencio. En algún lugar sonaba el tic-tac del reloj. Pasó un coche. Aparte de eso, no se oía nada. Ni siquiera el sonido de la respiración.

La indecisión la paralizaba. ¿Qué se suponía que podía decir? ¿Cómo solucionar la situación? Imaginaba que lo más grave era que ni siquiera se había dado cuenta de que había un problema, y, menos aún, un problema tan grave que había exigido una escapada.

Tomó aire.

—Starr, yo...

Su hermana levantó bruscamente la cabeza y la miró con los ojos entrecerrados.

—Sí, te he mentido. Intenta superarlo. Tú habrías hecho lo mismo en mi lugar. ¿Qué se suponía que tenía que hacer? ¿Esperar a que te cansaras de mí? No pienso volver a ese internado y tú no puedes quedarte conmigo.

Demasiada furia. Demasiada energía. Y demasiado dolor. A Destiny se le encogió el corazón al ser consciente de lo mucho que Starr había sufrido. Y ella ni siquiera se lo había imaginado.

—Crees que no lo sé —continuó su hermana. Se levantó. Apretaba los puños a ambos lados de su cuerpo—. Lo sé. No es difícil averiguarlo. Nadie me quiere. Ni tú, ni mi padre... —las lágrimas comenzaron a desbordar sus ojos—. Ni siquiera sabe cuándo es mi cumpleaños. Soy su hija. ¿Cómo es posible que no lo sepa?

Destiny se levantó y se acercó a ella. Intentó abrazarla, pero su hermana se apartó.

—Ahora no finjas que me quieres —le espetó.

Destiny retrocedió un paso.

—Te quiero. Me he hecho cargo de ti. Te he traído aquí. Pensaba que estábamos bien las dos juntas.

—¡Oh, sí, claro! Es genial. Estás contando los días que te faltan para deshacerte de mí. Ya hemos hablado otras veces de tu trabajo y de que es mejor que yo vuelva al internado. Porque quieres deshacerte de mí.

Aunque aquello no era cierto, Destiny había pensado en todo momento que se quedaría con Starr únicamente durante los veranos.

—Mi trabajo... —comenzó a decir, pero comprendió que aquella no era la cuestión—. ¿Podemos hablar? —le preguntó—. ¿Podemos sentarnos a hablar?

Starr se secó las lágrimas y se dejó caer en el sofá. Destiny se sentó en la butaca opuesta e intentó averiguar qué decir.

—Me has asustado —dijo, pensando que era completamente cierto—. Cuando ha llamado Dakota y me ha dicho que no habías ido al campamento, tenía miedo de que te hubiera pasado algo.

—No sabía que iba a llamar —gruñó Starr.

—¿Y así habrías contado con todo el día para huir? ¿Y después qué? ¿No crees que me habría llevado un susto de muerte?

Su hermana se encogió de hombros.

—Starr, tienes que saber que te quiero.

–¿Ah, sí? –preguntó la adolescente–. ¿Lo dices en serio? ¿Puedes decir sinceramente que te hizo ilusión recibir esa llamada del abogado? ¿Qué pasa? ¿Habías estado pensando que solo te faltaba tener una hermanita a la que nunca habías conocido para que tu vida fuera perfecta?

–Me sorprendió, pero no lo dudé un instante. Quería que vinieras a vivir conmigo.

–Puedes decir lo que quieras. No te creo. Tú no quieres ni a nadie ni a nada. Eres como un robot. Nunca te enfadas y nunca eres verdaderamente feliz. Siempre estás igual. La gente normal no se comporta así.

La gente que no quería enfrentarse a un torbellino de altibajos sí, pensó Destiny sombría. Porque ella sabía cuál era el precio de sentir en exceso. Aunque hasta aquel momento no había sabido que también había que pagar un precio por no sentir nada. El precio de que Starr no tuviera a su lado una sensación de arraigo.

–Siento que pienses que no me importas –dijo con voz queda–. Porque me importas. Me importas mucho.

Su hermana apretó los labios en una dura línea. Irradiaba incredulidad.

–Sí, claro.

El enfado batallaba con la preocupación dentro de Destiny, y estaba comenzando a ganar.

–Estás ignorando la verdad porque no es eso lo que quieres oír –le reprochó Destiny–. De la misma forma que has decidido huir sin pensar en las consecuencias. Tienes quince años. No estás preparada para vivir sola. La vida es complicada. No puedes huir de tus problemas. Te seguirán adonde quiera que vayas.

–Deberías haberme dejado averiguar eso por mi cuenta. Así te habría resultado todo más fácil. Al fin y al cabo, ¿no es eso lo que importa?

–Lo que dices no tiene ningún sentido.

–¿Sabes lo que no tiene sentido? –replicó Starr, fulminándola con la mirada–. Tú. Tú no tienes ningún sentido. Me dices que no me escape y es lo que estás haciendo tú cada día. Huyes de tu talento, huyes de lo que eres. Te he oído cantar, Destiny, y eres mejor que todos nosotros. Pero no actuarás nunca. Ni siquiera estás dispuesta a admitir que tienes esa capacidad. ¿Que problema tienes? Yo quiero escribir canciones y cantar, y que la música ocupe todos los momentos de mi vida. Tú quieres escapar de la música.

–Esto no tiene que ver con la música –respondió Destiny.

Podía sentir el dolor de su hermana, su confusión, y no sabía qué hacer con ello. Kipling tenía razón. Starr había llegado a su lado siendo prácticamente una adulta. Fuera lo que fuera lo que le estuviera pasando, ella solo era parte del problema. Pero tendría que ser toda la solución.

–Esto tiene que ver con nosotras.

–No hay ningún nosotras –la increpó Starr.

–Me gustaría que lo hubiera. Eres mi hermana y quiero que seamos una familia.

–Hasta que empiece el colegio. Después, quieres enviarme a un internado. Pues bien, no pienso ir. Y tú no puedes obligarme. Me escaparé y viviré en las calles hasta que tenga suficientes años como para acceder a mi dinero. Puedo hacerlo. Puedo escaparme a un lugar en el que nadie me encuentre.

No, si lo que había pasado aquel día era un indicativo de algo, pensó Destiny irritada. Starr tenía quince años, no sabía cuidar de sí misma y mucho menos sobrevivir en las calles. ¿Qué habría pasado si se hubiera montado en el autobús y hubiera desaparecido de verdad? Podrían haberle sucedido todo tipo de cosas.

Las imágenes se sucedieron en su cerebro, cada una más terrible que la anterior. Podrían haberla pegado, o haberla violado. Podría haberla asustado alguna persona con problemas mentales. Podría haber terminado consumiendo drogas, o enfermando. Podría haber sufrido, e incluso haber muerto.

Los ojos se le llenaron de lágrimas de forma inesperada. El miedo regresó y con él, la determinación.

–No –dijo con voz rotunda–. No, no vas a huir otra vez. No pienso perderte, ¿me has oído? No me importa lo que me cueste, pero voy a conseguir que esto funcione. No voy a renunciar a ti y no voy a renunciar a nuestra relación. Eres mi hermana. Eres mi familia. Nuestros padres lo hicieron todo al revés y eso significa que también nosotras somos un desastre. ¿Pero y qué? Nos tenemos la una a la otra.

Starr se la quedó mirando fijamente. El color teñía sus mejillas y, por un instante, hubo esperanza en sus ojos. Pero después se desvaneció.

–Estás diciendo eso para que no me escape. No lo dices en serio.

«Te quiero, criatura. Te quiero desde el día que naciste. ¿No te lo ha contado tu mamá? Yo fui la primera que te sostuvo en brazos. Todavía te sigo sosteniendo y jamás te abandonaré».

Volvieron a ella los recuerdos. Se recordó a los diez años, en el modesto cuarto de estar de la abuela Nell. Se sentía sola, asustada, no sabía cuál era su lugar en el mundo. Desde luego, ese lugar no estaba al lado de sus padres, que hacía mucho tiempo que habían decidido seguir sus propias vidas. Ni en ningún otro lugar.

Pero la abuela Nell le había dado la bienvenida. Era muy posible que cualquier otra mujer no hubiera querido a su lado a una problemática niña de diez años. Aunque fuera su propia nieta. Pero Nell la había acogido y la había hecho sentirse especial. Le había dado una educación en su propia casa, la había querido y, cuando había llegado el momento de hacerlo, la había devuelto al mundo.

Volvieron a llenársele los ojos de lágrimas y se las secó. Ella sabía lo que tenía que hacer. Sabía qué era lo correcto. A lo mejor siempre lo había sabido, pero había evitado la verdad. Algo que no debería haber hecho.

—Lo siento —dijo lentamente—. Lo siento mucho, Starr. Yo quiero que seamos una familia. Tienes razón. Di por sentado que volverías al internado en septiembre, pero solo porque creía que te gustaba. Pero si no te gusta, puedes quedarte conmigo.

Starr abrió de par en par aquellos ojos que se parecían tanto a los de Destiny.

—¿Y tu trabajo? Tú tienes que cambiar de lugar cada tres meses. Dijiste que ese era un problema.

—Lo sé, pero tendremos que encontrar una solución.

Pensó en su trabajo, en sus constantes desplazamientos y en el hecho de que nunca se había establecido en ningún lugar. Quizá porque temía asumir el riesgo de pertenecer a algo o alguien. Definía las relaciones según sus propios términos. Starr acababa de recordarle que eso era algo que no ocurría a menudo.

Abrió la boca y se sorprendió a sí misma diciendo:

—Supongo que tendré que renunciar a mi trabajo y encontrar otro en el que no tenga que desplazarme tanto. Tendremos un hogar estable. Una casa con jardín.

Como la gente normal.

Destiny contuvo la respiración y esperó una fuerte sacudida interna. Pero no la hubo. Lo que sintió fue una cierta aprensión hacia lo desconocido, pero también la sensación de que quizá ya fuera siendo hora. A lo mejor la razón por la que no había sido capaz de encontrar al hombre adecuado y formar una familia era que nunca se había quedado en el mismo lugar durante el tiempo suficiente. Pero dejó sus planes personales de lado. Lo único que importaba en aquel momento era su hermana.

—Starr, te quiero. Creo que no te lo he dicho nunca, pero te quiero...

No pudo decir nada más, porque su hermana ya estaba volando hacia ella con las lágrimas rodando por sus mejillas. Destiny apenas tuvo tiempo de levantarse y prepararse antes de que su hermana la abrazara y se aferrara a ella como si no fuera a dejarla marchar.

Destiny le devolvió el abrazo. Mientras se abrazaban la una a la otra, comprendió que, aunque nos sabía cómo iba a conseguir que aquella relación funcionara, los detalles no importaban. Estaban juntas. Siempre estarían juntas. Starr la necesitaba y, lo que era igualmente importante, Destiny la necesitaba a ella.

Capítulo 13

Kipling observó a Destiny atentamente. Estaba diferente aquella noche. Más frágil. Hasta entonces no se había dado cuenta de hasta qué punto había dado por sentados su seguridad y su confianza en sí misma. Formaban parte de su personalidad y, sin ellos, parecía casi rota.

Estaba sentada en la esquina más alejada del sofá, con los pies descalzos bajo las piernas. Tenía el pelo suelto, la piel pálida.

Era hermosa por el mismo hecho de respirar, pero la necesidad que sentía Kipling de estar cerca de ella tenía muy poco que ver con el deseo sexual y mucho con la necesidad de protegerla. Quería encontrar y derrotar a los dragones que la acechaban. Pero no era tan fácil. Destiny había sido destrozada por algo a lo que él no podía atacar ni desafiar. Había sido herida por su propio corazón.

Recorrió el metro y medio que los separaba y le tocó la mano. Destiny movió el brazo para poder entrelazar los dedos con los suyos y le dirigió una sonrisa que no alcanzó sus ojos.

—Gracias por venir —le dijo con voz queda—. Siento no ser mejor compañía.

—No estoy aquí para que me entretengas. He venido a ver cómo estás.

La había llamado un par de veces y se dejó caer por su casa después de la cena. Starr ya se había acostado. Destiny le había explicado a Kipling que su hermana había estado demasiado nerviosa planeando lo de la escapada como para poder dormir bien durante las dos noches anteriores.

—Deberías regañarme —le dijo Destiny—. Me lo merezco.

—No, no es cierto.

—Claro que sí. No me esforcé lo suficiente cuando Starr llegó. No la hice sentirse segura y a salvo. Pensaba que quería volver al internado. Y yo quería que volviera porque para mí era lo más fácil.

Kipling se acercó un poco más y se volvió hacia ella.

—Eh, castigarte no va a solucionar nada.

—La herí —sus enormes ojos verdes se llenaron de lágrimas—. Soy una hermana terrible.

—La aceptaste a tu lado. Le has dado un hogar.

—Un hogar temporal —tragó saliva—. Eso no es suficiente. No entiendo cómo no me di cuenta desde el principio. Ella necesita algo estable.

Lo cual era un problema, pensó Kipling, teniendo en cuenta las características del trabajo de Destiny.

—Vas a renunciar.

Destiny le miró.

—¿Cómo lo has sabido?

—Es lo mejor que puedes hacer. Tú misma lo has dicho. Starr necesita algo permanente y tú vas a ofrecérselo. ¿Qué piensas hacer?

—Sinceramente, no tengo ni idea. Todavía estoy muy afectada por todo lo ocurrido. Me cuesta creer que Starr estuviera tan descontenta y yo no lo supiera. Supongo que solo veía lo que quería ver. Además, tampoco puede decirse que nos conozcamos desde hace mucho tiempo. Estoy sobrepasada por todo lo que ha pasado.

—Entonces busca ayuda.

Destiny esbozó una sonrisa ladeada.

—¿Ya estás ofreciendo soluciones?

Kipling alzó la mano.

—De ningún modo. Todo esto está muy por encima de mi nivel. Consigue ayuda de alguien que sepa realmente lo que hace. Esto es como cuando se es un deportista. Te lesionas algo y necesitas arreglarlo. Con cirugía, fisioterapia, con lo que sea necesario.

—¿Te refieres a un psicólogo de familia? Nunca había pensado en ello —soltó una risa—. Teniendo en cuenta la historia de mi familia, podríamos ser un caso de estudio. Un psicólogo. Sí, es una buena idea. Starr necesita alguien con quien pueda hablar con plena confianza. Sé que esa persona tendría que ser yo, pero estoy segura de que necesita hablar de mí con alguien. Y yo necesito ser capaz de compartir mis sentimientos.

Kipling se mantenía deliberadamente en silencio, dejando que fuera Destiny la que fuera analizando la situación. Sospechaba que la mayoría de las mujeres que conocía hablarían de un caso como el de Starr con una amiga. Pero Destiny mantenía el mundo a distancia. Él comprendía algunas de sus razones. Otras, las imaginaba. Era curioso que ser rico y famoso pareciera un sueño hecho realidad. Pero, para aquellos que lo vivían, era cualquier cosa menos eso.

Destiny tomó aire.

—Gracias por escuchar.

—Cuando quieras.

—Y por la ayuda que me has prestado hoy. Estaba aterrada, no entendía nada. Yo soy, supuestamente, la que sabe plantear los criterios de búsqueda. Yo soy la experta. Pero, a pesar de que debería haber sido yo la que estuviera a cargo de todo, me he derrumbado.

—No se trataba de un entrenamiento. Era alguien de tu familia.

Destiny sacudió la cabeza.

—Habría decepcionado a mi abuela Nell.

Kipling se levantó, tiró de ella y la estrechó contra él. Destiny cedió inmediatamente a su abrazo. Él la rodeó con los brazos y aspiró su esencia.

—Tu abuela te diría que querer a alguien nunca está mal —la corrigió—. Te diría que renunciar es el único error imperdonable. Aunque ella te lo diría con un precioso acento sureño.

Destiny se echó a reír, y después a llorar. Él continuó abrazándola, acariciándole la espalda y susurrando que todo iba a salir bien. Y, por razones que no se cuestionó, ella le creyó.

Destiny y Cassidy llegaron al Bar de Jo a la hora de comer. La primera estaba deseando reunirse con sus amigas. Estaba emocionalmente agotada y añoraba el apoyo que iba a encontrar en aquella mesa. Las últimas cuarenta y ocho horas habían sido una maratón emocional. Starr se había escapado y había vuelto a casa. Se habían comprometido a convertirse en una familia y Destiny había dado la noticia de su próxima renuncia en el trabajo.

Había docenas de decisiones que tomar. ¿Dónde iban a instalarse en Fool's Gold? ¿Cómo iba a organizar su vida? La lista continuaba. Durante la siguiente hora, lo único que quería era estar junto a gente que la apreciaba y reír un poco. Y también le apetecía comer unos nachos.

Intentó recordar la última vez que se había sentido así con un grupo de mujeres en su vida. A lo mejor en la universidad, pensó. Su constante negativa a relacionarse con la gente había hecho de la suya una triste y solitaria existencia. Sin apoyos, sin amor, sin ningún sentimiento de pertenencia. ¿En qué demonios había estado pensando?

—¿Así que esto es algo habitual? —preguntó Cassidy mientras entraban en el bar.

—Algo así. Se envía un mensaje por teléfono y quien

quiere viene –Destiny miró a un par de sus amigas, que se habían sentado ya en una mesa–. Ahí están.

Madeline y Felicia las saludaron con la mano. Destiny presentó a Cassidy, que se sentó al lado de Madeline.

–¿Qué tal estás? –preguntó Madeline–. En Luna de Papel nos vamos a volver locas. Acaba de llegarnos un nuevo envío de trajes de boda. La gente probablemente imagina que llegan en furgonetas enormes, envueltos en papel de seda y con un aspecto fantástico. La verdad es que van apretados hasta lo imposible en cajas absurdamente pequeñas y tenemos que colgarlos y vaporizarlos –giró los hombros–. Me duele todo. Necesito carbohidratos.

Destiny se inclinó y abrazó a su amiga.

–Gracias.

–¿Por qué?

–Por comportarte con tanta naturalidad. Hoy necesitaba algo de normalidad.

Algo que le recordara que la vida continuaba, y que cada crisis era diferente. Unas eran pequeñas, otras enormes, pero todas igualmente demandantes.

–¿Planchar y vaporizar los vestidos te haría sentirte mejor? Porque tengo mucho trabajo que ofrecerte.

–Dime cuándo me necesitas y allí estaré.

Larissa se unió a ellas, junto a Patience, que llegaba desde el Brew-haha. Jo tomó nota de lo que iban a beber, les informó de cuál era el nacho especial del día y las dejó para que pudieran hablar.

Felicia se inclinó hacia Cassidy.

–He oído decir que tienes caballos y perros entrenados y vas a traerlos a la ciudad.

Patience abrió los ojos como platos.

–¿Entrenados de qué manera? ¿Para hacer espectáculos? Porque a Lillie y a mí nos encantan. Nos encantan las fiestas, pero no hay suficientes espectáculos con animales –suspiró.

–Tenemos a Priscilla –dijo Felicia–. Aunque supongo que no podemos decir que haga nada fuera de lo normal.

–Es una elefanta –repuso Madeline–. Con el mero hecho de aparecer, ya hace bastante.

Cassidy parpadeó un par de veces, como si tuviera problemas para seguir aquella conversación.

–De acuerdo –dijo lentamente–. No son animales de circo. Mis caballos y mis perros están entrenados para trabajar. Son perros que ayudan en operaciones de búsqueda y rescate.

–HERO –Patience asintió comprendiendo–. Me encanta –suspiró.

Felicia se volvió hacia ella.

–Hoy estás de un humor muy extraño. Y has suspirado varias veces. Es muy significativo –frunció el ceño–. Aunque es posible que lo que acabo de decir no tenga realmente sentido. Un suspiro es simplemente una respuesta voluntaria o involuntaria a...

–Estoy embarazada.

La mesa se quedó en silencio durante un par de segundos antes de estallar en una explosión de risas y felicitaciones.

Patience sonrió radiante.

–Lo sé –dijo–. Yo también estoy sorprendida. Bueno, en realidad, no estoy sorprendida. Estábamos intentándolo. Pero durante algún tiempo, no estuvimos seguros de si queríamos tener más hijos. Creo que Justice creía que yo no quería más hijos. Pero sí quiero, y ahora estoy embarazada.

Destiny añadió sus felicitaciones a la conversación e incluso se descubrió a sí misma preguntándose por su propia situación. Un par de días atrás, habría oído aquella noticia sabiendo que nunca conocería al hijo de Patience. Que para cuando naciera, ella no estaría. Pero todo aquello había cambiado. No solo el hecho de que pudiera llegar a ver al hijo de Patience, sino su futuro. Iba a establecerse en un lugar. Lo cual significaba que, en algún momento, tendría amigas durante mucho tiempo. Amigas que se casarían, se quedarían embarazadas y tendrían hijos, y ella estaría allí, formando parte de todo ello.

Estaba haciendo lo mejor por su familia. Porque quería. Y se sentía bien.

Jo llevó varias botellas de champán y un vaso de agua con gas adornado con lima. Todo el mundo en el restaurante brindó por la buena noticia de Patience.

Más tarde, cuando terminaron de comer, Cassidy regresó a la oficina que compartía con Kipling mientras Destiny salía con Felicia. Las dos últimas se dirigieron hacia el parque.

—Hoy me siento especialmente perspicaz —dijo Felicia—, así que voy a hacer una pregunta. ¿Va todo bien? Hoy en el almuerzo has estado más callada que de costumbre.

—Estoy bien, aunque enfrentándome a cierto asunto familiar.

Felicia señaló uno de los bancos que había frente al lago.

—¿Quieres que hablemos sobre ello?

Destiny comenzó a decir que no, pero se descubrió a sí misma asintiendo. Cuando se sentaron, permaneció en silencio, sin saber por dónde comenzar.

—Ya conoces a mi familia —dijo al cabo de un par de segundos—. Sabes quiénes son mis padres.

—Sí. Son cantantes de *country*. Me gusta la música *country*. Cuenta historias. He aprendido mucho de la vida a través de la música *country*. Tanto tu padre como tu madre tienen una excelente musicalidad.

—Eh, gracias —era un cumplido extraño, pero sabía que la intención de Felicia era buena—. Starr es mi hermana por parte de padre. Hace un par de meses el abogado de mi padre se puso en contacto conmigo.

Destiny le habló de cómo había aceptado hacerse cargo de Starr y de lo mal que habían ido las cosas. Terminó contándole la fuga de la adolescente y cómo se habían comprometido a formar una familia.

–Yo también pasé por la experiencia de que se te escape un niño –confesó Felicia–. Aunque la fuga de Carter fue fingida. Aun así, no he pasado más miedo en toda mi vida. No es una experiencia que quiera repetir.

–Yo tampoco.

–Busqué información sobre la conducta de los adolescentes para saber cómo manejar esas situaciones en el futuro, pero, al parecer, no hay una sola escuela al respecto. Y muchas de esas teorías son contradictorias –sacudió la cabeza–. Esa es la razón por la que prefiero las ciencias puras. Quiero que un hecho sea un hecho. Inalterable. Pero la gente no es como la fuerza de la gravedad.

Destiny asintió, pensando que aquella no era la analogía que ella hubiera utilizado, pero que, en realidad, era cierto.

–Carter tenía trece años cuando vino a vivir con nosotros. Era un niño muy normal y muy centrado en sí mismo, algo que yo respetaba y admiraba. Me ha enseñado mucho sobre la vida y la gente. Ahora, observar el desarrollo del cerebro de Ellie con cada nueva experiencia me está enseñando mucho sobre lo que significa ser humano. Lo único que puedo decirte es que querer a un niño nunca está mal. Vas a equivocarte, eso no puedes evitarlo. Somos humanos. La diferencia está en cómo nos enfrentamos a los errores.

–Eso lo comprendo. Sé que no he estado siempre a disposición de Starr. Pensaba que hacía lo correcto al enviarla de nuevo al internado, cuando, en realidad, era lo que me resultaba más fácil a mí –Destiny titubeó un instante, pensando en la conversación que había mantenido con Kipling–. Estoy pensando en buscar un psicólogo.

–Nosotros lo hicimos –le dijo Felicia.

–¿De verdad?

Su amiga se encogió de hombros.

–La psicología es una disciplina hacia la que tengo sentimientos ambivalentes. Hay demasiadas variables. Pero Gideon ya había sufrido mucho, yo no tenía ninguna experiencia en una unidad familiar tradicional y Carter había perdido a su madre un año antes. Necesitábamos ayuda. La terapia nos unió. La ayuda de una tercera parte que no estaba directamente involucrada nos ayudó a establecer las normas de la casa y a iniciar procesos que nos han ayudado a crear un fuerte vínculo. Si quieres, puedo darte su nombre.

—Me encantaría, gracias.

Felicia le sonrió.

—Starr es una niña muy dulce. Creo que crear una relación más íntima con ella te va a resultar muy gratificante.

—Sí, yo también lo creo.

Más tarde, estando ya en la oficina, descubrió que se sentía mucho más liviana. Como si, de alguna manera, hubiera aligerado el peso que llevaba encima. Suponía que, en cierto modo, así había sido. Sus amigos la estaban ayudando a llevar aquella carga. Amigos que podían ofrecerle consejo y que estaban a su lado cuando los necesitaba.

Algo que no había tenido nunca. Y por elección propia. Qué tonta había sido, pensó. ¡Cuántas cosas se había perdido!

Nick le tendió a Kipling una botella de agua y se retiró detrás de la barra. Kipling miró a su alrededor, contemplando el resultado de su esfuerzo, y tuvo que admitir que había hecho un trabajo endemoniadamente bueno. The Man Cave era tal y como lo había imaginado. Desde la decoración hasta las pizarras del menú, todo era muy masculino. Aunque las mujeres siempre serían bienvenidas, aquel era un lugar al que un tipo podía ir con sus amigos para tomarse una cerveza, comer una hamburguesa y disfrutar tranquilamente de un partido.

Miró a los otros hombres que estaban sentados alrededor de la mesa. Sus amigos y él habían acordado reunirse cada quince días durante los primeros dos meses de apertura. Después, en cuanto las cosas comenzaran a fluir solas, pasarían a mantener una reunión mensual.

Hasta ese momento no había surgido ningún tema inesperado de discusión. La clientela era estable y las quejas mínimas. Nick estaba haciendo un gran trabajo como director. Kipling miró el reloj y calculó que podría estar fuera al cabo de una hora. Lo cual le iba perfecto, porque quería ir a ver a Destiny.

Las cosas entre Starr y ella parecían haberse asentado. Destiny tenía ya el nombre de un psicólogo que quería que las atendiera y había acordado una primera cita. Lo cual significaba que su hermana dejaría de consumirle tanto tiempo. Algo que encajaba adecuadamente en los planes de Kipling. Porque todavía le debía un orgasmo.

El problema era cómo llevarla hasta allí. No la logística del orgasmo en concreto. Confiaba en ser capaz de provocárselo cuando llegara el momento. La cuestión era, más exactamente, cómo conseguir llegar a aquel momento, por así decirlo. No podía limitarse a quedar con ella o dejarse caer por su casa y hacerlo.

Sam Ridge entró en The Man Cave y se dirigió lentamente hacia la mesa. Todo el mundo le saludó. Se sentó y Nick le llevó un refresco.

—Eres el último en llegar —señaló Gideon—. Empecemos la reunión.

Kipling se reclinó en su asiento y esperó a que comenzaran a lloverle los elogios. El negocio funcionaba perfectamente y los karaokes nocturnos eran un gran éxito, y todo había sido idea suya. Había localizado un problema y lo había solucionado. A veces era bueno ser como él.

—Tenemos un problema —anunció Sam.

Sam era el jugador retirado de la Liga de Fútbol Profesional que trabajaba como relaciones públicas. Era el genio de las finanzas del grupo, así que era él el que se ocupaba de la parte monetaria del negocio.

–¿Qué problema? –preguntó Ford Hendrix.

–Los ingresos están bajando –respondió.

–Es imposible –le discutió Kipling–. Estamos llenos cada noche.

–Menos de lo que estábamos –Sam sacó su *tablet* y la giró para mostrársela al resto de los reunidos alrededor de aquella enorme mesa–. La primera semana fue excelente, pero, desde entonces, el negocio está declinando.

–Ya no somos una novedad –argumentó Kipling–. Pero sigue viniendo mucha gente.

Josh Golden, un antiguo campeón de ciclismo y ganador del Tour de Francia, sacudió la cabeza.

–No es que nosotros estemos haciendo nada mal. El problema es Jo.

El resto de hombres asintió y Kipling frunció el ceño.

–¿Quién es Jo?

–Jo Trellis, ya sabes, la propietaria de el Bar de Jo –contestó Sam.

–¿De ese bar de mujeres? Imposible –Kipling señaló a su alrededor–. No tenemos nada en común. Su local está dirigido a mujeres. Por eso decidimos abrir un bar como The Man Cave. Tener un lugar en el que poder ver deportes y en el que no tuviéramos que soportar programas sobre tiendas ni paredes rosas.

–Son de color malva –le corrigió Ford, y se encogió de hombros–. No es lo mismo que el rosa.

–Como sea –Kipling miró atentamente a sus amigos–. ¿Lo estáis diciendo en serio?

–Es un problema serio –respondió Gideon–. Deberíamos haber hablado con Jo antes de abrir. Sin su apoyo, estamos perdidos.

–¿Pero por qué? –preguntó Kipling–. Hay negocio suficiente para los dos establecimientos.

–Técnicamente –repuso Josh–. Pero la cuestión no es tan fácil. Todos estamos casados y si nuestras esposas quieren que apoyemos al Bar de Jo en vez de a The Cave Man, eso es lo que haremos.

—¡Pero sois propietarios de este negocio! Supongo que es algo que hablasteis con vuestras esposas. ¿Ellas no estaban de acuerdo?

Los demás hombres intercambiaron miradas.

—En teoría —contestó Ford—. Pero ahora que hemos abierto, Jo no está muy contenta. Ese bar es una parte muy importante de sus vidas. Jo es su amiga. Siempre está allí cuando hablan de sus cosas.

Kipling tenía la sensación de haberse adentrado en un universo paralelo.

—No lo entiendo. Todos vosotros os quejabais de que no había un bar para salir con los amigos en esta ciudad. Hicimos una tormenta de ideas y se nos ocurrió abrir este establecimiento. Somos socios a partes iguales. Todos pusimos dinero. ¿Y ahora me estáis diciendo que tenéis miedo porque Jo no está contenta?

Sam asintió.

—Acabas de resumirlo.

—¿Pero cómo es posible? Tú eras jugador de fútbol profesional.

—¿Y eso qué tiene que ver con esto?

Al día siguiente, Kipling continuaba molesto con sus socios. Tenían un problema y él lo había solucionado. Sin embargo, estaban quejándose como niñitas. En serio, se suponía que habían demostrado la necesidad de tener un lugar al que los hombres pudieran ir y sentirse como hombres. Menuda panda de flojos.

Estuvo gruñendo durante todo el trayecto desde Mother Bear Road hasta el lugar en el que Cassidy, Destiny y él harían la primera práctica de búsqueda.

Por suerte, él iba en su camioneta. Cassidy se había adelantado para perderse en el bosque. El plan era que se adentrara cerca de un kilómetro y esperara. Destiny y él calibrarían los equipos y la buscarían. Si no la habían encontrado para las once y media, ella tendría que volver.

Kipling aparcó en una pequeña zona de aparcamiento que había en un prado y vio que Destiny ya estaba allí. En cuanto la vio junto al coche, sosteniendo un mapa, sintió que cedía la tensión.

Destiny se volvió mientras él se acercaba y aparcaba y cuando le vio salir de la camioneta, le sonrió. Entonces comenzó a bullir una tensión completamente diferente dentro de Kipling, pero la ignoró. Al menos, de momento.

—Hola —le saludó Destiny mientras él se acercaba—. ¿Preparado para la primera prueba?

Tenía muy buen aspecto, pensó Kipling. Parecía más relajada que la última vez que la había visto.

—Todo lo preparado que puedo estar. ¿Cómo te encuentras?

—Mejor. Starr y yo todavía estamos intentando encontrar la manera de relacionarnos, pero todo va bien —inclinó la cabeza—. Gracias por ayudarme. No sé cómo podría habérmelas arreglado sin ti.

—Me alegro de haberte ayudado.

Se miraron el uno al otro durante un segundo.

No había ningún coche en la carretera cercana. Lo único que se oía era el canto de los pájaros y el susurro de la brisa entre los árboles. Kipling sabía que estaba en la montaña, pero, aquel día, estar allí no le inquietaba. No había nieve. Además, tener cerca a Destiny parecía hacerle sentirse mejor en todos los sentidos.

Bajó la mirada hacia su boca. Una boca llena y libre de brillo o lápiz de labios. Podía contar las pecas que le cubrían la nariz. Cuando aspiró, percibió el olor a jabón y, quizá, también el de su propia esencia, sin ninguna otra distracción.

Él no tenía ningún plan, más allá de encontrar a Cassidy, así que no esperaba dar un paso adelante y abrazar a Destiny. Pero cuando lo hizo, le gustó sentirla estrechándose contra él. Le gustó el calor de su cuerpo y la sensación de su espalda y sus caderas contra sus manos. Era una mujer fuerte, pero, al mismo tiempo, tenía la delicadeza de una mujer.

Fue lentamente, dándole tiempo a acostumbrarse y a retroceder si así lo necesitaba. Porque Destiny no tenía tanta experiencia como él había pensado y estaba decidido a hacer las cosas bien. Pero sentía una necesidad imperiosa de besarla.

Destiny permitió que la sensación de seguridad la rodeara. Cuando estaba cerca de Kipling tenía la sensación de que todo encajaba en su lugar. Quizá fuera por su determinación de arreglarlo todo. Una característica que podría resultar irritante, pero que, curiosamente, no lo era. Le gustaba su manera de hacerse cargo de todo. Era como si él supiera lo que había que hacer en todo momento. Porque, la mitad del tiempo, ella fingía saberlo.

La mirada de Kipling era intensa, casi la de un depredador. Pero no se acercaba ni intentaba tocarla más allá del abrazo. Era curioso que le bastara estar siendo abrazada por él para que se le removiera el estómago. Un cosquilleo extraño recorría su cuerpo y hacía que le resultara difícil respirar.

Ella posaba las manos en la parte superior de los brazos de Kipling. Trepó lentamente hasta sus hombros y pudo sentir cómo se tensaban sus músculos bajo la piel.

Todo en aquel momento era agradable. Y correcto. Y cuando Kipling bajó por fin la cabeza para presionar los labios contra los suyos, se inclinó contra él para permitir que el beso fluyera.

Los labios de Kipling eran cálidos y firmes, pero continuaban siendo tiernos. A Destiny le gustaba sentir cómo encajaban juntos. Le gustaba la manera de moverse de Kipling, hacia atrás y hacia delante, pero sin profundizar el beso. Le gustaba notar sus muslos anidando contra los suyos y sus senos rozando ligeramente el pecho de Kipling. Se sentía como si fuera un tesoro. Una palabra ridícula, pero así era.

Movió los dedos contra las frías y sedosas hebras de su pelo. Él le acarició la espalda y se detuvo justo en las caderas. Sin dejar de besarla.

Kipling la provocaba con una suave tensión mientras descendía desde la boca hasta la mandíbula y después continuaba hacia el cuello. Una vez allí, la mordisqueó delicadamente. A Destiny se le puso la piel de gallina y se estremeció ligeramente. Comenzó a sentir un dolor anhelante en los senos y recordó lo mucho que le había gustado que Kipling los acariciara aquella noche.

Habían estado desnudos, pensó mientras él giraba hacia la sensible piel de detrás de su oreja. Sintió de nuevo un mordisqueo, seguido por la rápida caricia de la lengua. Se le aceleró ligeramente la respiración y los recuerdos volvieron a inundar su mente.

El recuerdo de su aspecto. De la sensación de Kipling encima de ella. Había sido algo verdaderamente agradable. Y cuando le había succionado los pezones... Aquello había sido lo mejor.

El calor y la presión parecían crecer dentro de ella. Y sentía inesperados anhelos. En los senos henchidos y entre los muslos notaba una pesadez extraña. No era dolor exactamente, sino un desasosiego que no tenía nada que ver con la necesidad de cantar y estaba totalmente relacionado con el hombre que la abrazaba.

—Kipling —susurró.

Y antes de que pudiera decirle lo que quería, lo cual no

era tarea fácil, teniendo en cuenta que no tenía la menor idea, él volvió a besarla.

En el instante en el que sintió sus labios sobre los suyos, los entreabrió. Quería, no, necesitaba sentirle dentro de ella. Necesitaba el baile de su lengua alrededor de la suya.

Kipling no la decepcionó. Se hundió en su boca como si necesitara aquella conexión tanto como ella. Destiny devolvió caricia por caricia, ansiando mucho más. Al mismo tiempo, se inclinó contra él, deseando que su cuerpo la tocara por todas partes. Destiny arqueó las caderas y estrechó su vientre plano contra el inesperado y duro abultamiento de Kipling.

Por un instante, se sintió confusa. Pero después lo comprendió: estaba excitado.

¡Lo había conseguido! Le había provocado a Kipling una erección. La euforia se sumó a la pasión y despertó en ella una sensación de poder. Sin estar muy segura de qué hacer, le besó profundamente. Al mismo tiempo, movió las caderas y presionó su vientre contra él.

Kipling bajó las manos hasta sus caderas y la sostuvo en su lugar. Destiny sintió los dedos de Kipling hundiéndose en ella y oyó un grave gemido. No estaba segura de si procedía de sus labios o de los de Kipling, pero no le importó. El dolor, el calor y la tensión comenzaron a traducirse en una única palabra: deseo.

Deseaba a Kipling. Deseaba estar con él como habían estado en el bar. No importaba que el final hubiera sido tan extraño y decepcionante. Quería hacerlo otra vez. Lo deseaba con intensidad. Lo cual no tenía ningún sentido.

Por un instante, pensó en que se desnudaran allí, sobre la hierba. El sol calentaría sus cuerpos desnudos. Podrían tomarse más tiempo y...

Kipling retrocedió.

—Para ser alguien que acaba de perder la virginidad, vas muy lanzada.

Tenía problemas para respirar y su mirada parecía un poco vidriosa. Destiny estaba demasiado alterada como para fijarse en nada más. Porque mientras ella miraba, Kipling se iba apartando.

–¿Ya hemos terminado? –¿ya habían puesto fin a aquellos deliciosos besos y a aquellas emocionantes caricias?

Kipling le dirigió una de sus sonrisas más sexys.

–Hemos venido aquí a trabajar. Cassidy se debe de estar preguntando por qué no la buscamos.

–¡Ah!

Exacto. Tenían trabajo que hacer. Estaban en un terreno muy trillado para ella. ¿Qué demonios le pasaba? No podían desnudarse y hacer «eso» en la cuneta. ¿En qué estaba pensando?

Tenía la desagradable sensación de que el problema tenía mucho que ver con el hecho de no estar pensando.

–Tienes razón –dijo, volviéndose para agarrar el equipo.

Pero, en vez de comenzar a caminar, trastabilló ligeramente. Era como si las piernas no le funcionaran bien. Y, pensando en ello, se sentía acalorada y desorientada. ¿Estaría pillando la gripe?

Se volvió para enfrentarse a Kipling.

–Has sido tú –le acusó–. Has sido tú el que me ha hecho esto.

–¿Te he hecho qué?

–No lo sé, algo. No estoy bien.

–A mí me parece que estás bastante bien –tenía una expresión irritantemente satisfecha.

¿Pero por qué? Kipling no era...

Se quedó helada.

–Tú arreglas cosas. Y crees que yo tengo algo que hay que arreglar –comenzaban a encajar todas las piezas en su lugar–. Quieres que tenga un orgasmo. Estás intentando hacerme cambiar de opinión sobre el sexo. Quieres que me guste.

La última frase fue más una acusación que una afirmación.

–Estás intentando arrastrarme –cuadró los hombros–. Pero eso no va a ocurrir. Soy más fuerte que cualquier necesidad biológica.

Kipling no se mostró en absoluto desalentado por su diatriba. Si acaso, ensanchó incluso más su sonrisa.

–¿De verdad?

–Absolutamente.

–¿No corres ningún riesgo?

–Ni siquiera un poco.

–Estupendo. Ven a cenar el viernes conmigo. A mi casa –antes de que ella dijera nada, alzó la mano–. No nos quitaremos ni una sola prenda de ropa. Te doy mi palabra.

Qué decepción.

Destiny no sabía de dónde había salido aquel pensamiento, pero lo ignoró.

–Muy bien. Iré a cenar contigo y ya veremos. Ahora que ya sé lo que te propones, seré mucho más fuerte. Como una roca. No tengo ningún interés en el sexo. Ni contigo ni con nadie.

Kipling se acercó al final de su camioneta y bajó la puerta. Le tendió a Destiny una mochila.

–Tú tienes la última palabra –le advirtió–. Ahora, vamos a buscar a Cassidy.

Capítulo 14

—Prueba a hacer esto —propuso Destiny y tocó un acorde de la guitarra—. El ritmo es libre, así que resulta más difícil seguirlo. Le pregunté a papá en una ocasión que por qué había escrito esta canción de este modo y no tenía ninguna explicación. Creo que estaba borracho.

Starr comenzó a reír.

—Antes bebía mucho. He leído algo sobre eso en Internet.

—No te creas todo lo que lees sobre papá —le advirtió Destiny—. Hay historias que la gente se inventa. Supongo que lo hacen para vender revistas o porque la gente que lo cuenta, de esa manera, puede fingir que tiene una relación cercana con él. Hay un par de biografías autorizadas sobre él. Una de ellas es bastante precisa, si quieres leerla.

—Me gustaría.

Starr probó de nuevo el acorde, aquella vez, cantando al mismo tiempo.

—Bien —musitó Destiny.

Esperaba que el concentrarse en la música le permitiera a su hermana olvidar lo terrible de aquella conversación. Ninguna adolescente debería tener que leer una biografía para saber algo sobre su padre. Y menos estando el padre en cuestión todavía vivo y en condiciones de pasar tiempo con ella. Pero esa no era la manera de hacer las cosas de

Jimmy Don. En aquel momento se encontraba en Europa, donde estaría de gira durante dos meses, y después viajaría a Asia. Lugares ambos en los que podría ser adorado por sus enardecidos fans.

Racionalmente, Destiny comprendía la necesidad de sentirse alguien relevante. Y, por lo que ella sabía, también había mucho dinero en juego. Su padre siempre había vivido a lo grande. Y siempre había sido un hombre generoso, ahí estaba su propio depósito bancario para demostrarlo. Aunque, a veces, aquella generosidad le había salido cara.

–*And in the night, I remember my denim promises. And think of you* –cantó, uniéndose a su hermana al final de la canción–. Dios mío, has estado practicando.

Starr sonrió.

–Y no solo eso. He aprendido mucho en el campamento. Las clases me han servido de ayuda y también he aprendido a tocar el teclado.

–Ahora que han terminado las clases, podríamos buscar un profesor en la ciudad –le ofreció Destiny–. Yo estoy encantada de enseñarte todo lo que sé, pero nunca he estudiado música.

Starr apoyó el brazo en la guitarra y sacudió la cabeza.

–No lo entiendes. Eres buenísima. Te nominaron a los Grammy cuando tenías, ¿cuántos? ¿Ocho años? Podrías haber triunfado en el mundo de la música. ¿Por qué no quieres ser como tus padres?

Dos semanas atrás, Destiny habría rechazado la pregunta o, como poco, habría intentado cambiar de tema. Pero había aprendido que la mejor manera de conectar con su hermana era a través de la conversación cariñosa y sincera. No era ninguna experta, pero había aprendido mucho en las dos sesiones de terapia familiar a las que había asistido.

–No me gustaría vivir en la carretera –comenzó a decir–. Ni siquiera llegas a conocer muchos de los lugares por los que pasas. Actúas, conduces durante toda la noche y vuelves a actuar al día siguiente. Si tienes un poco de suerte, dispones de unas cuantas horas para darte un paseo por la ciudad.

—¿Y cuándo ibas al colegio?

—Cuando estaba de gira con mis padres, no iba. O me llevaban un profesor. Otras veces, me dejaban en casa e iba al colegio.

Starr tocó unas notas con la guitarra.

—Pero nunca tenías la sensación de pertenecer a un lugar, ¿verdad? Viviendo así, te resultaría difícil hacer amigos.

—Sí, muy difícil.

—¿Y no crees que esa es la razón por la que ahora sigues viajando tanto? ¿Porque no sabes vivir en un solo lugar?

Una pregunta inesperada y perspicaz, pensó Destiny.

—No lo sé —admitió—. A lo mejor estoy reviviendo lo que sé.

Starr la miró de reojo y desvió la mirada.

—¿Te sientes sola?

—A veces. Y cuando me siento sola, toco o escribo una canción. Pero aquí es diferente —reconoció—. Aquí tengo amistades como nunca las había tenido. La gente te deja formar parte de sus vidas.

—Es cierto —Starr sonrió—. Como en el campamento. Yo era una más del grupo. Es agradable sentir que perteneces a un lugar.

—Sí, lo es. Vamos a tener que pensar dónde vamos a vivir. Yo tengo un apartamento en Austin, pero es alquilado y demasiado pequeño para las dos. La verdad es que hace mucho tiempo que no tengo un verdadero hogar. Y lo que te dije es cierto, ya he hablado con mi empresa. Así que tendremos que buscar una casa o algún sitio para vivir.

Starr se la quedó mirando fijamente.

—¿De verdad vas a renunciar?

—Por supuesto. Tú necesitas estabilidad. La etapa del instituto es verdaderamente importante.

–Tú no fuiste al instituto.

–Lo sé y a veces pienso que ir habría sido bueno para mí. Un rito de paso, por así decirlo –se encogió de hombros–. No tenemos por qué decidirlo ya. Tienes tiempo para pensar en ello.

–¿Y si quiero quedarme aquí, en Fool's Gate? –Starr se mordió el labio inferior y añadió precipitadamente–: Las dos tenemos amigos aquí, ¿verdad? Y los colegios son muy buenos. Nos gusta la ciudad y tú estás saliendo con Kipling, así que la cosa podría funcionar.

El tono era esperanzado y abría los ojos como platos. Destiny tomó aire. Quedarse. Jamás había permanecido en un mismo lugar e, incluso siendo consciente de que necesitaría un hogar permanente para Starr, todavía lo veía como algo teórico más que como una realidad.

Quedarse les aportaría muchos beneficios, pensó. Como Starr había señalado, tenían amigos. Formaban parte de una comunidad. Le gustaba lo que hasta entonces había conocido de la ciudad. Era suficientemente grande como para tener cosas que hacer, pero no tanto como para no poder disfrutar de la sensación de pertenencia. Podían comprar una casa bonita, quizá una de aquellas casas antiguas en alguno de los barrios ya consolidados. Y arreglarla juntas. No sabía nada sobre remodelación, pero podían aprender juntas.

En cuanto a Kipling, no estaban saliendo. Eran amigos. Y se habían acostado. Y ella iba a ir a cenar a su casa. Pero aquello no significaba que estuvieran saliendo, ¿verdad? Porque Kipling no formaba parte de su plan. Era imposible que Kipling estuviera interesado en un matrimonio sin sexo. Y, para ser sincera, cuando estaba cerca de él, tampoco ella. Así que, ¿cómo iban a llegar a un acuerdo con todas aquellas hormonas revolucionadas? Tampoco Kipling le había pedido nada. Eran amigos. Su relación no tenía nada que ver con el amor ni nada parecido.

–¿Destiny?

–Lo siento –sacudió la cabeza, intentando despejarla–. Fool's Gold puede ser un buen lugar –le dijo a su hermana–. Estaré encantada de quedarme si eso es lo que tú quieres.

–¿De verdad?

Starr dejó la guitarra y se arrojó a sus brazos. Se abrazaron. Starr regresó saltando al cojín en el que estaba sentada y sonrió.

–Es genial. Porque he estado pensando en montar un grupo.

–¿Qué?

–Un grupo de chicas. Los chicos lo complican todo. Tocaremos y compondremos canciones. Será genial.

Destiny luchó contra un incipiente dolor de cabeza.

–No sé qué decir –admitió.

Starr se echó a reír.

–Ya te irás haciendo a la idea. Mientras tanto, necesito comenzar a componer canciones y no sé cómo hacerlo. ¿Cómo lo haces tú?

Destiny todavía estaba pensando en su intención de formar un grupo de chicas y le estaba costando reaccionar. Decidió que era preferible dejar sus preocupaciones o, mejor dicho, su terror, por el hecho de que Starr formara parte de una banda de música para una de las sesiones de terapia. En cambio, optó por decirle a su hermana:

–Espera un momento.

Se dirigió al dormitorio y tomó la baqueteada libreta que tenía en la mesilla de noche. Después, regresó al cuarto de estar.

–Así es como lo hago yo –le explicó a su hermana mientras se sentaba a su lado–. Soy de la vieja escuela. Si quieres intentarlo con el teclado directamente, hay muchos programas que pueden ayudarte. Yo escribo primero la letra y después busco la melodía. A veces llegan juntas, pero no es lo más frecuente.

Pasó las páginas hasta encontrar la canción que más le gustaba de las que estaba componiendo en aquel momento.

–Esta es una canción en la que estoy trabajando. Estoy a punto de terminarla, pero todavía no está acabada.

Starr se inclinó por encima del hombro de Destiny.

–*Ni siquiera sabemos confiar, no sabemos cómo vivir* –leyó. Tomó la guitarra y tocó un par de acordes–. ¿En qué estabas pensando?

–No lo sé –Destiny rasgueó la guitarra con ella y pasó la página–. Aquí está la melodía con la que la he estado tocando. ¿Sabes leer música?

Starr miró las notas y las tocó con la guitarra. Destiny cerró los ojos y escuchó. Al cabo de un par de segundos, comprendió lo que faltaba.

–¿Qué te parece esto? –preguntó, cambiando uno de los acordes y volviendo de nuevo a la letra–. *Desde el fondo de la habitación, la distancia está clara. Te veo a través del desamor, tú me ves a través del temor.*

Starr asintió y se sumó a ella.

–*El tiempo que pasamos juntos, la vida que pudimos encontrar. Tú podrías ser mi mayor arrepentimiento, yo podría ser la paz de tu alma* –cantaron.

Starr se interrumpió de pronto.

–¿Esta pretendía ser una canción romántica? Porque, en cierto modo, es como si estuvieras hablando de nosotras.

Destiny levantó la mirada de la hoja.

–No lo había visto antes, pero tienes razón.

Starr se sonrojó y bajó de nuevo la mirada hacia el papel.

–¿Y si cambias el final?

Dos horas después habían terminado la canción. Destiny pidió una pizza y se sentó después al lado de Starr mientras esperaban a que se la llevaran. Le colocó un micrófono externo a su *tablet* electrónica para grabar la versión final. Cuando terminaron, rio encantada.

–Tenemos una gran canción.

–¿Tú crees? En realidad, yo no he ayudado mucho. Es tu canción.

—Es nuestra canción –la corrigió Destiny–. Eres una colaboradora estupenda. Deberíamos repetir la experiencia.

—Me encantaría.

Kipling sacó los filetes de la nevera y los dejó en el mostrador. Destiny estaba a punto de llegar y quería que la carne estuviera fuera de la nevera durante una hora por lo menos antes de ponerla en la parrilla.

Lo tenía todo preparado para la ensalada verde y le había pedido a ella que llevara una ensalada de patatas y el postre.

Todavía no estaba seguro de cómo iba a transcurrir la velada. Aunque seguía pensando en seducirla, había prometido no quitarle ni una sola pieza de ropa. Sonrió mientras se dirigía al cuarto de estar. Mantenerla vestida no implicaba que no pudiera intentar seducirla. A pesar de lo vergonzosa que había sido su primera actuación con ella, él tenía sus habilidades.

Pero esperaba algo más de aquella noche. Porque la verdad era que le gustaba estar con Destiny. Aunque solo fuera hablando. O riendo. Era una mujer interesante y divertida, y cuando estaba cerca de ella, el mundo le parecía un lugar mejor.

Sonó el timbre de la puerta a la hora exacta. Abrió la puerta y encontró a Destiny con dos recipientes de cristal, los dos cubiertos. Uno era un cuenco y el otro una fuente rectangular. Pero Kipling estaba mucho más interesado en la mujer que los llevaba que en su contenido.

—Hola –le saludó ella con una sonrisa titubeante.

—Pasa.

Retrocedió para permitir que entrara y después tomó el cuenco.

—¿Qué has traído?

—Ensalada de patatas asadas y tarta de malvavisco, chocolate y galletas. ¿Sabes que hay un libro de cocina de Fool's Gold? Lo encontré el otro día en la librería de Morgan y ya he hecho un par de recetas. Son realmente buenas.

Estaba nerviosa. Kipling lo notó en la velocidad a la que hablaba y en el hecho de que desviaba constantemente la mirada. Le gustaba saber que estaba un poco nerviosa. Aquello igualaba su situación. Porque le había bastado mirarla para quedarse sin habla.

Había cambiado los pantalones cargo y la camiseta por un vestido de tirantes de verano. El color verde claro contrastaba de forma muy bonita contra su piel.

El pelo lo llevaba suelto, ondulado, y se había maquillado ligeramente para la velada. Todas aquellas eran buenas señales. Aunque no hubieran utilizado en ningún momento la palabra «cita», Destiny se estaba comportando como si lo fuera.

Entraron en la cocina. Destiny dejó su plato sobre el mostrador. Él metió la ensalada en la nevera y se volvió hacia ella. Se acercó unos pasos, le tomó las manos, se inclinó y le rozó ligeramente los labios.

—Estás preciosa —musitó contra sus labios.

—Gracias.

—Esta noche va a ser divertida.

—Eso espero.

Kipling esbozó una sonrisa deslumbrante.

—Confía en mí.

Ella le miró a los ojos.

—Confío en ti, Kipling.

Kipling había estado con muchas mujeres a lo largo de los años. Cuando era más joven, se había aprovechado de todas las oportunidades que se le habían cruzado en el camino. A medida que había ido cumpliendo años, había ido interesándose más por la calidad que por la cantidad, pero siempre había tenido mujeres a su disposición.

Podía haber sido seducido, conquistado y noqueado

por diferentes mujeres, pero no recordaba a ninguna que le hubiera golpeado con tanta fuerza en las entrañas con solo unas palabras.

Quería decirle que hacía bien en confiar en él. Que la protegería, que estaría a su lado para hacerse cargo de todo. Pero estaban a punto de cenar juntos, no de casarse. La culpa la tenía aquella ciudad, se dijo. O el aspecto que tenía Destiny con aquel vestido. O lo enormes que parecían sus ojos cuando le miraba.

—¿Te apetece un poco de limonada?

—¿Limonada?

—¿Esperabas otra cosa?

El vino era algo más tradicional, pero no quería que Destiny estuviera preocupada por cómo iba evolucionando la velada. No servir alcohol era una manera de conseguir que se relajara.

Retrocedió, sirvió un vaso de limonada para cada uno y la condujo hacia el jardín.

La barbacoa estaba al final. Al lado de la puerta trasera había un par de tumbonas. Destiny ocupó una de ellas y Kipling se sentó en la otra.

—¿Cómo se encuentra Starr?

—Mejor. Ya hemos ido a un par de sesiones de terapia –sonrió–. No son como yo pensaba.

—¿Quiere decir que no te han tumbado en un diván y te han hecho hablar de tus sentimientos?

Destiny soltó una carcajada.

—No. Estamos sentadas hablando de nuestros problemas y la terapeuta nos ofrece sugerencias prácticas para abordarlos. Starr tiene que asumir tareas de la casa cada semana y disponer de una paga. Hemos hecho una lista de normas y castigos –lo explicaba con asombro.

—¿Y eso es bueno?

—Es curioso, pero sí. Creo que es bueno. Son las responsabilidades normales de una adolescente. Starr tendrá cierta regularidad en su vida. Las dos sabemos lo que esperamos y las consecuencias de que se incumpla una norma. De esa forma, no tengo que preocuparme por ser la mala de la película. Lo hemos negociado todo por adelantado, así ella participa en el proceso de toma de decisiones.

Kipling pensó en cómo había sido su infancia. En las veces que su padre le pegaba sin aparente razón y en las a menudo destructivas consecuencias de aquellos actos.

—Mis padres tendrían que haber utilizado un sistema como ese —continuó Destiny—. En mi casa no había normas. Lo que se podía hacer o no hacer cambiaba de un día para otro. Muchos de mis amigos lo envidiaban, pero te aseguro que no era tan divertido como sonaba.

—Nunca sabías si estabas haciendo las cosas bien —aventuró Kipling.

—Exacto. Y no quiero que Starr tenga que pasar por algo así. Quiero que se sienta segura —se volvió hacia él—. Tú te fuiste de casa siendo muy joven, ¿verdad? ¿Fue por el esquí?

—Ajá. Estuve viviendo con mi entrenador y su familia, y allí había montones de reglas. Incumplirlas no era una opción.

—¿Como cuáles?

—Había norma para todo, desde hacer diariamente los deberes y hacer ejercicio hasta lo que tenía que comer y las horas que debía dormir. Tenía que estar en plena forma para competir —le guiñó un ojo—. Mi cuerpo es un templo.

Destiny se echó a reír.

—Por supuesto que sí —tensó los labios—. Iba a hacer una broma sobre vírgenes vestales, pero, probablemente, no sea una buena idea.

—Lo es si quieres hablar sobre ello.

—¿De vírgenes vestales? Pues la verdad es que no.

—De tu virginidad.

Destiny bebió un sorbo de limonada.

–No es mi tema favorito.

Tampoco el de Kipling, pero todavía quedaban cosas por decir.

–Siento haberte hecho daño.

Destiny se volvió hacia él.

–No me hiciste daño. Es cierto que me dolió un poco, pero no fue gran cosa. El dolor, quiero decir –suspiró–. Ahora que estoy aprendiendo a vivir en familia, entiendo que tenías razón cuando me dijiste que debería habértelo dicho. En parte no lo hice porque no era capaz de pensar correctamente. Y en parte porque... –titubeó–, no puedo decir que me avergonzara exactamente. Pero sabía que ser virgen a mi edad me convertía en alguien diferente. Por supuesto, son muchas las cosas que me hacen diferente.

Desvió la mirada mientras hablaba, como si se sintiera insegura sobre la posible reacción de Kipling a lo que estaba diciendo.

–¿Por qué preocuparte por eso? Eres una mujer guapa, con talento, cariñosa. ¿Por que tienes la sensación de que no encajas?

–No tuve exactamente una infancia normal. No me relaciono muy bien con la gente.

A Kipling se le ocurrieron varias cosas al mismo tiempo. En primer lugar, que había ignorado totalmente sus cumplidos. ¿Porque no era capaz de creérselos? ¿Pensaría que no brillaba tanto como sus padres? En segundo lugar, él pensaba que Destiny se relacionaba maravillosamente con los demás, especialmente con él, y le gustaría poder hacer cosas mucho más divertidas con ella. Pero no era de eso de lo que estaban hablando en aquel momento.

–¿Quieres relacionarte bien con los demás? –le preguntó–. Esa norma de nada de sexo es muy extrema.

–Lo sé. Pero es por culpa de todo lo que he visto. La gente toma decisiones terriblemente equivocadas por culpa del sexo. Hacen cosas que no son racionales, que no están bien. Evitar el problema del todo me ha parecido siempre la mejor solución.

—Pero por una persona que hace las cosas mal, hay mil que son capaces de disfrutar de su vida sexual y actuar de forma responsable. Es como si dijeras que has visto a un niño con una rabieta en una tienda y, como no te ha gustado, has decidido no tener hijos.

—¿Qué os pasa a los hombres con la lógica? —le preguntó Destiny sonriéndole.

—Continúa con tus argumentaciones.

—Sigo pensando que el sexo es la raíz de todos los males.

—Sabes que no es cierto —respondió Kipling con delicadeza—. La gente se equivoca, el sexo es solo el sistema de ejecución.

—¿Estás intentando seducirme?

Kipling se echó a reír.

—No. Cuando te seduzca, no tendrás ninguna duda de cuáles son mis intenciones.

—Pienso resistirme.

Aunque estaba deseando celebrar su victoria, Kipling se esforzó en no reaccionar. Porque resistirse no era lo mismo que decir que no. Destiny no le había pedido que no la sedujera. Y eso significaba que quería que lo hiciera. Por lo menos a cierto nivel.

—Eres una mujer complicada —dijo Kipling.

—¿Eso es bueno o es malo?

—Eso es excelente.

La velada transcurrió rápidamente. Starr iba a pasar la noche con Abby, así que Destiny no tenía que andar pendiente de la hora. Aun así, la sorprendió descubrir que, para cuando terminaron la cena y el postre, eran más de las once. Había llegado a las seis. ¿Dónde demonios se habían metido aquellas cinco horas?

Kipling era un gran conversador, pero, aun así, ¿no se les deberían haber acabado ya las cosas que tenían que contarse? Aparentemente, no, pensó mientras dejaba con desgana la servilleta en la mesa.

—Es tarde. Debería marcharme.

Destiny le miró mientras hablaba, esperando que le pidiera que se quedara. O que le dirigiera una de aquellas miradas tan sexys y la abrazara. En cambio, Kipling miró el reloj y asintió.

—Te acompañaré a casa.

—Eh, gracias.

La intensidad de la decepción le resultó sorprendente. ¡Pues menudos planes de seducción!, pensó mientras se levantaba para llevar su plato a la cocina. Por supuesto, Kipling había prometido que aquella noche no sucedería nada y no le había mentido. Era un hombre de palabra. Aquello era bueno. Pero Destiny no podía evitar desear que se hubiera portado un poco mal.

—No te preocupes por la cocina —le dijo—. La recogeré cuando vuelva.

La condujo hasta la puerta de la calle. Ella le siguió con desgana y salieron a la noche.

El sol se había puesto hacía unas horas, pero todavía no había refrescado. El calor irradiaba desde las aceras y las calles, dando una sensación de verano. El aire olía a yerba recién cortada y a flores acabadas de florecer. La mayoría de las calles estaban a oscuras. Destiny podía oír el canto de los grillos y su propia respiración, pero poco más.

Kipling caminaba a su lado, suficientemente cerca como para que se supiera que estaban juntos, pero no tanto como para que se tocaran. Se descubrió a sí misma deseando que se acercara más para poder rozarlo. Y no acababa de entenderlo. ¿Qué había pasado con su plan de encontrar un hombre razonable con el que pudiera llegar a un acuerdo sobre cómo iba a ser su relación? En una relación como la que ella buscaba no había necesidad de rozarse. Y, aun así, eso era lo que quería en aquel momento.

Y besarle, pensó con añoranza. Un beso sería maravilloso. Con lengua. Y quizá algunas caricias. Porque echaba de menos sentir las manos de Kipling sobre sus senos. Y su boca. Sí, le gustaría sentir eso otra vez.

—Las estrellas están preciosas —dijo, intentando distraerse de sus obstinados pensamientos—. Me gusta poder verlas.

—A mí también. Echo de menos las estrellas cuando estoy en la gran ciudad.

Porque también las veía cuando estaba en las montañas.

Era extraño que Destiny no hubiera pensado hasta entonces en la anterior vida de Kipling. Tenía una ligera cojera y algunas cicatrices, pero, por lo demás, no sabía nada de cómo había sido su vida hasta entonces.

—¿No lo echas de menos? —preguntó sin pensar—. Me refiero a esquiar.

—Todos los días.

Destiny le dirigió una mirada fugaz.

—¿Porque no fuiste tú el que decidió dejarlo?

—En parte, y en parte también porque no puedo volver a esquiar. Probablemente, si tuviera que hacerlo, podría bajar una montaña esquiando, pero no sería agradable. Tengo que ir muy despacio, sin arriesgarme.

Había perdido parte de lo que era él. Destiny nunca había pensado en ello. No solo la fama y las recompensas, sino en la mera esencia de lo que le hacía ser quien era. Sería como si ella no pudiera volver a cantar o apreciar la música.

—Lo siento.

Kipling se encogió de hombros.

—Intento llevarlo como puedo.

—Has hecho mucho más que eso. Has sido capaz de crearte una nueva vida. Es impresionante.

Llegaron a su casa. Kipling la acompañó hasta el porche y se volvió hacia ella.

–No me conviertas en un héroe. Solo soy un tipo que intenta salir adelante. Hay muchos héroes auténticos en este mundo. Fíjate mejor en ellos.

Eran palabras destinadas a aumentar su admiración por él, pensó Destiny, dando un paso hacia él y anticipando un beso de buenas noches. Esperaba que se tomara su tiempo y prolongara aquel momento. Que la provocara antes de acariciar su lengua con la suya. Aquello sería...

Se inclinó y la besó suavemente en la mejilla.

–Gracias por una gran velada.

Destiny le miró fijamente.

–Eh, claro. Lo he pasado muy bien.

Esperó.

Kipling sonrió.

Y después se alejó caminando.

Destiny fue bajando la pantalla del ordenador porque la alternativa era lanzarlo contra el otro extremo de la habitación. Y nunca era una buena idea desahogar los sentimientos personales en una máquina inocente e indefensa. Y menos aún en una tan cara como su ordenador. Pero tenía ganas de tirar algo.

Kipling no la había besado. No había habido lengua ni cuerpos en tensión. ¿Qué había pasado con su intención de seducirla? ¿Habría cambiado de opinión? ¿Habría decidido que no merecía la pena tomarse tantas molestias? ¿Por qué estaría comportándose de aquella manera? Tenía ganas de patear el suelo. Y hasta de hacer pucheros, quizá.

En cambio, tomó aire un par de veces y volvió a concentrarse en la pantalla que tenía enfrente de ella. Tenía a su disposición información sobre una práctica de búsqueda. Podía actualizar los datos desde minuto a minuto hasta por horas. Kipling y ella habían localizado a Cassidy en cuarenta minutos. No era un tiempo récord, pero no había estado mal. La próxima vez la búsqueda sería más difícil y Cassidy se encargaría de realizarla. La tercera o la cuarta simulación incluiría voluntarios.

Iban según el calendario previsto, y los entrenamientos terminarían al cabo de cuatro o cinco semanas. Normalmente, Destiny estaría hablando ya de su siguiente misión. Pero aquella vez no. Starr y ella iban a quedarse en Fool's Gold y, sinceramente, Destiny no tenía la menor idea de lo que iba a hacer con su vida.

Tenía un título en Ingeniería Informática, pero no le entusiasmaba encontrar otro trabajo en aquel campo. Ella no era una persona con mentalidad informática. Lo que le gustaba de su trabajo era que le permitía ayudar a la gente. Pero no tenía muchas más competencias que pudiera utilizar en otros ámbitos.

Sabía que tenía suerte. El dinero no era un problema para ella. Gracias al depósito que tenía, podía vivir frugalmente sin trabajar. En gran parte porque, salvo para pagarse los estudios, jamás había tocado un céntimo de ese dinero.

Pero no iba a conformarse con vivir sin hacer nada. Además, vivir de forma frugal cuando se estaba sacando adelante a una adolescente no era posible. Quería comprar una casa para Starr y para ella. Y una hipoteca requería un trabajo.

Aun así, tenía el tiempo de su parte. Había una agencia de empleo en la ciudad. Podía acercarse y pedir que le hicieran uno de aquellos tests para saber qué se le daba bien. No creía que componer canciones y ser capaz de cantar le sirviera de mucho a la hora de encontrar trabajo.

Volvió a prestar atención a la pantalla y se concentró en estudiar los resultados de la primera práctica de búsqueda. Quería terminar el informe antes de regresar a casa.

Prácticamente había acabado cuando Cassidy entró en la oficina y se sentó en la silla que tenía Destiny delante de su mesa.

–Este es el lugar más raro en el que he estado en mi vida.

–¿Raro en el buen o en el mal sentido?

–Sobre todo en el bueno. Acabo de tomar una clase en el CDS.

Destiny frunció el ceño.

–¿Dónde está eso?

–Es la academia para guardaespaldas.

–¡Ah, sí! He oído hablar de ello. Una de mis amigas pone el grito en el cielo por lo que hacen allí.

–La clase ha sido matadora. La instructora se llama Consuelo Hendrix. Es una mujer pequeña, pero muy dura. Esta ha sido mi segunda clase, pero después de la primera, me dolían zonas de mi cuerpo en las que ni siquiera sabía que tenía músculos.

–Y te encantó –dijo Destiny.

Cassidy sonrió.

–Imagínatelo. En cualquier caso, estoy matriculada para dar dos clases por semana. Cuando he ido esta mañana, estaba participando Kent, su marido, pero he visto que la miraba de una forma muy extraña.

–No es un asesino en serie –la tranquilizó Destiny–. Está haciendo una apuesta con su hermano.

–¿Qué? ¿Y por eso va a vigilarla a la clase?

–No es tan sencillo. Esos tipos han hecho una apuesta para ver cuál de sus esposas se queda embarazada antes. No creo que ni Isabel ni Consuelo lo sepan. Supongo que Kent anda pendiente de ella, por si está embarazada.

Cassidy parpadeó.

–¿Pero qué cree que va a hacer él? Consuelo está dando su clase. Una persona que está en tan buena forma como ella debería seguir con su rutina habitual, a no ser que tenga algún problema. Y ni siquiera sabe si está embarazada.

–Ya lo sé. Sencillamente, te estoy contando lo que me han contado a mí.

Cassidy se reclinó en la silla y gimió.

—Esta es la ciudad más rara que he visto en mi vida.

Antes de que pudiera responder, a Destiny le sonó el teléfono móvil. Miró la pantalla y vio el identificador de llamadas.

—Hola, Starr —saludó—. Vives mejor que yo.

—No me he quedado a ensayar. Eh... ya sé que normalmente trabajas hasta las cinco, pero... ha venido alguien a casa.

En un primer momento, Destiny pensó que la persona en cuestión era Kipling. O quizá aquello fue lo que deseó. Le encantaría pasar la velada con él. Pero su hermana se mostraba más recelosa de lo que lo habría estado si hubiera sido Kipling y se habría limitado a decir su nombre.

—¿Quién?

Starr se aclaró la garganta.

—Tu madre.

Capítulo 15

Lacey Mills debía de tener cuarenta y muchos años, pero aparentaba treinta y cinco años y vestía de una forma que Kipling habría imaginado apropiada para una reina de la belleza de los años sesenta. Con aquel pelazo, el vestido entallado y los tacones, a su lado Dolly Parton parecía una puritana. Lacey tenía el pelo rojo en vez de rubio platino, pero aun así, lo llevaba muy voluminoso, ahuecado y lleno de rizos. ¿Qué querría eso decir? ¿Cuanto más voluminoso el pelo más cerca estaba de Dios? Kipling imaginaba que Lacey y el Altísimo tenían una muy buena relación.

Había pasado por la oficina de Destiny con la excusa de hacerle una consulta sobre el programa, pero, en realidad, quería verla y calibrar cómo había reaccionado a su cita. O, mejor dicho, a cómo había terminado la cita. Porque estaba convencido de que esperaba un poco de acción. Que era, exactamente, lo que él quería. Pero quería que comprendiera que había estado castigándola. De ese modo, cuando él volviera a hacer algún movimiento, se mostraría más receptiva.

Pero en vez de levantarse de un salto para saludarle, le había mirado con los ojos abiertos como platos y el semblante pálido y había colgado el teléfono. El anuncio de que su madre había ido a visitarla había llegado de forma inesperada y había despertado al mismo tiempo la curiosidad de Kipling y su instinto protector. Por ello se había ofrecido a ser el cuarto en la cena de aquella noche. Destiny había aceptado inmediatamente.

En aquel momento se encontraba preparando las bebidas en la pequeña cocina de Destiny mientras Starr permanecía tras él. Era evidente que no estaba segura de si debía reunirse con las mujeres que estaban en el cuarto de estar o no.

—Es muy famosa —susurró Starr—. Y muy guapa. Lo que quiero decir es que ya había visto lo guapa que era en la televisión y todas esas cosas, pero no estaba segura del aspecto que tendría en persona. Es muy guapa. Pero bajita. Pensaba que era más alta. Y es curioso que tanto ella como mi padre tengan el pelo rojo. No es muy habitual.

Lacey era unos cuantos centímetros más baja que su hija. Las dos compartían los ojos verdes y el pelo rojo, aunque sospechaba que los reflejos dorados del de Lacey eran teñidos.

—¿Has visto cómo va maquillada? —preguntó Starr sin alzar la voz—. Me pregunto si podría enseñarme a maquillarme.

—Estoy seguro de que le encantaría enseñarte unas cuantas cosas —contestó Kipling mientras añadía vermú dulce y vermú seco al hielo y la ginebra que había echado ya en la coctelera.

Lacey había dejado muy clara su petición.

Le había sonreído, con una experta y seductora sonrisa que, Kipling estaba seguro, había puesto de rodillas a hombres más fuertes que él. Pero él era inmune. Por supuesto que Lacey era muy guapa y, a pesar de la decepción de Starr, bastante alta, pero él tenía su atención puesta en otra parte.

—Los licores están en el frigorífico —le había dicho Destiny.

—Ya los encontraré.

En aquel momento, mezcló el cóctel y se preguntó qué

estaría pensando Destiny. Por lo que le había contado, tenía una relación complicada con sus padres.

—Necesito aceitunas —le dijo a Starr—. Probablemente están en el refrigerador.

Starr miró en el interior de la nevera y vio un frasco de aceitunas rellenas de pimiento. Kipling sirvió los martinis, añadió una oliva y sirvió refrescos con hielo para Starr, para Destiny y para él. No estaba seguro de que beber alcohol delante de la madre de Destiny fuera una buena idea, y Destiny le había pedido un refresco.

—¿Me vas a poner una aceituna? —preguntó Starr con una sonrisa.

—¿Quieres una?

Starr arrugó la nariz.

—La verdad es que no.

Encontró una bandeja, colocó en ella las bebidas y las llevó al cuarto de estar. Lacey tomó el vermú, cerró los ojos y bebió un trago.

—Perfecto. Y frío —dijo, arrastrando las palabras—. Qué hombre tan inteligente.

—Siempre se me ha dado bien hacer los martinis —les tendió a Starr y a Destiny sus bebidas antes de sentarse en el borde del sofá.

—Estoy segura de que se te dan bien muchas cosas —le alabó Lacey.

Kipling ignoró la insinuación que encerraba aquel comentario. Tenía la sensación de que para aquella cantante de *country* coquetear era algo tan automático como respirar.

—¿Has venido en coche? —le preguntó.

—¿A la ciudad? —preguntó Lacey—. Dios mío, no. He venido en mi avión privado —se volvió hacia su hija—. Tengo que decir que me gusta mucho esta ciudad, es muy bonita. Y se organizan muchas fiestas.

—¿Cómo sabes lo de las fiestas, mamá? —le preguntó Destiny.

–He estado leyendo información sobre ellas en el avión. Me gusta saber cosas sobre el lugar en el que vives –le sonrió a Kipling–. Mi hijita viaja constantemente. Un trabajo aquí, otro allá... Algunos lugares son bonitos, pero otros... –se estremeció.

Se volvió entonces hacia Starr.

–¡Pero mira qué cosa tan bonita! Siento lo de tu mamá. ¿Ahora vives con Destiny?

Starr tragó saliva.

–Eh, sí, señora.

–Es una mujer muy seria. Tienes que hacerle caso, ¿me has oído? Destiny siempre ha sido estable como una roca.

–Sí, señora.

¿Una roca? Kipling pensó en Destiny cantando en The Cave Man. En cómo había volcado todos sus sentimientos en la música. Era una mujer tranquila por fuera, pero, debajo de aquella fachada, había mucha pasión. Se preguntó cuánta de aquella naturaleza firme no se debería a que le había tocado ser la adulta de la familia. Hasta aquel momento, Lacey había sido muy agradable, pero Kipling tenía la sensación de que era una persona a la que solo le importaba su propio punto de vista.

Lacey se volvió hacia él.

–Kipling, me resultas familiar. ¿Por qué puede ser?

–Participé en las Olimpiadas de esquí.

Lacey arqueó las cejas.

–¡Exacto! En Sochi. G-Force –sonrió–. Ganaste una medalla de oro y tuviste un accidente. Parece que saliste muy bien parado. Me alegro por ti –se volvió hacia su hija–. Has encontrado a un hombre famoso. No sabes lo feliz que me hace. La gente respeta a un hombre con un pasado peligroso. Ahora que ya nos hemos puesto al día, estoy segura de que querréis oír mi nuevo álbum. Saldrá en otoño. Mi compañía quería que grabara un disco con mis grandes éxitos, pero me negué. Quería hacer un disco de versiones de canciones antiguas. Discutimos, pero, al final, gané yo.

–Estoy seguro de que siempre ganas –dijo Kipling.

Lacey batió las pestañas.

–Sí, siempre gano.

–No es como yo esperaba –susurró Starr más tarde, aquella misma noche.

Destiny estaba sentada en la cama de su hermana.

–Nunca lo es. Mi madre parece más un tornado que una persona. Lo mejor es seguirle el rastro y apartarse después de su camino.

Starr se echó a reír.

–Es simpática, pero asusta un poco.

–Lo mismo digo.

Starr se sentó con las rodillas encogidas y se rodeó las piernas con los brazos.

–¿Cuánto tiempo piensa quedarse?

–Un par de días. Normalmente viene a verme cada vez que me asignan un encargo.

Aparecía de pronto, sin advertencia previa. Destiny había aprendido a esperar sus visitas, pero no a planificarlas. Lacey tenía su propio calendario y sus propias normas. Había ocupado la habitación de Destiny sin molestarse en preguntar si estaba de acuerdo, pero, probablemente, se levantaría la primera y prepararía el desayuno para las tres.

–Puedes hablar con ella sobre música si quieres –le propuso Destiny–. Le encanta hablar del pasado y de cómo han cambiado las cosas en la industria musical. Aprenderás mucho de ella.

–¿Y no te enfadarás?

–No. En absoluto.

Starr podría mantener a su madre distraída, y eso era bueno. Porque cuando se quedaba sola durante demasiado tiempo, Lacey comenzaba a planificar locuras. Como cuando había intentado convencerla de que se fuera de gira con ella.

—¡Oh! Y habla con ella sobre escribir canciones. Es buena y le encanta componer para otros.

Starr la miró boquiabierta.

—¿De verdad? ¿Crees que haría eso por mí?

—Sí.

—¿Y por qué no compones tú con ella?

—Porque siempre terminamos discutiendo.

Y cada sesión de composición terminaba con Lacey diciéndole que estaba desperdiciando su vida y su talento y que jamás se sentiría realizada si no honraba aquel don. Un tema del que Destiny no tenía ninguna gana de hablar.

Era curioso que Kipling le hubiera dicho prácticamente lo mismo. Aunque, en el caso del primero, le había resultado mucho más fácil oírlo. Quizá por el hecho de que hubiera sido tan sagaz. Y porque confiaba en él. Kipling no podía hacer lo que más amaba por culpa del accidente. Destiny sabía que era muy duro para él, pero había aceptado lo inevitable y había seguido con su vida.

Ella había intentado hacer lo mismo. Por lo menos en lo relativo a la parte de seguir con su vida.

—Lacey quiere que sea como ella —añadió—. Supongo que es propio de cualquier madre. Pero eso no va a ocurrir nunca.

Starr asintió y apoyó la cabeza en las rodillas.

—Mi madre solía decir que yo era como ella. Pero nunca quise ser como ella. Ya sabes, las drogas y todo lo demás. Yo no quiero nada de eso.

—¿Es algo que te preocupa? —preguntó Destiny.

—No lo sé. A veces. No quiero consumir drogas y que eso se convierta en lo único importante de mi vida. Quiero cantar y escribir música. Quiero sentirme orgullosa de mí misma.

Destiny cambió de postura para poder acercar a su hermana.

—Espero que lo estés ya. Eres una gran persona y yo estoy muy orgullosa de mi hermana.

—Gracias. Yo también te quiero.

Su hermana dijo algo más, pero Destiny se limitó a asentir. Necesitó unos instantes para asimilar aquellas palabras. Porque hicieron que todo lo demás mereciera la pena. Se sentían hermanas de corazón y aquello nunca iba a cambiar.

Destiny sabía de lo absurdo de intentar evitar lo inevitable, así que, dos noches más tarde, dejó a Starr en casa de Abby, pasó por Angelo's para comprar algo de comida y regresó a casa, dispuesta a pasar la velada sola con su madre.

Lacey estaba sentada con las piernas cruzadas en el suelo del cuarto de estar, con el contenido de varias bolsas de compra extendido a su alrededor. Llevaba el pelo suelto, una camisa con adornos y unos pantalones estrechos. Lacey siempre había comprendido la importancia de ser fiel a sí misma.

—No ha quedado una sola tienda en la que no hayas entrado —dijo Destiny, mientras se fijaba en las camisetas con motivos de Fool's Gold, los llaveros y las tazas y el montón de ropa, zapatos y libros.

Lacey soltó una carcajada y alargó la mano hacia su martini.

—Me gusta apoyar a la economía local. Hay una tienda de ropa que se llama Luna de Papel en la que se vende ropa muy elegante. Allí me he gastado una fortuna. El resto ha sido solo por diversión —aspiró por la nariz—. ¡Qué bien huele! ¿Qué has traído?

—Lasaña y pan de ajo. Y una ensalada para que podamos fingir que es una cena saludable.

—Eres mi hija mayor favorita. Lo sabes, ¿verdad?

Lacey se levantó con elegancia, sin dejar caer una sola gota del martini. Se acercó a Destiny, la abrazó con fuerza, la soltó y se dirigió a la cocina.

—¿Cuándo volverá Starr a casa?

—Va a dormir en casa de una amiga. Esta noche es solo para nosotras.

Lacey se echó a reír.

—Mi diversión favorita. Eres muy buena conmigo, cariño. Estoy deseando pasar algún tiempo con solo mujeres.

Destiny dejó la bolsa en el mostrador y se lavó las manos antes de poner la mesa.

—¿Quieres uno? —le preguntó su madre, sacando un jarra de martini de la nevera.

—No, gracias.

Cuando Lacey iba a verla, Destiny solo bebía agua. Porque sabía que su madre bebía por dos. O, posiblemente, por veinte. Suponía que tenía las mismas preocupaciones que Starr. Había aspectos de la personalidad de su madre que no quería imitar, aunque Destiny sabía que era igualmente culpable de haber utilizado el alcohol como muleta. La noche de The Man Cave había necesitado los *long island ices teas* para poder actuar. Algo de lo que, probablemente, debería hablar con su terapeuta.

Su madre le diría que llevaba la actuación en la sangre. No lo había bebido porque estuviera nerviosa, pensó Destiny mientras ponía los platos y los cubiertos en la mesa y llevaba después la comida. En realidad, lo había hecho para darse a sí misma permiso.

Lacey se sentó y Destiny le tendió la lasaña. Su madre aspiró profundamente.

—Huele maravillosamente. ¿Te acuerdas de cuando te hacía macarrones con queso? Precocinados, por supuesto. No sé cocinar mucho más. No soy una madre muy tradicional.

—No serías Lacey Mills si lo fueras.

—Y yo quiero ser Lacey Mills.

—Mi madre, la superestrella —musitó Destiny.

Pensó en cómo les admiraba y en cómo se sentía frustrada al mismo tiempo por sus padres cuando era niña. Suponía que continuaba haciéndolo. Por otra parte, ella había orientado su vida en una dirección completamente distinta a su manera de vida. Ambos le habían dejado claro que querían que se dedicara a la música y ella se había negado.

—¿Os he decepcionado? —preguntó Destiny sin poder contenerse.

Sabía que Lacey sería sincera.

—¿Qué? No, no seas tonta. Eres mi hija, Destiny. Te quiero.

—Yo también te quiero, mamá, pero no es eso lo que te he preguntado. Yo no soy como tú.

Su madre dejó el tenedor en el plato.

—Si me estás preguntando por la música, es cierto que me habría gustado que te parecieras más a mí. Podríamos haber ido las dos juntas de gira y habernos divertido mucho. A veces me siento muy sola y sería agradable poder viajar con una amiga. Pero, cariño, tú tienes que hacer lo que creas que es bueno para ti.

Lacey tomó su martini y bebió un sorbo.

—La culpa es nuestra, ahora lo entiendo. Cuando eras pequeña te arrastrábamos de un lugar a otro. Hay niños que habrían disfrutado con todo ese caos, pero tú no. A ti siempre te ha gustado la rutina. Sentirte establecida en un solo lugar. Cuando mi madre me dijo que iba a llevarte con ella, estuve llorando durante toda una semana. Pero sabía que era lo que tenía que hacer.

A Lacey se le llenaron los ojos de lágrimas.

—Te eché de menos, pero hice lo que sabía que era lo mejor para ti. Espero que seas consciente de ello.

—Lo soy.

–Y ahora tú te has quedado con Starr. Lo más importante es cuidar de la familia.

–¿No te importa que sea hija de papá y de otra mujer?

–¿Qué? No –Lacey comió un poco de lasaña–. Jimmy nunca fue hombre de una sola mujer. Éramos jóvenes y nos enamoramos, y después llegaste tú. Fue una época mágica. Pero nuestro matrimonio no podía durar. Éramos demasiado parecidos. La gente enamorada debería ser complementaria. Poder complementarse la una a la otra.

–¿Estás enamorada? –quiso saber Destiny.

–Ahora mismo, no, pero espero volver a enamorarme –su madre suspiró–. Es el mejor sentimiento del mundo. Encontrar a alguien. Aunque, a diferencia de ti, yo nunca he creído en las relaciones permanentes.

Destiny agarró el tenedor.

–¿No te gustaría algo así? ¿Tener a alguien con el que puedas contar y que esté siempre a tu lado?

–Quizá. Pero entonces tendría que renunciar a los demás. Y hay muchos –Lacey sonrió y después su sonrisa se desvaneció–. No quiero que te preocupes por lo que siento por ti. Para mí eres un motivo de alegría. Y espero que también lo seas para tu hermana. ¿Has adoptado a Starr?

–Soy su tutora legal.

–A lo mejor debería adoptarla yo. ¿No crees que hay demasiados huérfanos en el mundo?

Sí, los había, pensó Destiny, luchando contra la irritación. La enfurecía el giro que estaba tomando la conversación. Sabía que sería seguido por palabras afiladas, una discusión y la sensación de estar atrapada en el bucle de un interminable conflicto emocional. No había nada más agotador.

–Necesitaría dos –reflexionó Lacey–, para que pudieran hacerse compañía.

–Estamos hablando de niños, no de cachorros –le recordó Destiny con calma.

–El principio es el mismo.

–No puedes estar hablando en serio.

–Hay algunas diferencias, supongo –admitió Lacey–. No puedes llevar a los niños a la perrera si están acabando con tus nervios –Lacey sonrió–. Aunque creo que estaría especialmente adorable con un par de bebés a mis pies.

–No paras de buscar cosas que te distraigan, mamá. ¿Tan terrible es ser tú misma que siempre estás intentando ser otra persona?

Lacey se quedó paralizada con la copa a medio camino de los labios. Se levantó lentamente y estuvo a punto de salir disparada de la habitación. Segundos después regresó con el teléfono móvil en la mano.

–Repítelo –le ordenó–. Repite lo que acabas de decir.

–He dicho que intentas distraerte con estratagemas ridículas que nunca...

–No, no es eso. Necesito la frase exacta. O, a lo mejor, la necesitas tú. Hay una canción en esa energía, Destiny. Repite lo que has dicho y mandaré el archivo de MP3 a tu correo electrónico.

Destiny consideró la posibilidad de comenzar a darse de cabezazos contra la mesa, pero imaginó que no tenía sentido. Su madre nunca cambiaría.

–«Tan terrible es ser tú misma que siempre estás intentando ser otra persona».

Lacey tamborileó en el móvil con los dedos.

–Ya lo tengo. ¡Dios mío, qué talento! Siempre lo he sabido –tomó su martini–. Deberías hablar con Richard.

–No creo –Destiny no tenía nada que decirle al mánager de su madre.

–Él conoce a mucha gente.

–Todos conocemos gente.

–¡Oh, ya sabes lo que quiero decir! ¿Y tú me dices a mí que estoy intentando ser otra persona? Eres tú la que estás negando lo que eres. No estoy decepcionada contigo,

Destiny, pero estoy preocupada. Algún día te despertarás y comprenderás que has estado evitando lo que realmente eres. Cuanto antes ocurra, antes podrás hacer honor a tu talento y más feliz vas a ser. ¿Qué dice el joven con el que sales sobre todo esto?

Tenía que estar refiriéndose a Kipling. Destiny pensó en contestar que ella no estaba saliendo con nadie, pero Lacey no la creería, aunque ni la propia Destiny estaba segura de si eso era o no verdad. Eran amigos, se habían acostado juntos y cuando estaba cerca de él...

—Estás perdida —bromeó su madre—. Tienes esa mirada. ¿No crees que es agradable estar enamorada?

—No estoy enamorada de él. Me gusta. Es una buena persona y puedo contar con él.

—¿Y qué tal en la cama? —Lacey alzó la mano—. No digas nada. Soy tu madre. Es una pregunta embarazosa y la retiro. Si mi madre me hubiera preguntado por Jimmy Don, me hubiera muerto allí mismo. Pero, si te sirve de algo, me cae bien. Es endemoniadamente atractivo.

Lacey se reclinó en la silla y se echó a reír.

—Realmente, podríais tener hijos monísimos —abrió los ojos como platos—. ¡Eso es, Destiny! Eso es lo que necesito. Nietos. Así podré divertirme con ellos sin tener ninguna responsabilidad. Tienes que ponerte a ello inmediatamente, ¿me has oído?

—Sí, mamá.

Fue una contestación automática, pero el cerebro de Destiny acababa de dar un gran salto y tomado un giro muy diferente. Bebés. Los bebés eran producto de las relaciones sexuales. Ella se había acostado con Kipling y no habían utilizado ningún tipo de protección.

Algo que, probablemente, no tenía ninguna importancia, porque había sido su primera vez y, seguramente, su propio cuerpo la protegería de alguna manera. Aunque habían pasado ya tres semanas y todavía no había tenido el periodo.

Las matemáticas quizá no fueran su fuerte, pero incluso ella era capaz de sumar: lo habían hecho una vez y llevaba tres semanas de retraso, lo que bien podría querer decir que había un bebé en camino.

Kipling alzó la mirada de la documentación que estaba examinando.

—Podrías haberme pedido a mí el dinero, Shelby. Te lo habría dado.

Shelby se cubrió la cara con las manos.

—No me hagas sentirme culpable por haber pedido un préstamo. Quería hacer esto por mí misma. Quería hacerlo sola —dejó caer las manos y le fulminó con la mirada—. Estoy hablando en serio, Kipling. No tienes que decirme cómo debo vivir mi vida.

Aunque Kipling la comprendía, no podía pasar por alto el hecho de que eran una familia. Claro que le habría dado a su hermana el dinero para comprar su parte de la panadería. Pero, en vez de pedírselo a él, Shelby había ido al banco para pedir un préstamo.

—Si no hubieras necesitado un aval, ¿me habrías contado todo esto? —preguntó.

Shelby vaciló durante el tiempo suficiente como para que Kipling supiera la respuesta.

—Solo quiero lo mejor para ti —le aseguró Kipling mientras agarraba un bolígrafo y garabateaba su nombre.

—Kipling, no te enfades. Lo siento. Te agradezco todo lo que has hecho por mí. Pero es que, a veces, quiero ser yo misma y no tener que estar pidiéndote cosas constantemente. ¿No puedes comprenderlo?

—Claro que puedo —le tendió la documentación.

Shelby la agarró, pero no se marchó.

—Estás enfadado.

—Yo no soy el malo de esta película. Yo no he hecho nada

malo. Quiero ayudarte tanto como pueda. Si eso significa que tengo que avalar un préstamo, estoy dispuesto a hacerlo. Ve a comprar esa panadería.

—¿Todavía me quieres?

Parte del dolor y el enfado se desvanecieron.

—Shelby, eres mi hermana. Siempre te querré, pase lo que pase. He firmado la documentación que me has entregado, ¿no? —porque los actos siempre eran más importantes que las palabras.

—Yo también te quiero. Gracias por avalarme.

Kipling asintió y ella se marchó.

Él permaneció sentado tras el escritorio, pero no era capaz de encontrar el menor interés a la hoja de cálculo que tenía en la pantalla del ordenador. En cierto modo, entendía lo que su hermana le había dicho, pero continuaba pensando que debería haber acudido a él en vez de a un banco. También pensaba que se estaba precipitando al comprar una panadería tan poco tiempo después de haberse mudado a Fool's Gold, como ya le había dicho. Probablemente aquella era la razón por la que Shelby había preferido recurrir al banco.

Cerró el archivo y abrió el correo electrónico. Tenía un mensaje de Gideon diciéndole que estaba teniendo montones de presiones por parte de algunas mujeres sobre The Man Cave. Otra cosa en la que Kipling no quería pensar. Guardó el correo, se levantó y comenzó a caminar nervioso por la oficina.

Estaban ocurriendo demasiadas cosas, pensó. Problemas que no podía arreglar. El asunto de The Man Cave y el Bar de Jo le frustraba. Había una necesidad, él la había cubierto y, de pronto, era como si hubiera hecho algo mal.

¿Acaso no podían plantarse los hombres de aquella ciudad ante sus novias y sus esposas? Había negocio de sobra para los dos locales. Y, de esa forma, los turistas tendrían un lugar al que ir. ¿Qué tenía eso de malo?

En cuanto a Shelby, no era mucho lo que podía hacer en aquel terreno. Él había hecho todo lo que había podido y le tocaba a ella tomar sus propias decisiones. Y enfrentarse a las consecuencias. Porque si al final él tenía razón y todo iba...

Se abrió la puerta de la oficina y entró Destiny. Kipling se relajó inmediatamente. No solo porque le permitía distraerse de cuestiones que no era capaz de controlar, sino porque estar cerca de ella le calmaba. Algo que no podía explicar, pero que estaba dispuesto a aceptar.

—Hola —comenzó a decir, y se interrumpió.

Estaba alterada por algo. Lo sabía por su mirada. En ella se agolpaban los sentimientos. Estaba tensa y sonrojada. Se acercó a Destiny.

—¿Qué te pasa? ¿Cómo puedo ayudarte?

Solucionarle aquel problema permitiría que ambos se sintieran infinitamente mejor.

Destiny soltó una carcajada. Pero una carcajada más tensa que feliz.

—Tú ya has hecho más que suficiente —replicó—. ¿Sabes que a mi cuerpo le ha importado muy poco que yo sea virgen? Lo he buscado en Internet, algo que debería haber hecho antes. Pero pensé que tenía una oportunidad, solo una. O quizá que el himen me proporcionaba alguna clase de protección. Pero no, no hay nada de eso.

No le preocupaba exactamente, pero, desde luego, no parecía ella misma. Los sentimientos que durante tanto tiempo sospechaba habían permanecido enterrados, por fin se habían abierto camino, pero aquel no era el estallido de emoción que él había estado esperando.

—Destiny —dijo con calma—. ¿Puedes intentar respirar y contarme qué está pasando?

—Estoy respirando perfectamente —exhaló para demostrárselo—. ¿Lo ves? Estoy respirando. En cuanto a tu pregunta, no está pasando nada nuevo. Nada que no haya estado pasando durante todas estas semanas. Estoy embarazada. He permanecido virgen durante todos estos años porque no me sentía segura. Porque quería tomar una decisión racional. No quería convertirme en lo que habían sido mis padres que, por cierto, esperaron a casarse para tener relaciones sexuales y concebir un hijo. Mi madre me lo ha contado esta mañana. ¿Quién iba a imaginárselo?

¿Embarazada? ¿Destiny iba a tener un hijo? ¿Un hijo suyo? Kipling asimiló la noticia. Le dio vueltas en su mente sin estar muy seguro de cómo sentirse al respecto. Le gustaban los niños. Estaba deseando tener hijos. Y se aseguraría de estar siempre a su lado, dando solución a todos sus problemas. Sí, podía hacerlo. Un niño. Sintió que comenzaba a sonreír. Un mini G-Force.

—¡No lo entiendo! —protestó Destiny, elevando ligeramente la voz—. Debería de haber algún mecanismo de protección. Como una segunda oportunidad. Pero no, las vírgenes no tienen una licencia especial. Y, en cambio, tienen que enfrentarse a las consecuencias. Eso es lo que no comprendo. Yo siempre he creído en las consecuencias. ¡Soy una gran admiradora de las consecuencias! Me he pasado la vida evitando tener que preocuparme por ellas. Pero allí estábamos, haciéndolo en el banco de un bar, y resulta que ahora estoy embarazada.

—¿Estás bien? —le preguntó.

—¡No! —contestó con un graznido. Tomó aire de forma visible—. No —repitió con voz más queda—, estoy bien. Estoy empezando a encaminar mi relación con Starr. Todavía no tenemos una casa definitiva en la que vivir. Hemos decidido quedarnos en Fool's Gold, pero todavía no tengo trabajo, ni siquiera tengo un plan. ¿Qué se supone que voy a hacer con mi vida? Y ahora, además, voy a tener un hijo.

Se acercó a la ventana, se volvió y le fulminó con la mirada.

—Todo esto es culpa tuya. Antes de conocerte, yo era una

persona serena y racional. Y ahora estoy embarazada. Y siento cosas. Como me ocurrió antes y después de nuestra cena. Yo quería besarte, pero tú no lo hiciste y terminé enfadada. ¿Qué me va a pasar ahora? ¿Voy a pasarme el resto de mi vida queriendo que me besen? Porque déjame decirte que la vida es mucho más tranquila cuando no hay besos de por medio.

Kipling se recostó contra el escritorio y disimuló una sonrisa. Sí, aquella era la Destiny que durante tanto tiempo había sospechado que se escondía dentro de ella. La mujer apasionada que cantaba entregándose en cuerpo y alma.

—¡No me mires así! —le advirtió ella.

—¿Que no te mire cómo?

—No lo sé. Con una mezcla de orgullo y diversión. No soy un cachorro.

—Nunca he dicho que lo seas

Destiny golpeó el suelo con el pie.

—¡Tengo ganas de tirarte algo! ¿Sabes lo que significa eso? Que soy igual que mis padres. Me he esforzado muchísimo para no ser como ellos. Y, sin embargo, aquí estoy, deseando tirarte un plato a la cabeza.

Kipling cruzó hasta donde estaba Destiny, la agarró por los brazos, la estrechó contra él y presionó los labios contra su boca. Cuando se apartó, fijó la mirada en sus ojos verdes y supo exactamente cómo resolver aquel problema.

—Cásate conmigo.

Capítulo 16

Destiny se sentó en la cama. El momento en el que había salido de la oficina de Kipling y había ido andando o, posiblemente, corriendo a su casa se le presentaba como algo difuso. Recordaba a Kipling proponiéndole que se casara con él. Estaba bastante segura de que le había dicho que no, se había echado a llorar y había salido corriendo. Pero, quizá, el hecho de que no pudiera recordar exactamente lo ocurrido significaba que le había dado educadamente las gracias por su generosa oferta y se había marchado de allí relajadamente.

O no. Y, en cualquier caso, los recuerdos estaban exageradamente sobrevalorados.

Alargó la mano hacia la guitarra. Sus dedos encontraron por sí mismos los acordes. No estaba buscando una canción, solo quería tocar para relajarse.

Lo único bueno era que su madre se había ido aquella mañana. El torbellino de su visita había terminado con su madre prometiendo volver al cabo de un par de meses para ver cómo iban las cosas con Starr. Destiny tenía la sensación de que, en cuanto supiera lo de su embarazo, Lacey se convertiría en una visitante habitual de Fool's Gold.

Tenía que admitir que no era algo necesariamente malo. Tener un bebé era aterrador y era agradable saber que tendría cerca a su madre.

Continuó tocando, pensando que, estando embarazada, el vino no podía ni tocarlo. Y eso significaba que iba a tener que conformarse con un vaso de leche y unas galletas. Los lácteos eran buenos para ella, ¿verdad? Y si tuviera galletas de pasas y avenas, sería como comer fruta y cereales integrales.

Pero, dejando la dieta de lado, tenía una vida y una dirección. Una vida ligeramente extraña, pero suya en cualquier caso. Una vida que se le antojaba básicamente risible en aquel momento. ¿No era demasiado mayor como para haberse quedado embarazada sin haberlo planificado? ¿No debería haber sido más consciente? Tanto tiempo huyendo de la genética y de su familia y había terminado aterrizando en una situación que hasta su madre había conseguido evitar. Embarazada y soltera con casi treinta años.

Continuó mirando el reloj y, cuando llegó la hora, dejó la guitarra y fue al cuarto de estar para esperar a Starr.

Unos minutos después, la adolescente entraba a toda velocidad en la casa. En el instante en el que vio a Destiny, comenzó a hablar.

—Hay un musical. Van a organizar un musical la última semana de verano y voy a presentarme a una audición para uno de los papeles principales. ¿Crees que lo conseguiré?

—Por supuesto, tienes una voz preciosa.

—Estoy muerta de miedo —admitió Starr con una risa mientras dejaba la mochila en el suelo, al lado del sofá—. ¿Y si me entra el pánico?

—Conoces la canción por adelantado —la tranquilizó Destiny—. ¿Quieres que hable con Kipling? A lo mejor puede abrir The Man Cave algún día para que tus amigas y tú podáis ensayar con el micrófono y algunos familiares como público. La presión será menor que en la prueba y en un entorno que os dará más seguridad.

—¡Es una idea genial! Gracias. Iba a pedirte que me aconsejaras la canción que debería cantar. Nos han dado una lista para elegir.

—Podemos echarles un vistazo esta noche.

—Sería genial —Starr arrugó la nariz—. ¿Qué te pasa? Parece como si estuvieras a punto de llorar.

—¿Qué?

—Que pareces a punto de llorar. Ha pasado algo.

Destiny pensó que muy mal tenía que estar cuando ni siquiera podía engañar a una adolescente de quince años.

—Siéntate. Tenemos que hablar.

La felicidad de Starr desapareció. Apretó los labios y se sentó en el sofá.

—¿Es algo malo?

—No, no estoy enferma. Y vamos a quedarnos en Fool's Gold. Es otra cosa.

Se sentó al lado de su hermana. ¿Cómo se suponía que podía contar algo así? Iba a parecer una estúpida. Algo que, en realidad, era. Intentó sonreír, pero tuvo la sensación de que lo que le salió fue una mueca. Aun así, Starr permaneció donde estaba, sin gritar ni nada parecido.

Destiny abrió la boca y la cerró. Cuanto más sencillo, mejor, pensó, y se lanzó a por ello.

—Estoy embarazada. El padre es Kipling.

—¡Oh, vaya! —Starr se la quedó mirando fijamente—. Sabía que estabais saliendo, pero no sabía... Vaya, ¿entonces vas a tener el hijo?

—Sí —no había considerado la posibilidad de no hacerlo—. Así que supongo que vas a ser tía.

Starr sonrió de oreja a oreja.

—Tienes razón. Es genial. Yo podré ayudarte. No sé nada sobre bebés, pero puedo aprender.

Destiny tampoco sabía nada de bebés, pero no creía que el decirlo en voz alta pudiera servir para que se sintieran mejor.

—Kipling me ha propuesto matrimonio.

Starr le agarró las manos.

—¿De verdad? ¡Es genial! ¿Y cuándo os vais a casar?

Porque eso es lo que hace la gente, ¿verdad? Casarse, tener hijos y formar una familia.

Destiny comenzó a decirle que no, que no iban a casarse, que había mucha gente que no se casaba. Pero se acordó entonces de Jimmy Don. Jimmy Don no se había casado con la madre de Starr. Él era el padre que no se había casado con su madre ni se había ocupado de ella cuando había sido necesario. Ni siquiera recordaba el día de su cumpleaños.

Destiny le apretó la mano.

—No es el matrimonio lo que los convierte en una familia —susurró—. Es el amor.

—Pero casarse ayuda.

Aquel sí era un giro inesperado, pensó Destiny con impotencia. Kipling no era la idea que ella tenía de un hombre sensato. Había demasiada química entre ellos. Desde luego, era un hombre cariñoso y siempre estaría a su lado para ayudarla. Le gustaba saber que podía haber tenido un ego enorme basado en su pasada carrera deportiva y en su fama, pero no lo tenía. Era, prácticamente, un hombre normal.

Pero la cuestión del sexo la inquietaba. Los sentimientos intensos solo servían para causar problemas. No estaba enamorada de él y él no estaba enamorado de ella, así que suponía que aquello podía ser un principio. ¿Pero era la amistad suficiente sostén para un matrimonio? Y, yendo a lo que realmente importaba, ¿su proposición habría sido la reacción automática a la noticia o lo había dicho en serio?

Porque, hasta que no había fijado la mirada en el rostro de su hermana, no se le había ocurrido decir sí. Y, al parecer, era posible que no tuviera otra opción.

Kipling había decidido no presionar a Destiny. Sabía que había estado evitándole, pero tenía el tiempo y la geografía de su lado. Por no mencionar el hecho de que tenían que trabajar juntos. Enterarse de que Destiny estaba embarazada era una noticia que tardaría tiempo en asimilar. Todavía estaba intentando enfrentarse a ella. Pero lo de casarse no era una opción. Destiny iba a tener un hijo suyo y él estaba decidido a formar parte de la vida de ese niño.

Pero ella todavía estaba intentando hacer las cosas a su manera, así que había decidido no ir a buscarla. Tenían una segunda búsqueda prevista y era imposible que Destiny no apareciera. De modo que cargó el equipo, se dirigió hacia la zona de búsqueda y esperó.

Ella llegó pocos minutos después. Se bajó del coche con sus habituales vaqueros, una camiseta y unas botas de montaña. Llevaba el pelo recogido en una sencilla cola de caballo. Y no se había puesto maquillaje.

Aquella era su Destiny, pensó Kipling con una sonrisa. Honesta. Las ojeras que había bajo sus ojos evidenciaban que no había dormido. Kipling imaginaba que el enterarse de que estaba embarazada había desbaratado muchas cosas en su vida.

—Hola —le saludó Destiny con recelo cuando le vio.

Mostraba una expresión recelosa.

—No.

Destiny parpadeó.

—¿No qué?

—No voy a hablar de cuestiones personales en el trabajo.

—¡Ah! —se relajó visiblemente—. De acuerdo. Bien. ¿Estás preparado?

Kipling le mostró la *tablet* con el software instalado.

—Sí.

Las normas eran parecidas a las que habían impuesto para la primera búsqueda. Cassidy se había alejado cerca de dos kilómetros de la carretera principal. Continuaría avanzando durante casi un kilómetro, después giraría en una dirección diferente y comenzaría a moverse en círculos cada vez más amplios. Un patrón clásico en los casos de pérdida.

Si la prueba salía bien, ampliarían las sesiones de práctica. Los voluntarios harían de personas perdidas, Kipling y Cassidy se encargarían de la búsqueda y Destiny se limitaría a observar. Después de cada búsqueda, ella conduciría las entrevistas.

–¿Por dónde quieres que empecemos? –preguntó Destiny.

Kipling sabía que estaba hablando de la prueba, no de su embarazo. Señaló hacia el camino.

–Primero tomaremos el camino más evidente.

Iban equipados con GPS de rastreo con los que irían introduciendo los datos en el programa a tiempo real. Destiny había metido ya los datos que tenían, incluyendo la hora aproximada en la que Cassidy había comenzado a caminar y el hecho de que estuviera clasificada como excursionista novata. Para el objetivo que se habían planteado aquel día, lo era.

Kipling observó trabajar a Destiny. Era rápida y eficiente. A los pocos segundos, le indicó que podían moverse. Él hizo un gesto para que fuera ella la que indicara el camino.

Durante los primeros minutos, no hablaron. Kipling caminaba con facilidad. Las lesiones no le estaban molestando aquel día.

Destiny y él siguieron el camino durante unos trescientos metros antes de que este se bifurcara en dos direcciones. Kipling señaló hacia la izquierda. Era imposible saber el camino que había tomado Cassidy, pero aquello formaba parte de la diversión.

El sotobosque era espeso, las flores impregnaban el aire de una dulce fragancia y soplaba una ligera risa. Comenzaba a hacer calor y la temperatura iría subiendo a medida que avanzara el día.

Resultaba curioso pensar que, un año atrás, Kipling estaba en un hospital de Nueva Zelanda, medicado y destrozado, hablando con la alcaldesa Marsha sobre un trabajo en un lugar del que nunca había oído hablar y en el que se encontraba en aquel momento. Cuántas cosas habían cambiado desde entonces. Había renunciado al esquí para siempre y, aunque algunos días se lamentaba, en general, era capaz de enfrentarse a lo ocurrido. ¿Había tomado él aquella decisión? No. Pero había conseguido seguir adelante. Por supuesto, todavía querría seguir batallando contra la montaña, pero sabía que no volvería a hacerlo. Podía aceptarlo y ser una persona feliz o vivir eternamente amargado. La opción era suya.

De alguna manera, durante el último par de meses, había ido inclinándose hacia la primera opción. Quizá porque ya había comenzado a curarse o, quizá, gracias a Destiny. Estar con ella le hacía sentirse mejor.

No era amor. Kipling no quería reducir lo que había entre ellos a palabras vacías. En cambio, se descubría a sí mismo deseando que Destiny pudiera contar con él. Deseando cuidarla. Sabía que ella sentía lo mismo que él. Destiny creía en los actos. Bastaba con ver cómo había progresado con Starr. Ellos no necesitaban amor. Se tenían el uno al otro y se respetaban mutuamente. Y, lo más importante, iban a tener un hijo.

—Nos irá muy bien estando juntos.

Destiny se volvió para mirarle y estuvo a punto de tropezar. Kipling alargó el brazo para sostenerla.

—¿Esto no es hablar de nosotros? —preguntó Destiny.

—He cambiado de opinión.

—No tienes que casarte conmigo —le dijo ella.

—Quiero hacerlo.

—¿Por qué?

—Porque vamos a tener un hijo. Los dos somos suficientemente tradicionales como para querer formar una familia. Y tenemos la posibilidad de hacerlo.

Kipling no tenía la menor idea de lo que estaba pensando Destiny. Esta no desvió la mirada, y tampoco dijo que no.

—Tengo a Starr.

–Lo sé. Ella también forma parte de este acuerdo. El hecho de que nos casemos le dará una sensación de estabilidad. No tendrás por qué hacerlo todo sola. Puedes apoyarte en mí.

Destiny torció los labios.

–¿No estarás intentando convencerme de que estás enamorado de mí?

–No. Lo que quiero decirte es que tenemos muchas cosas en común. Entiendo los motivos por los que prefieres mantener enterrada la pasión y estoy de acuerdo con ellos. Pero cuando tengas que desahogarte y arrojar unos cuantos platos, se me dará bien esquivarlos.

–Jamás lanzaría un plato.

–Fuiste tú la que hablaste de esa posibilidad.

–No es lo mismo que hacerlo –tomó aire–. Pero tú querrás sexo, ¿verdad?

Kipling tuvo que esforzarse para no sonreír.

–Sí, querré sexo.

–¿Mucho?

–Eso depende de cómo definas mucho.

Destiny asintió, como si estuviera esperando una respuesta.

–No creo que vaya a gustarme, pero podremos hacerlo siempre que quieras. No te diré que no.

Kipling ya no pudo evitar una sonrisa.

–Te lo agradezco.

Destiny no tenía la menor idea de en dónde se estaba metiendo, pensó divertido. Le permitiría hacerlo siempre que quisiera. Una vez que estuvieran casados, él se aseguraría de que comprendiera en qué consistía todo aquel asunto. Basándose en lo que había visto hasta aquel momento, sabía que Destiny escondía mucha más pasión de la que era consciente. Cuando se liberara, sería imparable. Y él estaba deseando disfrutarlo.

–Si todavía quieres casarte conmigo –le dijo ella con un

suspiro–, estoy dispuesta a decirte que sí. Por el bebé y por Starr.

–Bien. Pues cuanto antes mejor. ¿Te parece bien a finales de esta semana?

Destiny asintió.

–En ese caso, será mejor que nos pongamos a buscar a Cassidy.

Kipling señaló hacia el camino.

–Tú primero.

Destiny no imaginaba que una boda pudiera organizarse en menos de cuarenta y ocho horas, pero así fue. El hecho de que no hubiera invitados ayudó. Y también el que se celebrara en el despacho de la alcaldesa, con la única presencia de los novios, Shelby y Starr. Bailey, la asistente de la alcaldesa, y Shelby fueron las testigos. Y antes de que Destiny hubiera podido recuperar la respiración, ya estaban casados.

Cuando la alcaldesa sonrió y dijo «puedes besar a la novia», Destiny se dio cuenta de que no sentía nada. Estaba complemente entumecida, tanto emocional como físicamente. Apenas fue consciente de los labios de Kipling. Después, cuando comenzaron a felicitarla, estaba segura de que estaba sonriendo y dando las respuestas adecuadas, pero se sentía como si todo estuviera ocurriendo a una enorme distancia.

El siguiente par de horas pasó como un torbellino. Shelby iba a quedarse con Starr aquella noche mientras Destiny y Kipling disfrutaban de una mini luna de miel en Ronan's Lodge. Destiny fue consciente de estar haciendo la maleta para pasar la noche y del abrazo que le dio a su hermana. Hicieron un corto trayecto hasta el hotel y allí se registraron. Y de pronto, se descubrió en medio de la bonita suite del hotel preguntándose en qué demonios había estado pensando.

La zona de estar de la suite era muy luminosa y estaba agradablemente decorada con una mezcla de sofisticación y comodidad. A través de una puerta abierta podía ver el dormitorio. En realidad, lo único que podía ver era la cama, pero con eso era suficiente. Porque sabía lo que iba a llegar a continuación.

El precio de su único tropiezo moral resplandecía en su mano izquierda. Una sencilla alianza de oro con la que Kipling la había sorprendido durante la ceremonia. Porque ella no había pensado en los anillos. Ni en nada más. De hecho, desde que había dicho que sí a su proposición, no había pensado en nada en absoluto.

Kipling descubrió su mirada, se acercó a ella y tomó su mano izquierda.

—Me gustaría que tuvieras una alianza diferente —le dijo—, pero tendrás que ayudarme a elegirla. Pensé que esta estaría bien para empezar. Lo clásico normalmente funciona.

—Está muy bien. No necesito nada más.

Kipling sonrió.

—No estamos hablando de lo que necesites, Destiny, sino de lo que está bien.

No había nada que estuviera bien, pensó ella. Por supuesto, estaba casada y embarazada y tenía a su hermana, de modo que, en lo que se refería a caminar en la dirección correcta para formar la familia perfecta que siempre había querido, todo iba bien. Pero todo le resultaba extrañamente distante. Era como si estuviera viviendo su vida a través de un panel de cristal. O debajo del agua. O desde otro planeta. Podía ver lo que estaba pasando, podía oírlo e incluso tocarlo. Pero no era real.

Desvió la atención hacia la enorme cama y pensó en el inminente futuro. Dios santo, iban a tener que hacerlo, ¿verdad?

—Si lo hacemos ahora ¿después podremos evitarlo durante un par de días? —preguntó sin mirar a Kipling.

–¿Tú lo preferirías de esa forma?

–Sí. Así no tendré que estar preocupada pensando en cuándo vamos a hacerlo.

Kipling curvó los labios.

–Claro. Acabemos con esto cuanto antes.

Lo cual sonaba demasiado fácil, pensó Destiny.

–¿Y así no tendremos que hacerlo durante el próximo par de días?

Kipling asintió.

–Te prometo que no volveré a pedirte que tengamos relaciones sexuales mientras estemos en el hotel. Si tú quieres, podrás decirme cuándo te apetece y podremos –alzó la mano para poner comillas– disfrutar del sexo.

–Muy gracioso –como si fuera ella la que había empezado a hablar de sexo–. De acuerdo, dame un par de minutos y voy.

Agarró su maleta y se dirigió al dormitorio. Tras cerrar la puerta tras ella, rodeó la cama sin mirarla siquiera y se metió en el baño.

Una vez allí, no estaba segura de cómo debía prepararse. Se lavó los dientes y se puso un sencillo camisón de algodón, el único que tenía. Ella era más de ponerse una camiseta para dormir.

Estuvo dándole vueltas angustiada a lo que iba a hacer con la ropa interior y comprendió que la opción de dejarla puesta sería una ilusión absurda por su parte. La metió debajo del resto de su ropa y regresó al dormitorio. Tras abrir la cama, se tumbó y apoyó la cabeza en la almohada.

–¡Pasa! –gritó.

La puerta se abrió. Kipling entró y la miró. Arqueó una ceja.

–¿Preparada para el último sacrificio? –preguntó.

Destiny no fue capaz de interpretar su tono de voz. Había humor en ella, imaginaba, aunque no era capaz de averiguar qué era lo que le parecía tan divertido.

Asintió.

–Sí.

Kipling se acercó a la cama. Se quitó los zapatos y los calcetines, pero se dejó puesta el resto de la ropa. Algo que Destiny agradeció. Verle desnudo le habría resultado violento.

Fijó sus ojos azules en el rostro de Destiny. Esta advirtió que necesitaba un corte de pelo, pero también que parecía haberse afeitado recientemente. Probablemente para la boda, pensó. Era la clase de hombre que se afeitaría para ir a su boda.

Kipling se tumbó a su lado y se desplazó hacia el medio. Tras palmear el centro de aquella cama enorme, esperó a que Destiny se acercara un poco más.

Ella no sabía si iba a decir algo o si, directamente, se pondría encima de ella para hacer lo que tenía que hacer. Pero Kipling le acarició la mejilla con los dedos antes de besarla delicadamente.

La sensación de sus labios le resultó al mismo tiempo excitante y familiar. Destiny sabía besar, le gustaba, de hecho. Era algo tan fácil como cerrar los ojos y relajarse. Kipling movió su boca contra la suya. Hacia delante y hacia atrás. Posó la mano en su cintura con un movimiento que la distrajo momentáneamente, pero no la apartó de allí, así que Destiny volvió a concentrarse en el beso.

La habitación estaba en silencio, la cama era cómoda. Estaban solos y nadie iba a molestarles. No podía decir que estuviera deseando lo que estaban haciendo, pero Destiny no podía evitar pensar en sentir sus manos sobre los senos. Aquello era lo que más le gustaba.

Kipling le acarició el labio inferior con la lengua. Ella entreabrió los labios y suspiró al sentir la primera chispa encendiéndose temblorosa en su vientre. Le abrazó, apoyando las manos en su espalda. Era un hombre fuerte, de hombros anchos, pensó distante. Viril. Siempre la mantendría a salvo.

Sus lenguas danzaban, se entrelazaban, se acariciaban. Los senos comenzaron a anhelar aquel contacto y sintió que los pezones se erguían contra la tela del camisón.

Kipling cambió ligeramente de postura y comenzó a deslizar los labios a lo largo de la mandíbula y el cuello. Descendió después hacia el pronunciado escote del camisón, pero no fue más allá de la tela. La mano que había posado en la cintura de Destiny permaneció exactamente donde estaba. Volvió a prestar atención a su boca y la besó otra vez.

Destiny se inclinó hacia él mientras sus dedos bajaban a lo largo de su espalda. Profundizó el beso. Con cada caricia de la lengua de Kipling contra la suya, se sentía derretirse. Al mismo tiempo, emanaba una tensión muy especial de otros puntos de su cuerpo. De sus senos, que parecían más anhelantes cada segundo, y entre sus muslos. Sentía una extraña pesadez. Era una sensación casi palpitante.

Su mente se pobló de imágenes. De otras caricias de Kipling. De Kipling hundiéndose dentro de ella. Quería volver a sentirlo otra vez, pensó de manera confusa. Le había dicho que estaba dispuesta a volver a acostarse con él, pero entonces, ¿por qué estaba tardando tanto?

Kipling interrumpió el beso por segunda vez y comenzó a descender por su cuello. En aquella ocasión bajó más allá de la tela del camisón. Se cernió sobre sus senos durante un segundo, después dos. Destiny sentía crecer la anticipación, haciéndola desear agarrarle por los hombros y tirar de él hacia ella.

Por fin, Kipling bajó la cabeza y se apoderó del pezón derecho.

Destiny exhaló hondo al sentir el húmedo calor de su boca envolviéndola a través del fino algodón. La lengua de Kipling rodaba sobre la tensa y sensible piel del pezón. Las terminaciones nerviosas parecían bailar jubilosas y enviaban corrientes de un calor iridiscente por su vientre.

Destiny continuaba en camisón, pero su delicada tela no se interponía en su camino en absoluto. Sentía los toques de la lengua de Kipling y el palpitante placer que provocaba cada vez que él succionaba el pezón. Y sintió después la frialdad del aire sobre la tela húmeda cuando Kipling se dirigió hacia el otro seno.

No estaba segura de cuánto tiempo se entretuvo en cada uno de ellos. Primero uno, después el otro. Y cuando tenía la boca sobre un seno, acariciaba el otro con la mano. Destiny aprendió que había diferencias entre lo que hacía con la boca y lo que hacía con los dedos, pero ambas sensaciones eran muy, muy agradables.

En algún momento, Destiny se tumbó de espaldas, aunque no estaba segura de cuándo. Había desplazado las manos desde la espalda de Kipling hacia sus hombros y su cabeza. Hundió los dedos en su pelo y cuando Kipling succionó uno de los pezones más profundamente, gimió y clavó los dedos en sus hombros.

Comenzaba a hacer mucho calor. Se retorció inquieta en la cama, necesitando algo más. Movía las piernas contra la cama y apretaba los muslos, pero no sirvió de nada. Músculos que estaban relajados se tensaron, aunque no entendía por qué.

Kipling se movió en la cama. Destiny abrió los ojos y le vio quitándose la camisa blanca de manga larga. Le observó ansiosa, deseando verle el pecho. Kipling dejó de lado la camisa y, sin pensar lo que hacía, Destiny posó las manos en sus perfectamente esculpidos músculos.

Tenía la piel cálida y suave. Destiny vio endurecerse ligeramente los pezones.

—¿Sientes lo mismo que yo? —le preguntó mientras le acariciaba uno de ellos con el dedo.

Kipling sonrió.

—No sé lo que sientes tú, pero a mí me gusta.

La anatomía era interesante, pensó ella. Similar en ambos casos, pero diferente.

Kipling se inclinó y la besó al tiempo que tiraba del camisón. Destiny se lo subió hasta la cintura y, después, él se lo quitó.

Era curioso. Pocos minutos atrás, pensar en estar desnuda la hubiera puesto nerviosa. En aquel momento, en lo único que podía pensar era en que Kipling iba a acariciarla sin la barrera de la tela y en lo maravilloso que iba a ser. Se tumbó en la cama y le abrazó. Kipling sonrió y la besó.

Destiny cerró los ojos y se perdió en la sensación de su boca sobre la suya. Kipling volvió a acariciarle los senos. Ella suspiró mientras él acariciaba sus curvas. Era tan agradable, pensó. Podría...

Kipling continuaba moviendo las manos. Bajó por las costillas y descendió por el vientre antes de detenerse en la parte superior del muslo. Porque iba a tocarla... allí.

Destiny no estaba segura de cómo sentirse al respecto. Todavía continuaba sintiéndose tensa y acalorada, pero también estaba nerviosa. Pero estaba disfrutando del beso y como Kipling no movió la mano, se relajó. Porque, hasta entonces, todo lo que Kipling le había hecho le había gustado. No había sido la sacudida de la que todo el mundo hablaba, pero, aun así, había sido agradable. Si aquello era el sexo y era importante para él, desde luego, se imaginaba haciéndolo una vez al mes más o menos.

Kipling dejó que la mano subiera por el muslo, llegara hasta el estómago e iniciara el viaje de vuelta. Tan lentamente y con tanta suavidad que Destiny apenas lo notó. La segunda vez, continuó hasta su seno, donde le acarició los pezones. La inquietud retornó y Destiny cambió de postura.

Cuando Kipling descendió de nuevo, las piernas de Destiny parecieron abrirse un poco y él posó un dedo sobre su sexo. Sin presionar ni realmente acariciar, se limitó a posar el dedo. Interrumpió el beso.

—Si no te gusta lo que estoy haciendo, dímelo —le dijo

suavemente–. Si te duele o te hace sentirte incómoda, también.

Abrió los ojos y le descubrió observándola con una mirada intensa.

–Si quieres que vaya más rápido o más despacio, también sería bueno que me lo dijeras.

–¿Por qué tengo que decirte nada?

Kipling sonrió.

–Llegará un momento en el que hasta querrás darme instrucciones.

–Lo dudo.

La media sonrisa se convirtió en una sonrisa radiante.

–Confía en mí.

–De acuerdo.

Kipling movió las manos contra ella, presionando de alguna manera. El calor parecía irradiar desde todas las partes que Kipling acariciaba. Un extraño calor que la hacía desear presionarse contra él.

–¿Qué sabes de anatomía? –le preguntó Kipling–. ¿Qué sabes sobre esa zona en particular?

–Lo habitual.

Kipling la besó suavemente.

–Cierra los ojos.

Destiny hizo lo que le pedía. La hizo abrirse con los dedos y la acarició muy íntimamente.

La noche del bar había sido todo muy diferente. Había estado dentro de ella, pero no la había acariciado. No de aquella manera. Con aquellos dedos que parecían capaces de encontrar hasta la última de sus terminaciones nerviosas y las estaba haciendo cosquillear.

Introdujo un solo dedo dentro de ella y Destiny presionó instintivamente las caderas contra él. Le gustaba sentir aquella plenitud. Aquel movimiento de entrar y salir la hizo tensarse un poco. Abrió las piernas más aún. Kipling continuó acariciándola, hundiéndose en ella, presionando, entrando y...

El placer se convirtió en algo intenso cuando Kipling encontró un nervio, un punto especial o algo parecido. Él contuvo la respiración mientras acariciaba con el dedo la sensible piel de su interior.

—Es el punto G —musitó Kipling.

—Yo creía que eso era un mito.

Kipling volvió a mover el dedo.

—Eso dímelo tú.

Destiny lo habría hecho si hubiera podido respirar, pensó, arqueando las caderas para permitirle un mejor acceso a su cuerpo.

Kipling sacó el dedo y ella estuvo a punto de echarse a llorar. Pero antes de que hubiera podido quejarse, colocó tres dedos sobre el mero centro de su cuerpo y comenzó a moverlos en círculo.

—Es el clítoris.

Destiny habría dicho algo, pero no era capaz de hablar. Nada de lo que habían hecho la había preparado para la oleada de calor y deseo que la atravesó.

Se sentía impotente, pensó, entregándose a aquella sensación de las caricias circulares de Kipling. El ritmo de la caricia no cambiaba, pero iba creciendo la tensión que sentía en su interior.

Quería gemir. Quería suplicar. Todo su ser parecía pendiente de aquel pequeño corazón y de lo que Kipling le estaba haciendo.

Destiny aumentó el ritmo de su respiración mientras él la acariciaba una y otra vez. Kipling comenzó a acariciarla un poco más rápido. Ella se tensó hacia algo que era invisible, intangible, in...

Explotó, estalló en un millón de pedazos, en la esencia de lo que siempre había sido. Podría haber gritado, o jadeado, o haberse quedado completamente callada. No tenía manera de saberlo. Lo único que podía hacer era perderse en las intensas oleadas de placer que la redujeron a la nada antes de permitirse volver a recomponerse en una versión metamorfoseada de sí misma.

Cuando pudo pensar otra vez, cuando fue capaz de volver a hablar y respirar, abrió los ojos y descubrió a Kipling observándola.

Kipling curvó la comisura de los labios.

—Eso ha sido un orgasmo.

Capítulo 17

La casa era muy bonita. Dos pisos y un sótano parcialmente terminado. Cuatro dormitorios en el piso de arriba, montones de ventanas para dejar entrar la luz y un enorme jardín. Destiny sabía que debería comprobar los armarios y el tamaño de la cocina. ¿Era conveniente aquella disposición? ¿Necesitaría pintar la casa? Cuando uno compraba una casa por primera vez, había muchas consideraciones que hacer. Pero, para ser sincera, sencillamente, no era capaz de pensar con claridad. No con el cuerpo todavía temblando y cosquilleando con las réplicas de sus encuentros.

Alguien debería haber sido mucho más claro con toda la cuestión del sexo.

Kipling regresó a la cocina y le sonrió.

—El jardín es bonito. Suficientemente grande como para instalar unos columpios y como para tener un perro. Hay un árbol con las ramas bastante gruesas. ¿Qué te parecería construir una casa en un árbol?

Tenía una boca tan bonita, pensó Destiny, observándole mientras él hablaba. Y cómo se movía. De vez en cuando, se le adivinaba una pequeña vacilación. Consecuencia del accidente. También tenía cicatrices. En las piernas y en las caderas. Y una cicatriz circular en la parte posterior del cuello.

Lo había aprendido durante su luna de miel. Y sabía

otras muchas cosas también. Conocía el olor de su piel y sabía que su mirada se endurecía cuando se hundía en ella. Sabía que le gustaba que hiciera ruido al llegar al orgasmo. Y conocía el sonido de su voz cuando la urgía a correrse.

Kipling se acercó a ella y la estrechó contra él.

—¿Estás cansada? —le preguntó.

—Un poco.

Ninguno de los dos había dormido. Habían pasado la noche haciendo el amor. Tras el primer orgasmo, Destiny se había quedado estupefacta. Alucinada. No era capaz de describirlo con palabras, pensó, asombrada todavía por lo que había pasado. Después, Kipling se había hundido dentro de ella y había vuelto a llegar al clímax.

Habían salido a cenar, habían vuelto al dormitorio y habían hecho el amor una y otra vez. Le dolía todo, pero el dolor había merecido la pena. Por lo mucho que había disfrutado.

Kipling le acarició el pelo y bajó la boca hasta sus labios. Destiny se reclinó contra él y entreabrió inmediatamente los labios. Para cuando sus lenguas se encontraron, ya estaba desabrochándose la blusa. En cuanto terminó, se desabrochó también el sujetador, le tomó las manos y las posó sobre sus senos.

El beso de Kipling se tornó hambriento, pero la apartó.

—Espera un momento. Quiero ir a comprobar la puerta.

Porque estaban solos en aquella casa vacía. El empleado de la agencia inmobiliaria se había limitado a entregarles las llaves de los inmuebles que tenían en venta. Al parecer, se había corrido rápidamente la voz de que estaban buscando casa.

Kipling salió corriendo de la cocina. Destiny le dio un buen uso a aquellos minutos. Se desabrochó rápidamente los pantalones y se quitó los zapatos. Para cuando Kipling regresó, estaba desnuda.

Kipling la miró y sacudió la cabeza.

–Vas a acabar con nosotros dos.

Destiny sonrió.

–Lo dudo.

Kipling se acercó a ella, la agarró por la cintura y la subió al mostrador. Destiny alargó la mano hacia la bragueta de sus vaqueros y liberó su miembro.

Kipling estaba ya excitado. Destiny abrió los muslos y él se hundió en ella. Destiny le rodeó las caderas con las piernas y lo arrastró profundamente hacia ella.

Les bastó con un par de embestidas para que encontraran el ritmo perfecto. Mientras le devolvía los besos, Kipling le acariciaba los senos. Ella deslizaba las manos por su pecho y su espalda, y cambió después de postura para poder estrecharle mejor y permitirle estar más dentro de ella.

La llenaba completamente. Las terminales nerviosas gritaban ya por aquella ardiente fricción. En el primer minuto ya estaba jadeando. En el segundo, a punto de alcanzar el orgasmo. En el tercero, abrió los ojos y le descubrió mirándola.

Dentro, fuera. Se movía rápidamente, con fuerza, empujándola hacia él una y otra vez.

–Sí –jadeó Kipling, sin abandonar sus ojos.

Podía ver que estaba llegando. Era algo que los dos habían averiguado la noche anterior. Cuando Destiny se tensó antes de la liberación final, él se hundió profundamente en ella. Y aquello bastó.

Destiny notó la primera señal, las primeras contracciones internas. El orgasmo la envolvió, la arrastró. Se estremeció y gimió mirándole en todo momento a los ojos. Permitiéndole verlo todo.

Kipling no había interrumpido el ritmo ni una sola vez. Destiny le sintió estremecerse, aunque intentó aguantar hasta que ella hubiera terminado. Cuando Destiny se sosegó, le apretó el trasero y empujó una vez más. Destiny observó su rostro tensarse mientras se derramaba dentro de ella.

Permanecieron así, conectados, unidos, hasta que se apaciguó el ritmo de sus respiraciones. Se besaron entonces lentamente, perezosamente, permitiendo que sus cuerpos se fueran relajando. Kipling se retiró y la ayudó a vestirse.

Tras abrocharle el sujetador, la rodeó con los brazos y posó las manos sobre sus senos. El deseo volvió a atravesarla. Parecía incapaz de saciarse de él, pensó Destiny, sin estar segura de si era una buena o una mala noticia. Había algo en el cuerpo de Kipling y en su propio cuerpo, que creaba aquella irresistible dinámica.

Se puso la camiseta y se volvió hacia él.

—Estoy siendo igual que mis padres —musitó, disfrutando de su abrazo.

—Todavía no te he visto tirarme ningún plato, así que no lo creo.

Destiny soltó una carcajada.

—Estoy segura de que lo de tirar los platos será lo siguiente. Pero no tenía ni idea de que con el sexo fuera a ser así.

Kipling le tocó la barbilla.

—Normalmente no es así —admitió—. Habitualmente, es menos intenso. Y menos frecuente, incluso al principio —sonrió—. Para mí esto también ha sido algo inesperado.

Por un instante, Destiny se preguntó si no se trataría de algo más que eso. Si su reacción a Kipling no tendría que ver más con su cerebro que con su cuerpo. Porque si pensaba en todas las cosas buenas que debía tener un hombre, Kipling cumplía todos los requisitos. Pero también la asustaba. Realmente, era un buen tipo y hacía que se le acelerara la sangre en las venas. Una combinación irresistible. Que era, precisamente, lo que ella había estado intentando evitar.

Kipling la rodeó con el brazo y la hizo volverse para que viera la cocina.

—¿Quieres que hablemos de este espacio? —le preguntó.

Destiny soltó una carcajada.

–Me gusta el mostrador de obra.

–Es muy práctico –la besó en la frente–. Muy bien. Vamos a comportarnos como adultos en esta cuestión. Estamos buscando una casa. ¿Crees que esta nos conviene? –señaló una zona abierta que había justo detrás de la isleta–. Ahí tenemos sitio para una mesa y unas sillas. El parque del niño podríamos colocarlo ahí.

¿El parque del niño? Kipling continuó hablando, pero Destiny ya no era capaz de escucharle. Presionó la mano contra su vientre y dejó que la inundara su nueva realidad. Estaba embarazada. Sí, lo sabía ya, pero hasta entonces no lo había visto como algo real. Probablemente, todavía no lo era. Pero allí estaba, casada, buscando casa con su flamante marido. Porque iban a tener un hijo. Además, era responsable de su hermana adolescente.

Eran demasiadas cosas que asimilar. Y se habría derrumbado bajo su peso si no hubiera sido porque no estaba sola. Tenía a Kipling a su lado.

Destiny vaciló antes de entrar en el Bar de Jo. Aunque normalmente estaba deseando disfrutar de la comida semanal con sus amigas, aquel día se mostraba más que un poco aprensiva. Tenía la sensación de que el anuncio de su inesperada y reciente boda iba a convertirse en el centro de la conversación.

Aun así, no podía evitar lo que había pasado. Se había quedado embarazada y estaba casada. No era exactamente el plan que ella había trazado, pero estaba sabiendo cómo tratar con ello: siendo una persona responsable y adulta, si dejaba de lado un apasionado encuentro en una casa vacía. Afortunadamente, se le daba tan bien ignorar lo obvio como a cualquiera.

Tomó aire, abrió la puerta y sonrió al ver a varias de sus amigas sentadas a la mesa.

Shelby y Dellina la saludaron con la mano. Madeline se volvió, le sonrió y señaló una silla vacía para que se sentara a su lado. Cassidy estaba allí también. Y había un par de sillas vacías, lo que indicaba que esperaban a un buen grupo.

–Estoy intentando convencer a todo el mundo para que vengan a ver conmigo la última película de Jonny Blaze el viernes por la noche –le explicó Madeline–. Dime que vendrás. Va a ser genial.

Shelby arrugó la nariz.

–Las películas violentas no son lo mío.

–No es violencia real –le aclaró Madeline–. Es todo fingido. La muerte es algo muy limpio, y después, la vida continúa.

–Qué rara eres –dijo Cassidy alegremente–. Eso es algo que me gusta de ti.

Madeline sonrió radiante.

–Gracias. ¿Te está gustando vivir en Fool's Gold?

–Sí, es genial. Todo el mundo es muy cariñoso –Cassidy arrugó la nariz–. Quizá demasiado –se volvió hacia Destiny–. He tenido que pararle los pies a tu amigo Miles un par de veces. «Hola, estoy casada y no tengo ningún interés en nadie que no sea mi guapísimo marido».

–Lo siento –musitó Destiny.

Miró a Shelby de reojo y vio que había palidecido. Esta última se levantó de pronto.

–Ahora mismo vuelvo. No me esperéis para comer.

Destiny la siguió hasta la puerta.

–¿Es por lo de Miles?

–Sí. Necesito hablar con él y romper una promesa.

Destiny no sabía si quería saber de qué estaba hablando.

–¿Quieres que vaya contigo?

–No, puedo gritarle yo sola.

Larissa y una muy embarazada Taryn entraron en aquel momento al bar. Destiny vaciló, pero Shelby se volvió y le hizo un gesto con la mano, indicándole que volviera a la mesa. Mientras se acercaba a la mesa al lado de Taryn, Destiny la miraba, preguntándose si también ella parecería estar tan incómoda cuando estuviera así de avanzado su embarazo.

Por detrás, Taryn parecía elegante y esbelta, pero por delante estaba enorme. Era solo barriga, apenas se veían su rostro, sus hombros y sus piernas. Otras mujeres a las que había conocido embarazadas, habían engordado de forma más general, más equilibrada, pero aquello las había obligado a perder más peso después.

Suponía que el médico le diría cuál era la cantidad de peso que era saludable ganar. Hablando de lo cual, tendría que encontrar un ginecólogo y programar una visita.

Cassidy sacó una silla para Taryn.

—¿Cómo te encuentras?

—Enorme. Es horrible. La biología apesta.

Cassidy le palmeó el brazo.

—Esa es mi chica. Siempre tan valiente, intentando reprimir sus sentimientos para no afectar a aquellos que la rodean.

—Vete al infierno.

Cassidy soltó una carcajada.

Jo llegó en aquel momento para tomar nota de las bebidas.

—Me estás tentando, y eso no está bien —le advirtió Taryn, mirando las copas especiales que estaban anunciadas en el tablón. La primera era una margarita con frutas del bosque—. Juro que cuando el niño nazca me voy a pasar tres días bebiendo.

—No —la corrigió Cassidy alegremente—. Entonces estarás dando de mamar.

Taryn la fulminó con la mirada.

—No te metas conmigo. Te crees muy dura y delgada, pero podría contigo.

Cassidy se estaba divirtiendo cada vez más.

—Jamás me enfrentaría a una mujer embarazada.

Taryn suspiró.

—Muy bien. Cuatro meses después de que el niño nazca, me voy a agarrar una auténtica borrachera. Hasta entonces, prepárame esa estúpida infusión de hierbas con hielo. No es demasiado repugnante.

Jo le dirigió una mirada fugaz.

—Me encanta el cumplido. Estaba pensando en hacer un anuncio para la televisión. Creo que deberías ser tú la que lo presentaras.

—Muy graciosa —gruñó Taryn—. Y lo siento. Estoy enorme, no puedo dormir, tengo los pies hinchados y no me cabe ninguno de mis zapatos. Acabad conmigo cuanto antes.

Todas se echaron a reír y siguieron después pidiendo las bebidas. Destiny miró a Taryn y se volvió después hacia Jo.

—Lo que ha dicho de la infusión de hierbas ha sonado tan bien que yo también tomaré una.

—Te encantará —le aseguró Jo, y se volvió hacia Taryn—. Tengo una ensalada nueva. Todos productos frescos, ecológicos y locales. Alta en proteínas gracias a la quinua.

Taryn hizo un sonido de repugnancia. Jo se echó a reír y se marchó.

—Es su manera de expresar cariño —dijo Madeline—. Jo cuida a la gente y nosotras la adoramos precisamente por eso.

—Lo sé —contestó Taryn con un suspiro.

—Esa ensalada tiene que estar deliciosa —admitió Larissa—. Creo que la voy a pedir.

—Serás capaz —gruñó Taryn.

—Estoy de acuerdo con ella —añadió Cassidy.

Destiny tenía la sensación de que estaba diciendo eso para aguijonear a Taryn. Las dos mujeres parecían haberse hecho rápidamente amigas. Y no con una amistad superficial, sino que parecía sólida.

La conversación fluía en torno a ella. Hablaron de las próximas fiestas, del buen tiempo y de las locuras que hacían los turistas. Las habituales tonterías. Jo regresó con las bebidas, tomó nota de lo que iban a comer y se marchó. Destiny sabía que se estaba quedando sin tiempo.

Sin estar muy segura de qué decir exactamente, puso la mano izquierda sobre la mesa. La alianza de oro resplandeció. Se quedó mirando fijamente la alianza, buscando las palabras apropiadas. Al final, imaginó que lo más fácil sería soltarlo sin más. Decir sencillamente...

—¡Oh, Dios mío! ¿Es de verdad? —preguntó Madeline—. Destiny Miles, ¿llevas una alianza de matrimonio?

La mesa enmudeció y todo el mundo se volvió para mirarla. O, más exactamente, para mirar su mano.

Se sintió sonrojarse.

—Yo, eh...

Taryn tocó la alianza.

—A mí me parece de verdad.

Destiny se aclaró la garganta.

—Kipling y yo nos casamos hace un par de días. Sé que todo ha sido muy rápido, pero teníamos motivos. Un motivo en particular. Estoy embarazada.

Todo el mundo se la quedó mirando fijamente. Todos los ojos estaban abiertos como platos, y un par de bocas también.

—Qué rapidez —dijo Taryn, e inmediatamente esbozó una mueca—. No pretendía que sonara como una crítica.

—Bien por ti —la felicitó Cassidy—. Kipling es un gran tipo. ¿Cuándo os habéis casado? ¿Y dónde?

—Sí, necesitamos detalles —añadió Larissa.

—Felicidades —Madeline le dio un enorme abrazo—. Ese hombre es un sueño y hacéis muy buena pareja. ¡Y un bebé! Eso es maravilloso. ¿Lo sabe Starr? ¿Está contenta?

—Dice que sí —les explicó Destiny—. No para de darle vueltas al hecho de que va a formar parte de una verdadera familia. Además, está emocionada porque va a tener un sobrino.

–Me lo imagino –dijo Larissa–. Si yo fuera la única persona de mi familia, saldría huyendo. Mis padres son fantásticos, pero intensos –le sonrió a Destiny–. Tenéis suerte de haberos encontrado el uno al otro tan rápidamente. Yo estuve enamorada de Jack durante años y tardé mucho tiempo en averiguarlo. Tuvo que decírmelo mi madre. No creo que haya nada más humillante.

–Jeff y yo lo supimos desde el primer día –explicó Cassidy, y guiñó un ojo–. Él me dijo hola, yo le dije hola y nos quedamos mirándonos a los ojos. A finales de esa misma semana me fui a vivir con él y a los seis meses ya estábamos casados –suspiró–. Adoro las historias de amor.

Taryn sorbió por la nariz.

–Yo también. Estas malditas hormonas me están convirtiendo en una chica.

Madeline se inclinó hacia ella.

–Taryn, cariño, eres una chica. Lo sabías, ¿verdad? Porque si no lo sabes, alguien tendrá que tener una conversación con Angel.

–Muy graciosa.

Llegó Jo con los almuerzos.

–Felicidades –dijo–. He oído la feliz noticia. Ese hombre se mueve rápido. Abre un bar a los dos meses de estar en la ciudad y me quita la mitad de los clientes. Unas semanas después, se casa y tiene ya un hijo en camino. Desde luego, ha nacido con estrella –sacudió la cabeza–. Lo siento. No tenía que haberte dicho eso. Me alegro sinceramente por ti. Yo invito al almuerzo.

Destiny la miró.

–Gracias.

Jo se marchó y Madeline posó la mano en el brazo de Destiny.

–No te preocupes por Jo. Está bien.

Destiny asintió, pensando que Jo parecía más afectada por el The Man Cave que entusiasmada por la boda. Taryn probó la ensalada saludable y declaró que era comestible. Cassidy presionó pidiendo más detalles de la boda y la conversación giró hacia otros temas. Destiny se relajó al darse cuenta de que no tenía ningún motivo para preocuparse. Sus amigas no la juzgaban. La aceptaban y la apoyaban.

Sí, era cierto que estaba embarazada y que tenía que enfrentarse a muchos cambios, pero no estaba sola. Tenía a Kipling, a Starr y a todas aquellas amigas que la ayudaban. Después de haber pasado tantos años en soledad, tenía que admitir que era agradable sentirse conectada con el mundo.

El sábado, Kipling aparcó en el camino de entrada a la casa de Destiny. Habían acordado que se mudaría a vivir con él hasta que se instalaran en la casa que habían comprado. La casa de Kipling no era más grande y Starr ya estaba acostumbrada a estar allí. No tenía sentido que tuvieran que moverse las dos.

El proceso de traslado de sus respectivas pertenencias le llevaría unos cuantos días. Kipling llevaba varias cosas aquel día y se mudaría oficialmente con el resto de los muebles el siguiente fin de semana.

Entró con las cajas en la casa.

—¡Starr, soy yo! —gritó.

La adolescente no respondió.

Kipling había llamado antes para que supiera que iba a pasar por allí. Destiny había ido a hacer algunos encargos, pero Starr le había asegurado que estaría en casa toda la tarde. Kipling cruzó el pasillo y encontró la puerta del dormitorio abierta y la habitación vacía. A lo mejor había salido y le había dejado una nota, pensó al tiempo que retrocedía sobre sus pasos para comprobarlo.

Miró la mesa de la cocina y no vio nada. Antes de pensar en qué podía hacer a continuación, un movimiento le llamó la atención. Miró por la enorme ventana que había encima del fregadero y vio a Starr sentada con un chico en el banco del patio.

El chico le resultaba familiar, pensó Kipling. Sí, era Carter, el hijo de Gideon.

Los dos adolescentes estaban hablando intensamente. La imagen era bonita, pensó con indulgencia mientras se acercaba a la puerta de la cocina para hacerles saber que estaba allí. Posó la mano en el pomo de la puerta. Carter y Starr se inclinaron el uno hacia el otro. Kipling abrió la puerta en el momento en el que se estaban besando.

¿Besando?

Kipling salió en un abrir y cerrar de ojos.

—¿Qué demonios estáis haciendo vosotros dos? —exigió saber.

Los adolescentes se separaron bruscamente. Carter se levantó de un salto y se interpuso entre Kipling y Starr. Un gesto protector que a Kipling le habría parecido admirable si no hubiera estado tan disgustado. Tenían quince años. Eran demasiado jóvenes para besarse, ¿no? Por supuesto, los adolescentes hacían ese tipo de cosas, pero no delante de él.

—Starr, ¿sabe tu hermana que Carter está aquí?

—No le grites —le advirtió Carter.

—No estoy gritando —gruñó Kipling.

Starr miró a Kipling desde detrás de Carter.

—Pues lo parece —parecía más intrigada que asustada—. Era solo un beso.

—Tenéis quince años.

—Ya lo sabemos —replicó Carter—. Y tenemos derecho a besarnos.

—No, no tienes ningún derecho —se acercó al chico—. A lo que tienes derecho es a largarte de esta casa.

—¿Qué? —preguntó Starr, levantándose ella también—. Tú no le mandas, ni a mí tampoco. Que te hayas casado con mi hermana no significa que tengas ninguna responsabilidad sobre mí. A Destiny no le importaría.

—¿Quieres apostar? —preguntó Kipling. Señaló la puerta—. Fuera de aquí.

Carter no se movió.

—No me marcharé hasta que me prometas que no piensas hacerle ningún daño a Destiny.

—¿Qué? ¿Hacerle daño? —soltó una maldición—. Starr, vete a tu habitación hasta que Destiny llegue a casa. Carter, lárgate, ¿me has oído?

Carter y Starr intercambiaron una mirada y asintieron los dos. Susurraron algo mientras se dirigían hacia la puerta trasera. Kipling les siguió. Starr fue a su habitación y Carter abandonó la casa. Kipling miró el reloj, preguntándose cuánto tiempo tardaría Destiny en llegar.

Destiny volvió a casa lo antes que pudo. Había dejado abandonado un carro prácticamente lleno de comida en el supermercado, algo que no había hecho jamás en su vida. Pero nunca había oído a Kipling tan preocupado.

Cuando llegó, la estaba esperando en el escalón de la puerta.

—¿Se estaban besando? —preguntó Destiny en cuanto salió del coche—. No me lo puedo creer.

—Yo tampoco.

—Starr y Carter han quedado algunas veces, pero no me había imaginado nada parecido. Son amigos.

—Y muy buenos.

Justo en aquel momento, llego una camioneta a toda velocidad, dobló la esquina y frenó bruscamente delante de la casa. Gideon salió y caminó a grandes zancadas hacia ellos.

—¿En qué demonios estabas pensando? —increpó a Kipling.

Destiny había visto a Gideon en un par de ocasiones, en

algunos encuentros sociales. Le pareció más grande de lo que recordaba y mucho más amenazador. Kipling se interpuso inmediatamente entre ella y Gideon.

Felicia bajó del asiento de pasajeros y corrió hacia su marido.

—Gideon, ya hemos hablado de esto. Tu enfado puede estar justificado. Yo también tengo ganas de darle un puñetazo a Kipling en pleno rostro, pero tenemos que analizar los hechos —se interrumpió y le dirigió a Destiny una tensa sonrisa.

—Hola. Tenemos un problema.

Menudo eufemismo, pensó Destiny.

—Un problema que tenemos que resolver.

—Yo sé lo que he visto —gruñó Kipling, y fulminó a Gideon con la mirada—. Tu hijo estaba aquí, sin permiso de nadie, besando a Starr. Starr solo tiene quince años. Si no hubiera llegado yo, no sé qué habría pasado.

Destiny quería decir que ella confiaba en su hermana, pero Starr también era producto de unos genes peligrosos. Sabía exactamente la potencia que podía llegar a tener el deseo sexual.

Felicia suspiró.

—Durante la adolescencia las hormonas tienen una fuerza formidable. El deseo sexual es capaz de nublar el juicio a cualquier edad, pero particularmente a esa edad. Es absurdo esperar una conducta racional.

Gideon se volvió hacia ella.

—Te quiero. Tienes razón y, aun así, estoy deseando destrozarle.

Kipling dio un paso hacia él.

—Adelante, inténtalo.

Destiny le agarró del brazo mientras Felicia se colocaba delante de Gideon.

—No estás ayudando mucho —le dijo Felicia con firmeza.

—No me importa.

–Pero sí te importa Carter.

Gideon miró fijamente a Kipling.

–¡No tienes ningún derecho a gritar a mi hijo!

–Lo único que he hecho ha sido pedirle que se largara. Si Starr fuera tu hija, ¿qué habrías hecho?

–¡Ya basta! ¡Dejadlo ya!

La voz llegó desde detrás de ellos. Destiny se volvió y vio a Starr en el porche con los ojos llenos de lágrimas.

–No tenéis por qué pelearos por eso. Solo ha sido un beso.

Destiny corrió hacia su hermana.

–Solo ha sido un beso –susurró Starr otra vez–. Dejad de pelearos. No hemos hecho nada malo. ¿Es que nunca habéis estado enamorados?

–No puedes estar enamorada –repuso Gideon rotundo–. Eres demasiado joven.

Felicia le tocó el brazo.

–En realidad, es una estupidez sugerir que esa edad no es... –apretó los labios–. Quizá este no sea el momento para esa clase de información.

¿Amor? Destiny tenía problemas para respirar.

Starr se volvió hacia Kipling.

–Tú estás enamorado, ¿verdad? Así que sabes lo que quiero decir.

Kipling se la quedó mirando como si no lo comprendiera. Starr frunció el ceño.

–Tienes que estar enamorado –le aclaró Starr–. De Destiny. Te has casado con ella.

Destiny jamás había oído un silencio tan atronador. Creció y se expandió hasta ocuparlo todo. Era como estar sobre un escenario y no recordar la letra de una canción. No, era mucho peor que eso. La humillación ardía, convirtiéndose en vergüenza. Quería salir corriendo, pero no podía moverse. Una cosa era que ella supiera que su matrimonio con Kipling había sido una decisión práctica y otra muy distinta que algo tan poco romántico fuera compartido con todo el mundo. Aunque nunca hubiera dicho que estaban enamorados, la gente lo había dado por sentado y ella no les había corregido.

Gideon y Felicia se miraron el uno al otro. Starr contuvo la respiración.

—¿La has dejado embarazada y ni siquiera estás enamorado de ella? —Starr se volvió hacia Destiny—. ¿Y tú lo sabías?

—Podemos hablar de esto más tarde —musitó.

Starr retrocedió.

—Claro. Estaré en mi habitación.

Se dirigió al interior de la casa. Felicia se aclaró la garganta.

—Hablaremos con Carter sobre lo del beso. Le explicaremos que, quizá, son demasiado jóvenes.

Kipling asintió.

—Siento haberle gritado. Ha sido una reacción refleja.

—Pues la próxima vez procura tener más reflejos —le advirtió Gideon—. Y procura que no vuelva a ocurrir. Dejo The Cave Man. Ya puedes ir buscando otro socio.

Se montaron en la camioneta.

De nuevo a solas con él, Destiny descubrió que no era capaz de mirar a Kipling.

—Tengo que ocuparme de Starr —le dijo—. ¿Por qué no nos das algún tiempo mientras intentamos arreglar todo esto?

Pensó que Kipling iba a oponerse, pero este asintió y se marchó. Destiny se dirigió al interior de la casa.

Starr la estaba esperando en el cuarto de estar con la guitarra en la mano. Sin decir nada, se la tendió, regresó a su dormitorio y cerró la puerta.

Destiny se sentó en el sofá, con la guitarra al lado. Clavó la mirada en el instrumento. La insinuación estaba clara. Necesitaba la música porque la única manera que tenía de procesar sus sentimientos era a través de una canción. Pero ella estaba bien. Total y completamente bien.

Kipling no estaba enamorado de ella. No era una novedad. Se llevaban bien, eran amigos y, cuando se había quedado embarazada, habían tomado una decisión sensata sobre su futuro. No pasaba nada. Técnicamente, eso era lo que siempre había querido.

Kipling era un hombre al que le gustaba arreglar cosas. Ella era su proyecto de aquella etapa. Había destinos peores.

Agarró la guitarra y rasgó las cuerdas. Una música suave inundó la habitación. El amor era una complicación que nunca había querido ni necesitado. Ser el centro de la vida de alguien, ¿quién quería una cosa así? Evidentemente, Kipling no estaba enamorado de ella. Si lo estuviera, habría dicho algo. O, al menos, lo habría insinuado. Pero no lo había hecho. Se había mostrado impactado. Horrorizado, incluso.

Así que no estaba enamorado de ella. Era preferible, ¿no? Tampoco podía decirse que ella estuviera enamorada de él. Estar enamorada de Kipling significaba quererle más que a sí misma. Significaba ser capaz de imaginarse viviendo años y años a su lado y siendo feliz. Que, de todos los hombres a los que podría haber elegido para quedarse embarazada, le había elegido a él. Estar enamorada significaba agradecer que formara parte de su vida y la ayudara con Starr. Estar enamorada de él significaba estar segura de que cuarenta años después, el corazón continuaría acelerándosele cuando le viera entrar en una habitación.

Se dio cuenta de que tenía la mirada un poco borrosa y parpadeó. Las lágrimas rodaron por sus mejillas. Las secó, pero fueron reemplazadas por nuevas lágrimas. Sintió un nudo en la garganta y tuvo que contenerse para no sollozar. Porque la verdad había estado allí durante todo aquel tiempo. Simplemente, nunca había sido consciente de ella. En algún momento, durante aquel proceso, se había enamorado de Kipling y, por lo que ella sabía, él no tenía ninguna intención de que el sentimiento fuera recíproco.

Capítulo 18

Kipling sabía que la semana estaba a punto de empeorar de forma considerable. Se sentó en una de las mesas del bar y observó al resto de sus socios mientras ellos tomaban asiento. Estaban todos: Josh Golden, Raúl Moreno, Kenny Scott, Jack McGarry y Sam Ridge. También los hermanos Stryker: Rafe, Shane y Clay. El único que faltaba era Gideon. Probablemente porque había renunciado ya a ser socio.

Rafe, Josh y Kenny intercambiaron una mirada, como si ya lo tuvieran todo hablado por adelantado, entonces, Kenny se volvió hacia Kipling.

—Entendemos lo que pasó con Carter —le dijo—. Si hubiera sido una de nuestras hijas, habríamos sentido lo mismo, pero tienes un problema serio y Gideon va a por todas.

—Hace falta tener valor para desafiarle —añadió Raúl—. Sabes que ha recibido entrenamiento de las Fuerzas Especiales, ¿verdad?

Kipling no lo sabía, pero no entendía por qué aquella información podía tener alguna relevancia. No iba a dejar de proteger a Starr porque su oponente fuera peligroso.

Rafe sacudió la cabeza.

—Si pudiéramos ceñirnos al tema...

—Yo no me estaba saliendo del tema —replicó Raúl—. Solo estaba diciendo que hace falta tenerlos bien puestos.

–Y grandes –contestó Kipling–. Y ahora, ¿me puede explicar alguien el por qué de esta reunión?

Los socios intercambiaron una mirada que confirmaba que habían estado en contacto. Él iba a ser el último en enterarse, y eso significaba que las noticias no eran buenas.

–Las mujeres están enfadadas –dijo Kenny, encogiéndose de hombros–. The Man Cave es un negocio estable. No tenemos tantos clientes como al principio, pero sí los suficientes como para que estén preocupadas por Jo y por cómo le está afectando a ella. Personalmente, yo creo que es Jo la que tiene que preocuparse de sí misma y de su bar, pero la decisión no la tomo yo, sino Bailey.

Kenny Scott era un hombre grande. Alto, musculoso, un antiguo jugador de fútbol profesional. Si Kipling tuviera que elegir a la única persona que no iba a dejarse presionar por la mujer con la que compartía su vida, habría dicho que esa persona era Kenny. Y se habría equivocado.

–Déjame ver si lo entiendo –dijo Kipling con calma–. Abrimos The Cave Man porque no había un solo bar en la ciudad al que un hombre pudiera ir a tomar una cerveza. Jo atiende principalmente a mujeres y los bares restaurantes no son lo mismo. De modo que montamos este lugar para solucionar el problema. ¿Y ahora me decís que queréis dejarlo porque está funcionando?

Los otros hombres se movieron incómodos en las sillas.

–No es tan fácil –comenzó a decir Rafe, y después asintió–. Pero sí, es algo así. Mira, el bar es genial. Me gusta estar aquí. Cuando recibo a un posible comprador en la ciudad, es aquí exactamente donde quiero estar. Pero a Heidi no le gusta. Jo y Heidi están muy unidas.

–¿Jo ha hablado con todas vuestras esposas?

Todo el mundo asintió.

–¿Y habéis decidido renunciar porque Jo está enfadada?

–No –le corrigió Sam–. Jo es genial, pero estoy haciendo esto por Dellina.

Acudió a la mente de Kipling la palabra «calzonazos», pero Kipling sabía que no tenía ningún sentido decir lo obvio.

—Entonces adelante —dijo—. El negocio sobrevivirá sin vuestra ayuda. Os compraré vuestra parte.

—No hace falta que te des prisa —le ofreció Rafe—. Al principio se necesita dinero en efectivo. Puedes pagarme más adelante.

—A mí también —se sumó Raúl—. Solo necesito poder decirle a Larissa que estoy fuera de esto.

—Lo mismo digo —añadió Raúl—. Pero en mi caso, a Pia.

En cuestión de minutos habían renunciado todos. Kipling se quedó junto a la barra, preguntándose qué demonios había pasado. Dos días atrás lo había fastidiado todo con Destiny, ¿y después aquello?

Nick se acercó a su lado con expresión compasiva.

—Supongo que te has enterado —musitó Kipling.

—Lo suficiente.

—Pensaban que estábamos haciendo algo importante. ¿Cómo va el negocio, por cierto?

—Los ingresos han bajado. Las entradas de los turistas son estables, pero no suficientes. Este no es precisamente un bar al que traer a los niños y la mayor parte de los turistas que se acercan a la ciudad tienen familia. Así que necesitamos a la gente de aquí para sobrevivir. Si las mujeres les dicen a sus maridos que boicoteen el bar, estamos perdidos.

—Has vivido aquí durante toda tu vida, ¿alguna sugerencia?

—Habla con Jo.

Kipling ya había imaginado que iba a tener que hacerlo.

—¿Y qué le digo?

—No lo sé. Es una mujer. Pídele disculpas.

—No pienso hacerlo —pensó en dar un puñetazo a la barra, pero era de madera, así que ganaría ella.

—Yo no soy el malo de la película en este asunto —le dijo a Nick.

Pero recordaba la mirada de Starr cuando había sido incapaz de decir que estaba enamorado de su hermana. Porque, aunque pensar en aquello era un infierno, era más fácil que pensar en el daño que le había hecho a Destiny.

—No lo eres. Pero, aun así, tienes que intentar solucionar esto. O tendremos que cerrar.

King se encaminó hacia el Bar de Jo pasando antes por la panadería de su hermana. No estaba seguro de qué pensar sobre lo que acababa de suceder y menos aún de lo que se suponía que tenía que decir a la misteriosa y poderosa Jo. Imaginaba que Shelby podría darle algún consejo.

Cuando llegó a la panadería, la adolescente que estaba en el mostrador le hizo un gesto para que fuera a la parte de atrás. Encontró a Shelby delante de una docena de bizcochos pendientes de decorar, pero, en vez de estar decorándolos o cubriéndolos, tenía la mirada fija en la pared más alejada, los hombros caídos y la expresión triste.

—¿Qué te pasa? —le preguntó preocupado—. Cuéntame lo que te pasa.

Shelby se sobresaltó como si la hubiera asustado, después se secó las mejillas y sacudió la cabeza.

—Lo siento, hermano. Hay problemas que tú no puedes arreglar.

—Puedo arreglar este.

—Lo dudo.

—Cuéntamelo.

Shelby elevó los ojos al cielo.

—Tiene que ver con mi vida sentimental. O con mi falta de vida sentimental. Los hombres son unos canallas y uno de ellos ha herido mis sentimientos y se ha marchado de la ciudad. Y antes de que lo preguntes, no, esto no puedes arreglarlo —le dirigió una trémula sonrisa—. Te quiero como hermano y esto vas a tener que dejarlo pasar.

Kipling le dirigió una dura mirada.

—Cuéntamelo.

—No. Estaba saliendo con alguien que estaba saliendo con otras mujeres a la vez y ahora se ha ido. Pero es lo mejor. Continuaré con mi vida y encontraré a un hombre adecuado.

Kipling se acercó rápidamente a ella.

—¿Y te ha...?

La tristeza desapareció y fue entonces la ternura la que inundó sus ojos. Le abrazó.

—No —susurró—, nunca me pegó —se enderezó y le acarició la cara—. Kipling, no todos los hombres son como nuestro padre. Algunos hacen daño con sus actos, no con los puños. Pero no puedes protegerme de todo. Te agradezco que lo intentes, pero, por favor, olvídate de esto. Estoy bien. O lo estaré. He aprendido la lección. Necesito dejar de enamorarme de hombres llamativos y seductores. Necesito encontrar a alguien sólido que sea capaz de quererme.

—¿Un hombre sensato? —preguntó, pensando en Destiny y en su ridículo plan.

Destiny no quería amor. Lo había dejado bien claro. Nada de emociones fuertes. Debería alegrarse de que no estuviera enamorado de ella. Pero no le había parecido muy feliz y, desde hacía dos días, no contestaba sus llamadas.

—No exactamente sensato —admitió Shelby con una sonrisa—. Quiero a alguien más romántico que eso. Pero una persona estable. Alguien de quien pueda depender —ensanchó la sonrisa—. Y que no sea mi hermano. Esto es algo que no puedes, ni debes, solucionar tú. No todos los problemas tienen una solución. Así que deja que me recupere y siga con mi vida.

—Ese mensaje ya ha quedado bien claro.

—Perfecto. ¿Y a ti qué te pasa?

—No gran cosa.

—¿Cómo te va con Destiny?

—Genial.

—Me alegro de que estéis juntos. Creo que es la mujer adecuada para ti.

Una declaración inesperada.

—¿Cómo lo sabes?

—Porque es una mujer a la que le gusta encargarse de los demás y tú necesitas que te cuiden. Su familia es un poco extravagante, lo cual significa que habrá siempre crisis, y a ti te gusta cuidar a la gente. Tendréis el mismo punto de vista —se echó a reír—. No sé, me parece que encajáis como pareja. Me gusta veros juntos.

Kipling le dio un beso en la frente.

—Gracias, nos veremos pronto. Si necesitas ayuda, dímelo.

—Siempre lo hago.

Se fue. Las palabras de Shelby se repetían en su cabeza.

Él pensaba que se había acostado con Destiny porque era una mujer muy atractiva y que se había casado con ella porque estaba embarazada. ¿Pero habría algo más? La descripción que había hecho Shelby de su relación le hizo preguntarse si habría algo más de lo que él sabía. Pero antes, tenía que ir a ver a la mujer del bar.

—Cuando quieras salir al campo, dímelo y yo iré contigo —le propuso Cassidy.

—Yo no soy responsabilidad tuya —respondió Destiny, y volvió a fijar la mirada en la pantalla.

—Cuando estamos juntas, sí. Además, me gusta salir a caminar.

—Gracias.

La última sesión con los voluntarios le había demostrado que quedaban algunas zonas en blanco en algunas de las plantillas de búsqueda. Aunque Miles y ella habían cartografiado todas las zonas posibles desde el aire, quedaban muchas otras que cubrir a pie. Creía que había cubierto todas ellas, pero, aparentemente, no era así. Y aquella era la razón por la que quería estar sobre el terreno durante el mayor tiempo posible.

Apagó el ordenador y agarró la mochila.

—¿Vas a quedarte hasta tarde? —le preguntó a Cassidy.

—No. Tengo una cita con Jeff por Skype dentro de una hora. Aquí la luz es mucho mejor que en mi casa —sonrió—. Lo sé, lo sé. Después de veinte años de matrimonio, no debería importarme el aspecto que tengo. Pero aun así me importa.

—El amor es joven —bromeó Destiny.

—Exactamente —Cassidy suspiró—. Espero que Kipling y tú estéis siempre tan enamorados como Jeff y yo. Por supuesto, tenemos altibajos, como todos los matrimonios, pero yo estaría perdida sin él. Y creo que ni tu maravilloso programa podría encontrarme. Que pases una buena noche.

—Igualmente.

Destiny dejó la oficina y se dirigió a su casa. Mientras iba hacia allí, se preguntó cuánto tiempo seguiría enamorada de Kipling. Habían pasado dos días desde su última conversación. Él la había llamado un par de veces, pero Destiny había dejado que se activara el buzón de voz. Cuando Kipling le había enviado un mensaje de texto, le había contestado pidiéndole que le diera tiempo. Y, hasta entonces, se lo había dado.

Respiró el aire cálido y se preguntó cómo habría podido meterse en tamaño desastre. Se había enamorado de un hombre que la consideraba un proyecto. Y, para complicar más las cosas, estaba esperando un hijo suyo. Kipling y ella no podían limitarse a romper su relación. Iban a estar unidos durante el resto de sus vidas.

La idea era maravillosa y aterradora al mismo tiempo. Si tenía que seguir en contacto con él, ¿cómo iba a dejar de amarle? Porque tenía que dejar de hacerlo. Lo veía perfectamente.

Había estado huyendo durante toda su vida de la situación en la que se encontraba en aquel momento. Un desastre emocional. Siempre había estado segura de estar tomando las decisiones más acertadas, pero la verdad era que no había decidido nada en absoluto. Había estado escondiéndose. De la vida. De sí misma. De su corazón.

Llegó a la casa justo en el momento en el que Starr estaba llegando a la puerta. Ambas se saludaron con la mano.

—¿Qué tal ha ido el día? —le preguntó Destiny.

—Bien.

—¿Ha habido más besos?

Su hermana elevó los ojos al cielo.

—No vas a parar nunca, ¿verdad?

—Probablemente no.

Entraron las dos en el cuarto de estar y se dejaron caer en el sofá.

—Tú no eres una chica que vaya besando a cualquiera —apuntó Destiny—. Así que Carter debe de gustarte mucho.

Starr se sonrojó.

—Sí. Es genial. Sé que somos jóvenes y no quiero que la cosa vaya muy en serio, pero cuando estoy con él es...

—¿Mágico?

—Sí. Es como lo que dicen en las canciones. Ya sabes, como lo que sientes por Kipling.

Destiny esperaba sinceramente que Starr no estuviera sintiendo lo mismo que ella.

—Pero hemos hablado —continuó diciendo Starr—. No va a haber más besos. Vamos a seguir saliendo con amigos y todo eso. Estaremos juntos, pero no será una relación seria.

—Me parece una decisión muy inteligente.

—¿Tú crees? Yo todavía no estoy segura. He pensado mucho en lo que me dijiste. En mis padres y en cómo se comportaron ellos, sin pensar en lo que hacían.

—Todavía tienes que divertirte mucho —le explicó Destiny—. Tienes que ser una niña.

—Lo sé, y lo haré. No quiero ir tan rápido con los chicos. ¿Sabes? Estoy aprendiendo de ti.

—Muy bien.

Pero Destiny se preguntaba cuánto de lo que estaba aprendiendo era bueno. Porque tenía la impresión de que ella había ido demasiado lejos al intentar no desviarse de la dirección correcta. Desde luego, no podía presumir de que su vida personal hubiera sido maravillosa.

Su matrimonio sensato, al parecer, ya no lo era tanto. De hecho, a la luz de lo ocurrido, era lo más absurdo que podía haber hecho. Ella era una mujer inteligente y capaz. Podía criar sola a su hijo. Por supuesto, no iba a cerrarle nunca la puerta a Kipling a la hora de verle. ¿Pero casarse con él?

—Quiero hablarte de algo —dijo.

—¿De qué?

—De Kipling, principalmente.

Starr se reclinó contra el sofá.

—Me estaba preguntando por él. Hace tiempo que no le veo.

—Me ha llamado, pero no quiero verle.

—¿Porque hirió tus sentimientos?

—Sí, y porque estaba confundida. Cuando yo tenía tu edad...

Destiny no estaba segura de cómo explicar algo que tampoco tenía mucho sentido para ella.

—Estaba decidida a no ser como mis padres. Quería un hogar estable. Algo seguro. Lo conseguí con mi abuela Nell, pero, cuando me vi sola, me asusté. ¿Y si me enamoraba locamente y terminaba viajando por todo el país, cantando en bares y viviendo en un autobús?

Starr sonrió.

—Eso suena divertido.

—No para mí. Habría sido una pesadilla —se interrumpió

y continuó vacilante–. Tenía tanto miedo de en lo que podía convertirme que empecé a ignorar quién era realmente yo. Era lo más seguro, pero ahora estoy empezando a pensar que a lo mejor no fue la decisión correcta.

Sonrió a su hermana.

–Yo nunca me habría permitido besar a un chico como lo hiciste tú. Tenía demasiado miedo de lo que podía ocurrir. Huí de muchas cosas.

–¿Como de la música? –preguntó Starr suavemente.

–Sí. Como de la música –tomó aire–. Supongo que lo que estoy diciendo es que soy un total y absoluto desastre.

–No, no lo eres. Eres maravillosa. Me has acogido a tu lado.

–Tengo suerte de que me aguantes. Eres mi hermana y agradezco infinito que podamos vivir juntas.

–Yo también –Starr se mordió el labio–. No vas a seguir casada con Kipling, ¿verdad?

–No creo. Ni él ni yo queremos las mismas cosas. Entré en pánico cuando descubrí que estaba embarazada. No fue una reacción muy inteligente. Pero sigo queriendo quedarme en Fool's Gold. Seguiremos siendo una familia, tú y yo.

–Y el bebé –Starr se inclinó hacia ella–. Yo te ayudaré. Puedo hacer muchas cosas en casa.

–Estupendo. Estará bien que alguna de nosotras sepa lo que hace.

Starr se echó a reír.

–Compraremos una casa –le aseguró Destiny–. Una casa que elegiremos juntas.

No una en la que Kipling y ella hubieran hecho el amor, pensó. Aquellos recuerdos los quería evitar.

–¿Vas a conseguir otro trabajo? –preguntó Starr tentativamente–. ¿Podrás trabajar teniendo un bebé?

Una buena pregunta. Necesitaría ingresos. No tenía ninguna duda de que Kipling se ofrecería a pagar la pensión de mantenimiento del niño, pero ella retiraría aquel dinero. Y además, ella era perfectamente capaz y tenía un don único.

—El mánager de mi madre siempre me ha dicho que quiere que me ponga a escribir canciones. Voy a llamarle para que me diga si es cierto —le acarició el brazo a Starr—. De hecho, quiero ponerme a ver lo que tengo después de cenar. ¿Querrás ayudarme?

Starr abrió los ojos como platos.

—Sí, me encantaría.

—Estupendo. Ahora vamos a ver qué tenemos en la nevera.

Se levantaron las dos y Destiny se dirigió a la cocina. Pero su mente estaba en las libretas que tenía guardadas en una caja, dentro de la cómoda. Libretas llenas de docenas de canciones que había escrito durante años. Algunas de ellas servirían para hacer bellos duetos. Era posible que hubiera interés en grabar un disco cantado por las hijas de Jimmy Don Mills.

Ella no quería salir de gira ni hacer nada parecido, pero quizá no fuera imposible lanzar un disco.

—¿Qué te parece tan divertido? —preguntó Starr—. Estás sonriendo.

—¿De verdad? Solo estaba pensando que la vida está cargada de ironías. Me he pasado la vida huyendo de quien soy para terminar descubriendo que esa es, precisamente, la persona que necesito ser.

Para ser una mujer propietaria de un negocio ubicado directamente en el centro de la ciudad, Jo Trellis estaba resultando ser una persona muy difícil de encontrar. Kipling había pasado varias veces por el bar, le había dejado mensajes en el buzón de voz, le había escrito mensajes y, aun así, ella no se había puesto en contacto con él. Por lo que él podía decir, le estaba evitando. Lo cual parecía ser bastante habitual últimamente. Destiny también le estaba evitando.

No era así como había planeado pasar las dos primeras semanas de su matrimonio. Las primeras noches habían sido tan prometedoras, pensó apesadumbrado mientras se dirigía hacia casa de Destiny. Habían pasado mucho tiempo juntos y lo más excitante había sido que la química entre ambos había sido tal que habían disfrutado enormemente de la compañía del otro. O, por lo menos, él había disfrutado de la compañía de Destiny. Porque, teniendo en cuenta la forma en la que le estaba evitando, Destiny no había sentido la misma conexión.

Lo que él no terminaba de comprender era cómo se había ido todo al infierno tan rápidamente. Un día estaban prometiéndose permanecer juntos hasta que la muerte les separara y al siguiente no conseguía que le contestara el teléfono.

Sabía el momento preciso en el que todo había cambiado con Destiny. Había sido justo después del incidente con Starr y con Carter. Pero el verdadero problema había comenzado mucho antes. Aquello lo sabía. Lo que le resultaba más difícil de definir era cuándo.

Se dirigió hacia el centro de la ciudad. La Fiesta del Cuatro de Julio estaba en pleno apogeo, había puestos de comida y de artesanía y música en directo en el parque. Por la tarde habría un desfile y fuegos artificiales. Normalmente, le parecía algo muy divertido. Pero no aquella noche. Aquella noche necesitaba ver a Destiny y tenía que averiguar por qué él mismo estaba tan inquieto.

The Man Cave era parte del problema. Si no conseguía arreglar las cosas con Jo y con sus socios, el bar no sobreviviría. Nick le había enseñado los libros de contabilidad. Y Kipling había visto claramente que, aunque el bar podría continuar renqueando durante algunos meses, el final era inevitable. Sin el apoyo de la gente de la localidad, estaban condenados.

Pero no era el fracaso de su negocio lo que le afectaba tanto. Era lo que aquel fracaso significaba. Porque The Man Cave había sido su manera de hacerse un hueco en la ciudad. De devolver lo que le habían dado. Y lo había fastidiado todo.

Se detuvo en el Brew-haha y miró hacia el aparcamiento. Aunque todavía era la primera hora de la mañana, había gente por todas partes. El sol calentaba en un cielo azul.

Poco más de un año atrás, en aquella época del año habría estado esquiando en Nueva Zelanda, preparándose para comenzar los entrenamientos más serios. Acababa de ganar los Juegos Olímpicos y era imparable. O, por lo menos, eso pensaba.

Después del accidente, había estado más preocupado por saber si podría volver a caminar que por el fin de su carrera. La alcaldesa Marsha había aparecido de forma inesperada. Le había ofrecido trabajo y le había prometido ocuparse de Shelby.

Todavía recordaba su propia desconfianza. Le había asegurado a la alcaldesa que sería capaz de seguirla hasta el infierno si de verdad protegía a su hermana. Y recordaba también lo que le había dicho ella:

«No tienes por qué estar solo en esto, Kipling. Ni tienes que ir hasta el infierno. Lo único que tienes que hacer es venir a Fool's Gold cuando estés en condiciones de hacerlo. Estaremos esperándote.

Había cumplido su palabra. Tiempo después, Kipling se había enterado de que Ford Hendrix y Angel Whittaker habían volado hasta Colorado ese mismo día. Cuando la madre de Shelby había muerto, habían llevado a Shelby a Fool's Gold. Él la había seguido en cuanto se había recuperado. En enero había aceptado la dirección de HERO.

Cuando se había dado cuenta de que no había un bar para que salieran los hombres de la ciudad, se le había ocurrido montar The Man Cave. Había conseguido varios socios para el negocio y había contratado a Nick.

Estaba seguro de estar haciendo lo que debía. Había solucionado un problema. Le habría gustado poder decir que el caso de Destiny era igual, pero no podía. Porque Destiny era más importante que todo lo demás.

Se desvió del parque y recorrió el último par de manzanas que le separaban de la casa. Cuando se abrió la puerta y la vio, todo su cuerpo se relajó. Estar con ella le hacía sentirse bien.

—Hola —dijo con una sonrisa—. Quería saber qué tal estabas.

—Me alegro de que hayas venido.

Llevaba unos vaqueros cortos, una camiseta y el pelo recogido en una cola de caballo. Iba descalza. No podía decirse que fuera un atuendo abiertamente sexy, pero a él le excitó.

Quería estrecharla contra él y besarla. Quería hacer otras muchas cosas también. Pero, sobre todo, quería abrazarla. Se sentaron en el sofá, el uno frente al otro. Destiny tenía buen aspecto, pensó. Quizá pareciera un poco cansada, pero estaba bien.

Kipling clavó la mirada en el anillo que llevaba en el dedo. Aquella sencilla alianza parecía muy solitaria. Él quería añadirle una sortija de compromiso. Un diamante resplandeciente. Era cierto que era algo muy tradicional, pero él era, sobre todo, un tipo muy tradicional.

—Te he echado de menos —le dijo—. ¿Va todo bien con Starr?

Destiny asintió.

—Cada vez nos llevamos mejor. Estamos seleccionando algunas de las canciones que tengo escritas. El mánager de mi madre vendrá la próxima semana para hablar de la música.

—Me alegro por ti. Tienes demasiado talento como para ignorarlo. ¿Cómo te encuentras?

—Bien. La semana que viene tengo una cita con la ginecóloga.

—¿Con la doctora Galloway? —preguntó Kipling, deseando que la respuesta fuera no.

—¿Cómo lo sabes?

Se encogió de hombros.

—La conocí.

No había ninguna necesidad de profundizar en la curiosa conversación que había mantenido con ella.

—¿Puedo acompañarte?

Destiny asintió.

—Quiero que participes en el embarazo tanto como quieras.

Kipling tenía la sensación de que todo aquello era un error. Estaban casados. Deberían estar abrazándose el uno al otro y dirigiéndose al dormitorio para hacer el amor. Aquella conversación debería ser relajada y natural, no forzada y puramente informativa. Aquella era Destiny, se conocían el uno al otro. Pero en aquel momento, se sentía como si fueran dos desconocidos.

—¿Qué te pasa? —le preguntó—. Querías tiempo y te lo he dado. ¿Debería haber presionado más para poder hablar contigo?

—No. Has hecho lo que debías. He estado pensando mucho en todo esto —le miró—. Kipling, te amo.

La primera reacción de Kipling fue saltar y gritar la feliz noticia con toda la fuerza de sus pulmones. Destiny le amaba. Destiny, una mujer buena, divertida, sexy y decidida. La segunda reacción fue pensar que si le amaba, necesitaba mucho más de lo que él podía ofrecerle. Había sido incapaz de proteger a su propia hermana de los puños de su padre. ¿Cómo iba a poder proteger a nadie? Y menos a Destiny.

—Yo tampoco lo esperaba —continuó Destiny con ironía—. No tenía ni idea. He intentado comportarme de una forma serena y racional en todas las situaciones. Pero no soy así.

No tengo la menor idea de si es algo que debo a mi educación o forma parte de mi naturaleza, pero lo que sé es que ya no puedo seguir fingiendo. Podría volverme loca. A lo mejor no me dedico a lanzar platos a nadie, pero no soy tan racional como crees. Siento las cosas, profundamente. Y no voy a seguir negándolo.

—Me gusta que sientas las cosas.

Destiny sonrió.

—Genial porque vamos a tener un hijo juntos, así que tendremos que entendernos.

Kipling tomó su manos.

—Eso es lo que yo quiero. Quiero que seamos una familia, Destiny. Cuando pronuncié los votos en nuestra boda, lo hice en serio. Quiero que estemos en esto durante mucho tiempo.

La sonrisa de Destiny desapareció.

—Te creo, pero sé que eso lo sientes porque para ti mi embarazo es otro problema que quieres solucionar.

La injusticia de aquella declaración le puso en tensión.

—Es más que eso.

—Tú no estás enamorado de mí. Me parece bien, no tienes por qué estarlo. Te caigo bien y somos amigos. He visto cómo cuidas a tu hermana y sé que serás un buen padre. Como te he dicho antes, quiero que participes de mi embarazo tanto como quieras. No voy a mantenerte al margen, pero no voy a seguir casada contigo. No en esta situación. Yo no necesito que nadie me vea como un problema que hay que solucionar. Necesito que me quieran y tú no eres capaz de hacerlo —le estrechó la mano antes de soltársela—. Kipling, quiero que nos divorciemos.

Capítulo 19

—¿Estás bien? —preguntó Cassidy.

«No, estoy embarazada, a punto de divorciarme, soy responsable de una adolescente y dentro de dos semanas renunciaré a mi trabajo», se dijo Destiny a sí misma. Pero tomó aire y sonrió. La frase «fíngelo hasta que sea cierto» nunca le había parecido tan apropiada como en aquel momento.

—Estoy bien, dispuesta a salir a caminar.

Cassidy y ella se dirigían a cartografiar las últimas zonas inexploradas. Ya habían dividido el mapa. Imaginaba que cada sección les llevaría menos de un día. Si todo iba bien, habrían terminado para finales de la semana.

Era el sábado de la semana del Cuatro de Julio, pero ni ella ni Cassidy tenían razón alguna para no ir a trabajar. Starr estaba con sus amigos y a Destiny no le apetecía quedarse sola en casa. El marido de Cassidy estaba a medio mundo de distancia. Terminar de cartografiar la zona era la solución perfecta.

—Comunícate por radio cada dos horas —le pidió Cassidy mientras recogía su mochila—. Yo haré lo mismo —sonrió—. Sería humillante que una de nosotras se perdiera.

—Desde luego —Destiny tomó su propio equipo y se dirigió hacia la puerta.

Aquel momento era perfecto para trabajar, pensó mientras salían de la ciudad. Con todo lo que estaba pasando, unas horas en la naturaleza eran justo lo que necesitaba para despejarse. Podría introducir los datos en el programa y, al mismo tiempo, llorar a placer. Porque las lágrimas eran inevitables.

Podía aceptar el hecho de estar enamorada de Kipling. Y también el que él no la amara. Era capaz de contemplarlo todo de una forma racional. El problema era que los últimos acontecimientos la habían dejado destrozada.

Hasta que no le había dicho a Kipling que quería el divorcio, no había sido consciente de hasta qué punto esperaba que él también estuviera secretamente enamorado de ella, que confesara sus sentimientos y pudieran vivir felices para siempre. Kipling se había limitado a asentir, había dicho que conseguiría un abogado y se había marchado. No había habido más conversación, ni una brizna de emoción. Nada. Una enorme y gigantesca nada.

Aunque Destiny sabía que continuar casada sería un error, no podía evitar desear que las cosas hubieran terminado de otra manera. Después de tantos años evitando sentimientos intensos, al final se había enamorado y había terminado cayendo en aquel desastre emocional. Tanta racionalidad para eso.

Se desvió desde la autopista hacia un área de descanso y consultó el mapa. Cuando confirmó que estaba donde se suponía que tenía que estar, salió, se colocó la mochila y encendió el rastreador y el resto del equipo y se dirigió hacia el bosque.

El tiempo lo curaba todo, se recordó a sí misma. Tenía una familia maravillosa y un bebé en camino. Más tarde llamaría a su madre y le contaría que su deseo de ser abuela se había cumplido. Aquella semana, Starr y ella continuarían revisando sus canciones y seleccionarían las veinte mejores para tocarlas delante de la mánager de su madre. Compraría una casa y continuaría con su vida.

Tenía gente que la quería. Buenas amigas y montones de apoyo. Lo que no tenía era el amor del hombre que le había robado el corazón. Aquello le dolía, pero sobreviviría.

Durante años, la abuela Nell había sido el punto de referencia que le había servido para analizar sus actos. «¿La abuela Nell haría esto? ¿La abuela Nell se sentiría orgullosa?». Aunque Destiny adoraba a su abuela, sabía que tenía que cambiar de objetivo. El objetivo ya no era que la abuela Nell estuviera orgullosa. Tenía que aprender a estar orgullosa de sí misma.

Chocar contra un árbol cuando se iba a esquiando a más de cien kilómetros por hora le había roto muchos más huesos que el hecho de que Destiny le dejara, pero estar sin ella le dolía mucho más. Kipling todavía no sabía qué hacer con la información que Destiny le había soltado antes de dejarle.

Le amaba y le dejaba, así de simple. «Estoy enamorada de ti. Quiero que nos divorciemos». Aquel parecía el final de una película mala. Era algo tan extremo que resultaba ridículo. Pero no tenía ninguna gana de reír. Ni de dormir, ni de comer. De hecho, lo único que parecía capaz de hacer era respirar.

Le dolía. Más de lo que le había dolido nunca nada. Él, que siempre había creído que las palabras no importaban, que solo importaban los hechos, estaba destrozado por lo que le habían dicho. Las palabras mataban, pensó dolido.

Así de terrible, Destiny le había dejado. Por supuesto, continuaría viéndola. Tenían un hijo en común y sabía que, pasara lo que pasara entre ellos, Destiny jamás intentaría mantenerle al margen de la vida de su hijo. Pero él no quería ser un padre a tiempo parcial. Él quería formar una familia. Con ella.

Se dirigió para su casa para decirle precisamente eso, pero se detuvo ante la puerta y dio media vuelta. ¿Qué podía decirle para convencerla de que no se divorciara? ¿Que quería vivir con ella y tener un hijo? Eso ya se lo había demostrado con sus actos. Había estado a su lado, la había cuidado.

Sabía que había una solución para aquel problema. Tenía que haberla. Pero, fuera la que fuera, no era capaz de encontrarla. Dibujó diferentes escenarios en su mente. Escribió cartas, consideró la posibilidad de alquilar una vaya publicitaria. Pero no tenía la menor idea de qué podría decir.

«No me dejes» podría ser una forma de empezar. «Cásate conmigo» estaba descartada. Ya estaban casados. «No nos divorciemos» resultaba demasiado retorcido.

Lo que no comprendía era lo que había cambiado. Si le quería en aquel momento, seguramente seguiría queriéndole durante algún tiempo. ¿Acaso no había sido una buena idea su matrimonio?

Llamaron a la puerta. Abrió, deseando ver a Destiny. Pero era su hermana la que estaba en el porche.

Shelby puso los brazos en jarras.

—En serio, por lo menos podrías intentar disimular lo mucho que te ha decepcionado verme.

—Lo siento.

—¿Esperabas que fuera tu flamante esposa?

Kipling asintió y se retiró para que Shelby pudiera entrar. Ella pasó por delante de él y se volvió para mirarle cuando Kipling cerró la puerta.

—¿Qué quieres? —preguntó, intentando que sonara de la forma más natural—. Estoy bien, ignora las señales de estrés y tensión —le pidió.

Y, al parecer, funcionó, porque Shelby no le hizo ninguna pregunta.

—He estado pensando —dijo en cambio.

—¿En qué?

—En lo que dijiste en una ocasión. Sobre el negocio, sobre nosotros —suspiró—. Eres un buen hermano y te quiero.

Era evidente que tenía algo más que decir, así que Kipling esperó.

–Y lo siento.

No era eso lo que él esperaba.

–¿Qué es lo que sientes?

–Siento haberte enviado mensajes contradictorios. Te pedí consejo y después me enfadé cuando me lo diste. Quiero que me rescates, pero solo a veces. Ni siquiera yo lo tengo claro, así que es imposible que lo tengas tú.

Kipling se relajó un poco.

–De acuerdo. ¿Y esto a dónde nos lleva?

Shelby sonrió.

–Me gustaría pedirte a ti el dinero, pero como un préstamo. Te lo devolveré con intereses.

–¿Y si ya no quiero prestarte el dinero?

Shelby se echó a reír y le abrazó.

–Qué gracioso eres.

–Eres la única que lo piensa.

–Eso es porque no te conocen.

Kipling no creía que fuera aquel el problema de Destiny. Shelby le miró con atención.

–¿Quieres que hablemos de ello?

–No hay nada que hablar. Estoy bien.

–¿Entonces por qué estás viviendo aquí en vez de con Destiny?

Ahí le pilló.

–Es complicado. Destiny está... –enfadada no, pensó. ¿Desilusionada? ¿Herida?–. Molesta.

–¿Has forzado demasiado las cosas para intentar arreglarlas? Porque a veces lo haces, Kipling. Tienes buenas intenciones, pero la gente quiere ser algo más que un proyecto.

–No veo a las personas como proyectos.

Shelby arqueó las cejas y volvió a poner los brazos en jarras.

Kipling suspiró.

–A veces sí –admitió.

–Las suficientes como para que a los demás nos cueste estar seguros de dónde estamos y de si realmente importamos. Eres mi hermano y no siempre sé si lo que realmente te emociona es ayudarme o hacerte cargo de mis problemas.

¿Era eso lo que había pasado con Destiny? ¿No había dejado suficientemente claro que lo que le importaba eran ella y el bebé?

–¿Y no es más importante lo que hago que lo que digo?

–No siempre –Shelby le abrazó–. Eres muy buena persona. Si Destiny no es capaz de verlo ahora, dale tiempo. No te equivocas al querer cuidar de los demás.

–Gracias –aunque sabía que tenía que haberse equivocado en algo para que Destiny no quisiera seguir casada con él–. ¿Tú estás bien?

–Sí. He tenido una relación corta, pero horrible, con Miles y ahora ya he cortado oficialmente con él.

–¿Qué? ¿Con Miles? ¿Con el piloto? ¡Ese hombre es un mujeriego! –y pronto sería hombre muerto, pensó sombrío.

–Sí, ahora lo sé –Shelby sacudió la cabeza–. No sigas por ahí, no te ocupes de mi problema. Me dejé seducir por su encanto y he aprendido una buena lección. Me recuperaré.

–Eres mi hermana.

–Gracias por la aclaración –Shelby arrugó la nariz–. Lo digo en serio, Kipling. Tengo que solucionar esto yo sola. No te metas en mi vida personal, ¿de acuerdo?

Kipling asintió lentamente.

–Claro. Quieres mi dinero, pero no mi consejo.

Shelby le dirigió una sonrisa radiante.

–Exactamente.

Sin estar muy seguro de qué hacer, Kipling salió a pasear por la ciudad. Y, mala suerte la suya, parecía no faltar nadie durante aquel bullicioso fin de semana festivo.

Los turistas se mezclaban con los habitantes de la ciudad. El olor de las barbacoas con el de la limonada y el de los churros recién hechos. Saludó con la cabeza a la gente que conocía, se apartó para dejar paso a niños que apenas estaban aprendiendo a caminar y rescató un balón que estuvo a punto de perderse.

Todas ellas cosas que podrían haberle ayudado a sentirse mejor. Arraigado, quizá. Pero no lo hicieron, no se sentía bien.

Echaba de menos a Destiny. Sin ella, parecía incapaz de pensar correctamente. De dormir. O de saber qué hacer. Podía haber ido a verla. Sabía que Cassidy y ella estaban cartografiando las últimas partes de la montaña. Podría haberse unido a ellas, ¿pero después qué?

Cruzó la calle y se dirigió hacia el parque. Había música en directo. Música que le hizo pensar en la actuación de Destiny en The Cave Man, en cómo se había entregado a la música.

Era una mujer asombrosa, pensó. Una mujer fuerte y con un gran talento. Había confesado que le amaba y después le había pedido el divorcio. ¿Qué se suponía que podía hacer con algo así?

La verdad era que quería volver a su lado. La echaba de menos y...

Se volvió al oír a unos adolescentes riendo y descubrió a Carter con sus amigos. En el instante en el que le vio, supo lo que tenía que hacer.

Se acercó al adolescente. Al verle aproximarse, Carter se enderezó. Aunque la fiesta seguía girando a su alrededor, Kipling tuvo la sensación de que todo se acallaba, al menos, en su cabeza.

—¡Eh! —dijo cuando estuvo delante de Carter—. Quería decirte que lo siento. No me parece bien que besaras a Starr, pero entiendo lo que te pasó. Es difícil resistirse a las mujeres Mills —se encogió de hombros—. Regañándote no estuve en mi mejor momento.

Carter sonrió.

—No te preocupes. Felicia me habló del instinto de protección y de los machos alfa del clan —se echó a reír—. A lo mejor no tiene ningún sentido para ti, pero esa es su manera de hablar. Es súper inteligente. En cualquier caso, tiene razón. Para ti Starr es casi como una hija. Tienes que protegerla. Y me alegro de que tenga a alguien que cuide de ella. Porque no siempre ha sido así.

Kipling se le quedó mirando fijamente.

—No eres ningún idiota.

—Gracias, tío. Tú tampoco.

Kipling sacudió la cabeza.

—No, lo que quiero decir es que eres un buen chico.

—Siempre lo he sido. ¿Eso significa que puedo...?

—No —respondió Kipling con firmeza—. Mi instinto protector permanece intacto. Pero ahora respeto a Starr por el proceso de selección.

—Creo que eso es un cumplido, así que gracias.

—De nada.

Carter se volvió hacia sus amigos. Kipling miró a su alrededor e intentó pensar qué podía hacer a continuación. De pronto, apareció ante él una mujer alta, de pelo castaño.

—Tengo entendido que has estado buscándome.

Tenía cerca de unos cuarenta años. Estaba delgada y tenía suficiente vigor como para que un tipo pensara que aquella mujer sabía cuidar de sí misma.

Kipling no tenía la menor idea de quién era.

—¿Señora?

La mujer arqueó las cejas.

—No es muy buena manera de empezar, Kipling. He oído decir que eres encantador. No me decepciones.

¿Era él o estaba comenzando a subir la temperatura?

—Soy Jo Trellis —se presentó la mujer—. La del Bar de Jo.

—¡Tú! —exclamó Kipling—. Llevo días intentando hablar contigo. No has contestado a mis llamadas, no me las has devuelto y nunca estabas en el bar cuando iba a buscarte.

Jo parecía más divertida que enfadada.

—¿Qué puedo decir? No es fácil encontrarme. Soy una mujer esquiva.

—Estás intentando quitarme el negocio.

—Lo mismo digo.

Se quedaron mirándose fijamente.

Kipling suponía que Jo había llegado mucho antes que él a la ciudad.

—Estoy seguro de que podremos encontrar una solución a este problema.

—He oído decir que te gusta solucionar los problemas. Así que adelante, arregla este. Aquí todos nos ocupamos de los demás. Si querías abrir un bar que compitiera directamente con el mío deberías haber hablado antes conmigo. O con alguien. Pero no lo hiciste. Irrumpiste en la ciudad y te pusiste a hacer lo que te apetecía sin pensar en nadie.

—¡Eh, un momento! No fue así. Los hombres de aquí no tienen ningún lugar al que ir. Y tu bar está dirigido a las mujeres.

Jo alzó la barbilla.

—¿Y eso qué tiene de malo?

Glup.

—¡Eh, no! No es eso. Las mujeres tienen derecho a disponer de un bar en el que se sientan cómodas. Pero también deberían tener ese derecho los hombres. Eso es lo único que estoy haciendo —pensó en la ciudad y en lo involucrado que estaba todo el mundo en ella—. No se me ocurrió hablar contigo. No soy de aquí.

—Esa no es ninguna excusa. Deberías aprender a mantener una conversación. Las palabras son importantes.

Kipling estaba comenzando a darse cuenta. Habían importado con Carter e importaban con Jo. ¿No tenía sentido que lo tuvieran también con Destiny? Ella le había dicho que le amaba, ¿y qué había dicho él en respuesta? Nada.

Pensó en todos los problemas que tenía en aquel momento.

—Siento no haber hablado antes contigo. Debería haberlo hecho. Pero, por si te sirve de algo, has ganado. Mis socios se han retirado y Nick dice que no podemos vivir solamente del dinero de los turistas.

Jo cambió de peso de pie a pie.

—Sí, bueno, acerca de eso... Yo podría hacer algunas llamadas de teléfono. Quería causarte algún problema, pero no anticipé que mis amigas fueran a tomarse tan en serio mis preocupaciones.

—¿No pretendías forzarme a cerrar?

—¡Diablos, no! Quería hablar contigo. El bar de Jo es un buen negocio, pero estoy cansada de trabajar dieciséis horas al día. Tengo un marido guapísimo esperándome en casa y me gustaría pasar más tiempo con él. Voy a llamar a mis amigas. Recuperarás a tus socios. El bar de Jo abrirá cinco días a la semana y cerrará a las siete. Tú puedes quedarte con las noches y los fines de semana.

Le tendió la mano y Kipling se la estrechó.

—Recuérdame que no vuelva a hacer nada en tu contra —le dijo.

—Más te vale. Dile a Nick que se prepare para recibir a una multitud esta noche. Voy a hacer algunas llamadas.

Destiny cruzó el arroyo. Cuando llegó al otro lado, confirmó que la señal del GPS era todavía fuerte. Aunque disfrutaba de un día en el campo tanto como cualquiera, no quería que tuvieran que rastrear sus pasos.

Se detuvo para beber un sorbo de agua. Los árboles ofrecían sombra y hacían que la temperatura fuera agradable, pero ya llevaba tres horas andando y estaba un poco cansada.

No estaba en forma, pensó. No había estado haciendo ejercicio de forma regular. Pero eso tenía que cambiar. Tenía que estar saludable por dos. Algo que no podía ni mencionar a Kipling, pensó con una sonrisa. Antes de que hubiera terminado de decirlo, él ya estaría organizándole un programa de ejercicios y le habría contratado un entrenador.

No, no podía decírselo, pensó mientras se desvanecía su sonrisa, porque ya no estaban juntos. Ella había puesto fin a su relación y no había vuelto a tener noticias suyas desde entonces.

Le echaba de menos, admitió. Mucho. Había un vacío en su vida y, quizá, también en su corazón. Un vacío del tamaño de Kipling. Echaba de menos el ver cómo se le iluminaba la cara cuando la veía entrar en una habitación. Y cómo escuchaba y le daba consejo, tanto si ella quería como si no. Le gustaba la facilidad con la que se había adaptado a ser un mero mortal después de haber pasado años siendo un dios del esquí.

Era un buen hombre, pensó con añoranza. Divertido, encantador, cariñoso. En vez de enfadarse cuando se había enterado de que era virgen, había intentado enseñarle a disfrutar del sexo. Era un hombre en el que podía confiar, un hombre protector. Ojalá la quisiera. Porque sin estar enamorado de ella, sin que ella fuera capaz de...

Destiny se detuvo en medio de un paso. Bajó lentamente el pie que tenía en lo alto hasta el suelo y esperó a que se sosegaran sus pensamientos. Cuando lo hicieron, estuvo a punto de desmayarse de la sorpresa.

¡Lo estaba haciendo otra vez! Seguía huyendo de algo, como había hecho siempre. Había huido de sus padres cuando era más joven. Había huido de sus sentimientos, de sus pasiones, de su talento. Había levantado muros y se había escondido tras ellos. Y continuaba haciéndolo, en ese mismo instante.

¿Cómo sabía que Kipling no la quería? No se lo había preguntado. No le había dado la oportunidad de hablar o de explicarse siquiera. Nunca habían hablado de su matrimonio, ni habían profundizado en lo que cada uno de ellos esperaba o necesitaba para que la relación funcionase. Se había limitado a decirle que quería el divorcio.

Escapar corriendo de algo no era lo mismo que correr hacia algo. Había pasado tanto tiempo de su vida pensando en lo que no quería que había olvidado averiguar qué era realmente importante para ella. Estaba tan preocupada por evitar ser desgraciada que nunca se había molestado en averiguar lo que necesitaba para ser feliz. O a quién.

Amaba a Kipling, de eso estaba segura. ¿Pero él la quería a ella? A lo mejor aquel era un buen momento para hacer esa pregunta. Y no solo a sí misma.

—¿Qué he hecho?—preguntó en voz alta.

No recibió respuesta. Solo el zumbido de los insectos y el chillido de un halcón.

Bajó la mirada hacia la pantalla. Su localización exacta la marcaba un punto diminuto. Vio la ruta más directa hacia su vehículo y hacia allí se dirigió.

Los hombres habían estado haciendo el ridículo con las mujeres desde hacía siglos, pensó Kipling alegremente. Y él era uno más. Si iba a perder a Destiny, lo haría con estilo, poniendo todo sobre la mesa.

Durante la hora anterior había recibido cinco llamadas de sus socios pidiéndole volver a formar parte de The Cave Man y un mensaje de texto de Nick diciendo que aquella noche esperaban una multitud. Felicia Boylan, la madre de Carter, le había abrazado cuando se había encontrado con él y le había dicho lo mucho que se alegraba de que le hubiera demostrado a Carter el ciclo completo del intercambio entre machos: desde el malentendido y la amenaza violenta a la disculpa y la reconciliación. Cuando había intentado explicarle que no había sido aquella su intención, Felicia había hecho caso omiso de sus comentarios.

De modo que allí estaba, en medio de la fiesta, rodeado de gente, y en lo único en lo que podía pensar era en que quería contárselo todo. No solo contárselo, quería compartirlo con ella. Quería reír mientras la acariciaba y la cuidaba.

Pero decírselo también era importante. Hablar con ella. Utilizar las palabras. Ahí estaban otra vez las malditas palabras.

Él entendía que lo realmente significativo eran los hechos. Una promesa de fidelidad no tenía ningún sentido si después uno engañaba a su pareja. Las palizas que su padre le daba a Shelby eran mucho más significativas que todas las veces que le había dicho que la quería. Pero quizá, solo quizá, había llevado demasiado lejos la lección que había aprendido. A lo mejor había descartado las palabras con demasiada rapidez. Y, si ese era el caso, quizá todavía tuviera una oportunidad de recuperar a Destiny.

Durante el tiempo que tardó en llegar a casa para ir a buscar las llaves de su jeep, se dio cuenta de algunas cosas más. Se dio cuenta de que, el hecho de que no se hubiera enamorado antes no significaba que fuera necesariamente incapaz de hacerlo. No había estado conteniéndose porque creyera que decirle a una mujer que la amaba no suponía ninguna diferencia. Había estado esperando a que apareciera la mujer de su vida. La única.

Destiny le había dicho que le amaba y, en aquel momento, lo único que Kipling quería era decírselo a ella. Y, después, convencerla. Porque para él, la acción siempre iba a ser lo primero. Pero también se lo diría.

Destiny le quería, él la quería y no iba a permitir que desapareciera de su vida. No iba a perderla sin luchar. Y si para ello tenía que hacer el ridículo, lo haría.

Salió de la ciudad. Una rápida llamada a Cassidy le indicó el punto en el que había emprendido la marcha. Llevaba el equipo de rastreo y conocía y había trabajado el programa

STORMS. Se suponía que a esas alturas ya era un experto en búsqueda y rescate. Ya iba siendo hora de que pusiera aquel título a prueba.

Entró en el aparcamiento y dejó el coche al lado del de Destiny. Después de salir, comprobó el equipo y comenzó a meter datos. Destiny era una excursionista experta que había salido de excursión durante un día. Él conocía la parte que estaba cartografiada, pero no en dónde estaría ella en aquel momento.

—¿Estás buscando a alguien?

Kipling alzó la mirada y vio a Destiny dirigiéndose hacia él. Abrió la puerta de su camioneta, lanzó la *tablet* al interior y caminó hacia ella.

Tenía tantas cosas que decirle, pensó, pero ninguna de ellas importaba en aquel momento. Le enmarcó el rostro con las manos y la besó en los labios. Destiny le abrazó y se aferró a él como si no quisiera dejarle marchar nunca.

—Te amo —le dijo Kipling cuando interrumpió el beso para tomar aire.

—No tenía ningún derecho a pedirte el divorcio... ¿Qué? —abrió los ojos como platos—. ¿Qué has dicho?

—Que te quiero. Mucho. Te quiero desde hace tiempo. Y no vamos a divorciarnos sin hablar antes de todo esto. Y si estás de acuerdo, voy a convencerte de que te quedes para siempre conmigo.

—Me encanta ver a un hombre con un plan —le temblaron los labios—. ¿Es amor de verdad?

—Del que dura para siempre —volvió a besarla—. Del que significa que no voy a dejarte. Así que tú también deberías considerar la posibilidad de quedarte conmigo.

—Lo haré. Yo también te quiero. Llevo tanto tiempo huyendo de todo lo que me asusta que había olvidado lo que era intentar alcanzar lo que realmente quería. Y ahora te quiero a ti.

Kipling la abrazó con fuerza y respiró su esencia.

–Cásate conmigo –susurró–. No porque estés embarazada ni porque te parezca lo correcto. Cásate conmigo porque
no eres capaz de pasar un solo día sin mí. Cásate conmigo
porque somos una familia. Tú, yo, Starr y el bebé. Cásate
conmigo para que podamos estar siempre juntos.

Destiny le miró a los ojos.

–Ya estamos casados, Kipling –se reclinó contra él–. Ya
estamos casados.

Kipling la condujo hacia el jeep. Ella subió al interior.
Ya se encargarían más tarde de su coche. Eran muchas las
cosas de las que tenían que ocuparse. Pero sería fácil tomar
decisiones, porque estaban juntos.

Aquello no era como bajar una montaña a más de cien
kilómetros por hora, pensó Kipling mientras entraban en la
autopista. Era mucho mejor.

Destiny tomó la mano de Kipling entre las suyas.

–Voy a escribir una canción sobre esto –sonrió–. Después de que hagamos el amor.

Kipling todavía se estaba riendo cuando llegaron a la
ciudad.

<u>ÚLTIMOS TÍTULOS PUBLICADOS EN HQN</u>

Magia en la nieve de Sarah Morgan

El susurro de las olas de Sherryl Woods

La doncella de las flores de Arlette Geneve

Vuelve a casa conmigo de Brenda Novak

Acariciando la oscuridad de Gena Showalter

La chica de las fotos de Mayte Esteban

Antes de abrazarnos de Susan Mallery

El jardín de Neve de Mar Carrión

Un amor entre las dunas de Carla Crespo

Siempre una dama de Delilah Marvelle

Las chicas buenas no… mienten de Victoria Dahl

Un viaje por tus sentidos de Megan Hart

De repente, el último verano de Sarah Morgan

Trampa a un caballero de Julia London

Amor en cadena de Lorraine Cocó